青春碎片

QINGCHUN SUIPIAN

李卫荣/著

群言出版社
QUNYAN PRESS
·北京·

图书在版编目（CIP）数据

青春碎片/李卫荣著. --北京：群言出版社，2017.2

ISBN 978-7-5193-0148-4

Ⅰ.①青… Ⅱ.①李… Ⅲ.①长篇小说—中国—当代 Ⅳ.①I247.5

中国版本图书馆 CIP 数据核字（2016）第 325411 号

责任编辑：潘　昊
封面设计：汉书鸿图

出版发行：群言出版社
地　　址：北京市东城区东厂胡同北卷 1 号（100006）
网　　址：www.qypublish.com
自营网店：https://qycbs.tmall.com（天猫旗舰店）
http://qycbs.shop.kongfz.com（孔夫子旧书网）
http://www.qypublish.com（群言出版社官网）
电子信箱：qunyancbs@126.com
联系电话：010-65267783　65263836
经　　销：全国新华书店

印　　刷：北京市青云兴业印刷有限公司
版　　次：2017 年 3 月第 1 版　2017 年 3 月第 1 次印刷
开　　本：710mm×1000mm　1/16
印　　张：20
字　　数：300 千字
书　　号：ISBN 978-7-5193-0148-4
定　　价：39.80 元

序

《青春碎片》是奶奶用电脑写出的第一部长篇小说，在这之前奶奶已经出版了三部长篇小说，都是用笔写的。长期伏案写作，奶奶的右手中指磨出一块厚厚的茧子，右肩和右臂也总是处在疼痛之中。

奶奶七十岁的那年春节，忽然萌生了用电脑写作的念头。说干就干，奶奶立刻就让放寒假在家的我教她电脑——从开机关机教起到打字。奶奶学电脑很刻苦，常常深夜我一觉醒来，奶奶还坐在电脑桌前。我离开时，曾经电脑盲的奶奶已经会熟练地打字了。等我暑假再来，奶奶已经用电脑写出一部三十万字的小说稿了。

电脑给奶奶带来许多好处，写作的速度加快了，右手中指的茧子也慢慢消退，右肩膀和右胳膊也不疼了。但是，电脑也给奶奶带来了巨大的灾难——有三次因为操作不当，奶奶把写好的三部小说稿删除了。

前两次还好，奶奶头一天已经把两部小说稿发到出版社社长的邮箱里。可是第三次操作不当就没那么幸运了，奶奶把刚刚写好还没来得及修改的二十九万字稿子全部删除了。当时我正在睡觉，听奶奶说了以后，赶紧揉着惺忪的睡眼为奶奶抢救那些消失的文字。很遗憾，只抢救回来十万字，丢了十九万字。奶奶看我着急的样子，反倒很轻松地说："没关系，奶奶身体棒着呢，意志坚强着呢，要不了多久就能把那十九万字补上。"我当然知道那夜以继日敲出的十九万字对于已经七十二岁的奶奶有多重要，奶奶的故作轻松只不过是为了安慰我。

现在出版的《青春碎片》，有十九万字就是奶奶后来重新写的。奶奶说："我得感谢那次误删，重新写的部分比原来的精彩多了。要是原来的，人家还不一定给我出版呢！"

奶奶跟我说过，当作家是她从小的梦想。年轻的时候，奶奶发表过不少短篇，1988 年还获过奖。后来辞职下海，"上岸"后又接着带我，奶奶整整二十年没摸过笔。奶奶说，那时她一看见报纸上的新书介绍，心里就特别难受，好几年都不敢逛书店。我上学了，奶奶时间充裕了，这才又重新拾起了笔。

我马上就要赴美读书了，奶奶，孙子叮嘱您：您快七十三岁了，作家梦也实现了，该好好休息了。当然，我知道我的叮嘱没用，您肯定会用那句常挂在嘴边上的话回答我：生命不息，奋斗不止。

我的可爱可敬的奶奶，当您的《青春碎片》出版时，孙子将在大西洋彼岸为您庆贺，遥祝您身体健康，精力充沛，写出更多更好的作品。

柳依泽

于 2017 年元月赴美前夕

目 录

公路光滑平坦，司机小张开得稳，奥迪 A6 车里没一点儿噪音。静谧的车里，我的思绪像脱缰野马一样在一望无际的草原上撒欢儿奔跑。人生难得有这样大片的安宁时间，好吧，就任野马撒欢儿吧！

一阵女人悲悲切切的哭声（我手机的彩铃声也是我的哭声）还是让我的野马受到惊扰。从手包里拿出手机按一下接听键，马上说话声取代了哭声，也是女的。她说她是我的同学张淑芝，并且不等我表示吃惊，就问我在哪儿。又不等我回答，立刻把她家的地址和电话告诉了我，说淑荣你甭管多忙，也得到我这儿来一趟，我摊上大事了，不知道该怎么办。我闺女从你闺女那儿淘换到了你的电话，说你是大作家有办法，让我找找你。淑荣，我没有别的亲戚，你是我最亲近的人了，虽然咱俩多年没联系了，可你闺女和我闺女是好朋友，我现在实在拿不定主意该怎么办好了。

我吃惊的程度不亚于发生了八级地震。我和张淑芝已经多年没联系了，她怎么会有事先想到找我呢？

一　我的同学张淑芝

张淑芝比我大一岁多，一个可怜的女孩儿，才不到十三岁她爸爸就死了。父亲死以后，母女的生活一直由张淑芝干爹罩着。她干爹并不是我们北屋村的人，和张淑芝的爸爸是把兄弟。她爸爸死后，这个把兄弟特意从外村把家搬到我们北屋。说是家，其实什么也没有，就他干爹光棍一个。他自己跟别人说把兄弟生前把淑芝娘儿俩托付给他了，他搬来住就是为照顾把兄弟的妻女。他干爹搬来后，把本来住正房东屋的张淑芝母女挪到西屋，他自己住到东屋。东者为尊呀，这不是欺主吗？现成的东西厢房不住，非得和人家娘儿俩一起住正房，不就是为了自己行不轨之事方便吗？街坊邻居都觉得张淑芝的死爹太糊涂，不托付东院亲兄弟张玉刚，却把自己的妻女托付给一个外村的光棍，这不是引狼入室吗？果然，没多久村里就传出张淑芝干爹和她妈的故事，再后来又加上了张淑芝，再后来张淑芝就突然从村子里消失，从此再也没露过面。村里传言张淑芝可能被他干爹害死了，也可能被他干爹糟蹋以后嫁到远处了。可怜我的同学张淑芝，离开北屋才十三岁多一点儿，她爸爸死还不够一年。为此，张淑芝的叔叔和她干爹激烈地干了一场架，她叔叔被她强悍的干爹打折了一条腿。

张淑芝干爹的确是个人物。这事没过多久，又和生产队长张九祥干了一仗，又差点儿把生产队长的腿打折。张九祥外号老王八，之所以有这么一个响亮的外号，究其属性做派盖因与老王八相似。据说老王八欺软怕硬，遇上硬的横的就把脑袋缩进王八盖子里躲起来，遇上软的好欺负的就把脑袋伸出来狠狠咬住人家不撒嘴，生产队长张九祥就是这样一个人。当然，更深层次的含义也与张九祥的媳妇儿有关，他媳妇儿长得在村里数一数二地漂亮，人也数一数二的风骚，跟村里不少男人都有一腿子。

张淑芝干爹和张九祥那次打架，不赖老王八，完全赖张淑芝干爹。老王八派她干爹扛铺盖卷跟队里另外六个男劳力去县城北边修水库，那六个人都很痛快地去了。就她干爹，借口身上这儿疼那儿不舒服的，死活不去。老王八盖子火了，心说本村人我惹不起，难道还惹不起你一个外来的？就上前一把薅住张淑芝干爹的棉袄袖子，我就是拖死狗似的拖也得把你拖到工地上！两人就这样打起来，长年不干农活的老王八盖子当然打不过膀大腰圆的张淑芝干爹，很快就被打趴在地，双手抱腿呻吟不止。恰巧张淑芝叔叔从此经过，按说他应该帮老王八一把，顺便给自己报仇吧？没想到张淑芝叔叔不但没帮，反而叫张淑芝干爹快走，这里的事由他处理。老王八不怕张淑芝干爹，却不敢不怕张淑芝叔叔，因为他媳妇儿和张玉刚搞破鞋。他敢跟张玉刚犯横，到家老婆敢把他吃了。老王八养了几天伤，这事也就不了了之。从此凡是外出做河工的活，老王八再也没敢派张淑芝干爹。村人在背后都说，张淑芝干爹之所以不愿意外出做河工，那是离不开张淑芝的妈呀！让大家猜不透的是张淑芝的叔叔，看着一个外姓人这么欺负嫂子和侄女儿，男人的血性都哪儿去了？

让我没想到的是，一九七七年，也就是张淑芝离村二十一年以后，我们突然相遇，并且还是邻居。那时张淑芝的母亲和干爹早已死去，她的叔叔也下落不明。我揣测，张淑芝虽然二十年没在村中露面，但她暗中肯定一直在观察着她干爹的动向。如果她干爹不死，说不定她还不露面呢！

我和张淑芝居住的地方是北京郊区的一个小火车站的家属宿舍，简称西宿舍。我们家住的是一处日本侵华时期的油库，油库的大部分建筑物当年战争中都已被炸毁，只一间长圆形比油罐车大不了许多的房子和一间与它相连的四方形的小屋。加上父母我们全家共六口人，便和油库里的动物（癞蛤蟆和壁虎）一块居住，西宿舍每月收五毛钱房租。别看这么一间破油库，却是西宿舍很多人家争抢的对象，那些一堆孩子和父母挤住在一间排子房的人家，纷纷到站上反映，说我们两口子不是铁路上的，不应该住西宿舍的房。站领导知道这件事解决起来很麻烦、很棘手，懒得管，我们一家才得以在此“安居乐业”。在此，我再次对那些懒得管的小站领导表示谢意，不是你们懒得管，从一九七六年到一九七九年我们分新楼房之前的这近三年间，肯定得趴露天地了，说不定全家早已冻死，哪儿还有如今的美女作家卫平啊！西宿舍人欺生，见反映不管用，就往我们家门口倒垃圾。起初我爸爸还给清理走，用铁锹和土篮子把垃圾弄到公厕旁边的真正垃圾堆上，但清理的速度却赶不上倒的速度，我家门口很快就堆积成了一座垃圾山。

西宿舍的人家大部分都是单职工，老婆是外地来的农村妇女带着好多孩子，家里都很困难，不少孩子甚至连一天学都没上过。这些穿着破烂的孩子成群结伙，不分白天黑夜都幽灵般的在火车站晃悠，大白天就敢到停在小站的车皮上偷东西，粮食、木头、煤块子，什么都偷。过煤车的时候，大人和孩子齐上阵，每人手里拿一根上面绑着耙子的长木杆，使劲儿地把车皮里堆得尖尖的煤块往下搂，再加上车皮的震动，煤块便下雨般哗哗落了下来。煤车过完了，大人和孩子便投入争抢煤块的白热化战斗。大家爬着滚着拼命地把掉落在铁轨中间和两旁的煤块扔进自己的箩筐里，为争抢煤块相互骂不绝口的有，滚在一起打得头破血流的有。最严重的一次，是众人净顾争抢煤块了，没提防有火车经过，待发现要躲的时候已经晚了，那回一下子就轧死仨人。那时的西宿舍除我家之外，每家房前都有一座小山般的煤堆，不仅自家不用买煤烧，还有多余的卖给附近的农村。没油水好捞的客车经过车站，这些孩子也不放过，他们把烂稀泥、臭鸡蛋、臭鞋甚至女人用过的卫生纸都当作武器往车厢里扔。被惹急了的旅客，有时也还手，吃剩的罐头和瓶子、团成一团的擦鼻涕纸、橘子皮、果核都是他们还击的武器。有回一个哑铃不离身的旅客脸上被拽了臭鸡蛋，一怒之下竟把一对哑铃扔下来，正好砸在一个叫王老五的男孩儿脑袋上，血流如注的王老五当时就晕倒在地。幸亏离站上医务室不远，大伙七手八脚把王老五抬进医务室，一番紧急处置，王老五总算脱离了危险。

就是这样一个典型的贫民窟，我们一家居然住了三年。这三年里我们受了多少屈辱，只有天知道。我的儿子和女儿出去玩，常常被打得哇哇大哭回来，带的巧克力、维夫饼干和牛肉干儿被抢劫一空。我父母气得带孩子去找欺负人的孩子家长理论，待遇好的是轻慢不理你；待遇不好的张口就骂，说我们火车站的孩子就这样，嫌不好滚蛋呀！我们两口子下班回家，受了委屈的父母和孩子向我们哭诉，不明白这个小站的大人和孩子怎么都跟刚从牲口圈里放出的牲口一样呢，人住在这里不是活受罪吗？无奈的我们看见老人和孩子哭也跟着流泪，亲爱的父母啊，我们不在这儿住能到哪儿呢？老家北屋村虽然有两处宽阔的宅子，可早已变成大哥和二哥的了。大哥扒了老宅子的五间旧房翻盖了五间新房，和儿子媳妇一家其乐融融地生活在里面；街北面的另一处宅基地，从外地调回北屋当老师的二哥，扒了父母留下的三间房也翻盖了五间新房。大概以为原来的旧房比大哥少两间太吃亏，二哥还没完没了地找我要钱，亏得丈夫有点儿复员费，我们从中拿出三百块给二哥，算是代父母弥补他的亏空。目前二哥一家和岳母正心安理得地在新房里过着快乐的生活。两处宅子，都已经没有我们插针之地了。看着跟女儿女婿受尽欺辱的年老父母，我心痛如绞，爹妈啊，都怪女儿女婿没本事，让你们这么大年纪了，还要住“牲口圈”受窝囊气；孩子也别哭了，谁让你们的父母是百无一用的书生呢？我们要是打遍天下无敌手的大侠，还有人敢欺负你们吗？

整个西宿舍对我们家好的，还就算我的小学同学张淑芝。

张淑芝是在我家搬进西宿舍的第二年才搬来的。张淑芝的老公公退休前是小火车站的站长，趁着还没退下来，把儿子一家从东北深山老林里活动到北京，并且在西宿舍的东北角一片空地上盖了五间红砖红瓦的大房，还圈了一个小院子。

我和张淑芝相遇，是在公厕旁边的那座大垃圾堆旁边。我上厕所，她倒垃圾。我虽没和她说过话，但知道这个白胖白胖的中年女人就住在东北角那座红砖红瓦大房子里。从她家出来，按说应该把垃圾倒我家门前那堆垃圾山更近，但她却舍近求远把垃圾倒在这里。我心存感激，也禁不住好奇，就问您是新搬来的吧，为啥不把垃圾倒在我家门口呢？她说您家就是住油库里的那家呀？我听孩子他爷爷说了，小火车站上的人太野、太欺生，硬是堵在人家门口倒垃圾。他爷爷嘱咐我们不要欺负人家，多走几步倒公厕旁边垃圾堆上。还说你们刚搬来时，这帮人天天找站上领导，强烈要求让你们家腾房。我们孩子他爷爷当时是站长，就故意不拾茬儿。这帮人没辙了，又改成倒垃圾逼迫你们搬走。孩子他爷爷说看你们家也是斯文人家，但凡有一分之路也不会在西宿舍这个“牲口圈”里住。听了中年妇女的话，我立即对新搬来的一家和那位从未谋面的老站长产生好感。

中年妇女说他们一家去年才从东北临江林业局搬来，她丈夫原来是临江林业局职工，现在在南郊一个小火车站上班。

“啊？临江呀，我还在那里工作过一年呢！”我立即叫起来。

“是吗？”她也很兴奋。于是，爱说的我就把大学毕业以后如何分到东北，又如何调到河北，再从河北调到北京的来龙去脉，大概给她讲了。我说：“我要是调到我老家的县里工作多好呀，也就不至于在这个鬼地方受气了。”

“你老家什么县的？”她问，两眼直勾勾地盯着我。就在这一瞬间，我忽然觉得和她似曾相识。可是……“李淑荣！”她突然大叫一声。

“张淑芝！”我也大叫。

张淑芝比我大一岁，是我小时候最好的朋友之一。我和她及小扔头刚上学就拜了干姐妹，张淑芝最大，是大姐，小扔头比我大半年，是二姐，我是小妹。可惜我们的干姐妹只拜了三天，就被三家的母亲给铲散了。原因很简单，张淑芝家比我家和小扔头家的辈分大，我们两个人管她爸她妈叫大爷大奶奶，管张淑芝应该叫姑，姑和侄女怎么能拜干姐妹呢？三个干姐妹少了一个，剩下俩也没意思，所以我和小扔头也自动解散。干姐妹当不成了，但我们仨人仍然是好朋友。每天上学都张郎找李郎地互相找着，每个人大襟底下的小口袋里都装得鼓鼓的，花生、爆米花、白薯干、炒豆子……实在没带的了，就装一块棒子饽饽。从家里出来到南庙小学这段路上，我们仨有说有笑交换着各自的吃食，把个一旁的小香头常常馋得追着我们仨要吃的。我们不但不给还故意羞她，三个人一边互相往嘴里送吃的，一边伸出食指在嘴巴上羞着小香头：“馋馋，馋狗毛，狗毛花是你妈。”恼羞成怒的小香头就追着打我们，虽然她比我们都大，但我们三个人在一起，才不怕她呢！常常是我们三个人紧紧地把她包围住，有上脚踢的，有上手抓的，还有揪头发的。尤其是张淑芝，作战特别英勇，总是她冒着被身高力壮又会摔跤的小香头摔倒的危险，低头弓腰先冲上去把小香头顶个趔趄，我和小扔头再冲过去厮打。由于我们的战略战术运用得当，每回都把小香头打得落花流水屁滚尿流大败而逃。一边逃跑还一边回头喊：“老草鸡不吃食！老草鸡不吃食！”

她这是骂张淑芝哪。

抗战的时候，我们北屋村有座鬼子炮楼，里头住着二十多个鬼子兵。听大人说那些又矬又胖的小日本鬼子可坏了，经常由汉奸王玉带着满村瞎转悠，想打谁就打谁，想抓谁就抓谁，村里的老爷们儿没有没挨过鬼子打的。要是有老娘儿们在村街上被他们撞上了，当场被奸不算，还要抓进炮楼子里玩儿几天才放出来，因此那年头老娘儿们都躲在家里不敢出来。老娘儿们可以不出来，老爷们儿就不行了，种庄稼、拾掇庄稼、收庄稼，这些地里的活都要老爷们儿去干哪！谁家的庄稼也不在自家炕头上长着是不是？要下地得先经过村街。

无风六月，正是地里的大棒子该耪三遍的时候。那天东边天上刚有点儿鱼肚白，张淑芝的父亲张玉增便怀里揣个菜饽饽扛着锄头出了门。他家没有地，种的十五亩地是租本村北财主家的。十五亩地打的粮食除去交租和一家三口的吃喝，每年还能剩一两口袋。因此对于地里的庄稼，张玉增一点儿也不敢怠慢。昨儿个一直干到天黑，看不清棒子垄里的野草才收工。吃完后晌儿饭，又挑了几趟水把水缸灌满，浇浇院里的一畦韭菜和两畦黄瓜，躺炕上只觉得腰酸腿痛差点儿散架。本打算早上多睡会儿，可又怕下地晚了碰上瞎转悠的鬼子找麻烦，还是咬着牙起来，都没敢等着张淑芝妈把粥熬好就走了。张玉增寻思天这么早，肯定不会遇见鬼子。这帮畜生昨儿个到北边的林上村抢粮，中了民兵和武工队的埋伏，一粒儿粮食没抢回来，还拉回三具死尸。正在道边地里耪棒子的张玉增，隔着棒子秧的缝隙看得清清楚楚，丢盔撂甲的鬼子像被追赶的兔子一样往炮楼子里逃。吃了败仗的鬼子，今儿个怎么也得在炮楼子里多委会儿被窝压压惊吧？张玉增琢磨，就慢条斯理地走，经过街东头时，还特意往街北边东大庙里高高的金塔多看几眼。早先日本鬼子没来的时候，村里的男男女女老老少少每天起来头一件事就是去庙里烧香绕金塔，不烧香的就往香炉旁边的功德箱里扔几个铜钱，然后双手合十念绕塔咒开始绕塔。这金塔特别灵验，每天绕个两三圈的，就保你全家一年平安。小鬼子一来，炮楼子就建在东大庙对面街南边，和东大庙的南山门对着，庙里的人一抬头就能看见炮楼子上黑洞洞的枪眼儿。进庙绕金塔不是找死吗？谁敢保证丧心病狂的鬼子不会对着东大庙“嘟嘟嘟”来几梭子呢？因此，自打鬼子来了以后，村里再没人进庙绕金塔烧香了。没几年，金塔也倒塌了。因为没了烟火，庙里的和尚大多都还俗回家，只剩下七十多岁的老住持裴然法师。

“站住！”张玉增忽然听见身后传来一声吆喝和哗啦啦的拉枪栓声儿，回头一看，五六个矬胖鬼子正端枪对着自己，嘴里还“八格八格”地叫着。几个鬼子不容张玉增张嘴，上前就是一顿拳打脚踢，掏出绳子就把张玉增五花大绑捆起来押进炮楼。汉奸王玉当天就捎过话来，说张玉增那么早就出村，皇军怀疑他给八路军送信去了。不过皇军宽大为怀饶他不死，但张家得拿现大洋赎人。张淑芝家是全村最穷的人家之一，除了租种本村北财主的十五亩地，就院里几间东倒西歪的正房和同样破旧的厢房。王玉瞧瞧张家也实在没啥油水可榨，正巧看见一只肥胖的芦花大草鸡带着群鸡仔儿咕咕叫着摇摇晃晃进了院。“就是它了！”王玉说，扑过去就把老草鸡抓走了。不一会儿，遍体鳞伤的张玉增就被放了出来。

后来，张玉增就得了“老草鸡”这么一个外号。

被我们打败的小香头居然敢叫张淑芝爸爸的外号，这还了得？我们仨人发扬“宜将剩勇追穷寇”的精神，立刻就追了上去，一面嘴里用数快板的速度叫着小香头爸爸的名儿和她妈的外号：“傻玉富、半截俊！傻玉富、半截俊！”

五年级的第一学期还没完，我们的好朋友张淑芝突然不见了，听我妈说张淑芝去关外了。我们从地理课上知道，关外就是山海关的东边，又远又冷，比我们北屋村差老鼻子了。好好的干吗去关外呢？而且连我和小扔头都没告诉一声。我和小扔头百思不得其解。自打张淑芝走了，我和小扔头的战斗力大大下降，经常被小香头欺负。因此，我们越发怀念好朋友张淑芝。张淑芝呀，你在哪儿呀，我们想你，快回来吧！这种怀念，一直延续至今……谁能想到，二十一年没见的好朋友张淑芝真的回来了。

再后来，我们两家人就有了走动。我爹我妈知道她是玉增大爷的闺女，高兴得了不得，常常带俩孩子到张淑芝家串门。反正张淑芝没工作，有的是空闲陪我父母待着。张淑芝也有俩孩子，老大王老五，就是那次被火车上的旅客砸得头破血流的孩子。王老五比我的儿子大一岁，在宿舍区已经“赫赫有名”，偷东西、趴人家窗户根儿、欺负小孩儿……有想不到的坏事，没有他没干过的坏事。有一回晚上偷窥一对新婚夫妇睡觉让人家抓住了，被打得半死。我们搬走以后，听说这孩子被派出所关过好几回。我不明白张淑芝老实巴交的人，怎么会养出这样一个“出类拔萃”的孩子？张淑芝的女儿小兰倒是个不错的小姑娘，比王老五小四岁，和我女儿同岁。因为母亲经常带孩子到张淑芝家，我儿子女儿都和小兰很好，三个人常常一块儿玩过家家。有时仨孩子玩得正高兴，王老五就闯过来非要一起玩，仨孩子不带，他就把孩子们自己和泥垒的小锅小灶给蹬得稀里哗啦。小兰就哭着去妈妈跟前告状，奇怪的是张淑芝一点儿也不说王老五，还说小兰你们就让哥哥和你们一起玩不好吗？

妈跟我说张淑芝老念叨我，要我到她家去坐坐。我倒想去，可哪儿有工夫呢？礼拜日休息一天除去干家务活，我还得经常带俩孩子去市里各大公园、博物馆、少年宫、大书店转转，让孩子们感受一下外面的美好世界，给孩子们多买些书看。虽然俩孩子都没上学，但是已经识不少的字，我每天晚上都给他们读书。我非常害怕在这个“牲口”环境里待长了，自己的儿女也沾染上“牲口”习性。我很想跟爸妈说你们也尽量别带孩子去张淑芝家，别让那个小流氓王老五把俩孩子带坏了。但想归想，到了也没和我妈说。生活在这个“牲口”环境里，父母已经很孤寂、很不好受了，好容易来了个北屋村的旧人，我做女儿的要再限制父母去旧人家串门，岂不太残酷了？

从妈妈的嘴里我知道，张淑芝现在的公公其实就是她的另一个干爹。妈说二十一年前，张淑芝临走的头一天，她妈曾到我家来借钱，说明儿个淑芝就去关外的东北，穷家富路，她想给孩子多带点盘缠。孩子有个干爹在那边林业局当大官，淑芝在那里能当上干部。我妈说大婶子您就这么一个闺女，孩子才十三岁多点儿就一个人去那么远的地方，您不想吗？再说，听说关外头的人都野着哪，孩子要遇上点事儿咋办呀？张淑芝妈说怎么不想？可想也不能耽误孩子的前程呀！将来孩子有出息挣大钱了，我再跟过去享福，不就可以天天在一起啦！我妈当即就从墙柜里的钱笸箩中拿出全部的积蓄，一共五块二角都交给了张淑芝妈，又把才给我做的打算过年穿的新棉窝给了张淑芝妈，说关外冷，让孩子穿暖和一些别冻着。

当初，十三岁的张淑芝突然离家到东北，真如她妈所说为了能到那里当干部吗？她干爹既然当初答应了让张淑芝当干部，为啥现在张淑芝连个工作都没有呢？她这二十一年在东北怎么生活的呢？这些，我在和张淑芝聊天时，曾经旁敲侧击地问过她。但张淑芝装作没听懂我的话，顾左右言他。二十多年了，早已物是人非事事休了，我和张淑芝再也不是小时候无话不说的好朋友了。从她的目光和话语中，我已经感到了张淑芝对我的戒备。好在我们只做了两年多的邻居，全家就脱离了“牲口”环境搬到我丈夫单位分的楼房里了。可是张淑芝一家却还要在这里居住下去，我真担心王老五会变得更坏，但愿她的女儿小兰不要受哥哥的影响变坏。事实证明我的第二个担心很多余，张淑芝的女儿小兰非常优秀，自打一上学就是好学生、好干部，而且和我女儿同桌，两人是好朋友，就像我和张淑芝小时候一样好。虽然打离开西宿舍以后，我再也没往那里送过一个脚印儿。那时大多数家庭都没有电话，我和张淑芝几乎又回到二十多年前的状态。但是我女儿和张淑芝的女儿小兰考上了同一所中学，还是同班同桌，是非常好的朋友。虽然俩孩子的大学不是在同一所学校，但这丝毫不影响两人成为闺蜜。因此，我沾光常常能从女儿嘴里听到有关张淑芝家的事：张淑芝的儿子王老五被劳教十年，小兰和大学同班的一个上海男生恋爱了。后来女儿虽然移民加拿大，但是她和小兰的友谊并没有中断，两个人还不断通过越洋电话和互联网联系。

那年女儿回国探亲时，又谈起张淑芝的女儿小兰，说小兰的丈夫已经去世好几年了，她带着双胞胎儿子嫁给了哥哥王老五。

“妹妹嫁给哥哥？这不是乱伦吗？她爸妈怎么糊涂到这种地步呢？”我的嘴巴张得像垒球那么大，眼瞪得像乒乓球那么圆。女儿说您大惊小怪什么呀，小兰和王老五根本就没有血缘关系，小兰是她妈带着嫁给王老五爸爸的。

可不对呀，在西宿舍时她妈还亲口给我讲过生王老五和生小兰的事呢！

记得好像是国庆节假期，有一回又碰上倒垃圾的张淑芝，因为不用上班，我们便很从容地聊起了家常。不知怎么就聊到她儿子王老五。张淑芝说她上辈子欠儿子的，怀老五时被他折腾得要死要活的，吃一口吐一口，人瘦得跟干枝似的，天天还得扛着大锯片子锯木头，那罪受老鼻子了。生的时候还大出血，差点儿就死了。小兰这孩子就撩人，怀她时候一点儿反应都没有，照样能吃能喝能睡能干，每天锯的木头劈的劈柴都是临江林业局家属工里最多的。可我和孩子他爸偏偏贱骨头，还都偏疼老五，有好吃的、好穿的都先紧着他。老五跟他妹妹打架，我们两口子都说小兰，叫她让着哥哥。老五到如今这样，都是我们两口子给惯的。

我说活该，谁让你们在东北天天烧我们这群大学生的。那时我们职工宿舍的院子里，天天有一群东北大老娘儿们扛着大锯片子和斧子，“哧溜哧溜”锯木头，“噼里啪啦”劈木柴。很多成材的圆木都被她们破坏成了木块、木片，然后再填进我们宿舍火墙、火炕的灶坑里，把我们烧得如热锅上的蚂蚁，夜间被烫得翻来覆去也睡不着。又不敢开窗，外边零下四十多度的冷空气冲进来，顷刻间就能把我们冻成冰棍。没办法，我们只好频繁地与这些扛大锯片子和斧头的家属工交涉（说央求更恰当），求她们少糟蹋些圆木，少往灶坑里填木头，我们都快被烧成木炭变成灰了。她们才不管我们成炭成灰呢，每天仍然干得很起劲儿，火墙火炕的灶坑里仍然烈焰熊熊。后来我们才知道，林业局给这些家属工开工资多少，是和她们每天锯多少木头劈多少柴挂钩的。锯的劈的木头越多，开的工钱越多。我们央求人家少糟蹋圆木无疑与虎谋皮，人家当然一千个不答应，一万个不答应了。因此，当年我们这群大学生特别仇视和鄙视那帮两眼就认钱的家属工，从来不正眼看她们。她们也以牙还牙、以眼还眼，把我们宿舍灶坑里的火燃得更旺，炕热得都能把屁股溶化。

听了张淑芝的话，才知道她也是那群家属工中的一员，我就讲了当年我们这群大学生对那帮家属工的仇恨。张淑芝听了哈哈大笑，说幸亏你只在临江林业局待一年就调走了，要不兴许早被烧成木炭了！我们哪儿还能见面呢？我也哈哈大笑，我说我是凤凰涅槃，被你们烧死的我又重生了。现在想想，那次聊天，是我们重逢以后最开心的一次。可是，她却在向我撒谎，在骗我。我不明白张淑芝，我又没怀疑王老五和小兰不是你亲生的，我又没说你虐待王老五或者小兰中的一个，你干吗要主动向我编一通谎言呢？

“没准儿怕您看出王老五不是亲生的故意骗您。”女儿向我解释，但是无论怎么样，您应该相信小兰和我说的是真的。我们俩这么多年的好朋友了，她从来没向我隐瞒过任何事情，没向我撒过一丁点儿的谎，哪怕芝麻粒儿大的谎都没撒过。管他呢，反正自打女儿告诉我这件事以后，我是懒得再打听张淑芝家的事了。特别是丈夫去世后，我到韩国花巨资把自己从内到外都整理一遍，从六十岁的老妇人重回二八佳人，并且又从原来的住处搬到另一个高档小区。我，老作家李淑荣从此就彻底从人间蒸发。几家出版我新作的责编都说卫平这个年轻美女作家，写出的东西老到，很有老作家李淑荣的风范。我听了抿嘴一笑，告诉他们我被李淑荣附体了，所以才有她的风范。我以为我埋藏得很深，这辈子也不会被人挖掘出来。可是没想到跟我已经丝毫不相干的张淑芝，轻易地就把我挖掘出来了。我很踌躇，要不要答应她呢？说张淑芝与我毫不相干吧，似又不是，刚才我一从电话里听到她的声儿，心中就一颤，立刻我们小时候的友谊便潮水般涌进我脑海里。再说，张淑芝身上有好多谜，我一直都想知道却一直都无从知道，正好趁此机会把这些谜团解开。我是个作家，作家的习性就是喜欢打听事，哪儿有事哪儿准有作家。可是我去吧，又有暴露庐山真面目的危险。这可真是两难的选择。

“淑荣呀，念在咱们俩从小的关系上，你可一定来呀！我知道以前有些话骗了你，惹你生气了，这回我向你保证，一句谎话也不会说，把我的事情原原本本都告诉你。有些秘密我不想憋一辈子带进棺材里，可又不能对孩子们讲。这次是我求的小兰找你闺女打听的你的电话，淑荣，你……”说到最后，张淑芝哭了。

“我一定去。”我挂断电话。要再犹豫我还算人吗？

二　去南沙敬老院

“平平，我忘了，上次咱们来是在这个路口往南拐的吗？”司机小张突然回头问我。

“是，往南！还司机呢，连路都不记！”小张打乱了我的思绪，我的回答特不耐烦。本来嘛，我开工资雇你当司机，走哪条路你应该记住，还能让雇主为你记着路？现在的年轻人，一点儿都不敬业。哪儿像我们那会儿，干什么吆喝什么，决不让领导操一点儿心。又忽然觉得哪儿不对劲儿，这小张平时不都称呼我卫老师嘛，今儿个怎么直呼我名字，而且还省略了姓氏？就好像他是我的长辈，又好像他是我的绯闻男友。“小张，请你今后说话注意长幼尊卑。”我嘴上这么说，心中却感到很受用。他要真是我的绯闻男友多好呀！我是个美女作家，为什么就不能找个年轻的男友呢！这些年，我一个人太孤独了，都有点儿活腻味了。

“平平，这可是咱早就约定好的，怎能随便反悔呢！”小张的回答不卑不亢、死不悔改、强词夺理，虽然不像雇员和雇主在讲话，但我喜欢。的确如小张所说，我们第一次来敬老院时，在老人面前扮演的是一对想把家中老人送过来的夫妻。这是我们第二次来敬老院，当然应该外甥提灯笼照旧（舅）了。

半个月前，作协交给我一个任务，中秋节前为作协办的《老年之友》写一篇关于郊区老人幸福生活的纪实文学，我接受了，并且一下子就选中了我们北屋村办的敬老院。之所以选择它，首先因为它是我家乡的敬老院，里边可能会有不少我熟悉的人；其次这家敬老院很有名，曾经上过报纸，虽然当时正忙于完成一部长篇小说的结尾，也只看了一眼标题，好像叫《北屋的老人乐园》。大概由于这篇报道的缘故吧，据说远近很多老人都争相排队要到北屋敬老院养老。连我都动心了，是否结束一个人的孤独生活，搬到北屋敬老院，天天和小时候的伙伴们一块儿喝茶聊天，一块儿遛弯，多么惬意的生活呀！哪儿像现在，天天关在自己的一百多平方米的居室里，成天和那没生命、没笑容的电脑打交道，还得提防小张那色眯眯的眼神。当然，这只是我写到某部书的某章节反复修改仍不满意时的想法。一旦我的大作出版了，报刊上、电视里的赞誉接踵而来，我就把这种想法无情地抛进太平洋。我才不去敬老院呢，去那里不就标志我成废物了吗？成了一具暂时能活动的准僵尸吗？谁还记着著名美女作家卫平还活着？李商隐的诗《乐游原》结尾写得好：夕阳无限好，只是近黄昏。由于伟大的金钱作用，我外表虽然还是早晨八九点钟的太阳，但是只有我自己知道，我其实都不是近黄昏了，应该说近天黑了。俗话讲：人之将死，其言也善；鸟之将亡，其鸣也哀。我就是这个将死的人和将亡的鸟，我的善名和哀鸣就是我出版的一部部书。我要用我犀利的语言抨击我觉得应该抨击的一切坏的东西，用我美丽生动的语言表彰我想表彰的一切美好事物。尽量在死亡之前，给这个世界深深地刻下我的印记，包括这次完成作协的任务。为了把这篇纪实文章写得更好，这次我甚至残忍地破坏了小张的相亲见面，让他立即开车带我去北屋敬老院第二次踩道。我说你干吗老是频繁地与异性约见呀？不能让自己的感情歇会儿？这小子竟对我这个雇主反唇相讥，我只听说做贼盗窃之前先踩道，还没听说写文章也要先踩道。我可以取消这次相亲，因为我知道不会有结果的，我的心里根本装不下别人。

“停!”怕这小子又胡说，我赶紧用左手中指顶住右手掌心，“就当我们这次是做贼吧!”这么说也只是为了尽快结束与小张的对话，因为我知道这张狗嘴里吐不出象牙。

北屋村敬老院叫南沙敬老院。千万别以为我们北屋村和海南的三沙市交情不错，相互在对方的地盘建敬老院，让南北方的老人互享异地养老之乐趣。否！到目前为止，包括我这个大作家，我们北屋籍的人还没有去过南沙的呢！之所以取这么个名字，是因为敬老院建在我们北屋村的南沙窝。南沙窝在北屋南边，远离村子的政治经济中心，环境安静，空气清新。南沙窝又是一片宝地，在这里种出的花生籽粒饱满，外壳洁白如雪，白薯皮红瓤也红，味道比栗子更鲜美。村人们权衡再三，觉得老人们都辛劳一辈子了，在安静舒适、空气新鲜、视野辽阔的地方养老，对老人的身体更有益，所以便决定在南沙窝宝地为老人们建敬老院。敬老院的名字当然不能带“窝”字啦，老人又不是动物，怎能住在窝里？因此就去“窝”叫南沙敬老院，有气魄又简练，还暗合我国领土南沙群岛。

第一次踩点时，我既没敢暴露作家身份，也没敢暴露北屋籍身份，主要怕说话不方便。让小张冲锋陷阵在前，我只是一个旁观者。他说我们是夫妻，住在市里，听说南沙敬老院好，就想把妈妈送到这里养老，这回是来看看。我们煞有介事地把敬老院前前后后都看了一遍，陪同我们的两位老太太非常热情，和我们东聊西聊，临走时还非把我们送到敬老院的秫秸大稍门外，又送到我们的奥迪 A6 车旁，还一个劲儿跟小张说让你妈快点儿来啊，这回我们又多了一个聊天的老姐妹。两位老太太紧拉着我的两只手不放，夸我多俊的小媳妇儿呀，身板儿比秫秸还直溜，小脸蛋儿粉嫩粉嫩的，跟三月桃花似的。还夸小张有福气，找这么个赛貂蝉的小媳妇儿。被夸得兴起的小张拿出手机，咔嚓咔嚓就为我和两位老太太分别照了好几张合影，嘴里还说我媳妇儿比貂蝉还美十分呢！其实，两个老太太就是我儿时的冤家对头小香头和我的好朋友三姐刘桂香。不知是他们的眼神差呢，还是我整容太成功，小香头和三姐竟把儿时伙伴当成小媳妇儿。不过回家一看小张下载的照片，我不敢再说小香头和三姐的眼神差了，的的确确，十足的三代人。沉浸在两个老太太夸奖话语中的小张满脸幸福，“卫……卫平呀，老太太的话要是真的多好呀!”他把“卫平”后边的“老师”又省略掉了。

“就权且这样吧!”我知道他的心思，不能接他的话茬，就回答了这么一句模棱两可的话，这也就是小张所说的“这可是咱早就约定好的”。我怀疑自己掉进小张预设的陷阱里，这小子对我的那份心思我早就有所察觉，本来可以解雇他另找一个司机，两条腿的蛤蟆难找，两条腿的人满大街都是。我偏偏没有辞退他，一来呢，这小子机灵干练，用起来得心应手；二来呢，我心里似乎也很希冀他对我动这份心思。女人潜意识里都喜欢男人追求，甭管未婚已婚，丑女美女。何况我一个“已近天黑”的单身女性（我可不愿意把老寡妇、老女人的称呼用在自己身上），还能被年轻男性疯狂追求，应该是件很骄傲、很得意、很露脸的事吧!

已经拐进村了，我就不想再闭目胡思乱想了。毕竟是生我养我的故乡，每一片树叶，每一棵小草，我都熟悉，我都想多看几眼。虽然几十年了，曾经的土房都变成红黄白绿的洋房，但谁家在哪儿的位置大体没变。

车子从北边一直插进父子街的中间，沿着街道往西行驶。街名很奇特是吧？这条街原来叫后街，是纪念抗日战争胜利六十五周年大会上，上级部门应村民们一致强烈的要求，批准改成现在的名字——父子街，是为纪念后街一对在抗日战争中牺牲的父子。说起这对父子烈士，就不能不提起我家的东街坊张大妈。还记得一首抗日歌曲里的这样两句歌词吗：“听吧！母亲叫儿打东洋，妻子送郎上战场。”我张大妈就是歌词里的母亲和妻子。一九四三年春天，一支打小日本鬼子的八路军在我们村休整捎带扩军，三十多岁的大妈一手拉着大儿子一手牵着丈夫，把父子俩送进八路军队伍。千叮咛万嘱咐爷儿俩：不把小日本儿打跑别回来。小日本鬼子被打得落花流水大败而逃滚回他们那耳朵眼儿大的老窝了，大妈的丈夫和儿子却再也没回来。据说，一九四四年秋天，张大妈儿子和丈夫所在部队为完成上级交给的阻击任务，坚持了三天三夜，打退了鬼子的八次进攻。大妈的儿子和丈夫就是在这次阻击战中牺牲的。张大妈是一位非常刚强的女性，对于政府和村子里给她这个双料烈属的各种优抚一概坚决拒绝：钱、粮、布匹、猪肉等等，送多少大妈退回多少。大妈说我有一双手，能养活自己和家人。丈夫和大儿子是为打小日本儿牺牲的，我要因为是烈属就向国家伸手要钱要物，对不起牺牲的父子俩。

过了张大妈家，就是我们家。我有两个哥哥，继承父母这套宅院的是比我大十五岁的大哥。大哥不是我父母亲生的，是张大妈生的。张大妈的二胎是一对双棒儿，因为家里穷养活不起三个儿子，也因为跟我妈是好姐妹，便在我妈的要求下，把双棒儿中的老大给了我家，起名小招头。果然不负众望，五年之后招来我二哥，十五年之后又招来我——确切地说招来我和姐姐。我和姐姐是双生，母亲把她送了人。

我的姐姐生来就是个有故事的人。据给我妈接生的老娘婆子说，生我们的时候，四十多岁的母亲被我姐姐折腾得昏死过去，姐姐好容易生下来该轮到我了，我一“出溜”便像蔫屁一样被放出了。母亲醒来第一眼就看见长得非常妖艳的姐姐，右手攥着小拳头含在嘴边正得意地望着她笑呢！那神情好像说这回我没把你折腾死，还有下回呢！母亲被姐姐的异相吓得一宿都没敢睡觉，第二天一早便把村里说大鼓书兼看相算命的兰亭先生请到家里。兰亭先生看了一会儿姐姐桃花般粉嘟嘟的小脸儿，又试着把姐姐的小拳头从嘴边拿走掰开，发现大拇指旁边还多出一小肉坠儿，敢情是六指。兰亭先生沉思了一会儿，说汉武帝六十多岁时曾巡狩过河间，望气者进言说此间有奇女子。武帝把河间太守找来一问，果然有个姓赵的绝色女子生下来就两手握拳，谁也掰不开。武帝把这名少女找了来，试着掰她的双手，哪知一下子就掰开了。于是武帝便把赵氏女带回皇宫，对她大加宠幸，还封她为钩弋夫人。新夫人很快就生一个儿子，取名刘弗陵。武帝对这个老来得的儿子更是疼爱有加，死之前还把刘弗陵立为太子。就有方士进言，因钩弋夫人生下来异相，将来很可能因其子做了皇帝祸乱朝廷，为了大汉的江山能千秋万代永传，建议汉武帝处死钩弋。武帝听了方士的话，果然将钩弋夫人处死。不久汉武帝也死了，钩弋夫人的儿子刘弗陵做了皇帝，汉朝竟比武帝时还兴盛。兰亭先生的意思不言而喻，那意思让我的母亲杀死这个生有异相的孩子。这事不知怎么被东头的赵大妈知道了，老太太拐搭着一双小脚儿，风风火火跑到我家，说长江（我大哥的名字）妈呀，这孩子给我得了，我那大儿子和儿媳妇都快四十了还没孩子，如今两口子都在八路军里打小日本儿，眼看着小日本儿秋后的蚂蚱也蹦跶不了几天啦，我先把孩子替他们养着，等他们得胜回来时再交给他们。这正合母亲之意，毕竟是自己身上掉下的肉，哪舍得把孩子弄死呀！虽然那年头不少的父母因为家里孩子多养不起，生下丫头便放尿盆里溺死。就在新中国成立的那一年，我五岁的姐姐和赵大妈都被大妈的儿子和媳妇接到南方了，据说赵大妈的儿子和媳妇都在南方当大官。

我从外地调回北京以后，便把家从老家北屋搬到东郊火车站的西宿舍，后来又搬到丈夫单位建好的楼房里。这期间父母一直和我生活在一起，直到去世。爸爸先去世的，姐姐的事是妈去世前告诉我的，妈说她很后悔把双棒儿的姐姐送人，当初以为把姐姐送给老赵家也在眼目前没离开北屋，想看就能看见。谁知赵大妈和姐姐都被带到南方了，别说看不见姐姐，到如今都好几十年了，连音信都没有。妈嘱咐我一定要找到姐姐，跟姐姐说妈对不起她，不然的话她在阴曹地府里都不开心。妈说姐姐除了右手六指儿是个记号，跟咱们娘儿俩一样，脚心上有一颗又圆又红的朱砂。妈向我交待完姐姐的事第二天就走了，走时眼是睁着的，我用手轻轻胡噜一下才合上，大概是死前见不着姐姐不甘心吧？父母都走了，老家的两套宅院便更与我无关了。后来大哥也去世了，在外边工作的侄子们便把这套宅院卖给了外姓。从已经易主的生我养我的家门经过，今生今世却再也不能和我的父母在自家宅子里相见，那种痛苦和失落谁能承受？我闭上眼睛，任泪水沿着脸颊悄悄流下。

我家的西邻是宰猪的崔老爷家。小时候每逢阴历年，崔老爷家院子里就人声猪声鼎沸。七岁多的我搂着一岁多的侄子，坐在自家西厢房的屋脊上，顶着凛冽的西北风啃着白薯，“欣赏着”西院崔老爷家的热闹。都说屠夫心毒手狠，确实不假。那可怜的四脚被捆住的肥猪躺在大石板的屠宰台上不停地挣扎号叫，崔老爷右手持尖刀便以迅雷不及掩耳之势扎进猪的脖子，刀子拔出，鲜红的血就咕嘟咕嘟冒出，流到提前放在猪脖子底下的大瓦盆里。

崔家的西街坊是冯大叔家。大叔的老闺女小扔头是我最好的伙伴，我们就像被糨糊牢牢粘住了，从不分开。可是如今半个多世纪过去了，我和小扔头生死两茫茫，谁也不知道谁在哪儿，到底是死是活。小扔头家现在是一片废墟，倒塌的土房掩在一人多高的蒿草中。她唯一的哥哥多年前就搬进城里住了。过了小扔头家再往西，就是有名的西道口，我们儿时的乐园。

我小时候，夏天总是阴雨连绵，天天不是大雨就是毛毛雨，因此，比较低洼的西道口永远有大腿根儿深的水。我们每天到南庙小学读书都得蹚水过西道口，麻烦极了。但同时西道口又给我们带来无限的乐趣：只要不上学，我和伙伴们就一天到晚长在西道口，手里拿着捞饭的笊篱捞水里的小虾小鱼，水边放着一只瓦盆，把捞的小鱼小虾放进盆里。不愿意捞了，就打噗噗噔玩儿，双手按在水里，使劲扬起小脑袋，两只小脚丫拼命地打水。冬天西道口都是冰，我们就在上面打冰出溜。两只冻得通红的小手各抓着一大块水晶般透明的冰，呜哇喊叫的我们，边打冰出溜边不时地咬一口冰，嘎嘣嘎嘣地就着北风嚼。最为得意的是，我们从西道口往南打冰出溜，经过南大官沟能一直到我们读书的南庙小学南门，不用我们再绕西街了，省了好多的路。如今的西道口早已今非昔比，一座白玉栏杆的小桥把西街和后街（现在统称父子街）连起来。到南庙小学念书的孩子有校车接送，夏天不用蹚水，冬天不用在寒风中打冰出溜，比我们那时候享福多了，但是也少了我们那时候的乐趣。

车子终于停在南沙敬老院的门前。我敢说，南沙敬老院的大门目前在全中国乃至全世界的单位里都绝无仅有：秫秸扎的大稍门，没栓没锁，白天常年开着，夜晚抬上——就是抬着捆在秫秸门中间的横杠，把门移到与门轴对应的另一端——一个泥垒的高高的门垛，门垛中间有个窑窑，把门杠那头放进窑窑就叫抬上门了，也算锁上了。过去我们北屋家家的街门都是这种秫秸门，再阔的财主家也不例外。晚上睡觉前一家之主亲自抬上稍门，早上起来同样是一家之主把稍门抬开。南沙敬老院之所以沿袭农家的这种传统的稍门，我想大概不是为了没钱修现代的漂亮又有气魄的大门，而是为了保持乡间农家院的传统，为了让住在这里的北屋的老人们有一种住在自家感觉。

稍门半开着，跟我们头一回来正赶上老人们热热闹闹在葡萄架底下吃午饭不同，这回葡萄架底下空空荡荡的，只在架的东北角有三位老太太正围着一张圆桌玩儿纸牌，而且我一眼就认出其中的两个老太太是小香头和我三姐刘桂香，另一个比她俩年轻些的我不认识。见过一次面算熟人了，我想主动和她们打招呼，却不知该怎么称呼好。在她们眼里的我是小张俊俏的小媳妇儿，在我眼里她们是我小时候的玩伴。该怎么称呼呢？叫三姐？叫小香头？两人还不把我这个没大没小的美女作家一棒子打出敬老院。叫大婶或大娘，又怎么叫得出口？

“大妈们好！”关键时刻，小张给我解了围。严格意义上说这其实不叫解围，小张又不知道我外表和心中的秘密，他只把我当成他的俊俏的小媳妇儿，而理所当然地代表我和他向对方打个招呼而已。

三个人同时把头转向了我们。“是你们小两口儿呀！”小香头和三姐同时说，就放下纸牌迎了过来。

“大妈快坐下，接着来，接着来。要是欢迎，我们小两口儿也加入。”小张赶紧过去扶住有些弯腰的小香头坐下，自己也顺手坐在小香头身边的空椅子上。“咱们打对家吧！”嘿，他还真没把自己当外人。

小张是个扑克迷，甭管开车带我去哪儿，碰上牌局绝不错过。去年夏天作协开年中总结会，车停在作协的院子里，他和几个司机玩儿“升级”。小张催促朋友赶快亮主牌的声音几次冲进会议室打断作协主席庄严的讲话。“谁的司机，下去约束点儿！”作协主席严厉地说，“年轻轻的，再来作协开会自己开车，别耍大牌！”这不明显是说我的吗？

“调主！”让我尴尬的是小张的高音大嗓儿不时地在会议室里横冲直闯，我不得不在众目睽睽之下走出会议室去制止我的司机小张。那次的会议开了三个钟头，我出去四次。会后主席特意为自己会上的话对我道歉，说小卫呀，我刚才说的可能严厉点儿，不要放在心上呀！不过我还是建议你自己开车，才三十出头的人，没必要雇个司机、助手、保镖的。退一步说，就是雇也别雇小张这样的，素质太低，与你身份不相称。可怜我的作协主席呀，你虽然有一双明察秋毫的年轻的慧眼，可你却一点儿也没明察我——被你口口声声称小卫的人，实际可以做你的老祖母。叫我怎么回答你的话呢？当然，我可以接受你的建议，另外雇一个素质高的司机。可你应该知道这句话吧，人各有志，有爱孙猴儿的就有爱猪八戒的。甭管小张是孙猴儿还是猪八戒，我就爱他！因为小张长得太像一个人了，那脸庞、那声音、那身材、那一颦一笑，我简直以为是上帝又把他重新还给了我。小张在我身边，就是他在我身边。伟大的造物主哇，你的手可真巧，竟能造出两个一模一样的人。

“你们玩吧，我去萝卜地里瞧瞧。”大概觉得打对家多一个人，那个我们不认识的老太太起身欲往外走。

“别，你们四个人打，我在旁边看着就行了。”我赶紧拦着老太太，但是却没拦住，老人家执意走了。我心里埋怨牌迷小张太不懂礼貌，连个先来后到的规矩都不懂，你这么说不就是赶人家走嘛！

“她愿意走就让他走吧，你们小两口儿没来之前她就要走好几回了，是让我们娘儿俩硬给扣住了。”三姐说。论辈分小香头得管三姐叫姑，所以她用娘儿俩。

“你们小两口儿不知道，这老太太虽然快七十岁了，还春心不死和男人乱爱呢，这会儿她那对象正在萝卜地里呢！”小香头撇着干瘪的嘴，“真不嫌丢人！”

“别那么刻薄，她七十岁怎么了？恋爱是人家的自由。你念书时就和老花子搞对象不丢人？”三姐的话有揭老底的嫌疑，又是在陌生的我们“小两口”面前，让小香头有点儿下不来台。

“不打了！不打了！”小香头要走，被我的“丈夫”牌迷小张硬给拦下。本来嘛，少了小香头，这对家就打不成了。

“大娘您不必生气，其实这位大娘是夸您。搞对象早，证明您漂亮、有魅力，您不知道现在的那些大龄剩女呀，个个不是硕士就是博士，可长得都是猪不吃、狗不啃的，白给男人都没人要。”为了留住小香头打牌，小张竭尽拍马屁之能事，用最损的语言骂那些目前还是单身的大龄女。

“还是人家这孩子会说话。其实年轻人你不知道，当年我这个三姑呀，对象搞得也和我一样轰轰烈烈呢！只不过人家命比我好，生的丫头小子都比我强。哎，早知道是这结果，我才不跟我那死鬼老花子丈夫搞呢！红颜薄命！红颜薄命呀！”小张的话立即把小香头说得眉开眼笑，用一双老树杈手迅速洗牌。

我理解小香头的感叹……

三　“冠军”小香头

小香头比我大五岁，和我是一班同学。她丈夫叫老花子，本村东关人，也和我同班，两人前后桌。因为岁数比我大许多的缘故吧，我还很懵懂的时候，她已经和后排的老花子开始“乱爱”——我们的班主任兼算数老师许老师这样说他俩。

我第一次看见他俩单独在一起的时候，是五年级的冬天。

那是刚过完腊八的第二天，星期三，该我生炉子。因为腊八粥太好喝了，头一天的后晌儿饭我一气儿喝了三大碗。母亲骂我丫头家家的没忖量，吃好的肚皮撑得像鼓，吃孬的肚皮瘪得像虾米皮。还说我喝这么多稀粥夜里别想睡觉了，净得跟尿盆子套近乎。果不其然，夜里我合眼迷迷糊糊地也不知尿了几泡尿，反正刚睡着尿就来了。尿到最后一泡的时候，我家墙柜上那只被日本鬼子砸坏过的大罩子钟一连“当当”敲了六下，哎呀，坏事了，我生炉子起晚了！我忙三迭四地穿上棉裤和棉袄，提起装书包和棒子骨的小篮儿就往外跑，连昨晚母亲给我放在蓝花大瓷碗里的烀白薯都没来得及拿。

外面还满天星哪，一个人走在黑咕隆咚的街里真害怕。街两旁家家都贴墙码放着棒子秸捆儿，猫儿们就在棒子秸跟墙之间的空隙里钻来钻去，或逮耗子或幽会，把棒子秸弄得不时发出响声，特瘆人。要是幽会就更瘆人了，喵呜喵呜的叫春声就跟小孩子哭似的。我小跑着来到西道口的冰上，手揣在小套袖里，任刀子似的北风肆意在脸上剜割，两只脚出溜出溜拼命地在冰面上往南滑。不时响起的咔吧咔吧冰炸声吓得我心惊肉跳，我就大声拼命地喊“冰炸冰炸，小孩儿别害怕！冰炸冰炸，小孩儿别害怕”给自己壮胆。能不害怕吗？南边的官沟里还淹死过人呢！

听说一到天黑这些被淹死的人的鬼魂就在冰面上游荡，遇上老娘儿们（我们这里对女人的统称）和小孩儿就给塞进冰窟窿，然后阎王爷就允许淹死鬼托生人了。鬼们对老爷们儿不敢，老爷们儿胆大力气也大，他们根本拖不动。

一路的惊吓和寒冷中，我终于跑进了南庙小学的南门。看见南大殿和中大殿的教室里都有火光，也是生炉子的，人家比我到得早。我们五甲班教室在北大殿，推开教室的门，热烘烘的气儿扑面而来，不像上次我来生炉子，黑咕隆咚的教室里冷得像冰窖。再一看，放在教室中间的炉子居然有蓝火苗，小火苗儿蹿得特别欢，像一个活泼跳动的小精灵。

我第一反应是，班主任许老师替我生的炉子。因为他和我大哥是师范的同学，还是干哥们儿。我在班里年龄最小，学习最棒，年年都考第一。干哥哥许老师可宠我了，甭管课上课外，许老师从不叫我大名，总是爱意十足地喊我小胖子。其实我不胖（那年头农村没有胖孩子），只因我虽四肢都如干柴棒，却有一张满月般的圆圆的脸和一双水嘟嘟黑葡萄珠般的大眼睛，就落个“小胖子”的外号。许老师宿舍里有很多书，别的同学都不许看，只有我可以随便进出许老师宿舍看书。因此，当我的同学们只从村里说书的兰亭先生那里知道《水浒传》里有个鲁智深的时候，我把中国古代四大名著都背得滚瓜烂熟了，甚至于还读过外国知名作家的作品，比如法国的莫泊桑、美国的马克·吐温……每年放寒假和大秋假，在外村教书的大哥回来了，许老师就到我家找大哥玩儿几天，大哥也去许老师家住。平时家里改善伙食吃饺子、烙饼、油炸鬼什么的，妈就让我把许老师叫到家里吃。

“丫头（我的小名），你来了。”我正想着干哥哥许老师哪，猛然间，同学小香头从暗处站到我跟前。她说：“昨晚末晌儿放学时候，我跟许老师说：‘腊七腊八冻死寒鸦，天太冷，明儿个就让我替李淑荣生炉子吧！咱班就数她小，还管我叫姑呢，我应该照顾她。’许老师同意了，可我忘了和你说了，害得你起个大早白跑一趟。”小香头说完这一串话，从炉盘上拿起一块烤得喷喷香的白薯递给我：“又冷又饿吧？快把这块热白薯吃了吧！”

我死活不敢接。小香头帮我生炉子就让我想不到，再给白薯吃，我差点儿以为老爷儿（太阳）从西边出来了。不错，我是管她叫姑，她家就在我们后街的西北角，西道口东北边，离我家也不算远。可这个姑依仗自己岁数大个儿大，平时没少欺负我。我和小扔头玩弹球，小香头非参加不可，不带她玩就捣乱，把我们在地上画的江用脚给蹭了，踢跑我们的球。带她玩吧，她又特搅人，明明她的大捞（玻璃球的一种）球没打着我的大捞球，非得说打着了，我不干，她就立刻把我摔倒在地骑上去，直到我把自己的大捞球给她，她才从我身上下来。她不敢欺负小扔头，因为她哥哥冯连生在六年级念书，长得跟半截铁塔似的，打小香头是张飞吃豆芽——小菜一碟。我虽然有两个哥哥，比我大十五岁的大哥在外村教书，比我大十岁的二哥在北京念书，都帮不上我。能帮上我的就西院崔老爷家的儿子小十，他跟我特别好。可小十家里老有活，他和哥哥姐姐们不是凿冰窟窿掏黑泥，就是搂树叶捡干枝，很少出来和我们玩弹球。

有时小扔头实在看不下去小香头欺负我，就拔刀相助。那回小香头为了讹我的大捞球又骑到我身上的时候，忍无可忍的小扔头终于抄起地上一块半头砖照着小香头的后脑勺猛砸过去，把小香头开瓢了。鲜红的血跟雨水似的从小香头黑厚浓密的短发里流出来，流到她黑棉袄的前襟和后背，又滴到我的花棉袄上。小扔头吓得刚要往家跑，神勇的小香头从我身上跳下来，右手一把揪住小扔头的脖领："就这么逃跑？墙头上挂帘子——没门！"瞧，小香头多么机智勇敢、从容不迫，如此危急关头还没忘记说俏皮话。然后就弯腰用左手捡起刚才惹祸的那块半头砖，对着小扔头的脑门："你砸我后脑勺我砸你前脑门，咱们谁也不欠谁的。"被揪住脖领的小扔头吓得"哇"一声大哭起来。我赶紧站到两人中间，人家小扔头是为我呀，我哪能袖手旁观呢？

"别，别，小香头姑，有话好说，别动手。"我模仿爸妈打架时，张大妈劝架的样子。

"你瞎了还是傻了，没看见是小扔头先把我开的瓢？滚一边去！癞蛤蟆上锅台——假充什么大豆黏饽饽！"小香头用没拿砖头的左手一下子把我推到一边，"再管闲事，小心我先开了你的瓢！"

小香头的威胁倒点燃了我智慧的灯，她能威胁我，我就不能威胁她吗？我当然知道，要想达到威胁的目的，必须拿出小香头最怕的物件。小香头最怕的物件是什么呢？我的干哥哥许老师呀！请干哥哥许老师原谅啊，我用词不对，不该称您是物件，您是南庙小学算数教得最棒的老师，也是最笨的小香头最怕的老师。因为小香头算数考试总吃鸡蛋烧饼，课堂提问又答不出来，许老师经常把她轰出教室到外面老爷儿（太阳）地儿罚站。有时还让她两臂伸直手掌朝上，左右手各托一块砖头。常常下课了，我们一群孩子围着小香头拍皮球、跳绳、追逐打闹，可怜的她却还托着砖头苦苦支撑着。十六七岁的大姑娘了，周围玩耍的都是比她矮一头的小毛孩子，真真地鹤立鸡群，丢死人了！“不错，是小扔头先开你的瓢。”我说。想起去年冬天县剧团在我们村演的那出《空城计》中诸葛亮的镇静和大无畏的精神，我也竭力模仿诸葛亮装出很镇静、很大无畏的样子，故意把声音放慢，一字一顿地说：“可是她为啥开你瓢呀？是因为你先骑到我身上欺负我，她是纠正你的错误。小香头，我郑重警告你，你犯的错误太多太大了，可不止欺负我这一宗。你背后骂许老师，还给许老师起很多外号，竹竿、小脑袋、螳螂、大虾米，这一堆外号可都是你起的。你今天要是不放过小扔头，我现在就到许老师那儿告你的状去，许老师是我干哥哥，我还叫他让你托砖头在教室外头罚站。”我一口气说完这些话，一面偷眼注视着小香头手里的砖头，心想今儿个豁出去了，她要敢砸好朋友小扔头，我就一头就先把她顶倒在地，用砖头再在她脑门儿上开个瓢。

“丫头，有话好说，别到许老师那儿给我告状行吗？”没想到我的恐吓起到了立竿见影的效果，小香头软了，扔下砖头松开小扔头的棉衣领子，两只漂亮的杏核眼哀哀地望着我，“丫头，千万别告诉许老师，姑求你了。”小香头带着哭腔，一只手下意识地捂着后脑勺，然后又拿到我前面摊开，好家伙，手掌上全是殷红的血。“流这么多血，也得让小扔头赔我点儿什么吧？横是不能就白给我开瓢了？”

“我给你一个大捞球加十根石笔，行吧？”我问，见好就收，不能指望强势惯了的小香头吃亏太大。见她点头，我怕夜长梦多她又反悔，连忙从口袋里掏出球口袋，从里边拿出一只绿色中间有红花瓣的大捞球和一把撞碎了的石笔，很慷慨地全放在小香头手心。

“流这么多血，我妈要问我怎么说呀?”

“你就说打冰出溜不小心栽一个大仰巴脚子，后脑勺正好磕一块半头砖上不得了!”我的脑瓜儿转得相当快，一下子就编出这么一个滴水不漏的瞎话。

“嗯。”小香头被迫同意，把我的大捞球和石笔装进口袋走了。

就这样的一个强势的小香头，你说，她今天的这番话和作为能让我相信?纯粹黄鼠狼给鸡拜年——没安好心。“不要不要，我不吃嘛!”我连忙往外推小香头硬塞过来的白薯，好像那不是香得差点儿把我哈喇子都招出来的白薯，是拉开弦的手榴弹，一沾着就会爆炸似的。我们之间不知谁不小心，白薯吧唧一声摔在地上，黄黄的瓤子就像一大泡黄灿灿的屎。

“捡起来!”一声男人严厉的断喝，吓得我一哆嗦，黑暗中走出身材高大的老花子。“我让你捡起来，听见没有?不然我碎了你!”

“张瑞连，别吓唬丫头!”就在我撇撇嘴吓得要哭时，小香头一把将我搂进怀里，“丫头别害怕，张瑞连逗你玩儿哪!有姑在这儿，他不敢把你怎么样。一会儿我把那烂白薯扫起来，你只要答应姑别把今儿个的事告诉许老师就行。”我第一次感觉曾经让我害怕的小香头，今天成了我的保护神，一个真真正正的姑。

“她敢!除非活腻歪了!”又是老花子洪钟一样的声音。

“你就别吓唬她了!”小香头回头制止老花子，“丫头不告诉许老师的，丫头和姑最好。你告诉姑，不会吧?”

我点点头。小香头这才松开我，去教室前面的墙犄角拿扫地笤帚和土簸箕把那摊白薯扫起来，又把炉灰扫进土簸箕。

那一整天我都没上好课，心里一直在想，小香头干吗帮我生炉子?干吗讨好我给我白薯吃?她和老花子干吗这么早去教室?小香头明明告诉我头一天晚上就把帮我生炉子的事跟许老师说了，可干吗又不许我把生炉子的事告诉许老师?我实在憋不住了，过了一礼拜，就把这事和好朋友小扔头讲了，小扔头说是吗?小香头也替我生过炉子呢!过几天小扔头又告诉我，说小香头替班里好多女生都生过炉子。没过多少日子，小扔头又说老花子也替很多男生都生过炉子。

他们这到底是为什么呢？这件事一直像谜一样萦绕在我和小扔头的心里，百思不得其解。

终于有一天，谜底解开了。

那好像是期末考完试的第二天，成绩单都发给大家了，同学们就等放寒假抱匣子（书包）回家了。偏偏我干哥哥许老师要给几个成绩不好的学生开家长会，一共四位家长，其中就有小香头妈和老花子妈。

家长会不是在教室里开，是在许老师的宿舍里开。我也在，就在许老师靠北墙的书架旁静静地看书，书架南边有一道垂地的厚厚布帘子，将我和外间隔开。那两位家长和许老师谈完话就走了，屋里就剩下小香头妈和老花子妈。说起这两个人妈妈的外貌，用一个词形容最恰当——天壤之别。

小香头妈是属于漂亮的那种女人（我文化高，不屑用老娘儿们这等粗俗字眼）。瓜子脸，柳叶眉，杏核眼，樱桃小嘴，身量高高，手指长长，说话细声细气。用说大鼓书的兰亭先生的词儿就是有沉鱼落雁之容、闭月羞花之貌。此刻，她和老花子妈并排坐在一条长板凳上，低头看着自己的一双大旗装片子脚，神情很像个受气的媳妇。因为这双大脚，村人给她起个“半截俊”的外号，言外之意上半截挺俊的，下半截的一双大脚掉价了。此刻，低头盯着自己一双大脚的小香头妈，是不是在想这双大脚给自己带来的灾难呢？

我听大人们说过，小香头妈本是河北宝坻县人氏，就因为这双大旗装片子脚在本地一直找不着合适的婆家。媒婆曾给小香头妈说过好几户人家，都因为她这双大脚告吹。小香头妈家隔壁的一个流氓恶霸倒是不嫌弃她的这双大脚，不但托了媒婆说媒，本人还亲自三天两头到小香头妈妈家串门游说。流氓恶霸说自己到过北平见过大世面，人家城里头大姑娘找婆家根本不用媒婆，都兴自己乱爱，看上哪个老爷们了就和人家睡觉做夫妻，省了媒婆这一大笔开销。还说他就喜欢小香头妈的这双大脚，城里旗人家的小姐格格都不兴裹脚，一律大旗装片子，别提多好看了。人家旗人可都是小宣统的亲戚呢！小香头妈的家里就小香头寡妇姥姥和她妈娘儿俩，哪儿受得了流氓恶霸这么三番五次地骚扰？小香头姥姥就一狠心把房子和地典卖了，去投奔三河县的小香头妈的姨家。谁知半路遇上了劫匪，寡妇妈被劫匪打死，藏在裤裆里的洋钱也都被搜去。要不是小香头妈正蹲在远处一座小树林子里撒尿没被劫匪们发现，估计也得死。剩下小香头妈一个人，冰天雪地的三九天，不知怎么就流浪到我们北屋的地界，碰见的头一个人就是热心肠的老花子妈。当时老花子妈刚从三河的娘家做完月子回来，据说她本来是去看老妈的，不小心栽个跟头就小产了，只得做完月子再回自己家。老花子虽说是不足月生下来的，可那个头比足月的孩子都长。善良的老花子妈把流浪女小香头妈接到自己家里，一连给流浪女吃了好几顿白面饭，就让她顺顺当当地嫁给了自己的亲叔公张玉富，也就是小香头爹。张玉富长得傻大黑粗跟南边的龙山塔似的，因为家里穷，人又有点儿傻，快四十岁了还光棍一条。小香头妈才十八九岁，长得又如花似玉，但凡有一条路也不会嫁给傻玉富。哎，红颜薄命，唱戏和说大鼓书的不都是这么讲吗？爷们儿虽然不如意，好歹有个家了，总比自己一个大姑娘到处流浪乞讨要吃要喝强吧！

老花子妈按辈分还得叫一声小香头妈婶子。这位侄媳妇长得可真不敢恭维：矮壮的个子还没三块豆腐摞起来高，大排子脸、小眼睛、秃眉毛、瘪鼻子、大嘴叉，手指头又短又粗，伸出来跟一排小胡萝卜似的，一双脚又宽又大和身量特别不相称。别以为老花子的妈就一无是处，因为她脚大身子短，干活特别有力气。打坯、拔麦子、抹房，是农村有名的三大累活，弱点儿的男人都发怵干这三样活，老花子妈不怵。春天家家都要打坯、搭炕、抹房，老花子妈干完自家的还常常被街坊四邻请去帮忙。老天呀，那只铲泥的大木锨得有小簸箕大，老花子妈一人铲泥供两个老爷们打坯还有歇着的份儿。抹房也是捡最重的活干，登梯子往房上扛泥。装泥的盆都是洗衣服用的大瓦盆，老花子妈把装满麦鱼儿（麦壳）泥的大瓦盆往肩上一放，都不用手扶着，稳稳当当地就登梯子送到房顶上。拔麦子季，身为生产队长的老花子妈也总是一马当先，拔的速度倍儿快，常常两垄都拔到头了，好些个男社员一垄还没到头。生产队晚上开会，都是老花子妈负责通知社员，因为她腿儿快。“会议”在队址召开，社员们挤坐在靠窗的土炕上，地上靠北墙放着张旧八仙桌，桌两旁各一把太师椅，分别坐着老花子妈和男队长也是正队长张九先。张九先的大胖脸上重重叠叠密密麻麻盖满了铜钱大的麻坑，加之他辈分低，绝少有人叫他名字，都以“麻子”直呼，既简练又形象。这两人的面相就像一男一女从阴间偷跑来的恶鬼，坐一起还真挺瘆人的。每回开会都是老花子妈先讲，她快人快语，大体就是对白天干活的情况总结：谁薅谷子净顾说笑了，薅掉一棵谷；谁跟车有一泡粪没拾；谁跟婆婆打架怄气没上工……老花子妈说话语速快又简练，她讲完了，男社员的烟锅里还一闪一闪地亮着火星儿，一锅烟还没抽完呢！该张九先讲了，他站起来总是先咳嗽一声嗽嗽嗓子，还没开口说哪，炕上的男女社员们就哄起来：“麻子你脱裤子放屁费什么二道手，就坐椅子上说不得了！”“麻子你那破嗓子是煤球炉子吗，还用天天嗽？”你一言我一语的，搞得张九先早就打好的腹稿都忘在爪哇国了，吭哧了半天也没讲出啥真玩意儿。日久天长，他这个正队长就自动被老花子妈取代了。俗话讲，没有外号不发家，我们北屋村的人又惯会给人起外号，对老花子妈这么一个特点非常明显的人，哪能不送个外号呢？综观老花子妈的特点，村人给起了个“小快马”的外号，很恰如其分。

许老师宿舍里，小快马和半截傻脸朝西挨肩坐在一条长板凳上，许老师脸朝东坐在床沿上，中间隔着许老师的办公桌。桌上有两张成绩单，成绩单的上半截是语文、算术、自然、地理、历史五科成绩，下半截是操行评语。“二位家长，请看看你们孩子的成绩单和操行评语吧！”许老师把单子分别递到两人手上。

“许老师您这不是难为我们吗？我们娘儿俩都是瞎字不识的流氓呀！”妇女队长小快马不怵阵，说话简洁干脆利落，把成绩单又放回桌子上，还扭头瞧瞧半截傻，“婶子，我说的没错吧，您也是流氓吧？”那意思是充分发挥民主，征求自己这位小婶儿的意见，她说的话对不对，是不是实情。

“是，我也是流氓。”小香头妈赶紧把目光从大脚上移开，扭头诚恐诚惶地看着身旁的生产队长，那意思我回答的对吧？

不识字的人叫文盲，这俩女人却叫成流氓，比我家话匣子里侯宝林的相声还可笑。帘子后头的我使劲用小套袖捂住嘴，才算把差点儿喷出的笑硬塞进肚子里。我干哥哥许老师却忍不住笑出声了，说：“两位家长呀，那不叫流氓叫文盲，流氓是坏人。好，既然您二位不识字，我就给您念吧！”许老师装模作样地咳嗽两声。我干哥哥特好笑，有时在我家听我大哥讲笑话，他能笑得东倒西歪、前仰后合、没完没了。我知道他假装咳嗽其实是竭力在抑制自己的笑，毕竟不同于在我家，他是和两位学生家长进行庄严谈话的老师。

“张瑞连，五门课中三门副科六十分刚及格。语文和算术两门主科都是四十五分。下边是我给他的操行评语。缺点：学习不努力，不团结同学，有时欺负年纪小的同学。不爱参加班级组织的义务劳动，比如打扫卫生、植树等。优点：喜欢文体活动，经常利用课余时间给同学吹唢呐。”老花子的爸爸是本村吹鼓手班头，他家一天到晚都是吹喇叭声，几乎全村都听得见，烦死人了。老花子天天上学都带着喇叭，下课就吹，吹的时候鼻孔里还插着两根烟卷儿，招得外班的同学都上我们五甲班看稀奇，有时桌子都被挤翻了，我们女生都很烦，真不明白我干哥哥为啥把这么明显的缺点说成优点。肯定我干哥哥带上放大镜找半天也找不到老花子的优点，没办法才把这条缺点给算成优点。

“完了？”老花子妈问，“我儿子就这么点儿优点？”嘿，听老花子妈的口气似乎还不知足。

“对不起，家长同志，这点儿优点都是我费尽心思挖掘的。说真的，其实……”

“其实什么呀，你就是从门缝里看人，把我儿子看扁了。我儿子优点多着哪，你就是看不见。在你许老师眼里，谁也比不上你那干妹子！”老花子妈高音大嗓门，毫不怯阵，就像给社员们开会。特别还提到了我，这让我很紧张，不知道万一她和许老师发生冲突我该怎么办，是出去制止还是继续躲在帘子后头。

“噢，张瑞连妈妈，您把张瑞连的优点说说看，或许我真的太片面了，没发现呢！”许老师的脾气极好，好像还起身从地上拿起竹套子暖壶给两人的茶杯续上些水，“喝口水，慢慢讲，别着急啊！”

“那啥，许老师您别见怪，我当惯了生产队长，平时和社员们嚷嚷惯了，一说话就高音大嗓门像叫驴。”许老师的谦恭化干戈为玉帛，老花子妈的声音立刻就低八度，还问小香头妈，“婶子，我说的是实情吧？”

“是实情，是实情。”小香头妈赶紧点头应答，那样子倒像老花子妈手里的提线木偶。

“许老师，您听说过‘腊七腊八冻死寒鸭’这句话吧？可我们家老花子在这么冷的天，天天都早起到学校生炉子。我问他不是学生轮班生炉子吗，怎么你天天去呢？你们班许老师不轮班，就让你一人生炉子？要是那样我得找学校去，这也太不公平、太欺负人了。我儿子拦着我不让我去学校，说是他自己揽下的活，因为班里就他大，得多照顾小同学。我说照顾也行，你出力气，让他们出棒子骨头。”老花子妈停顿一下，“许老师，您都猜不着我儿子咋说的？”

“张瑞连咋说的？”许老师问。听得出来，我干哥哥的语气有点儿吃惊。

“他把我批评了一顿，说我自私自利，斤斤计较，不像国家干部。许老师呀，您可不知道，当时我这张老脸臊得通红。咱们当干部的都是说人的主儿，哪儿让人这么指着脸说过？还是自己的儿子！”老花子妈的嗓门突然提高，“许老师您说说，我儿子这么做不叫团结同学吗？不叫帮助小同学吗？不叫爱参加集体劳动吗？您那个评语不叫冤枉我儿子吗？”老花子妈一连四个反问句很是咄咄逼人，把我干哥哥问得只是干张嘴，答不出话来。

“许老师呀，我家小香头跟老花子一样，也天天到学校帮助小同学生炉子呢！我问过小香头，为什么她天天去生炉子？这孩子的回答和她老花子大侄子说的一样。”小香头妈不甘心只做提线木偶，主动出战，助老花子妈一臂之力。

“瞧我这脑子，怎么忘了呢？他们俩是跟我说过这事。对不起呀两位家长，我这个评语不算数，回头再重写一个好的。”干哥哥说反正明天还得到学校上课，就让俩孩子好事做到底，明天还来生炉子吧！这个操行评语我明天就写好叫俩孩子带回去。

小香头妈和老花子妈走了，我也从幕后转到台前。

“干哥哥，你不是说明儿个学校开完会就放寒假吗？还用生炉子？”我问。

“没你的事，丫头。刚才的事不许和同学们讲，记住啊！”干哥哥嘱咐完我，就一溜风出去了。

第二天的全校大会上，校长宣布了一个惊人的消息：我们五甲班的男生张瑞连和女生张广香被开除学籍。至于原因嘛，校长没说。后来寒假里干哥哥到家找我大哥玩儿，我才从他和大哥的聊天中知道了老花子和小香头被开除的原委。

原来，那天小香头妈和老花子妈走了以后，干哥哥急匆匆出去是找杨校长。见着杨校长干哥哥啥也没说，就提出一个要求：让杨校长拿着手电筒，明早天亮前跟他一块儿到五甲班教室里捉奸。干哥哥在南庙小学是教课最棒的老师，为人老实又稳重，杨校长很信任他。所以也没多问，就一口应承下来。第二天，四周还黑咕隆咚的，两人就把身子贴在北大殿的西房山上藏好，没一会儿就有两个黑影进了五甲班教室，听声音好像在生炉子。过了一会儿，又传来一阵搬桌子、挪椅子的声音，然后是“窸窸窣窣”的脱衣服声、小香头的呻吟声……“校长，冲进去！”我干哥哥说，率先踹开教室的门，两道耀眼的手电筒光芒中，光屁股鸟似的小香头和老花子正搂抱着躺在两张对起来的双人课桌上。

干哥哥说这两人纯粹是驴粪球外面光，张瑞连长得跟潘安似的，张广香赛貂蝉，两人往块堆儿一站，谁敢说不是金童玉女下凡？可内里呀，一肚子屎半肚子屁。起初我曾想好好在他们身上多下点儿功夫，都是农家的孩子，站起来比大人还高，每天跟一群没自己胳肢窝高的小屁孩儿坐一起读书，再因为成绩不好毕不了业，多难为情啊！因此，常常下学后单独把他们叫到宿舍里补课。可凭你掰开揉碎了讲，他俩就是不开窍。在搞对象上倒是挺开窍的，有时在我面前就敢眉来眼去的。朽木不可雕也，粪土之墙不可杇也。我放弃了，随他们去吧！我大哥说这件事的始作俑者（这句话我不明白）没准儿就是你哪！干哥哥说也许吧，无意中当回月老，感觉不错，一对有情人在我的牵线搭桥下终成眷属了。我大哥说什么不错呀，你知道他们是啥关系呀？小香头是老花子的姑。干哥哥说那有什么呀，村里人的辈分又不是按族谱来的可能有血缘关系，不就是瞎论的嘛！我大哥说错，小香头和老花子还真有血缘关系，小香头的爸爸张玉富是老花子爸爸张广元的嫡亲叔叔。我们村老张家目前玉字辈是最高的，底下是广字辈，再底下是瑞字，再底下是长字。小香头叫张广香，跟张瑞连的爸爸张广元是同辈，而老花子张瑞连比他们低一辈。别说张玉富是张广元的嫡亲叔叔，他们的子女不能结婚。即便不是亲叔，同姓人错了辈分在农村也不能结婚呀！你又不是京油子，咱农村这点事应该懂呀！不能结婚就别结了呗！干哥哥很不以为然。大哥说你说得倒是轻巧，可是这两人被你和杨校长捉了奸，又被学校开除，闹得村里尽人皆知，还有退路吗？听说这几天两人在家里正寻死觅活地闹呢，大人若不同意他们结婚，就上吊、跳井、投河，反正没脸再活了。大哥说你这个自作聪明的家伙惹多大的娄子呀！奸情出人命，你不知道呀！被大哥一说，干哥哥感到这事非同小可，万一这俩孩子自杀，他不就是罪魁祸首吗？唉，干哥哥长叹一声，说我不杀伯仁，伯仁却因我而死呀！站起来就要走，我得劝劝这俩孩子去，无论如何不能死。好歹我做了他们五年的班主任，我的话在他们心中也应该占点儿地方吧？大哥说我跟你一块儿去，谁让咱们都是人类灵魂的工程师哩！两人刚要出屋，我妈进来了，说你们哥儿俩的话我都听见了，甭去了，他们后儿个就结婚。小快马说了，老花子不是她亲生的，是捡来的，所以小香头跟老花子根本不是姑侄，结婚没关系。大哥和干哥哥顿时长出一口气，总算完满解决了。干哥哥夸老花子妈到底是“国家干部”，脑子就是快，小小的一个谎言，问题就迎刃而解。我妈说小快马说的不是谎言，是真的。社员们早就怀疑老花子不是她生的。小快马两口子长得没三块豆腐摞起来高，模样跟猪八戒似的。老花子呢，人高马大的，模样也俊，跟他爹妈没一点儿像的地方。

第二天是小香头的花烛，妈给我两毛份子钱，让我去小香头家随份子。我们家算小香头家的庄亲，直白地说就是街坊。这种情况一般大人都不去，打发孩子拿两毛钱去随份子。如果家里没孩子，大人只好亲自去，拿两条手巾或两块香胰子（必须是双的）给出聘姑娘添箱，价值当然比两毛钱高。我先去冯大叔家找上小扔头，我们俩手拉手往小香头家走去。

“哎呀，你们俩咋不早来呀！这些天都把我憋闷坏了！”快到小香头家的门口时，穿一身红棉袄、红棉裤的小香头早飞奔迎了出来。小香头一手一个拽着我和小扔头就往她家走，她那肥大的棉袄袖子把我冻得通红的左手全给遮住了，好暖和啊！我猜，小香头这身新棉衣肯定是她的姐姐瘸臭的。

小香头有个比她大四五岁的姐姐叫小臭头，长得又大又胖又瘸又麻特别寒碜，和小香头就跟不是亲姐妹似的。大伙都管小香头姐姐叫瘸臭，因为长得太丑了，小香头姐姐都二十多岁了还没婆家。头些日子好不容易找个主儿，是给人家当填房。男方比瘸臭大十五岁，有俩儿子。出聘的日子定了，男方的彩礼也下了，我妈和小扔头妈（做嫁妆得儿女皆有的全乎人）把两床陪嫁被子以及小臭头出嫁穿的红棉袄、红棉裤都帮着做好了，只等花轿一到，嫁不出去的瘸臭就成新媳妇儿了。谁知出嫁的前一天，男方却悔婚了。倒不是男方本人不愿意，是他两个念小学的儿子死活不干，哭着喊着不许爸爸娶又胖、又瘸、又麻的后妈。俩孩子说同学们都知道这事了，给他们哥儿俩编了一段顺口溜：喇叭吹，锣鼓响，肥胖麻瘸后妈就进家。立规矩，给哥儿俩，肥胖麻瘸四字不许说。谁敢张口讲四字，定把屁股打十瓣。为了儿子，男方不得不推掉了这门婚事，连下的聘礼都没要。失之东隅，收之桑榆，没想到瘸臭的婚事刚刚告吹，小香头就接班了，而且来得这么急，现准备肯定来不及，所以歪打正着全面继承瘸臭的嫁妆。只是小香头比她姐姐秀气，衣裳穿在身上旷荡，就好像谷子地里吓唬麻雀穿大破长袍的稻草人，衣裳稍被风一吹就猎猎飘起。小香头说：“我隔窗玻璃（纸糊的窗户中间有巴掌大一块玻璃）盼你们半天了，快进去吧，我有好些话要和你们说呢！”说罢，就拉着我们往西屋走去。“我姐姐在东屋哭哪，咱们上西屋说话去。”

说实在的，一听说去她家西屋，我真有点儿谈虎色变。小香头家就三间正房，平时一家四口都住东屋，西屋放些杂七杂八的东西。有一回，小香头一个人看家没事干，非得强迫我到她家和她玩藏猫儿。看看屁股大的小院儿没有能藏人的地方，我就藏在她家西屋炕上的一堆烂棉花套子里，虽然没被小香头找着，却招了一身的虱子、虼蚤，咬得我浑身都是小红疙瘩，痒得都睡不着觉。我妈骂我挺大的丫头不知好歹，上人家钻烂棉花套子去，把虱子、虼蚤都带家里来了。骂不解恨，还用小尖脚儿踢我几下。嫂子就把我脱得溜光，把我的衣裳放在做饭的大锅里煮了一顿饭的工夫，捞出来拧干晾在院里的铁丝上。又用六六粉给我洗了头，然后用包袱皮把我脑袋包裹得严严实实，拿个蒲墩让我坐在老爷儿（太阳）底下晒，说虱子、虼蚤都皮脸着呢，连闷带晒肯定能杀死它们。那回的酷刑的确把虱子、虼蚤都整死了，我也被整得够呛，六六粉加暴晒，就像有很多削铅笔小刀儿在削我的脑袋，疼得我都快受不住了。亏得大哥正好到北屋村南庙中心小学开会，一进家就看见了老爷儿底下的我。问明缘由，大哥三下五除二就把包袱皮儿解了，臭骂我嫂子一顿，勒令嫂子立刻给我用清水洗三遍，否则会六六粉中毒。那次酷刑让我长了记性，后来小香头几次威胁利诱让我到她家藏猫儿我都逃跑了。可现在怎么办呢，小香头把我拽得紧紧的，我根本没法挣脱。再说，今儿个是小香头的花烛（姑娘出嫁的前一天），我又是我妈派来随份子的，根本也不能逃哇！小香头明天就要嫁到东关当老花子媳妇儿了，我们仨怕是再也没机会单独在一起待会儿了。虽然我和小扔头都不太喜欢小香头，毕竟我们是近街坊，是从一年级到五年级的同学，是打一懂事就一块儿和泥、打架的伙伴。这么一想，我心里的忐忑和害怕没有了，豁出去让我妈的小尖脚儿再踹几下吧，反正就跟挠痒痒似的，一点儿都不疼。酷刑呢，大冬天的嫂子是不敢给我上了。想开了，我就不再挣扎，跟小香头来到西屋。

进屋才发现，如今的西屋早已经旧貌换新颜了：新刷的雪白墙壁，新铺的金黄苇子炕席，连炕上的被子都是新的。自然，那堆烂棉花套子也销声匿迹了。屋里还生个小炉子，火苗儿一蹿一蹿的，像个跳舞的小精灵，把个小西屋烧得可暖和了。我们仨脱鞋上炕，就靠在两床叠在一起的新被上聊天。

“我昨儿夜里就跟老花子在这屋里睡的。”小香头先说的话，那神情和语调似有几分炫耀。“这屋里这么干净、亮堂，都是他归置的。我看他太累了，就留他住下了。我妈不愿意，说哪儿有没结婚的大姑娘就和老爷们儿睡觉的，丢死人了！我说我和老花子在教室里睡觉，全村人没有不知道的，我们俩不也活得好好的没死吗？到现在都要结婚了，更不在乎了！”我妈说不过我，就抬出我姐姐，说你姐姐这些天正伤心不好过，你们俩成双成对在西屋睡觉，不是往她伤口上撒盐吗？看在你姐姐小时候疼你的份儿上，你就别让老花子住咱家了。我立刻就跟我妈嚷嚷起来，我姐姐又胖又麻又瘸找不着婆家能赖我吗？我傻爸爸要是不埋我姐她能瘸吗？您要给我姐种花她能麻吗？小香头这两句话够狠的，这不是戳她爸她妈的心窝吗？我听大人说过，瘸臭在月科里抽风都抽得没气儿了，她爸傻玉富以为这孩子死了，就拎着瘸臭两只小脚丫打算埋了。大概被拽疼了，刚走到堂屋，瘸臭突然哇哇大哭，她爸又拎着扔回炕上。估计那次瘸臭的腿被他爸拽残了，一会走路就是瘸子。大人们还说瘸臭小时候挺俊的，银盘大脸，肉皮又白又细。就是她妈舍不得拿一个鸡蛋给孩子种花，后来就出天花变成了麻子。我们后街和瘸臭一起变麻的孩子有好几个，崔大爷家的小七，我家对门刘老姑家的大闺女和二闺女，小改头的姐姐……不过谁也没瘸臭麻得厉害，人家都是脸上有麻子身上没有，瘸臭脸上和身上都是密密麻麻的麻坑儿。那几个麻丫头、麻小子都顺利成家了，就瘸臭还剩在家里。半截傻为大闺女的婚事急得嘴边不断起大燎泡，到处央求媒人。那些有幸被媒人光顾的光棍们，一听是瘸臭吓得都摆手，说一身的麻坑儿搂怀里都恶心得起鸡皮疙瘩。这回好容易要嫁出去了，谁想到被男方的俩小崽子横拦竖遮给搅黄了。为这事瘸臭和她妈哭了好几天，愁得连饭都吃不下。小香头大妈西场的拐儿奶奶给出主意，说再托媒人说媒时把俩丫头捆绑一块说，让对方哥们儿自个儿商量谁娶俊的谁娶丑的，反正要娶都得娶，要不娶都别娶。小香头妈觉得妯娌嫂子这主意不错，拐儿奶奶还把这话和瘸臭讲了，瘸臭也觉得大妈的主意很好，娘儿俩当时就胃口大开，一气儿各吃了三个大棒子饽饽和两棵大葱。谁知眼泪还没干，就出了小香头和老花子这档子事。这小香头也卖得太贱了，一分彩礼没收还丢人败兴。

“你干吗就不能听你妈一回呢？”我和小扔头同时问，我们俩都挺同情小香头的妈妈和姐姐的。

“我才不听她的呢！”小香头脑瓜儿一甩，一只手把被甩到嘴角的头发胡噜到一边。“你们俩小不知道，和男人睡觉舒服着呢！”小香头说到此，俊俏的瓜子脸忽然变红了，就跟春天我家院子里的夹竹桃开的花似的。

“教室里那么冷也舒服吗?”我想起干哥哥的话，问小香头。

“当然！就是太冷，每回跟老花子睡完觉我都流好几天清鼻涕呢！还战战兢兢的，怕被别人看见，又怕北大殿墙上画的那些小鬼儿下来捉我们。有好几回，我都不想跟老花子睡了，可是又管不住自个儿，太舒服了。”

我相信小香头的话是真的。我们五甲班的教室是南庙的北大殿，墙壁上有很多非常吓人的画，长着牛头马面、穿长袍马褂、留大长辫子、拖大长尾巴的妖怪，胸前长毛赤膊拿绳索套别人脖子的小鬼儿，躺在铡刀上被铡得淌血的人……别说黑夜待在教室里害怕，白天都害怕。

“那就别睡了呗！”小扔头插话。

“老花子不干。”

“你就偏不去，他还敢杀你吗？又冷又害怕的，你图什么呀?”我问，挺幸灾乐祸的，心里说小香头你倒怕一个人，咋不敢像欺负我一样欺负老花子呢?

“你们不知道，跟男的睡觉那滋味比吃煮饽饽还好呢，上瘾。”小香头说，“我小时候有一回夜里起来尿尿，就看见傻玉富（她经常直呼其父名）和我妈摞在一起睡，还以为傻玉富欺负我妈呢，就上前去推傻玉富，还哭着喊着把姐姐叫醒，让她和我一块儿把傻玉富从我妈身下推下去。”小香头垂下头，脸更红了。“我现在才知道男人和女人在一起睡舒服，谁家的爸妈都这样睡。”小香头还特意补充一句，“不信你们到家问问自己的爹妈，他们也这样睡。”

“放屁！就你爸你妈这样！”小香头的话把我和小扔头惹怒了，我们异口同声地冲她嚷嚷。本来嘛，我们的爸妈都是好人、正经人，才不像小香头的爸妈，一个傻一个大脚扑丫的半截俊，咋会跟她爸她妈一样睡觉呢！

“你爸你妈是公鸡草鸡（母鸡）压蛋哪！”小扔头的嘴更是不饶人，“你和你姐瘸臭都是小草鸡，你爸早晚也给你俩压蛋！”

“啪”的一声，一个响亮的巴掌落在小扔头的脸上：“畜生，我打死你！”

小扔头不甘示弱，蹿起身一下子就把小香头扑倒，两人在炕上滚起来。毕竟是在小香头家里，我怕好伙伴吃亏，按着小香头“啪啪”打了她两下脑袋，拽起小扔头从地上抓起棉窝就跑，一直出了小香头家院门我们才穿上，脚丫子差点儿冻掉了。

“赶明儿小香头生的孩子都缺胳膊短腿没屁股眼儿!”

“小香头生一大堆傻子!”我们俩一边往外走一边诅咒小香头。

哪里想到我和小扔头的话一语成谶。十多年以后，小香头生了六个残疾孩子——傻子、缺胳膊短腿、聋子、哑巴……一应俱全。

记得那次我在家休探亲假时和邻居们闲聊天，说起小香头和她生的几个残疾孩子，我无意中说了句“这要是有生残疾孩子比赛，小香头肯定是冠军”的话，不知怎么就传了出去，小香头从此就落个“冠军”外号。而且有前缀：咱北屋村学问最大的大学生李淑荣起的。这件事搞得我很不舒服，心里对小香头非常歉疚。本来小香头生了六个残疾孩子就够不幸了，我还给人家起这么个外号讥笑讽刺人家，还有一点儿人味吗？就打算碰见小香头时向她真诚地道一声歉，请她原谅。可惜到探亲假结束，我一直没见着小香头，再后来阴差阳错竟几十年也没见着，所以这声歉至今未道。现在，小香头就在眼前，可是我却没法子道——我是闻名全国的年轻美女作家，她是一个年逾古稀的农村老妇人，我们只是第二次见面，没来由向她道歉。

“妈。”一声亲切的“妈”字打断我的回忆，一位英俊的男青年出现在我们的牌桌前。

“二……”我差点儿脱口叫出“二叔”。真的，这个漂亮的年轻人简直就是老崔家二叔年轻时的翻版。不一样的是穿戴，年轻人穿的是笔挺的藏青色警察制服，二叔穿的是绿军装。没准儿他是二叔的儿子？我琢磨，就不错眼珠地打量着年轻人。

“又来干吗呀？没看见我这儿打牌哪!”

“妈，您就少打会儿牌，跟我回屋里试试衣裳，不合适好给您换去。”年轻男子手捧衣服包装袋，卑恭地站在小香头身边，“都快八月十五了，天凉了，我给您买了一身保暖内衣。”

“我离开，人家仨人还怎么打呀？”

“妈，要不这样，我替您抓牌，您自个儿回屋试衣服。”年轻人说话细声细气的，好像生怕惊扰了小香头。

“没看我打得正上瘾吗？大热的天试什么试呀！搁这儿吧！年年花好多钱给我买这买那，省着点儿给我孙子留洋用吧！”小香头眼皮都没抬，一副爱搭不理的样子，手上仍没停止抓牌。那形态、那话语分明是一对母子在对话，而且是一个孝顺的儿子和对儿子的孝顺不买账不讲理母亲的对话。

难道小香头除了那六个残疾孩子，又生了一个没残疾的漂亮儿子？我心里问。不对呀，不可能呀！老花子不到三十岁就成“老公”不能生孩子了，怎么会有这么小的儿子呢？诸位见我这么说，千万别以为小宣统又进宫当皇上了，新兴职业老公又风起云涌。不，老花子当“老公”是一九六六年的事，此时，残存下来的凤毛麟角珍稀动物般的可怜老公们，正捂着裤裆战战兢兢藏在某个角落，害怕敢把皇帝拉下马的红卫兵扒掉自己裤子“坐飞机”示众呢！老花子当“老公”，完全是他“咎由自取”。小香头生了六个残疾孩子以后，丈夫老花子实在觉得前途渺茫又不堪重负，便一气之下用刀把自己管播种的那玩意儿割掉了。听说流了一大盆子血，要不是送医院及时，当时就没命了。好起外号的村人们，从此便送给老花子张瑞连一个雅号——老公。我印象之中好像老花子自残以后，两口子就再没生育过。当然，我带父母和孩子彻底离开北屋至今已有几十年。世事难料，没准儿小香头跟老花子离了婚又另嫁一主呢！毕竟，二十多岁就守活寡，对任何一个女人来说都太残酷，甭说小香头从小就风流惯的人了。那么，这个年轻英俊的小伙子，有可能是小香头和哪个男人生的呢？想到此，我不由得再次打量一下面前的年轻人，没错，跟西院崔老爷和崔老奶奶家的大儿子崔瑞林长得不差分毫。那就是说小香头有可能跟老花子离婚又改嫁老崔家二叔。可怜我二叔那么好、那么帅的一个男人，怎么会和小香头这么风骚的女人结婚呢？

一提起老崔家的二叔，我的思绪像开了闸的洪水，滔滔地涌了出来。

四　老崔家二叔

西院崔老爷的大儿子叫二傻，因为和前院大爷家的孩子大傻排着叫的，所以一落生便有此佳名雅号。千万别以为叫傻的孩子就真傻，不，这是我们北屋村取名的习俗。越是聪明伶俐长得好看家里又珍贵的孩子，越要起个难听的名字，因此我们村里的傻子、秃子、小扔头、狗不理、磨盘、碾子等等，数不胜数。据说阎王爷最讨厌最不待见名字难听的孩子，既然不待见，自然就不愿意让小鬼儿把这些孩子带到阎王殿里在自己面前晃悠了，孩子的性命也就无忧了。二傻是崔老爷和崔老奶奶的头生孩子，长得又俊又灵又好看，很配得上这个名字。

按辈分，我管二傻叫二叔。为尊重二叔，后文中就用二叔，不再用二傻的名讳。

因为我二叔长得好，很长一段时间都是村里漂亮姑娘围追堵截的对象。只可惜姑娘们做不了父母的主，尽管向二叔许愿发誓说跟着他吃糠咽菜、趴露天地都行，却没一个敢违背父母意愿嫁给他。崔老爷家实在太穷，二叔的底下有三个妹妹和四个弟弟，一共八个孩子。全家就三间土房，冬天为省柴火又暖和，全家十口人都挤在东屋一铺炕上，一排的小脑袋露在被窝外头，中间连插根针的缝都没有。这么穷的人家，别说没有姑娘敢嫁过来，即便有，崔家根本没地方搁媳妇，横是不能让媳妇也插在一排小脑袋里吧？为了躲避姑娘们的围追堵截，二叔索性参军一走了事。二十一岁的二叔在部队上一待就五年，这中间连家都没回过。小时候一块光屁股和泥长大的伙伴们都已儿女绕膝，就二叔还光棍儿一个。这期间二叔的大妹和二妹相继出嫁，父母用闺女换来的彩礼钱在三间正房的西边又接了两间，就到处托媒人给二叔说亲。

二叔的亲事总算有了着落，是于菜地村一个叫赵淑琴的姑娘。赵淑琴芳龄十八，矮胖矮胖的，一副大拍子脸，说话的语声很粗像扩音器，总体来说长相差点儿成色。赵淑琴家里人口单薄，就一个寡妇妈和一个在北屋南庙小学念书的妹妹（直到赵淑琴嫁到崔家许久，我才知道她的妹妹就是我的同班同学赵淑玲）。赵淑琴的妈从打二女儿一落生就守寡，娘儿仨老实本分，在于菜地村口碑极好。婚事敲定，崔老爷崔老奶奶便给二叔打电报，父母病危速归。二叔马不停蹄地赶回家，父母早把婚期定好、新房布置好，秫秸稍门两边的大红喜字都贴好了。万事俱备，只欠二叔这阵东风。所以二叔到家的第二天，就披挂上阵当了新郎。直到入洞房，二叔才得以细细打量自己的新娘：短粗的身子、大胖脸蛋子。跟过去那些围追堵截他的姑娘们相比，实在相差甚远。为此，二叔心里很是不快，新婚之夜没理赵淑琴就独自和衣睡下。

但是，二叔毕竟聪明、脑瓜儿快，只一宿就想明白了。首先，人家赵淑琴才十八岁，比自己整整小了八岁。长相漂亮的姑娘，哪个肯嫁给比自己大八岁家里又穷的大头兵呢？其次，姑娘家人口单薄，听说岳母和媳妇儿都非常老实，而自己的母亲厉害、不讲理、好抢尖儿拔上。娶个老实的媳妇儿，省得婆媳天天鸡吵鹅斗的让他在部队上不得安心。来时部队首长和他说过，好好表现，他的志愿兵很可能转干。再其次，也是最重要的，自个儿都二十六岁了，眼看着挑水的回头过井（景）了，再耽误下去就更不好找了，没准儿就得找个带孩子的寡妇了。赵淑琴虽然长得不好看，到底是个姑娘，而且才十八岁，比寡妇强天上。想通以后，第二宿新婚的小两口就有了质的飞跃。半个月的探亲假很快过去，因为不舍新婚妻子，二叔向部队续了假，把第二年的探亲假也休了。归队时赵淑琴一直把二叔送到车站，夫妻才洒泪分别。他怎么也想不到，自己第一宿的和衣而眠，给他的妻子赵淑琴带来了巨大的灾难，甚至直接导致他第一次婚姻的失败。

二叔再回家的时候已经是一九六〇年的冬天了。本来去年就应该探家，二叔因为参加部队隧道施工受伤住了好几个月医院，今年才出院。怕家人知道自己受伤的事，二叔一直等到身体完全康复，才休假回家。一进家门，就看到妻子赵淑琴正在院儿里砸棒子骨头。一领破炕席上放着只切菜的墩子，妻子跪在菜墩旁边，左手把住菜墩上的棒子骨头，右手用锤子砸，直到把棒子骨头砸碎。菜墩旁边簸箕里粉末状的东西，大概就是砸碎的棒子骨头。“淑琴，砸棒子骨头干吗呀？再说齁冷的天，也应该在屋里砸呀！”二叔在部队里，不知道粮食少得厉害，老百姓已经到了把棒子骨头砸碎当粮食吃的程度了。“瞧把手都冻红了。”二叔跨前一步蹲在妻子旁边，双手把妻子的手紧紧握住拉到胸前。这才发现，妻子当初那双跟棉花一样又白又软的小胖手成皮包骨了，硬的硌手。再看妻子的脸，当年的银盆大脸变成了小刀条子。

“快回屋吧，妈在东屋哪，别让妈看见。”妻子诚恐诚惶地说，就把手从二叔的大手里抽出，瘦脸上两只灯笼般的大眼含泪望着丈夫，有害怕、有渴望、有依赖。

“妈看见怎么了？她是王母娘娘吗，连我攥媳妇的手都不许？”二叔很生气，虽然妻子没向他说母亲的不好，但他从瘦成皮包骨的妻子那可怜的眼神断定，他离开妻子的两年多时间里，母亲没少为难妻子。母亲的外号叫“人核”（此处念胡），为人刁钻古怪，只占便宜不吃亏。这些，二叔都知道。可他弄不明白，就是再刁钻古怪的婆婆，也不能把儿子不在家才过门的儿媳妇整成这副皮包骨头的模样呀！

“二傻，还是媳妇儿比妈亲呀！进家门见了媳妇儿就把妈丢脑后头了！”老奶奶从屋里走出来，声音酸酸的，话语里却透出一股威严。她一直盘腿卧脚坐在东屋炕上的窗玻璃前，早看到院中的一幕。二叔刚才对母亲心中虽微有不平，但早被管服的他见了母亲就跟老鼠见了猫似的，赶紧趋前怯怯叫声妈，就低头不再言语。“和你媳妇儿刚才还说得热热闹闹的，怎么见着你妈就哑巴了？走！跟我去东屋，为娘我有很多的话要和你说。”二叔就乖乖地跟着自己的母亲走了，甚至都没敢回头看妻子一眼。

二叔回家的第二天就来我们家串门。正好是礼拜天，早已升任北屋中学语文教师的大哥和在杨镇念高中的我都在家。那天改善伙食——棒子面菜饽饽炖带鱼。带鱼是头些日子从供销社买的，两毛钱一斤，每户供应五斤。有的人家因为没钱就不买，我家虽然钱也不多，但毕竟有大哥每月挣的三十二块钱活钱，就把别家不买的都买下了。那天母亲和大哥死乞白赖非要把二叔留下吃饭，二叔非不留。

那年头不比现在，家家都吃了上顿没下顿，有的人家吃饭还得用秤分呢！敢留亲朋好友在家吃一顿饭的，说明这家的日子殷实，起码不是吃了上顿没下顿。我家之所以“殷实”，完全由于母亲的勤劳和过日子仔密，年年都晒一大垛干野菜。这些菜有从白菜地里捡的白菜帮子和生产队起白菜时丢弃的没心菜，更有我妈在地里和大家一起干活时，用打中歇工夫拔的野菜。母亲把这些菜晒干垛成垛，人吃猪也吃。因为干菜太多，每年从冬吃到夏都吃不完。我爸就说我妈，你歇歇省省劲儿吧，弄这么一大垛干菜吃不了觞占地方的。我妈说你别瞧不起这些干菜，遇上饥荒能救命。我妈的话就跟有灵似的，才说完没多少日子，一九五九年底吃粮就感到紧张了。先是从食堂打来的粥越来越稀，到后来干脆就是稀汤寡水里飘着几片菜叶，再后来食堂就解散了，每人分点儿口粮回家起伙。这时候，我妈的一大垛干菜就发挥了巨大的作用。

二叔只比我大哥小三四岁，小时候是一起玩大的。因为二叔的弟弟妹妹多家里吃不着啥，我家的饭桌上，几乎一年三百六十五天都有二叔的身影。论辈分我大哥应该叫他一声叔，但我大哥从来没叫过，张口闭口就是“小蘑菇”——我大哥给他起的外号。那时候的二叔就像大哥的一条小尾巴，大哥走到哪儿他跟到哪儿，两人好得穿一条裤子都嫌肥。大哥念师范放假回家和许老师拜把子时，二叔哭着喊着非要跟着拜。无奈他辈分大是叔叔，哪儿有叔叔跟侄子拜把子的呢？

见二叔不肯留下吃饭，妈和大哥都很生气。大哥说小蘑菇你当兵刚提了干，就长行市了是不？还等我把你撂倒往嘴里喂呀？妈说小时候赶上吃饭轰你都轰不走，这倒好，越大越生疏了。二叔说不是，家家都数得过来的那几粒儿口粮，我吃了您家就不够了。妈拽着二叔的手说你出来，就把我二叔带进早先做牲口棚的西厢房，指着顶房坨的那大垛干菜，大嫂子（二叔管妈叫大嫂）在乎你那一口饭吗？到明年接上新粮食这大垛干菜也吃不完呀！知道你要回来，我给老婶子（我妈管崔老奶奶叫老婶子）又送过两背篓子菜，我说他二叔好不容易探回家，好赖得让孩子吃饱了。平时隔三岔五的我就叫你兄弟过来背菜。我跟老婶子说过，大冷的天就别让赵淑琴在院子里砸棒子骨头了，我们家干菜多得是，供你们家敞开吃。再说，就是砸棒子骨头，也得让孩子在屋里干呀。外头多冷呀，别把孩子冻坏了。妈说着话，声音就有些哽咽，二叔的眼圈也红了。一直到吃完饭，二叔一言都没发。

临走，我妈把早早挑出在一边晾着的带鱼中段用纸包上，外边又裹上布，让二叔装口袋带回家晚上给赵淑琴吃，说这孩子太苦，当初嫁过来一胖乎乎的小丫头，马上都瘦成人灯了，淑琴跟我说连月经都没了。谁知我妈的话还没落音，二叔便“哇”的一声大哭起来。

从二叔的话里我们知道，昨晚上老奶奶根本没让他和赵淑琴一屋睡。老奶奶说赵淑琴馋懒奸猾坏，眼里没活，平时在家里不是跟婆婆吵就是跟弟弟、妹妹闹，搅得家里一天都不能安宁。生活作风还不好，跟男社员打打闹闹，荤话连篇。还说赵淑琴的作风不好都不是一天半天的事了，在娘家就那样，说这你心里比我们更清楚。我二叔说我不清楚，还请您明示。老奶奶说你甭跟我这儿揣着明白装糊涂，新婚头一宿我给你们褥子上铺的白床单为啥一点儿红都不见？你不傻不瞎，不明白吗？二叔赶紧说头一宿我连军装都没脱就睡了，碰都没碰她一下。老奶奶哪儿信呀，说你这话明摆着是护短，你不傻、不茶、不是老公，二十六岁的大光棍子新婚头一宿，还不是干柴烈火，能放过她？老奶奶说你不用再为她打掩护了，今儿个我就要你一句话，是要那狐狸精破货还是要你妈？要你妈你就马上给我休了她。你马上是军队干部了，休了她，大姑娘还不得排长队等你挑？啥样的姑娘咱找不着？

“你自个儿的打算呢，想离还是不想离？”我妈问。

“我不想离。”二叔说，“人家赵淑琴嫁给我应名三年，守了两年多空房。在家里这两年多，我虽然没看见那日子是咋过的，我能想象出来。就我妈那么一个处处抢尖拔上的人，得让她吃多少苦头？我妈说人家赵淑琴作风不好，根本没影儿的事。大嫂子跟长江（我大哥的名）你们娘儿俩要是能告诉我那个人是谁，我立马就听我妈的话跟赵淑琴离婚。”我妈说老婶子那是给儿媳妇造谣，赵淑琴刨去天天跟大伙一块儿下地干活，连门都不串，怕的是我老婶子不满意。抽不冷子到我们家来一趟，也是受我老婶子差遣借东西什么的。我留她多待会儿，孩子都不敢。待时间长了怕婆婆会怀疑她和我说你妈的坏话，影响两家关系。他二叔你瞧瞧，哪儿有这么懂事又仁义的媳妇儿？唉，你媳妇儿真可怜呀，被我老婶子管得笔管条直，连句大言语都不敢。你要是离了的话，怕是打着灯笼也难找这么一个老实巴交懂事又贤惠的好媳妇儿。我大哥也说，我老奶奶也太不近人情了，比王母娘娘还霸道，哪儿有儿子探家回来不让和媳妇儿同房的？妈，走，去西院儿，咱娘儿俩一块儿说说我老奶奶去。当语文教师的大哥说话是非常讲究修辞的，他这里没用“劝”用“说”，足以表明他和妈妈对有“人核”之称的老奶奶必胜的把握。“人核”老奶奶号称打遍全村无敌手，因此全村的人都尽量回避老奶奶。假如有哪个人在村街上与老奶奶走碰头没叫一声老奶奶，又恰巧吐了口痰，那便大祸临头了。老奶奶会一把抓住那个人问他，你小时候是不是你妈用骚裤子给你擦的嘴？咋那么脏呀？瞧你那口黄烂烂的痰，比狗屎还恶心，谁踩上谁不骂？你这不是给你爹你妈挣骂吗？识时务者赶紧说声老奶奶我错了，又捧了些土把痰埋上。当然，老奶奶是有资格这么骂的。老奶奶家虽然有八个孩子，但是屋子里却让老奶奶归置得一尘不染，院子里连泡鸡屎柴火节儿都没有。东屋的那只大红油漆的旧墙柜，她拿着块湿抹布一天不知擦多少遍，上面的油漆都给擦掉了，斑斑驳驳的，就跟刚用胰子（肥皂）洗过的疤痕脸，干净但不好看。为了这个，一向不好言语的崔老爷还劝过老奶奶，说用不着那么干净，土门土院的你怎么擦怎么扫，还是土。请注意，我这里用的是“劝”没用“说”。为什么呀？因为长得五大三粗的屠夫崔老爷也同样惧怕老奶奶。

崔老奶奶唯一服气的就是我们老李家。我琢磨，这可能跟我妈为人善良和对崔老奶奶一家无私的帮助有关。我爸爸是远近闻名的“李木匠”，木匠活做得地道极了。附近村里谁家聘闺女娶媳妇做柜子打家具的，都非我爸爸“李木匠”莫属，害得我爸爸一年三百六十五天没有一天得闲。因为冬天也要在外面拉锯打家具，我爸爸的两只手上都是小口子，给我印象最深的便是小时候躺在被窝里，看着父亲就着煤油灯烤膏药。那原本很硬的黑膏药烤了会儿就会变成很稀的黏液，我爸爸就把手伸过去，让膏药汁液滴到手上的小口子上，使劲儿摁摁，小口子便被封住了。冬天，我爸爸的一双大手上尽是膏药粘的小黑点子。有爸爸精湛的木匠活，加上我妈的勤俭持家，我们家的日子过得非常富裕。在我没落生之前，家里就有五十多亩地了。砖到顶的瓦房，骡子大马胶轮大车都有。家里还顾着两个小伴伙（长工），是我妈娘家侄子，我的表哥。而我们家西院的老崔家由于孩子多，却常常吃了上顿没下顿，孩子们个个都鞋踢袜趿拉的。大冬天的，还穿着露脚趾头的单鞋。善良的妈妈便向老崔家伸出援助之手，让我的两个表哥把棒子整口袋整口袋地给老崔家扛过去。我妈把自己给孩子们做的单鞋棉窝用大包袱皮儿包好，亲自给老奶奶抱过去。每到过年，老崔家是全村头一户贴上红对联的，都是在县师范学校念书的我大哥写的。那时村里识字的人少，我大哥的毛笔字又写得好，远亲近邻的好多人都拿着红纸来我家求大哥写对子。妈端着糨糊盆子，把大哥写好的对联总是先给老崔家贴上。

因为我家对老崔家这份恩情，“土地要大缸”（就是土改，村民们不识字把“土地法大纲”说成这几个字）时，崔老爷听说要把我家划成地主还斗争我爸，拎着宰猪尖刀拉着崔老奶奶就闯进农会。崔老爷用刀指着农会正副主席“老王八”（外号）张九祥和“花妞子”（外号）张广海说：“咱们都是一村老街坊，李木匠家怎么发的谁都清楚。大冬天的，西北风刮得嗷嗷叫，你们都知道搂着孩子老婆在热炕头，李木匠歇过吗？你们的手伸出来都细皮嫩肉的，你们见过李木匠的手吗？满手都是冻的小血口子啊！你们说是李木匠把你们剥削穷的，说这话不灭良心吗？他剥削过你们家一根柴火吗？拍胸脯子想想，你们俩谁没得过李木匠的好？老王八你媳妇那年生孩子大出血，是不是人家李木匠大晚上亲自套车把你媳妇送到城里大医院的？你没钱人家把钱给你垫上，后来也没跟你要。不是人家李木匠，你媳妇儿早过三周年了。还有你这个花妞子，就好拈花惹草。那年你把汉奸王玉的媳妇搞了，人家坑都挖好要活埋你，是李木匠送过去三十块现大洋人家才放了你。村里人都说李木匠多余救你，你死了全村的大姑娘和小媳妇就安全了。人家李木匠说不是救你，是救你爹你妈。你爹你妈都六十多岁就你这么一个不争气的儿子，你死了，让你爹妈靠谁？你们两人现在这么对待老李家，还有一点儿做人的良心没有？老王八、花妞子你们听好，我崔老爷是个宰猪的，不会说话，就知道白刀子进红刀子出，这辈子还是头一回跟你们两个畜生说这么多话。你们要是听我的放过李木匠家，咱们还是好街坊。要是不放过，就别怪我把你们都当猪宰了。”一旁的老奶奶也一口一声地“畜生”“白眼狼”骂不绝口，还脱下小尖鞋敲老王八的秃脑壳和花妞子的大分头。说你们两个狗杂种敢动老李家一个草节儿，看我崔老奶奶敢不敢到你们家砸锅刨炕？在老爷和老奶奶的软硬兼施下，老王八和花妞子到了没敢把我们家划成地主，当然我爸也就免除挨斗了。李、崔两家这样患难之交的老街坊，我大哥当然可以用“说”这个字了。而且我相信，老奶奶被我妈和大哥说一顿，肯定得立即改正“错误”。

妈临出屋时还特意叮嘱嫂子和我，要我们好好劝劝二叔，要他放宽心，他们娘儿俩肯定能让老奶奶回心转意。妈和大哥刚走，东院的张大妈就过来了，她要嫂子过去给她铰两双鞋样儿。张大妈也算是嫂子的婆婆，所以嫂子很爽快答应，麻利给两个侄子戴上棉帽子，娘儿俩就一人牵一个走了。

屋里就剩下我和二叔。想起妈交给我好好劝二叔的任务，我搜索枯肠拼命地在肚子里遣词造句，可仍然想不出第一句劝二叔的话该怎么说。“丫头，小十学习努力吗?”倒是二叔先张口和我说话了。

二叔说的小十，是他最小的弟弟。因为和大爷家的孩子大排行是第十个，小名儿就叫小十。小十比我小一岁，在老崔家的八个孩子中也算出类拔萃的。长相和二叔一样英俊，脑瓜儿也和二叔一样灵。他上面的几个哥哥和姐姐虽然也都上过学，除二叔之外，都是笨得实在跟不上班，自己念着没趣自动退学。小十则不是，一气儿在村里念到初三，年年第一。学校里有两个保送杨镇上高中的名额，一个是小十，一个是我。老奶奶却不买账，亲自找到校长，死活让校长保送别人，别保送她儿子小十。老奶奶说他仨哥哥眼看着都到娶媳妇儿的岁数了，家里得铆着劲儿盖房，不能让孩子打光棍儿吧？杨镇离咱北屋二十多里地，上那儿念高中还得在学校里住还得入伙是不是？伙食钱每个月怎么也得两三块的吧？我上哪儿给他找那两三块去？校长说您大儿子不是在部队当干部经常往家寄钱吗，还至于两三块钱拿不出？老奶奶说就他寄的一壶醋钱还不够他媳妇儿一个人的吃穿用的哪，哪儿还有供小十念书的份儿？任凭校长磨破嘴皮子，反正老奶奶的主意就一个：不许小十念高中，让小十跟同班别的学生一样当小学教师。老奶奶离开以后，校长把我和小十的班主任我大哥找到办公室，说李老师你跟我讲过，你们班的崔雨林（小十的大名）非常聪明，好好培养将来很可能就是我国未来的科学家。可是现在麻烦了，崔雨林的妈非不让他上高中让他当小学教师，你说该怎么办？你看，是不是再换一个人保送？大哥说不用换了，班里再找不出比崔雨林更品学兼优的男生了。您甭管了，我晚上再去他家做做工作。大哥的工作方法倒也简单，对崔老爷和老奶奶说雨林的事你们今后不用管了，吃喝拉撒睡全由我和我妈包了。就这样，小十和我一起上了杨镇高中。

可以说从打一生下来，我和小十就是形影不离的好伙伴。虽然我比他还大好几个月，可他却像个大哥哥，处处照顾我、护着我。我们的年龄在班里是比较小的，好多男生和女生都比我们大，有的甚至大五六岁。就比如说老花子吧，就比我们大六岁。小香头比我大五岁，张淑芝比我也大，连最要好的小扔头也比我大。再加上我长得个子小，受这些大同学欺负是常事。这些年要是没有小十护着，估计我都念不到高小毕业就得让这帮大个儿欺负死了。小十虽然比我还小几个月，但他个子大，再加上有众多的哥哥、姐姐，谁也不敢欺负他。

二叔一提起小十，我忽然想起昨儿个我们一起回家时，他和我说的一件事。因为星期六下午开了一个班会，放学的时候教室里墙上的大挂钟都四点多了，老爷儿（太阳）都快坠下山了。家太远又没有伴儿的同学就不回家了，虽然大家平时肚子总是处于不饱和状态，特想回家吃一顿饱饭，哪怕菜粥呢，在家也能把肚子撑得溜圆。不像在学校里，每桌八个人，每人一碗菜粥和一个棒子面掺棒子骨头的双蒸窝头，风卷残云般的都胡噜进去了，肚子还空着半壁江山。那时八个人中要是有一个人生病吃不下饭，剩下的七个人可美了，大家可以将他的菜粥、窝头平均分。所以，一桌吃饭的人总盼着能有人生病，而且生病的人越多越好。我就遇上过这么一回：同桌吃饭的人生病，不是一个，是五个男生。听说头天晚自习过后，一个住家离学校近的家长给孩子送来一小袋刚烀好的白薯和一个大咸菜疙瘩，这五个同宿舍的同学便大快朵颐，熄灯铃响之前全部扫进肚里。咸菜太咸了，五个人一趟一趟从伙房外头的大水缸里扰水喝，把个肚子撑得鼓鼓的都透亮。钻进被窝又哪里睡得着？一会儿去一趟厕所，一会儿又去一趟厕所。我们的学校东西狭长，学生宿舍和伙房等生活设施都在东头上坡，教室在学校中间，大操场和厕所在学校西头下坡。从宿舍到厕所得有一里多路。为了保证学生睡眠消灭黑夜上厕所的麻烦，学校让伙房把最好的吃食放在晚上，双蒸窝头、萝卜丝小米饭、白面大肉龙、大菜包子等等都在晚上吃。而且菜和馅儿绝不准许咸了，吃完饭再上两堂晚自习，基本晚上没有起夜的。这五个人今晚频繁起夜完全是他们咎由自取，赖不着学校。大冬天的夜里走一里多路频繁上厕所，那滋味用脚都能想出来，第二天五个人就同时感冒发烧。学校里很重视这件事，怕是流感。便火速派卫生室艾老师赶到这五个人的宿舍，五个人也不敢隐瞒，一五一十把昨天晚上的事全部如实交代。艾老师给每个人留下几片甘草片，又亲自骑自行车通知家长把孩子接回家养病。当天早自习后的早饭桌上，我们三个人享受了八碗菜粥和八个双蒸大窝头。那滋味真叫美。可是一上课，我们就不觉得滋味美了，老惦着撒尿。好在第一节是代数课，郭老师好说话，也体谅我们，只要一举手就点头示意让我们出去。后来我们仨举手的次数实在太多了，再加上其他同学也举手掺乱，郭老师的头都点不过来了，索性宣布上厕所不用再举手随便去。郭老师的这条政策太惠民了，那一堂课我无拘无束地整整去了五趟厕所。

走题了。刚才说到星期六下午，我和小十回家路上他和我讲的事。那天我们刚走到沙子营，天就快黑了，离家还有十五里地呢！小十把替我背的书包和他的书包同时移到右肩，身体靠近我问："丫头，以后我要不跟在你身边，你一个人走夜路害怕不害怕？"

"废话，你不跟我身边上哪儿去？"我立刻反驳，实则是撒娇。暮色中看不清他的脸，但感觉好像很凝重的样子。不是老奶奶又生出幺蛾子，不许小十念书了吧？因为听大哥说，虽然老奶奶被他劝得同意小十上高中了，也是暂时的。老奶奶跟大哥说先让小十念一学期试试，没准儿还得退学。可现在一学期还没满哪，老奶奶怎么就说话不算数，让小十退学？我不放心，得问问清楚。"小十，是不是我老奶奶又反悔了，不许你念了？"

"不，我妈没说让我退学。"

"那你为什么说以后要不在我身边的话？"

"因为我……因为我……"小十吞吞吐吐的，到了没把原因说出来。

"真急死人了，有话说有屁放不得嘛！"我用胳膊肘子使劲儿杵了他一下。

“小胳膊肘子真尖，都快把我杵死。”小十说，我看出来了，不告诉你怕是今夜里觉都睡不好。“你知道城里头我有个老姨吧？我老姨有个儿子得痨病好几年了，怕是难活过今年。上礼拜天我老姨到我们家串亲戚，和我妈说起了他儿子的事。”

“那跟你有啥关系？总不能她儿子死了就把你抢去做儿子吧？瞧你老姨烫大飞机发穿高跟鞋又摩登又酸文假醋的样儿，真让人恶心。到你家来还用白手绢捂鼻子，纯粹自作多情，以为咱乡下的苍蝇、蚊子多待见她，多愿意往她鼻孔里钻似的。她就算真抢儿子也应该在城里抢，她不是老嫌咱农村人脏吗？”小十老姨到老崔家串亲戚时我见过，跟妖精似的，我特别讨厌她。

“城里人家都好过，谁家的儿子肯让她抢？除非是亲戚。”

“你妈是他姐姐，莫非你老姨真要来乡下抢儿子？”我心里有点儿忐忑。

“是。”小十回答。

“你不是有好几个哥哥吗？让你妈把他们给你老姨不得了？”

“我老姨不要，嫌他们岁数大，又不识多少字。她就相上我了。”

“你妈同意了？”

“老姨那天和我妈说这事的时候，我还没睡着。我妈说八个孩子你要哪个都行，就要小十不行。这孩子是我心尖子，我怎么能让你掐尖呢？我小十现在都念了高中，没两三年就上大学了。赶明儿大学毕了业，还不得当个科长、旅长的？那时可就挣大钱喽！我们老崔家改换门庭全指望小十呢！我老姨说姐姐呀，你以为上大学是你上嘴唇一碰下嘴唇的事？那是百里拔一、千里拔一、万里拔一，比过去考状元还难。我们街坊有个姑娘连考三年大学都没考上，去年摸电闸自杀了。城里孩子都考不上，你们乡下孩子能考上？再说呀，就算咱家小十瞎猫碰死耗子考上了，念得起吗？一个月得好几十块呢！我妈被我老姨说得长吁短叹，说这可怎么办呀？我老姨就趁机说假如把小十给她，她给我家盖五间房。小十将来上大学的费用全部由她管。即便考不上，孩子当科长的姨夫给孩子找个坐办公室的体面工作也没问题。我妈终于同意了。”小十说我老姨不是用暴力抢儿子，是用金钱抢儿子，我为我家换了五间房，这比我三个姐姐的彩礼加一起都多。

“你相信？你愿意？”

“我妈相信，我妈愿意就行了。”

“你和你妈真愚蠢，你老姨明明说的是谎言，你们就相信。不许你去！不许你去！”我扭住小十的胳膊拼命地摇晃，希望能从他嘴里说出我不听我妈的，我才不去城里给我老姨做儿子呢！

“丫头，”小十把我的手拿开说，“我的智商不比你低，我知道老姨的话大半都不真实。可有一点是真实的，我老姨家住在城里，是吃商品粮的居民，我的老姨和老姨夫都是国家工作人员。不像我家，父亲是屠夫，母亲是生了八个孩子连工分都不会挣的小脚儿老太太。这样两户人家，除非傻子不选择老姨家选择我家。”小十斩钉截铁地结束自己的演讲。

我很受打击，也很悲哀。都说儿不嫌母丑狗不嫌家贫，可是，我一向依赖和喜欢的，不，是少女朦朦胧胧爱的邻家男孩儿崔雨林（他的大名），竟连一只狗都不如。只是我的心里还不相信崔雨林的话是真的，可能是在逗我玩，我需要在二叔这里再印证一下。

“二叔，崔雨林说我老奶奶要把他给到老姨家，这是真的？”我问。

二叔点点头，说不是你老奶奶要给，是他自个儿非要去。二叔说我家兄弟姐妹虽多，可当爹妈的都不愿意把自个儿的孩子送人，再说我老姨又不是亲的，只是我妈堂妹。其实我老姨当初也没这想法，是去年小十到我老姨家串亲戚时，他撺掇的，说他学习倍儿棒，上个重点大学手拿把掐的事，他愿意做老姨的儿子，为老姨家光宗耀祖。当时老姨的独子得肺结核都一年多了，城里的各大医院都看遍了，就是不见好。整天价咳嗽吐血，人瘦得跟干枝一样。老姨就跟老姨夫商量，说咱们儿子眼看就不成了，要不咱把小十跟我姐姐要过来吧，省得到老了连个端汤倒水的人都没有。老姨说小十不错，机灵懂事，两家又沾亲带故，将来咱老了指望他没问题。老姨夫也同意了，让我老姨跟我家先说好，等他们儿子不行了立刻就把小十要来。老姨头些日子到我家就跟我妈提出这事，我妈哪儿同意呀，小十就不依不饶地和我妈闹，我妈没法才答应我老姨。说好老姨的孩子肺病要好了，这事就作罢。这事是昨儿我妈跟我说的。我妈当时都落泪了，说偏疼不上色，娇养无义郎。八个孩子就他小，全家人就疼他，他却嫌弃这个家，连只狗都不如，狗都不嫌家贫呢！

“丫头，”二叔说完这些话，漂亮的双眼意味深长地看着我，“你们俩从小就在一起，我知道你肯定不愿意他离开。可是，我倒觉得小十早离开你不是坏事是好事。”

对于二叔最后的这句话，十七岁的我实在不理解，一连串反驳二叔好几句。“您怎么能说小十离开我是好事不是坏事呢？小十学习好，有他在跟前，我学习上遇到难题问他就行了。他不在，我问谁呢？我要是受了欺负，小十不在谁帮我呢？从杨镇到北屋二十多里的回家路，没有小十我一个人害怕啊！”

二叔刚要说什么，门帘一挑，大哥进来了。大哥说小蘑菇你快回去吧，老奶奶那儿没事了。我妈没走，跟老奶奶闲唠嗑呢！老奶奶还留了些白面，说今儿晚上给你包饺子接风呢！还是大儿子吃香呀，一家人从牙缝里省下那点儿白面就等着你回来吃呢！

二叔高高兴兴地走了。大家都以为从此他和赵淑琴的婚姻没事了。可是两年以后二叔转业了，两个人还是被迫离婚了。老奶奶这回让儿子离婚的理由很充分，说赵淑琴根本就是只不会下蛋的草鸡，过门都五六年了，也没给崔家生养一男半女。二叔不太同意，觉得人家好好的十八岁黄花大姑娘嫁到崔家吃苦受累好几年，说离就跟人家离了，也太缺德了。可是他一来拗不过老奶奶，二来自己三十多了还没子嗣也着急，就这样两人到公社办理了离婚手续。从公社大院儿出来，二叔让赵淑琴回家吃完晌午饭再走，赵淑琴没同意，说那已经不是我的家了，我还有什么必要非吃那顿午饭呢？那个家对于我来说就像地狱，你妈就是地狱里的阎罗王，我这些年都是战战兢兢地过来的。一向逆来顺受在老奶奶跟前大气儿都不敢出的赵淑琴，说完这番话，瘦弱的身子忽然就趴在二叔身上抽抽噎噎哭起来：“我……我舍……舍不得你，可我……我的肚子不……不争气……呜呜……”二叔把赵淑琴紧紧搂在怀里，说淑琴要不我们不离了。回去咱们单过，你就不用受我妈的气了。

赵淑琴却倏地推开二叔，飞快地往自己的村庄跑去。任二叔在后边追赶呼叫，她连头都没回。送别这一幕，没人看见，都是二叔在我家讲的，二叔一边讲一边哭，当时在北师大念书的我正好放暑假在家。

听说离婚不久，赵淑琴就嫁给了本村一个小伙儿。两人从小一块儿长大，小伙子本来对赵淑琴就有意，只是家里太穷了，没敢托媒人到赵家提亲。嫁给本村小伙子的第二年，赵淑琴就生了个八斤重的白胖大小子。

二叔这边可就惨了，虽然转业以后在县农机站开拖拉机，每个月挣四十多块钱的工资，在农村算相当不错的了。可当时二叔已经三十一岁了，在农村早没有年岁相当的姑娘可娶了。再加上崔老奶奶虐待儿媳妇和逼儿子媳妇离婚的恶名远扬，也没有姑娘敢登老崔家的门。二叔一直到三十好几岁，才和本村西街离婚的老秀芳结婚。老秀芳外号“母夜叉”，厉害程度可想而知。二叔结婚时崔家所有兄弟姐妹都已经嫁人，不要以为我在这里把兄弟姐妹统称为“嫁”不恰当，不，恰当得很呢！因为二叔下面的三个兄弟都是被外村的姑娘家招婿入赘的。

老秀芳进了崔家门以后，老奶奶的噩梦就开始了。虽然各过各的日子，架不住老秀芳找茬经常打将上门，把个崔老奶奶欺负得无处躲无处藏，一个人大白天在家都要插上门。

我那时和余贝木（小十后来的名字）早明确了恋爱关系，两家大人和街坊们都知道。老奶奶更是逢人便炫耀，说东院老李家的丫头和我们小十对上象了，两人多般配呀！丫头是我从小看着长大的，仁义，老实巴交，跟我们老崔家可好了，对我们老两口更是没的说。不像我家那母夜叉老秀芳，都快把我们老两口欺负死了。等丫头和小十在城里头安下家，我们老两口就搬过去和他们一块儿住。惹不起老秀芳我们躲得起吧？你老秀芳总不能追到城里骂我们打我们去吧？唉，老大这儿子算是白养了，处处都听媳妇老秀芳的。走碰头跟我说句话都得先左瞧瞧右看看，怕被老秀芳瞧见回家跟他干仗……村里有人就背后讥笑老奶奶，活该，赵淑琴多好的媳妇呀，你把人家给欺负走了。这回遇上克星了吧？这才叫“一物降一物，盐卤点豆腐”呢！小十和丫头的婚事八字还没一撇儿呢，就指望让人家养老了。再说，人家养老也养不到你身上呀，小十现在姓佘，不是你老崔家儿子，人家城里头有父母……街坊邻居的议论也传到我妈耳朵里，我妈很郑重地和我说，甭管街坊邻居说什么，你崔老爷和崔老奶奶对咱家那点儿好不能忘。土改时要不是你老爷和老奶奶跟老王八盖子和花妞子去拼命，咱家就被划成了地主，你爸爸能不能活着都难说。你今后跟小十成家了，爸妈不用你孝顺，有你大哥和二哥哪！你好好孝顺崔老爷和崔老奶奶就行，这老两口真可怜，小十的仨哥哥因为没有姑娘肯进崔家的门，都入赘到离咱北屋挺老远的外村媳妇娘家了，有一个还在口外。仨闺女虽说对老家儿还不错，可出了门子的人，回娘家有时有晌，远水解不了近渴。你老爷和老奶奶只有干受老秀芳的气，那母夜叉对老两口张口就骂举手就打。可怜你二叔也惹不起老秀芳，常到咱家向我和你大哥哭诉，说悔不该当初听他妈的话，把赵淑琴那么好的一个媳妇给休了。还说人家赵淑琴不会生孩子，人家在我家连饭都吃不饱，怎么生孩子？我说我二叔惹不起还躲不起吗，不兴跟老秀芳离婚？妈说你二叔都被老秀芳管折了，哪儿还敢提离婚？再说老秀芳又给老崔家生了俩虎头虎脑的大小子，大人说离就离了，孩子可怜呀！我对妈说您放心，我和小十结婚以后肯定会孝顺老爷和老奶奶。可惜世事多变，这一天永远不会有了……

小香头到了没拗过儿子，被儿子搀扶着离开牌桌进了楼。牌迷小张叹口气，一手好牌白抓了。“卫平，走，咱们到外边转转，看景去!”他把我从牌桌拽起，搂着我就要往外走。这家伙越来越放肆了，竟敢当众轻薄我。

“滚！请你自爱一些!”我一把推开他。被我当着外人面呵斥一顿，那家伙的脸虽然比城墙拐弯还厚十多公分，可也红了。

“急脸子狗!”他小声嘟囔一句，独自悻悻地走了。

牌桌上，就剩下我和三姐。绝好的机会，我正可以趁机问问三姐老崔家二叔和小香头的事。可是我刚要开口叫三姐，马上紧急刹车——我现在是一个年轻靓丽的美女作家卫平，早已没资格像小时候一样，尾巴似的跟在三姐后面三姐长三姐短地叫了。我是数猴的，现年应该七十一周岁，比三姐小几岁，三姐应该差不多七十四五岁了吧？可是我现在的外貌，顶多也就三十岁。跟三姐是三代人，应该叫她奶奶。可是我怎么叫得出口呢？

五　我的三姐

我像年轻时和三姐单独在一起时那样，两只眼一眨不眨地盯着她的脸，渴望三姐和我说点儿什么。

年轻时的三姐可漂亮了。“瓜子脸、高鼻梁、柳叶眉、杏核眼，漆黑的头发赛墨染”——这是村里给美人定的标准。虽然三姐白皙的脸上有几颗浅浅的小麻子，但是瑕不掩瑜，仍然完全符合美人标准。眼下的三姐一张脸跟揉皱的粗布似的，全是重重叠叠的皱纹，把那几颗小白麻子藏得严严实实，只是点缀在粗布上的眉毛、鼻子、眼睛也越来越萎缩，大有步小白麻子后尘被藏起来之趋势。昔日赛墨染的浓密黑发如今就像几根干枯的棒子毛，粉红色脑瓜皮都遮不住露出来了。岁月像一把无形的刀剑，削削砍砍之间就让人变老变丑。面前的这位老妪，如果不是在南沙敬老院特定的场合遇见，在外边打死我也不相信她就是我们北屋村的美人刘桂香。

三姐住在我家对面的胡同里，是老姑和老姑父的三丫头。因为大姐和二姐都是麻子，三姐的脸上也有几颗不显眼的小白麻子，刻薄的人背后就叫三姐小麻三。伙伴们一起玩的时候，大家都互称小名儿，谁喊我三姐“小麻三”我就跟谁吵，骂人家吃饱撑的，喊小三不得了嘛，干吗非得多加个字呀！至于我，从来都恭恭敬敬地喊三姐。或许因此吧，三姐总是处处向着我。小香头欺负我要是被三姐碰上了，非得把她打得哭爹喊娘不可。为了我，小香头拽着她妈半截俊没少找三姐家告状。要不是三姐跑得快，屁股蛋子早被老姑尖尖的大脚踢成八瓣了。那时我就常想，三姐要是和我一班多好呀，我就不怕小香头了。可惜呀，比我大好几岁的三姐比我还低三个年级，三姐十多岁才上的学。老姑的脑筋既封建又顽固，认为闺女是赔钱货，早晚是人家的人，不能在丫头身上下本儿，所以坚决不让三个闺女上学，只让老儿子小闹子念书。老姑父虽然不大赞成老姑的做法，可家里是老姑当家，他也没办法。偏偏小闹子不争气，跟我一块儿上的学，我都升四年级了，他还在一年级蹲着。反叛的三姐就不干了，跟老姑闹，说您也太偏心眼了，小闹子不好好念书宁可花学费、花书费让他占着茅坑不拉屎，也不让我念（那时大姐和二姐都已出嫁），我偏要念书。三姐就偷偷把家里攒着准备给大姐坐月子用的鸡蛋卖了交学费上学，没钱买课本就用我的旧课本。可想而知此举的后果，老姑把三姐暴打一顿不算，还不让她吃饭。这也没拦住三姐，拖着满身伤痕饿肚子仍然上学。我们的杨校长知道这事了，就到家找我老姑做工作。好说歹说总算老姑同意了，但当着杨校长的面提出一个条件，说三儿头非要死乞白赖念书也行，等过几年她出嫁，娘家一根布条也不能陪送。杨校长虽然德高望重，但是关系到我三姐切身利益的事也不敢替她做主，于是就把我三姐叫到跟前，当着面把老姑的话重复一遍，说刘桂香同学你仔细想想，何去何从你自己定夺。想不到我三姐没丝毫犹豫，当场就说杨校长您做证，我出嫁连娘家一个布丝儿都不会带走。谁知三姐一语成谶，她竟是光着身子离开娘家的……

“小张对你多好呀，你有这么一个当家的得知足哇!”三姐说这话的时候，那双被层层褶子紧紧包围着的枯井般的浑浊的眼睛，很慈爱地望着我。“你得把他当回事，得在外人面前给他留些面子。”三姐慈爱的话语让我想起很多我和她的往事，更想起她和满福林曲折艰难的婚姻。

那是我刚升入高三的大秋假（我们农村学校不放暑假而放农忙假）里，有一天生产队长“小快马”（她早已做了正队长）派活，说挨着龙山公社小白龙河北边咱队的三亩芝麻该杀（割）了，谁愿意包干就给四十个工分。“小快马”老花子妈的话音刚一落，三姐就说我包了。然后转身就叫我，“淑荣，跟我一起干，四十分咱俩二一添作五一人一半。”我没有丝毫犹豫，当即答应。别说一下子能挣二十分，就算一分没有，我也愿意和三姐一起干。

自打上了高中以后，我已经很少和三姐在一起了，见面都很少。学校为了提高升学率，和我们县的二中一决高低，早就不允许住校生每个礼拜日回家了，规定四个礼拜才可以回一次家。即便如此，回家也得向班主任请假，没有正当理由照样不让回去。为了这个，我们的班主任孙老师还分别找我和崔雨林谈过话，说我们俩每次都一块儿请假回去，是真有事还是找借口制造在一起的机会？还说同学们已经有人在议论你们，得注意影响。二十多里路一个人走又枯燥又累，太没意思了。因此从孙老师谈过话以后我几乎没再回过家，都是大哥隔些日子给我和崔雨林送给养——伙食费和家里偶尔做的白面烙饼什么的。只有五月一日和十月一日放假，我们才能正大光明地一块回去，通常走两小时就应该到家，我们得走仨钟头，有时甚至磨蹭到老爷儿都落了。

至今在我心中还留着那美丽凄凉的日落：两个人慢慢地走在杨镇直通我们北屋村那宽阔的六股道上，放眼望去，大庄稼收割完了的田野一马平川，可以一眼看到天边。北面天边是一溜起起伏伏青黛色的冀北山地，和灰色的天空相接，像乌云又像一只巨型的大船；路东的野地里是高高矮矮悲哀忧伤的秋草，风儿吹过，通身红色的醋不溜秧子顶着沉重的穗子无力地摇晃着，刚刚离地没多高枯黄瘦弱的小草被吹得瑟瑟发抖，偶尔冒出一棵高大的野芦苇，顶着白发哼唧着哀怨的歌。更远处散落着几处坟地，坟头周围黑乎乎的松柏树像大片的乌云，又像盘踞的苍龙。插在新坟头上的白纸幡儿像被一只看不见的鬼手在摇动，随风发出呜呜咽咽的声儿，像坟墓里的死人在哭。六股道西边的田野还算不错：金红的落日半隐半现在地平线上，余晖给田野披上一层薄薄的透明的金纱，薄暮中有归巢的鸟儿在急急地飞。几乎同时，我的心里不由自主的就想起了唐朝诗人李商隐的那首著名的诗《登乐游原》：“向晚意不适，驱车登古原。夕阳无限好，只是近黄昏。”渺茫的前途，未知的命运，让我十八岁少女的心，像秋草一样悲哀忧伤。现在想起来，当时之所以心情如此灰暗，是因为悬着的那把达摩克利斯剑离我的头顶越来越近了——崔雨林老姨的儿子病势越来越沉重，马上就要死了。也就是说，只等他老姨的儿子一死，我青梅竹马一块儿长大一块儿念书的最好的伙伴儿（或许说我心中的爱人）崔雨林就要离开我到城市里生活。甭管他将来能否考上大学，他都是高我们农村人一等的城里人。我则不然，如果考上大学，我们的距离还能近一些；如果考不上，我就永远是农民、柴火妞、未来的农家主妇。那时的我和他，就像天上的太阳和月亮，永远不能在一个轨道上。我多想把我心中的苦闷向一个知心朋友倾诉哇！可是我的知心朋友在哪里？班里的女生杨秀珍、于淑静、刘淑兰、刘玉芝和我虽说都是邻近公社保送到杨镇中学的，地域的缘故让我们的关系很不错。但是我也不敢把这事告诉她们呀，那还不如直接向班主任孙老师坦白哪，兴许还能得到从宽处理不至于拿到班上去说。小扔头虽然知心，但是她初中毕业就当了小学教师，去年又嫁到城里，我见她一面都难。想来想去，只有我的三姐刘桂香是最知心最可告诉的人了。可是我和她同样几乎没有见面机会，我节假日能休息一天，当社员的三姐可没有节假日一说。这回总算上天有眼，我们终于可以在一起了，而且两三天，有多少知心的话尽可以说。

“淑荣，回家拿镰刀，咱们赶快走。”三姐说，“地太远，咱们晌午就不回家吃饭了，你和我大舅妈说一声。我家正好有好几个剩饽饽，够咱俩晌午吃的了，你就别带饭了。”

“哎！”我答应一声，飞快朝家跑去。无论如何，我今天一定把憋在心中已久的秘密告诉三姐。

刚一走过西道口，三姐就迫不及待地告诉我，老崔家的小十昨儿个后晌儿被他老姨接走了。“真的吗？小十咋没和我说呢？”我以为三姐在骗我。

“真的。”三姐点点头，说我亲眼看见的。昨儿个小快马带十来个男女社员去张家老坟掰棒子，有崔老爷。因为没打中歇，早早就把那块地的棒子掰完了，老爷儿（太阳）还没落就收工了。走到六股道南边快到东关时，有一辆吉普车从咱们后街开出来，到我们跟前吉普车停下了。车门打开，下来的是小十。他跟崔老爷说我老姨的儿子死了，现在我到城里给老姨当儿子去。崔老爷问谁来接你的？小十说我老姨、老姨夫和开车司机。一听这话，崔老爷甩掉背上笆篓子，几步蹿到吉普车开着的门前，冲里边叫着小十老姨的小名儿，小菊头你妈就这么教育你的，连我这个当爹的都不通知一声就把我儿子接走？这不成抢人了吗？就听见小十的老姨在车里尖声尖气地辩解，那意思好像说我姐姐知道不就行了嘛！好哇，你眼里就有你姐姐是不是？告诉你，今儿我这当爹的还就不把儿子给你了。崔老爷说着就去拉小十，可小十还没等崔老爷到跟前哪，就兔子一样钻进车里。紧跟着吉普车后头就扬起一溜狼烟，一会儿就没影儿了。俗话讲，好汉子都怕儿女撅。铁骨铮铮的崔老爷被儿子撅得咕咚倒地上，大伙儿又掐人中又胡噜胸脯子，总算把崔老爷救过来。崔老爷一醒就号啕大哭，说人穷志短马瘦毛长，我崔老爷但凡日子好过，亲生儿子也不至于抛下亲爹娘跟人家走哇！小十，你是个白眼狼呀！对不起你爹妈，也对不起东院儿老李家。人家老李家供你念高中，丫头来去都和你在一起，你就这么抛下人家走了，你对不起人呀……三姐说崔老爷一直号啕到家，连笆篓子都是我给背回来的。“昨儿你收工回家，我大舅妈没和你说？”三姐问。

我使劲儿忍住没让眼泪掉下来。还和我说哪，连我妈、我嫂子、我大哥都不知道。家里后晌儿饭桌上大哥还说哪，他那辆杂牌子自行车实在没法骑了，刨除铃铛不响哪儿都响，大哥说打算买一辆新的飞鸽车。妈说你买飞机我都不管，大秋假眼看要完了，这一开学丫头跟小十的学费、书费、伙食费，没二十块钱怕是不行，你把这笔钱给预备下来就行。大哥说早就攒好了，开学让他们俩带着就是了。狼心狗肺的小十，我妈和我大哥对你多好呀，难道临走之前连个招呼都不值得你打吗？我冲三姐摇摇头，没张口。因为我知道，只要我张口，马上眼泪就开了闸。

三姐大概看到了我眼中的泪，说咱们快点儿走，到地里就咱俩，你要哭就使劲儿哭出来吧，憋在心里会中病的。

到了挨着小白龙河的那块芝麻地时，我终于忍不住趴在三姐肩上哇哇大哭。“哭吧，哭吧。”三姐说，拉着我坐地头儿的拉拉蔓儿草上，三姐也挨着我坐下。三姐说丫头呀，我知道你从小跟小十一块长大，舍不得他走。可是天要下雨娘要嫁人，你管得了吗？再说，他能当城里人，你就不能吗？有句话叫拉屎攥拳头暗使劲儿，你脑瓜儿聪明，从小到大都学习好，再暗暗加把劲儿，我觉着你肯定能考上大学。那时你不也是城里人了？三姐停了停，掐一节拉拉蔓儿草放嘴里慢慢嚼。不过，就昨儿个那事儿我看出来了，小十那孩子就是个白眼狼，为了做城里人，当着那么多人把他爸爸都给撅了。我瞧他走了不见得是坏事，要不呀你早晚得吃他的亏被他坑了。三姐又说了一会儿，看我的眼泪终于回去了，就起身拿起镰刀，咱们干吧，要是明儿个前晌能干完，咱们就在地里躺上半天，我有很多话要和你讲呢！

“三姐我听你的。”我说。我们两个人就进了地垄，猫腰干起来。

杀芝麻是个要劲儿的活，左手使劲儿薅住一大把芝麻秧儿，右手便一镰刀斩断。斩断的芝麻秧按顺序一把把放到身后的地垄里，估摸够一捆儿了，就用湿秫秸要儿捆上。我和三姐出来得急，家里没有现成泡软的秫秸要儿，我们就用大拉拉蔓儿草捆芝麻。这玩意儿又软又韧，比秫秸要儿还好使。杀芝麻最关键是镰刀要磨得飞快，一大把芝麻秧子攥手里必须一刀砍断，不能反复砍。因为反复砍，把芝麻角里的粒儿都震掉了，一亩地得减产十几斤。如果芝麻太熟了，杀芝麻反复砍，到最后可能收获的就是一堆秧子和几个青芝麻角儿。

大秋是庄稼收割的季节，砍棒子秧、割谷子、杀芝麻都离不开镰刀，家家都得预备几把磨得飞快的镰刀。我家磨镰刀的活儿都归我爸爸干，我爸爸是木匠不用下大田干活，公社有个木器厂，我爸爸在厂里按点上下班就是。常常我爸爸下班了，大田里干活的我和嫂嫂还没收工，爸爸就扫院子归置家里的农具。现在大牲畜、大农具都归集体了，所谓的农具也就几把铁锹、锄头、薅刀、镰刀之类的。春夏之际用铁锹、锄头、薅刀多，我爸爸就把这几样农具收拾得又快又亮没一点儿铁锈，这样翻地和除草都很省劲儿。秋天就是镰刀，我爸爸每天回来第一件事就是把几把镰刀反复在磨刀石上咔咔地磨，家里的四把镰刀都磨得雪亮。杀芝麻几乎不用费力，镰刀一碰上，芝麻便应声而倒。

渐渐地，我就超出了三姐一大截，我一垄芝麻都杀到头了，三姐还在半截腰上，这可跟生产队里有名的快手刘桂香不太相符。麦秋假拔麦子时三姐总让我挨着她，我一垄还没拔半垄，三姐都拔到头接我了。用脚都能想出来，三姐的镰刀今儿个肯定钝不受使。我想都没想，掉头就接三姐。由于我的神勇，到吃晌午饭的时候，三亩地的芝麻我们已经杀了两亩，剩下一亩后晌儿早早就能干完。

三姐带了三个棒子面葱花饽饽和一酒瓶子水，我们俩一人一个半饽饽，嚼着干饽饽，不时拿起酒瓶子咕嘟咕嘟灌两口水。三姐的脸上滴滴答答都是汗，本来就白的皮肤被汗水一滋润，红里透白的，就跟草棵子里粉红的小燕王花一样美。三姐说我这个镰刀太钝了，砍在芝麻秧上就跟砍在大树上似的，干着急也砍不动，都是小闹子干的好事。昨儿个下工回来我本来想把家里的几把镰刀都磨磨，他非夺过去替我磨，让我抓工夫把他那双黑灯芯绒五眼鞋赶快给绱上。他这人干啥事都不好好干，草草磨两下就算完了，说不定都没磨。要不咋这么钝呢！

“清早小快马派活时，我看小闹子脚上穿的鞋还挺新的嘛，干吗急着让你把新鞋绱上呀？”我问。

三姐说丫头你不知道，小闹子没准儿搞对象哪！我暗地里观察过，他好像惦着跟小凤头相好，急着穿新鞋在人家面前显摆。都说女为悦己者容，士为知己者死。依我看呀，甭管男女，都为悦己者容，谁不愿意在心上人面前穿得好一些呢！”

“啊？就小凤头那家庭呀，我老姑知道保管不同意。”

小凤头是我的同学张淑芝的堂妹，大名叫张淑英。她妈根本不是个过日子的主儿，手特别拙，连针线活都做不好。小凤头和底下的一个兄弟俩妹子都穿得鞋踢袜趿拉的，街坊邻居谁家穿剩下的破衣烂衫的都给她家孩子穿。小凤头爸爸被张淑芝干爹打折了一条腿以后干不了重活，只能挣半劳力工分，因此她家的日子过得格外赖。别瞧小凤头妈这个笨老娘儿们过日子不行，可是打架却是行家里手。尤其能欺负西院的张淑芝妈。三天两头率领小凤头骂上门来，骂人的话花样翻新，难听得都对不上牙。她大妈只要敢还嘴，娘儿俩上去就打。要不是有张淑芝干爹护着，张淑芝妈早被小凤头和她妈打死了。这傻娘儿们不仅对外是打架能手，跟小凤头的爸爸也是三天一小吵、五天一大吵。有一回吵急了，小凤头妈抄起菜刀非要像劁猪一样劁了她爸爸，说我劁了你让你变成老公，省得你那只腿再被西院的打瘸。据说当时要不是小凤头爸爸死死地捂住裆部，真让她妈给劁了。这可不是我杜撰，是小凤头妈在地里干活时亲口跟大伙说的，我也在呢！她妈还一口一声地骂她爸是畜生，不是人。

“跟这样人家的闺女搞，这小闹子八成缺心眼儿。再说，他才十八岁，跟我一边大，搞对象也太早了点儿吧？这小闹子念书不上心，搞对象倒挺上心的。也太不争气了！”我和三姐的关系比亲姐妹都亲，所以在她面前并不避讳贬损她的亲弟弟。

说起这小闹子，站起来也铁塔般的汉子，可就是太不争气。跟我一块儿念的书，我四年级他还一年级不说，连后来上学的三姐也三跳两跳地升到初中前年毕了业，小闹子还在小学四年级蹲着哪！大概他自己也觉得没脸再念下去了，任凭老姑哭闹打骂，死活也不再上学。听我妈说为这件事老姑还到我家跟我妈哭了一大通，说就这么一个儿子，本想好好巴结他，让他多念几天书，将来能到城里头干大事，当个科长什么的。偏他自个儿不争气，念了十多年书才念到四年级。瞧你家丫头，比小闹子还小几个月哪，俩人同一天上学，人家丫头都到杨镇念高中了，他连四年级都没念完。我妈说他老姑呀，我不是说你，你就是太偏疼小闹子了。俗话怎么说，偏疼不上色嘛！三儿头念书多棒呀，连着跳好几班。我家丫头到初中毕业念了九年，三儿头才用六年。初中毕业你要让孩子考高中，三儿头保准考上。这孩子争气、要强、能吃苦，比我闺女强很多倍。老姑说丫头家家的，我培养半天还不是给别人家培养？让她念完初中就不错了。再说，她大舅妈你不知道，小三脾气倔着哪，一点儿都不听话。跟我说话都横着出来，恨不得把我噎死。女大不可留，我巴不得赶快给三儿头找个主儿嫁出去，收点儿彩礼钱留着给我们小闹子娶媳妇哩！老姑还让我妈留心点儿给我三姐物色婆家，说只要成分好(那年头成分很重要)，日子过得不错又肯出彩礼，男方长得丑点儿不计较。我妈说三儿头长得伶俐又好看，你可不能为多得一丁点儿彩礼就委屈孩子，就给孩子点儿自由让她自个儿搞吧！老姑说我给她自由够多的了，老大和老二没上过一天学，姐儿俩的彩礼钱让我盖了三间西厢房。我供小三念了六年书，她的彩礼钱不能比大闺女和二闺女少吧？还让她自个儿搞对象，美得她都不知自个儿姓啥了。她自个儿搞也行，彩礼得超过老大和老二加起来三倍。我回家时妈跟我说起老姑那天到我家来的事时，口气十分担忧，说你老姑脑筋顽固守旧，你三姐脾气犟，我真担心这娘儿俩将来在你三姐的婚姻上闹出点儿什么事。我说您赶紧给我三姐物色一个合适的对象，先私下跟我三姐说，她同意再告诉我老姑不得了？妈说你在杨镇念书不常回家不知道，我早看出来了，你三姐没准儿心里有人了。我问妈那个人是谁，妈没告诉我。由小闹子的事想到我三姐，我心里也很为三姐担忧，万一老姑真的同意小闹子跟小凤头搞了，接下去就得给女方下彩礼。凭小凤头家那么困难，彩礼少要不了。

彩礼从哪儿出？老姑不都说了嘛，赶快给三姐找主儿嫁出去，收彩礼给小闹子娶媳妇。我望着三姐，希望从她嘴里说出我老姑肯定不同意小闹子和小凤头搞对象的话。

“我妈把这个儿子看成宝贝蛋儿，要星星不给月亮，小闹子要干的事我妈从不违拗。”三姐说，眼中有淡淡的忧伤。“我妈一准同意小闹子跟小凤头搞，还得夸小闹子有能耐，能自个儿找媳妇。小闹子经我妈一夸，就得闹着下彩礼赶快把小凤头娶进家门。这彩礼从哪儿出？不就得从我身上出嘛！我妈不止一次说过，给我找个能多出彩礼的婆家赶快嫁出去，再给小闹子把媳妇娶进门，她这辈子的大事就算完成了。我说我在家多干几年活不就把小闹子的彩礼钱挣出来了？我妈说指望你一天挣那六个工分（女劳力一天六个工分），小闹子还不得打一辈子光棍子？咱家你爸和你和小闹子仨大劳动力，到年终分红连二百块钱都不到，这可是全家一年的嚼裹呀！”

“那咋办？万一我老姑真的给你找了一个肯出大彩礼的对象，长得挺寒碜，老姑同意你不同意，那不就闹起来了？”我担忧地看着三姐那双好看的大眼睛，想起妈说的三姐心里没准儿有人的话。真想说三姐你就把那个人告诉我吧，三个臭皮匠赛个诸葛亮，我毕竟是明年就考大学的高三学生了，见多识广，没准儿能帮上你一把呢！

“我们干活吧！”三姐咽下最后一口饽饽，又拿起瓶子灌了一口水。“我用你的镰刀，你先歇着。前晌儿你干得太冲了，你年纪又小，别累着。”三姐要拿我镰刀，我却不肯松手。

“三姐要歇你歇着，我反正不歇着。长这么大，在社里干啥活你都帮我，今儿个就让我多干点儿吧！”

三姐想了想：“咱今儿个就都不干了。反正就剩那么几垄芝麻了，留着明儿个再杀。要不咱今儿个早早干完了，明儿个干吗？小快马知道两天的活让咱一天干完了，该矫情了，肯定得给咱往下刨工分。”

“听三姐的，咱们现在就回家。我这几天俄语都忘得差不多了，正好回家复习复习。”三姐说别介，让小快马知道还得扣分。“三姐你担心也太多余了。咱这是小快马派的包干活，她得讲信用，说话算话。不能说变就变呀！咱们早干完了她扣工分，咱们要是三天才干完，她给咱们加工分吗?"

"你把小快马当国家干部了吧?她就是个农民,什么信用不信用呀!她吐口吐沫就是钉,她的话就是信用。你跟她较真,较急了就摘你鸟食罐儿(不让干活),当社员的谁不怕这个呀!"三姐怕说服不了我,还特意举了小香头的例子。说小香头厉害不厉害呀,还是小快马儿媳妇哪,都让小快马治得愣愣的。

三姐说有一回老花子家的吹鼓手班子到外村出杠(受雇给丧家办事),老花子也去了。丧事完了一人分两块钱,交生产队一块钱自个儿留一块。小香头本以为老花子挣的这一块钱应交给她,结果让小快马都给拘走了。小香头愤愤不平,在地里干活时就和婶子、大妈说起了这件事。还说她婆婆拿鸡毛当令箭,把个破生产队长当块肉似的,在家里张口闭口就我们国家干部怎样怎样。还教训她,说你现在是国家干部家属,跟在娘家做姑娘时的身份不一样了,得处处起带头模范作用,不能让一般社员说出话来。这还不算,连我跟老花子生孩子的事她都管。跟他儿子说国家早就号召计划生育了,你们俩怎么还没完没了地生呀?都四个残疾孩子了,还打算生一打?小香头说我们家老花子就是老实,再加上又不是她亲生的,就没理她。这要是搁我呀,早跟她翻脸了,你管天管地还管得着我生孩子放屁?有能耐你也生呀,你连个残疾孩子都生不出来!小香头在地里的话不知怎么就传到小快马耳朵里了,小快马也没理她。第二天派活时,就派小香头挑水浇白薯埯儿。小香头当时都怀孕两个多月,就跟婆婆说我挑不了水,让我干栽白薯秧的活得了。小快马指指几个负责栽白薯秧的老太太,你瞧瞧她们娘儿几个有没有一个大脚扑鸭的?你要想干这活先回家让你妈把你的脚裹成小尖脚了,你妈要是和你一块儿把脚裹了,我也让她干轻省活。轻省活没干上,还把自己娘家妈给搭上了,把个小香头臊个大红脸。没挑三天水,小香头就小产了。三姐说自打那以后,小香头再也不敢在背后骂她婆婆小快马了。

三姐说完小香头的事,指指没了芝麻的地垄:"丫头你瞧瞧,这遍地都是乌青葱绿的一层野菜,咱后晌儿不杀芝麻就拔野菜吧!曲麻菜、刺儿菜、苦麻儿、落落儿菜都是宝贝,人吃猪吃都败火的。"

"行!"我放弃了回家复习俄语的打算,跟三姐一块儿拔野菜。到收工的时候，我们每人都拔了一大堆野菜，可我们又没背笆篓子，这么一大堆的菜怎么弄回去呀？

“好办。”三姐说，把两堆菜分成好几个小堆，又把芝麻捆儿尖儿朝上搭成金字塔遮住菜堆——不是只搭几个金字塔，所有砍下的芝麻都要搭成一个个小金字塔。这么做是为了怕芝麻黑夜受潮捂了。万一黑夜突然来场秋雨，芝麻也不至于泡汤。

“我们走吧。”一切收拾好了，我和三姐轻松走出地头。

金色的夕阳给田野披上了一层美丽的薄纱，真好看呀！晚风拂徐，身上的汗很快就被吹干了，刚刚还感觉有些疲劳的身体忽然一下子变得特别清爽，心里有一种说不出的愉悦。

“三姐，我们唱歌吧！”我提议，说咱们就唱郭老师教的《黄水谣》好不好？这歌挺好听的。郭老师是我们北屋中学的音乐老师，他唱的歌可好听了，跟喇叭（收音机）里唱的一样。听说郭老师是城里最好的一所中学毕业的，各科学习都拔尖。只是因为家里成分高，所以音乐学院没录取他，一九五八年就和同学一块儿来到北屋中学教音乐。这些，都是听我们的副班主任教历史的崔长江老师说的，他和郭老师是一个学校毕业的好朋友，一块儿来的北屋中学。

“郭老师教的歌没有不好听的。听郭老师唱歌呀，这辈子算开了眼，没白活。”三姐和我一样，也很崇拜郭老师。干脆说，我们全校没有不崇拜郭老师，没有不爱听他唱歌的。

我们班里有一个叫王仲先的大个儿男生，是全校有名的闹将。除去当班主任的我大哥的语文课和副班主任崔老师的历史课他不敢捣乱，其余所有老师的课他都得捣点儿小乱。那天音乐课郭老师教我们唱《黄水谣》，唱到“麦苗儿肥啊豆花儿香”这句时，他给改成“白薯花鲜啊爆米花香”。郭老师要大家把这句重唱一遍，他又给改成“榆钱儿香啊槐树花白”。郭老师气得脸都白了，叫王仲先滚出去，别一颗耗子屎坏一锅粥。王仲先大概被郭老师的“滚”字激怒了，脑瓜儿一别，说您是老师您先滚我学着滚。音乐课没法上了，郭老师拂袖而去。紧接着我们的副班主任崔老师就怒气冲冲来到班上训话（那天我大哥到县里开会）。他说王仲先你根本不配听郭老师的课。你知道郭老师是什么人吗？

自打咱们中国一有中央人民广播电台，郭老师就是电台少儿合唱团的，全国人都听过他唱的歌。合唱团还去中南海唱过呢！我和郭老师从初一就是同学，他是我们班的学习尖子。郭老师没考上中央音乐学院，不是他学习不好歌唱得不好，是因为他家成分高政审没通过，这才到北屋中学教书。要不然的话，王仲先你这样的农村人也配听郭老师唱歌？虽然对崔老师在说“农村人”这三个字时那种鄙夷的腔调我有点儿反感，但崔老师的话却让我更崇拜郭老师。我们家早就有喇叭，是我大哥攒的，就挂在东屋北墙上。我最爱听的节目就是小喇叭广播，先是嗒嘀嗒嗒嘀嗒，然后是小喇叭开始广播。有孙敬修老师讲故事，也有唱歌。除去合唱，还有独唱。我最爱听的一首歌就是一个男孩儿唱的，歌名我记不清了，但里边的歌词我记得清清楚楚：祖国的大地呀/要把你变得更美丽/我们要给你披上森林的绿衣裳/让那猛烈的风沙/再也吹不到你的身上/啊/祖国/我们要把一切都献给你/我们的美丽的祖国啊/我们亲爱的故乡。听完崔老师的训话以后，我猜那首歌肯定是郭老师唱的。本来今儿个很想和三姐一块儿唱这首歌，可我知道三姐家到现在都没有喇叭，她肯定不会唱这首歌。这才提议唱《黄水谣》，是我们初中音乐课本上的歌。三姐三跳两跳的，到初中只和我差一年级，我初三，她初二，音乐课本都一样。

“行！”三姐很爽快答应。我们就唱起来：“黄水奔流向东方，河流万里长……”晚霞笼罩中的秋天原野上，两个农村少女的婉转悠扬歌声被风儿吹得很远很远。

第二天我们再下地的时候，每个人都背一个大笆篓子。妈还特意烙了两大张白面掺细棒子面的烙饼，妈说你们俩一人一张。你三姐平时在家吃不着好的，家里有点儿白面都让你老姑便宜她那宝贝儿子了。妈给我往那只旧军用水壶（以前在我家住的八路军留的）里灌完水又捏了一小捏白糖放进去，嘱咐我干完活甭着急回家来，跟你三姐好好聊聊。昨儿后晌黑我看见小快马去你老姑家了，估摸着给你三姐保媒去了，你老姑也托过她。

“您估计小快马保的媒是谁呢？”我一边拧紧壶盖儿问。

“没准儿是老王八盖子的儿子小臭。早就听人说过，那小臭惦着你三姐呢！小快马又是小臭妈的娘家叔伯妹子，小臭还是她外甥呢！”

“啊？这小快马不干好事，保谁不行呀，非得给老王八盖子的儿子保媒？”我气得叫起来，相信小快马在跟前，我准把她揪过来揍一顿。

老王八盖子就是土改时被老崔家我老奶奶用小尖鞋抽秃脑瓢的那位。因为他太阴老想着整别人，特招社员们恨。大伙儿就在他的“老王八”雅号后头又加个“盖子”。老王八盖子有俩儿子，大儿子张广金跟我大哥同学，也是县师范毕业，在河北省教小学。张广金的媳妇跟公婆合不来，索性搬到河北省自己娘家村住，连过年过节都不回来。平常老王八盖子家就老两口和老儿子小臭三口人。小臭叫张广银，高小毕业后就回家务农，跟着他爸爸学当干部。村里先互助组后初级社高级社再人民公社，老王八盖子一直是北屋村最高领导，现在是我们北屋大队的书记。小臭就先是记工员后是会计，亦步亦趋跟着他爸爸当了小队干部。眼看着当大队会计已经指日可待了，却在去年年底分红时出了事，一撸到底。

我有个外号“老实人”的干爹叫袁国立，住小香头家东边的一条胡同。我干爹家有四个劳动力：我干爹和俩儿子还有刚过门不到一年的大儿媳妇，五口人就我干妈一人吃闲饭。按说我干爹家应该比只有父子俩劳动力的老王八盖子家分红多。可奇怪的是，年终分红还不如老王八盖子家分红多。因为老实，一家人虽然也对这事有点儿起疑，可是谁也没敢问过会计。我新过门的大嫂崔满瑞可不吃这一套，分红会上一听小臭念完谁家多少工分该分多少钱，立马就稀狗屎蹿了。我大嫂崔满瑞一把夺过小臭手里的分红账本，冲着大家念道：“张九祥，一万一千六百八十分，袁国立，九千五百三十分。”崔满瑞说我给张九祥家算了一笔账，他父子都是干部，每天八分，最高男劳力分。按每年三百六十五天全勤算，张九祥和张广银俩人全年工分应该是五千八百四十分。可是现在他家是一万一千六百八十分，整整四个男劳力的分。张广银我问你，是不是你爸黑夜和你妈睡觉也记分？你黑夜做梦放屁也记分？人家崔满瑞也是高小毕业，嫁到我们北屋之前在村里也是生产队会计，账算得小葱拌豆腐一清二白，小嘴儿说话叭叭儿的特别有劲儿，把个小臭问得干瞪眼说不出话。社员们也都赞成崔满瑞，说我们早就觉得这账里有猫儿腻，要不怎么年年都老王八盖子家分的钱最多？只是咱们没文化算不好账，觉着人家爷儿俩当干部挣的是长劳力的最高分，没准儿就应该这么多。崔满瑞这么一算才知道是小队会计张广银捣鬼了。

社员们当时就提出罢免张广银让崔满瑞当会计。小快马虽然不愿意罢免外甥，可觉得这孩子办事也太离谱了，你给自家多记点儿就多记点儿吧，也不能多记俩男劳力分呀，整整差一半。这时候，有的社员又提出捯后账，说从打张广银高小一毕业就当记工员，会计也当好几年了，就按他今年给自家多记俩男劳力的分算算，这几年他得给自家多算多少分？多分多少东西和钱？得让他吐出来。

“吐出来！吐出来！”社员们一浪高过一浪的喊声把屋顶都要掀翻了。几个壮劳力就从炕上的人堆里往下挤，嘴里嚷嚷着先揍他兔崽子一顿，解解恨。好汉不吃眼前亏，张广银虽算不上英雄好汉，但是得到了他父亲老王八盖子的欺软怕硬真传，吓得撒腿就跑了。小快马非常聪明，知道众怒不可犯，顺势就坡儿下驴宣布撤销张广银的会计由崔满瑞担任。

我问妈是不是小快马觉着在撤销小臭会计这事上，得罪了她姐夫，就把我三姐说给小臭，讨好当大队书记的老王八盖子呀？我妈说倒也不见得，你三姐这么好的人，长得好看又能干，炕上地下的活都能成，谁不愿意娶这样的儿媳妇呀！光托我给你三姐说媒的就不下五六家，本村和外村的都有。只是我觉得他们的儿子都配不上你三姐，就没管。再说，你三姐心里也有人了，我才不愿意破坏人家呢！我又问起我妈那个人是谁，我妈还是没告诉我。说你嘴快不把牢，万一传出去对你三姐不利。反正你们俩今儿个一整天都在一起，你自己去问，你三姐要愿意告诉你就会跟你说了。可你得记住，你三姐要不许你说千万别说。

“放心吧，只要我三姐不让说，我就是烂在肚子里也不说。”

“你呀，快嘴李翠莲似的，难说！”我背着笆篓子蹦蹦跳跳都出二门楼子了，还听我妈在身后数落我。妈呀，您别门缝里看人把人看扁了，今儿个只要三姐把那个人告诉我，我保准不当快嘴李翠莲。

三姐已经在当街等我了。我们两个人走过西道口穿过整个西街，到芝麻地的时候，老爷儿（太阳）才刚刚露出半拉红红的小脸儿。

“三姐呀，咱们是先把野菜装进笆篓子里，还是先杀芝麻？”扔下笆篓子，我问。

三姐竟没理我的茬儿，背着笆篓子呆呆立在那儿，好像根本没我这么个人。我忽然觉得今儿个三姐有点儿反常，一路上只听我说，她没搭一句话茬儿。起初我没往心里去，因为我被我妈骂话痨骂惯了，以为今儿个一路上我又犯话痨病了，没给三姐张嘴插话的机会。可现在不是呀，我明明是在请示三姐，给了她说话的机会，她为什么不言语呀？“三姐，你怎么了？干吗不理我呀？”我凑上前去，盯着三姐的脸问。这才发现，三姐的两只眼有点儿红，上眼皮肿得都透亮。很明显，这是昨儿夜里哭的。“三姐，你哭了？是不是因为昨儿个小快马保媒的事？告诉我，瞧我不揍她稀巴烂！”我像个孩子似的，抱着三姐摇晃，“三姐你倒是说呀！”

“丫头，你说我该怎么办呀……”三姐突然“哇”的一声哭了。

果然，三姐的哭就是因为昨儿晚上小快马保媒的事。让我妈说对了，小快马保媒的对象就是小臭张广银。起初，我老姑不愿意，说那家人的名声不好，小臭又出了去年那档子事，让大伙儿当场就把会计给撤了，太丢人现眼了。可当小快马一说老王八盖子跟她说只要老刘家愿意，他打算给三百块钱彩礼和一辆飞鸽车时，还没等老姑说话，小闹子就发话了：“这年头上哪儿找出这么大彩礼的婆家呀？我同意。到时候我娶媳妇儿这笔钱都用不了的，飞鸽车就归我用了。”老姑没再言语，等于默认了小闹子的意见。

“您等等。”就在小快马要离开时，我三姐拽住了她，一字一顿地说，“您回去告诉老王八盖子，刘桂香就是嫁不出去当家过老，也坚决不嫁到他家。让老王八盖子趁早死了这条心。”

我三姐都说出这么绝情的话了，一般媒人也就臊眉耷眼走人了。可当惯了“国家干部”的小快马有一股顽强的不到黄河心不死的精神，不但没离开，还特意把蒲墩挪到我三姐跟前，说桂香呀，我知道你不愿意这门亲事是因为心里装着那满福林（敢情他就是三姐心里人）。就老满家那人家，和小臭家能比吗？首先说成分，满福林家是差点儿没划成地主的富农，小臭家是贫农。再者说，满福林人长得也不抵小臭呀，又高又瘦跟痨病腔子似的。还有他那仨姐姐，大姐土改时就让花妞子睡了，刚一进婆家门就生下一孩子，到马上都没脸回娘家；二姐跟住她家的工作组老祝瞎搞，害得人家老祝连党员都被开除了。他那还没出阁的三姐，虽没听说跟谁瞎搞过，可是看她那疯疯癫癫的样儿，也不是什么好东西。

“小臭妈是好东西吗？您也是咱北屋人，应该知道小臭爸爸的老王八的外号怎么来的吧？”我三姐当即就反驳小快马。

“这……”老花子妈无话可说，一时窘在那儿。

“甭说了，老花子妈，你回去告诉老王八，就说这门亲事我应了。让他快点儿下聘礼，越快越好。”老姑不但解了老花子妈的围，也为这事一锤定音。

一直没吭声的老姑父拽着小闹子早早回屋睡觉去了。院子里就剩下老姑和三姐娘儿俩，月亮把娘儿俩的影子照得重叠一起，分不出彼此。三姐说我的亲妈呀，都啥年代了，您还搞包办婚姻？我可正式跟您说呀，我嫁谁也不嫁给老王八的儿子小臭。

“那我也正式和你说，谁也不能嫁只能嫁小臭。想嫁满福林，墙头上挂帘子，门儿都没有，除非我死了，除非你不是老刘家的丫头。”

“要让我嫁小臭，除非我死，除非您不是我妈。”三姐针锋相对。

三姐不再哭了，说我妈是那种专制封建顽固一条道走到黑不见棺材不落泪的人。我想好了，如果她真非逼着我嫁给小臭头，我就真的自杀，让我妈人财两空，后悔一辈子。听三姐说话的口气，再看她那双大眼睛里果敢坚毅的眼神，我很害怕。我知道三姐的性格非常倔强，如果老姑非逼她嫁给小臭，三姐真敢自杀。我必须好好劝劝三姐，无论如何得让她先打掉自杀念头。我拔了几把拉拉蔓儿草垫在潮湿的垄背上，搂着三姐挨着我坐在草上，说三姐你先别想得那么悲观，万事都可商量，我老姑也不一定像你说的铁板一块。再说，还有我老姑父呢！咱可以先从我老姑父下手，把他劝动了，让我老姑父再劝我老姑也许更容易。咱们好好想，老王八盖子干的哪件事最让我老姑父恨他？对了，我想起来了，有一件事，我跟我老姑父一提，他保管立刻就得让我老姑退掉这门亲事。

我想起的那件事发生在一九五八年的夏天。

我老姑父是瓜把式，给生产队经管着五亩瓜地。老姑父是个手巧又闲不住的人，他编筐、编篮子的手艺极好，我们后街家家用的筐子、篮子都是出自老姑父的手。谁家需要编什么，砍些柳条子给老姑父送过去，老姑父编好了来拿就是，从不收一分钱。因为经管瓜地，老姑父吃住都在瓜地，片刻也不能离开。这样就有了很多的空闲，老姑父就让三姐抽空儿砍些柳条子送饭时拿到瓜地。三姐也是个特别勤俭能干的人，老姑父在瓜地的那些日子，三姐打中歇从不休息，满处踅摸柳条子。早先私人种地的时候，为了和邻居家的地界好区分，就在地界上栽些柳条子或马莲墩儿，也有的埋石墩儿的。虽然是人民公社了，土地都是集体的了，但原来地界上马莲墩儿、石墩儿、柳条子都还在，为的是计算亩数时更方便准确。因为原来是谁家的地，土地照上一分一厘都记得很细。三姐给老姑父送饭时就把砍的柳条子带到瓜地，一只只结实的土筐和各种各样精细又别致的篮子就摆在了瓜窝棚的周围。好多来买瓜的人看到这么好的筐子、篮子便想买一两个带走。一般本村的又特别熟的人，老姑父都不要钱。外村来买瓜的人想要个篮子，老姑父也不死乞白赖地跟人家要价，总是说您看着给，多少钱都行，手头不方便就甭给。谁知这事不知怎么被大队书记老王八盖子知道了，认定老姑父这是在走资本主义道路。正巧这时候我爸跟生产队长小快马为向生产队交多少钱的事闹别扭：我爸在公社的木器厂干活，每个月挣二十四块钱。人家别的村就让交生产队一半的工资，小快马却非得让我爸爸交二十块。我爸爸不干，说你们家老花子爸爸出红白喜事一天两块钱咋就交一块钱呀？凭什么我就得多交？都是社员，得平等吧？小快马理屈，可又不甘心让我爸爸每个月落十二块钱，就把这事汇报了老王八盖子。老姑父的事和我爸爸的事凑在一起，老王八盖子立刻觉得这是严重的走资本主义道路倾向，是向社会主义挑衅叫板。于是晚上小臭给大家记完工以后，小快马没让社员们走，宣布大队张书记马上过来给大家开批判走资本主义的会。小快马话音刚落，老王八盖子就风风火火走进屋。很威严地面朝南往地上一站，从制服褂子的兜里掏出个小本本，就对着炕上坐着的社员照本宣科念起来："今有漏划地主李广天和漏划富农刘家茂，疯狂走资本主义道路。刘家茂看瓜期间卖筐，李广天拒绝多向社会主义交款，我们全体社员……”

忽然炕上传来一声惊雷般女人的怒骂，紧挨着我坐的三姐像只发狂的老虎，拨开众人，嗖地跳下炕站到老王八盖子对面，手指着老王八盖子的脸：“你凭什么说我家是漏划富农？我还说你是漏划被压户（土改时被镇压的）哪！你媳妇儿不是老让人压吗？”

在三姐英雄行为的鼓舞下，我也跳下炕，和三姐并肩站在老王八盖子对面，指着他的脸怒斥：“你说我爸爸是漏划地主，证据呢？我还说你是漏划的反革命哪，行吗？”

“你说我爸爸卖俩破筐不向队上交钱就是走资本主义道路，你媳妇儿跟男人睡觉挣钱算不算走资本主义道路？她交了吗？”

“你说我爸爸拒绝多向社会主义交款，为什么老花子父子俩一天挣两块钱就向生产队交一块钱，我爸爸每个月挣二十四块就得交二十块呢？这平等吗？不就你们两家是亲戚，官官相护有牵连吗？”我振振有词地质问，最后一句还用上电影《秦香莲》里秦香莲的唱词，赢得炕上男女社员一片叫好声。

“好！刘桂香和丫头问得在理！”

有的还逗老王八盖子：“书记，刘桂香说你是被压户，你咋又把脖儿缩回去不言语呀？这俩丫头说得对吗？”

“书记，让老花子爸爸把过去少交的钱补上不得了？他没给你媳妇儿吧？”

老王八盖子哪里想到两个小黄毛丫头敢在会上和他大吵大闹？又哪里想到社员们不光不向着他这个大队书记，还跟着俩小丫头片子起哄架秧子？特别可恶的是老刘家的小麻三，在如此严肃的批判资本主义大会上，竟当众把他媳妇儿养汉的丑事抖搂出来，还质问他媳妇交钱没有？臊得他有条地缝都想钻进去。老王八盖子实在想不出来怎么应付眼前的场面，骨碌碌转动着一双可怜巴巴的小眼睛，四处寻找援兵。

关键时候还是小快马帮了他的忙。小快马一下子站到老王八盖子的前头，双手做出往下压的姿势：“我说社员们，你们就别起哄架秧子了好不好？还有这两个小丫头片子，我的活姑奶奶，你们也回到炕上坐着去。”小快马边说就把我和三姐推到炕沿儿。“今儿的事不赖书记都赖我，是我向他汇报的。咱们今儿就把这两件事定下：第一，刘家茂编筐不算走资本主义道路，不交钱；第二，李广天只向生产队交一半钱，也不算走资本主义道路。散会，各回各家，各找各妈!”

社员们呼啦呼啦就往外走。老王八盖子当然也巴不得赶快离开，可毕竟自己是大队书记、国家干部，就这么走也太没面子了。就煞有介事对小快马和会计（那时小臭儿还没当上会计）说队干部先留下，我得给你们开会，布置今后的任务。我和三姐走在人群的最后面，三姐还故意紧贴老王八盖子狠狠给他一脚。三姐可有劲儿了，我估计这脚踢得老王八盖子很疼，但他没吭声。

第二天是礼拜天，我们两榜棒子时说起昨晚的事，三姐说老姑父夸了她，说老王八这人私字太重也太坏，老想整人，不让人佩服。还说我闺女要是当干部，保管没有私字，保管人人都服气。我说我老姑父多好，哪儿像我爸和我妈，我给家里争来少交八块钱的利益，不表扬我不说，还把我臭骂一顿。说丫头家家的少出头露面，念书人应该讲斯文。

“三姐，你昨儿后晌儿咋没当着小快马的面，重提一遍一九五八年这档子事呢？我相信你要是提了，保管能激起我老姑父对老王八盖子的刻骨仇恨，他肯定得让我老姑立即收回她的话。小快马也就臊眉耷眼走了。”我埋怨三姐。

“你把我爸爸估计过高了。”三姐说，“他敢做我妈的主？我妈一声吼能把他吓酥了。”

三姐说的话倒是实情。虽然老姑父长得高大健壮，在我们北屋村也是数得着的美男子，和大麻子脸的老姑有点儿不太般配。但是解放前老姑父家里特别穷，可以说上无片瓦下无插针之地，是被老姑家招的上门女婿，连姓都改成老姑家的了。这样的男人，可想而知在家中的地位了。虽然现在是人民公社，连人和财产都是公家的（我们村的人都这样认为），早已没有穷富之分，老姑在老姑父面前没有一丁点儿优势了，只剩下大麻子脸的劣势。但是裹就的小脚管折的老姑父，早就习惯一切由老姑当家作主。平常商量个事就算老姑主动发扬民主征求一下老姑父的意见，老姑父也是屁都不敢放。更甭说挑战老姑已经一锤定音的事了，借老姑父点儿胆子也不敢呀。“那怎么办呢？不能人为刀俎我为鱼肉，任人宰割吧？”我很忧愁。

“除非从老王八家那边打退堂鼓。”

“这叫釜底抽薪。”我用一句成语及时把三姐的话上升到理论高度。“可是这个薪应该怎么抽呢？”我的长长两道浓眉挽成一大疙瘩。

“有了！”我终于想出办法来了，便搂着三姐的肩膀，趴在她耳边悄悄地说了一番。

“好哇，丫头，你真是智多星吴用！咱们就这么干！”刚刚还愁云满面的三姐，立马云开雾散，使劲儿亲了我一口，“你是我最好、最亲密的朋友！”

“那，三姐，小快马说的满福林的事是真的吗？”我问，决定趁热打铁，一定把她和满福林的事问得清清楚楚。一是因为我这个人天生好奇心就过分地强，再一个是我担心三姐。既然老姑为了不让她嫁满福林说了那样的狠话，他们俩还能继续吗？

三姐迟疑了一下，就把她和满福林的始末原原本本告诉了我。

三姐和满福林的接近是初二下学期才开始的。三姐只在初一念了一个多月就跳班到了初二，学习基础肯定不如按部就班升初二的同学好。补习初一没学过的知识，还要兼顾初二新学的知识，三姐感到很吃力，甚至有点儿想打退堂鼓再回到初一。就在这时，学习委员满福林伸出了援助之手——不是他主动的，是班主任老师让他帮助三姐的。那时我们北屋中学的内外围墙上都用白灰刷着这样的大标语：追四中赶四中超四中。四中就是坐落在北京市西什库大街的北京市第四中学，是全国最好的中学。我二哥就是北京四中毕业的，考取了清华大学土木工程系，二哥说他们班五十人，十五个考取清华的，十五个考取北大的。根据全国一盘棋的思想，我琢磨那时不光我们北屋中学在墙上刷出“追四中赶四中超四中”这样伟大豪迈的标语，全国的中学围墙上肯定都得刷同样的标语。而我们中学的初一学生刘桂香，就是这场追赶超四中的标兵。我们的校长张继钊大会小会都声嘶力竭地表扬我三姐，瘦小的个子举拳呼出的口号震天响：“向刘桂香学习！向刘桂香致敬！”我们就跟在校长的后头，喊出同样的口号。我这个初三的学姐和初二的学妹三姐走在一起时，常常听见别的班同学对三姐指指点点，说她就是刘桂香，小学就跳班，刚上中学又跳班。我于是很郑重地向三姐提出要求：你必须再跳一班和我同班。三姐说我现在都后悔不该听班主任的话跳班。丫头你可不知道，简直活受罪，我都不想念了。听老师讲物理、代数、几何，就跟听天书似的，一点儿都不懂。三姐的想打退堂鼓的思想大概被他的班主任陈老师知道了，就指示学习委员满福林：不惜一切代价帮助刘桂香补课，决不允许我们学校的标兵在咱班倒下。于是按着老师的指示，满福林就夜以继日地帮助我三姐补习功课。说夜以继日，绝不是夸大。那时我们教室里没有电灯，两人就在一盏小煤油灯下补习，买煤油灯和打煤油的钱都是班主任陈老师从自己的工资里掏。老姑早就说了，学校立的标兵学校花钱，我们老刘家可没那闲钱供。这还不算，老姑还三番五次找陈老师，说老把她闺女扣在学校里学习，家里的活都没人干了，喂猪的野菜都没了。于是陈老师发动全班，帮助学习标兵刘桂香家干活，每天下学以后，扫院子的扫院子，拔野菜的拔野菜。把个老姑乐得脸上的大麻坑都挤一起了，逢人便说我家小三就是争气，全校连老师和学生都巴结她。最困难的时候终于熬过去了，初二的上学期末，三姐又成了班里的尖子生。陈老师甚至动员她再跳一级，三姐说什么也不肯答应。我听说以后就埋怨三姐，你为什么不答应？再跳一级咱俩不就同班了？三姐说你不知道补习功课那累劲儿，我真的怕了。再说……三姐不言语了。在我反复追问下，三姐说是受不了我老姑逼陈老师让全班同学给她家干活。当时我相信了，现在看起来，可能是舍不得离开满福林。

“是舍不得离开他吧？”我问三姐。

“是。”三姐很爽快地坦白，“我们俩那时二十岁，懂得男女搞对象的事了。所以后来就渐渐好上了，一直到现在。”

“你们两个现在到了什么程度呢？”

“他非我不娶，我非他不嫁。”三姐回答。说不过昨儿个听我妈发的狠话以后，我有点儿犹豫。我要非满福林不嫁，跟我妈不是死磕了吗？其实我妈把我们三姐妹养大也真不容易，盼着我们嫁出去多收点儿彩礼也不算过分。我兄弟小闹子又那么不争气，真的和小凤头结婚的话，那丫头那么厉害，小闹子肯定得怕她。我妈老了还能得着好？我真的怕太伤了我妈的心。

“那你就嫁给小臭头不得了？”

三姐摇摇头，丫头我跟你实说吧，我宁可在家一辈子伺候我妈，也不给那样人家当媳妇。一想起老王八盖子那模样我就恶心，管那种人叫爹打死我也不干。还有小臭，还是个年轻人呢，多自私呀！当个小队会计就敢贪污那么多工分，官儿再做大点儿，得把全村的财产都搂他们家去，我看不起那样的人。丫头，你知道我现在最后悔的是什么吗，就是没听你的再跳一级的话。如果当时再跳一级，就能跟你一块儿初中毕业了。你们那届的初中毕业生，表现好的都分配了工作，当小学教师的，到百货商店和书店的。我要是也当个小学老师，每月挣个二三十块的，我妈才不敢跟我放这狠话呢！得处处维护着我害怕我脱离这个家不给她钱了。当然，我那时要跳级，也不会有现在和满福林这档子麻烦事了。人呀，都是命，命中注定你吃不了两个馒头，你吃到第二个就得撑死。

“你后悔和满福林的事了？想打退堂鼓了？”我看着三姐的眼睛。

“我也不知怎么办了。”三姐幽幽地说，“一边是含辛茹苦把我养大的亲娘，一边是他。”一向自信坚强干事果断的三姐，我看到了她在这件事上的优柔寡断。

“绝不能让他们散。”这是涌进我脑海里的第一想法。之所以这么想，我有我的理由。第一，满福林和我三姐外貌上太般配了。他高高瘦瘦的个子，白白净净的面庞，端正的五官，是我们北屋村第一美男子，绝不像小快马说的跟痨病腔子似的。我三姐呢，除脸上的几点儿可以忽略不计的小白麻子外，瓜子脸细不高挑的个儿，可谓北屋第一美女。第二，满福林老实巴交性子蔫蔫儿的，和泼辣能干性格风风火火的三姐正好互补。那第三呢，就和我们农村流行的“宁拆十座庙，不破一门婚”这句话有关，我宁拆十座庙，都要成全三姐和满福林。但是怎么能让有些犹豫的三姐坚决倒向满福林呢？我想起家里那本《唐诗三百首》里李白的《长干行》里那句“常存抱柱信”的诗句，就按诗中的注解给三姐讲了那个典故：古代有一个叫尾生的男人和女子约会，就在他等女子的时候，洪水来了，尾生本可以立即跑开，可是因为已经和女子约好了在此处见面，他跑了岂不成无信小人了？正好旁边有一个柱子，尾生就爬上了柱子。但是洪水太大柱子太矮，尾生最终还是被淹死了。我问三姐，古人的那种宁死也忠于爱情的高贵品质不值得我们今人学习吗？我又把刚刚学过的高中语文课本上《孔雀东南飞》的故事讲给三姐听，我相信凭我的三寸不烂之舌肯定能让三姐坚定地和满福林相爱。

“丫头，三姐听你的，再也不犹豫。”果然，三姐被我讲的故事打动了，右手攥拳向我表达了坚强的信心：“誓死与满福林在一起。”

“乌拉！”能把比我大四岁的三姐说服，我非常有成就感，呼地从地上蹦起来，声嘶力竭地用俄语高喊万岁。

三姐也如释重负，灿烂的笑容重返脸上，站起来和我击掌：“一言为定，我们后晌儿按既定方针办，先打退小臭那只纸老虎。”

“当然！凭着我们无坚不摧的意志，一定能把小臭打得落花流水大败而逃！”说完这句话，我的肚子忽然“咕噜咕噜”叫起来，抬眼一瞧天上，好家伙，老爷儿在我们脑瓜顶上吊着哪，敢情都晌午了。“哎呀三姐，咱们尽顾得聊天了，把杀芝麻给忘了！”

“没关系，杀那儿垄芝麻小燕搭窝——泥事。我的镰刀昨儿晚上磨得飞快，削铁如泥！”

我们俩说干就干。三姐快得就像旋风，眨眼间就杀到头了。五垄芝麻，我们用一顿饭工夫就杀完了。吃完我带的白面烙饼就糖水，也没喘口气，我们就往笆篓子里装菜。没想到，装菜时的一个小小插曲，三姐满满的信心又回落了。其实没啥大事，就是三姐把菜往笆篓子里装时，手触到一条躲在菜堆里避凉的长虫（蛇）。三姐一声尖叫，扔下菜就跑，又被垄上的芝麻茬子绊个跟头，右手掌心被划破一小口儿。三姐非说这事不吉利，象征她和满福林的事不会有好结果。我嘲笑三姐太迷信，一条小小的长虫怎么能和满福林的事扯在一起呢？为了报复这条长虫，我飞起右脚踢飞那堆野菜，看见一条黑中带绿的小长虫摆动身子正欲逃跑。想跑？门儿都没有！我一脚踩住长虫的头，手揪住长虫的尾巴尖儿，在空中使劲抡了三圈扔地上，长虫顿时没了气息。怕三姐看见死长虫害怕，我又用镰刀在芝麻垄沟里掘个小坑儿把它埋了。“三姐，你看这小长虫肯定没想到，破坏别人婚姻的代价是付出生命。”我得意地说。“谁要胆敢破坏三姐和满福林的婚姻，让我知道就是这个下场！”

我向三姐宣誓。

晚上我走进队址时（我们一直这么叫生产队的屋子），小臭正双腿耷拉在炕沿底下呆鹅似的看着别人侃大山，我抬起右脚铆足劲儿往他脚上一踢，小臭顿时跳下炕，疼得捂着脚“哎哟哎哟”叫，一面对我怒目而视。我趁机小声告诉他刘桂香在队址房后头等你。小臭立刻不叫唤了，分开屋里进进出出的社员飞跑出去。

第二天，趁小快马派活时三姐悄悄告诉我，说昨儿个她一见到小臭就亮出菜刀，告诉小臭，如果他不退婚就杀死他再去杀他爹和他妈然后自尽。被吓得战战兢兢的小臭赶紧向我三姐作揖，别，这事与他无关，是老花子妈为拍他爸爸马屁，自作主张干的。小臭说完赶紧就走，还回头再三叮嘱我三姐，说这事真的与他无关，要我三姐千万别杀他全家。

我和三姐谁也没想到，这事竟起到了一石无数鸟的作用。从此再也没有男的托媒人向刘家提亲，谁不怕全家被杀呀！

老姑知道了这件事，以为是满福林家在背后鼓捣的，还率领小闹子骂上满家门。那天正好满福林和他三姐都不在家，满福林的大姐病了，他妈差姐俩看望大闺女。

满福林妈和我妈是一村的娘家，我管他妈叫四姨。因为年轻人都不在家，只好由我四姨亲自出马迎战。听四姨后来跟我妈说起这件事时，挺后悔当时没听满福林爸爸的话。那天依满福林爸爸的意思由他们骂去，就装作没听见，反正门关着哪，他们也进不来。四姨不干，说这位姑奶奶（姑奶奶是对本村娘家的老娘儿们的官称，我老姑是本村的）也忒不讲理了，她家小三和小臭的婚事吹了，和咱家一毛钱的关系也没有，凭什么她要堵咱家门口骂？这也忒欺负人啦！不行，我得跟她讲讲理。我要再不理她这个茬儿，明儿个她敢进门砸锅、上房揭瓦。还说满福林爸爸你成天价躺在炕上看那些破闲书，是顶吃呀还是顶穿？满福林爸爸说不顶吃也不顶穿，顶没有气生。刘家的麻老姑奶奶，你又不是不知道，那是个讲理的人吗？别说对外，对她丈夫都张口就骂抬手就打，你跟她讲理是与虎谋皮。我四姨没听满福林爸爸的，不顾一切地冲了出去，刚一开门，还没等我四姨张口，就被我老姑迎头扇一个大嘴巴。“你凭什么打人……”四姨的“人”字还没讲利落，那半边脸又挨了一个。再看看麻老姑身边的傻青杨一样高壮的小闹子，我四姨终于领会到满福林爸爸“你跟她去讲理是与虎谋皮”这句话的深刻含义了，吓得赶紧鸣金关门。第二天儿子和闺女回来以后，四姨本欲以牙还牙以眼还眼，率领满福林和他姐姐也打上老刘家门，被满福林爸爸阻止住了。满福林也不愿意去，说刘桂香都说了非我不嫁，现在打得跟热窑似的，真成一家人了还怎么过？我四姨气得都哭了，骂满福林你要是有骨气的老爷们儿，打光棍子也不能要刘桂香。满福林说您这句话怎么不早说？早说我就不跟她搞了，这马上我都跟人家刘桂香说非她不娶了，一个大老爷们儿说话得算数吧？横是不能出尔反尔吧？满福林爸爸也在旁边点头称是，说孩子做得对，做人得讲究诚信嘛！我妈告诉我说当时听完我四姨的话她都笑了，说福林这孩子就是实诚，既然两个年轻人都愿意，就别难为孩子们了。

三姐告诉我，说她妈打了人家福林妈俩大嘴巴还不解气，还天天在家骂她。说我就算养你家过老，也别想嫁给满福林。反正事情也公开化了，三姐跟老姑针锋相对也不客气，气老姑说满家一分彩礼不出让我倒贴我也嫁满福林。看看气势上不能压倒我三姐，老姑又到我家来搬救兵，让我妈无论如何劝劝我三姐，别让她一条道走到黑。还说如果小三非要嫁给老满家，她就不认这闺女，用现在的话说就是断绝母女关系，还非让我妈把这话转告给我三姐。我妈很为难，不忍心拆散这一对年轻人，又害怕将来老姑和三姐真断绝了母女情分。我妈跟我说早知这样，还不如在你三姐和满福林没搞对象之前，就先下手给你三姐介绍别的男的了。

妈的话让我也很为三姐和满福林的事担忧。我甚至都有点儿后悔芝麻地里对三姐的那番游说，本来她当时都对满福林有点儿动摇了，我是凭着三寸不烂之舌把爱情说得天花乱坠，才使得三姐重又坚定了把和满福林的爱情进行到底的决心。

转眼几年过去了，我都是北师大中文系三年级学生了。放暑假回家的头一天，妈在炕上给我做鞋时又讲起了三姐家的事。

三姐和满福林的婚姻还没动静，小闹子倒抢在姐姐之前结婚了。因为家里有个没出嫁的大姑子碍事，小凤头不愿意一块儿跟公婆过，结婚前就提出条件，得给他们两口子在后院另盖五间房单过，否则不嫁过来。老姑和老姑父卖了好几头猪，又借了二百多块钱的外债才把新房盖起来。妈说盖房这几年可苦了我三姐，我老姑老骂我三姐是赔钱货、害人精，要不是她在家里挡道，也不至于单给小闹子两口子盖房，儿子和媳妇就能跟他们老两口一块儿过了。这马上倒好，新房成了给小凤头家盖的了，她娘家人都搬过来了。小凤头兄弟也搞了对象，人家女方也提出不跟公婆一块儿单盖房单过的条件，还说是跟大姑子学的。这才叫一报还一报呢！小凤头娘家穷呀，哪儿有钱给她兄弟另盖房呢？小凤头为了给兄弟娶媳妇，就让父母和两个妹妹搬来和自己一块儿过。我老姑说盖房全都是因为我三姐的因头起的，所以二百多块钱的窟窿全由我三姐一个人还。可怜我三姐为了还债，连生病都得到队里干活，为的是多挣工分多分红，早点儿把债还上。大冬天的，外头刮着白毛旋风，女社员们都在家歇工了，就我三姐一个女的和男社员们一起掏坑泥，手背上裂的口子跟小孩儿嘴那样大，血的呼啦的。

听了妈的话，我这个军师坐不住了。当天晚上撂下饭碗，我就要出去找三姐。妈看出了我的意图，说你别去找你三姐，你老姑不愿意。这几天连阴天，编筐和编篮子的柳条特别柔和好使，你三姐和你老姑父天天吃完后晌儿饭编筐。你非要见你三姐，明儿个就上社里干活去，队长把你俩分到一起干活不就能说话了？我说小快马恨死我三姐和我了，怎么会把我们分到一起干活呢？妈说三十年河东三十年河西，老王八盖子今年因为贪污八百块钱蹲大牢了，没有后台的小快马队长也就当到了头。现在是你傻存头哥当队长，这孩子心眼好，挺同情你三姐和福林的，他知道你三姐跟你好，知道你们姐俩肯定想在一块儿多聊会儿，没准儿单独分你们一块儿干活呢！

第二天一早，井沿旁大柳树上挂着的那块铁轨刚一敲响，我就跑出去了。果然如我妈所料，傻存头哥分我和三姐一同耪棒子，就是好几年前我和三姐杀芝麻的那块地。说那地离家太远，晌午没法回来，家有孩子的妇女不能去，就你们俩合适。还说幸亏大学生来干活，要不然耪这块地的活还真不好派。这样吧，这块地的棒子就包给你们俩了，四十分，你们一天干完也不扣分，四天干完也不加分。我和三姐相互递了一个会心的微笑，我说我这就回家让我妈给准备干粮，你到我家找我。

依然白面烙饼和一个军用水壶的糖水，依然是我和三姐。可是我感觉三姐和前几年大不一样了，被夏日的阳光晒得黑红的脸蛋儿瘦得都嘬腮帮子，本来就大的眼睛更大了，眼角旁甚至有了浅浅的皱纹。本来比我高半头的个子现在比我低半头，我在长个，三姐却被沉重的债务压矮了。

中午休息时，我们掰了很多棒子叶铺在垄背上当垫子，我和三姐紧挨着坐下，彼此能感受到对方身上热腾腾的汗味。三姐的小褂叉儿右肩上带个补丁，被汗水浸湿紧包在身上，人显得瘦骨嶙峋的，两只细瘦的长胳膊满是被棒子叶拉破的小血口子。“吃吧，三姐。”我从书包里拿出白面烙饼递给三姐一个，“我妈特意为你烙的。我妈老说你苦，家里有点儿好东西都让小闹子吃了。这小子跟媳妇应名单过，家里有点儿好吃好喝的还得小闹子优先，我老姑也太偏心眼了。”

三姐咬了一大口烙饼，慢慢地嚼着，淑荣你不知道，别说我妈有口好东西惦记闹子，我也惦记他。他那个傻丈母娘做的饭难吃不说，有点儿白面都背着小闹子给自家人做了吃，小闹子在那个家就是个受气包。你是还没见着小闹子呢，马上瘦得快皮包骨了。回家跟我妈哭，我妈让他休了小凤头，他又舍不得。我妈疼儿子，就一次次上门找小凤头打架。小凤头是好惹的吗？和我妈对打对骂，毕竟我妈年岁大了，能占便宜吗？有一回我妈被小凤头打得头破血流，那回我也生气了，拿棍子把小凤头痛揍一顿。小凤头惹不起我，就拿小闹头咂法子，又上吊又跳河的，小闹子反过来又埋怨我妈和我不该干涉他家里的事。我妈心疼儿子，又把气撒在我身上，说我一个大姑子怎能揍兄弟媳妇呢？害得她们婆媳交恶。三姐咽下嘴里的烙饼，叹口气，唉，说不清的我妈，说不清的小闹子，有时真想离开这家算了。可我爸爸怎么办呀？有我在还有个陪绑的，我离开了，我妈的气不都撒在我爸一人身上了？

“你和满福林的事呢？老这么抻着？”我插话，抓住一只爬到我脚上的大蝲蝲蛄，把它的腿掰掉扔了。

“我跟满福林说了，他要等不了可以另外找。我反正不把家里盖房欠的债还清不结婚。”

“他怎么说?”

“非我不娶。”沉默了一会儿，三姐回答。说他家的怪圈跟我家一样，他妈不愿意他和我搞，可又惹不起儿子，就把气都撒在他三姐身上，骂他三姐不赶快嫁出去，在家里挡道。要不是她挡道，早有好姑娘找福林了，福林何必非找我?气得他三姐跟我念叨过好几回，说这个家一天她都不想待了，早晚找个远远的对象嫁出去，再也不回来。还催我，让我赶快和福林结婚，省得夜长梦多，万一福林要被我妈说活了心，真的另找一个，你怎么办?

“福林三姐说的对呀，我四姨那个人可不是省油的灯，没准儿哪天她不耐烦了，寻死觅活地非逼着福林另找，这事也很难说呢！我老姑上回找上门给我四姨的那两个大嘴巴，她一直耿耿于怀，每回到我家都要说一遍。”我吓唬三姐，催她赶快做决断。“当断不断，必受其害。三姐，你今年都二十五岁了，可是不小了，再抻下去真的就成家过老了。”

三姐伸手从身旁的棒子秧上掰下一只叶子，在手里一点儿一点儿地撕着。看得出来她心中在犹豫。“好啦，我们先把剩下的几垄棒子耪完吧!”三姐起身，拍打干净身上棒子叶的碎屑。看她脸上那坚毅的表情，大概主意已定。

亏得那天我们把剩下的几垄棒子耪完早早收了工。刚一进院门，我妈就说丫头你快归置归置东西吧，你们学校打来电报，让你马上返校。我和你大哥说好了，一会儿他过来骑车把你送到县里，哥儿俩找个小旅馆住一宿，明儿个一早你哥送你坐火车上学校。

我答应一声，赶紧回屋忙三迭四地收拾东西。真纳闷学校要干什么，怎么刚放暑假就让回去呢?

一直到出了村，我才想起忘了跟三姐告别一声。唉，世事总是这么匆忙……

“卫平，快，跟我到外边转转，都是你没见过的，可带劲了。”小张又来搅局，那匆匆忙忙慌慌张张的样子，就跟外面杀人了似的。

“快去吧!”三姐催促我。可是，从她的眼神里，我分明看到一丝依恋、一丝不舍，似我们年轻时。

“我特爱听您说话。要不，把您的联系方式告诉我，以后我找您来聊?”

“那敢情好。”三姐说,“我也爱听你说话,那声音和举止特像我年轻时的好朋友李淑荣。我们有好些年没见着面了,都传说她没了,我不信。”讲最后这句话时,三姐的声音很低沉,脸上的褶子堆里流淌着亮晶晶的泪水。

“您说的李淑荣是不是作家呀?”我也想和三姐再多待一小会儿。

“嗯,我家里有她写的一本书,是从前孩子们买的。我看里头的照片和作者简介就是她。”

“那您和您的朋友后来就没来往了吗?”我明知故问。自打父母相继去世以后,我没再回过老家北屋村。根断了,我和父母居住的老房已经易主。

三姐叹口气:“我念中学的时候听老师说过一句话:人以群分,物以类聚。那时我就想我和李淑荣今生今世永远是同群同类,永远也不会分开。这种想法,甚至她上大学我在家务农时都没动摇过。直到再也见不着李淑荣的面,我才相信,我和她不是同一类同一群,她在高高的天上,我在黑黑的地上。即便如此,”三姐闭住瘪瘪没牙的嘴稍稍停顿一会儿,将一绺垂到额前的白发往黑发卡里掖了掖,“我也一直在想李淑荣,不是一般地想,是那种撕心裂肺地想。”三姐说到此,用手背擦擦眼睛,从裤兜里掏出一只自己缝的小布袋,从袋子里掏出只黑色手机,按了几个键,“卫平你瞧瞧,这个号码就是我的手机号。我这眼离开老花镜看不清了。”可怜的三姐啊,你竟不知道坐你对面的年轻女人,其实就是你年轻时最好的伙伴淑荣哇,就是你想得撕心裂肺的好朋友哇!你的眼离开老花镜不行,她的眼也离不开老花镜呀!

“我是近视眼,也离不开镜子。”我从手包里拿出老花镜,把三姐的手机号码录到我的手机上。并且拿出一张名片给三姐,“想和我说话就打这上面的号。我保证,只要是您的电话立刻就接,哪怕天塌下来的大事也得放一边。”

“那敢情好。”三姐把我的名片用双手捧住,像捧一件宝贝,“那什么,我还有一件事情想求求你,抽空儿帮我打听打听李淑荣好吗?她没死,肯定没死。我还有好多话想跟她讲,没讲呢,她怎么能死呢!”

“是，三姐！没听你要和我讲的话，我怎么能死呢？”我心里的话。嘴上说好，我一定帮您打听，就赶紧离开牌桌朝敬老院外面走去。我害怕再多停留一分钟，我就控制不住自己，扑到三姐怀里号啕大哭，告诉她我就是那个被她想念的不仁不义的李淑荣。

虽然已经秋天了，棒子、高粱、谷子这些大庄稼已经收割，可是花生和白薯依然生机勃勃，深绿色的叶子就像巨型绒毯一样覆盖着黄土地。“绿绒毯”西边不远处是一片萝卜地，老人们正在地里起萝卜。说笑声、打闹声和粗野的歌声，就像谁在这秋天的原野上奏起动听的交响乐，就跟过去社员们在地里干活一样，我太习惯了。

“走，我们去萝卜地看看。”想到在那里可能碰到更多的同学和老街旧坊们，我竟飞跑起来。这对于我一个七十一岁的老人来说是一件很危险的事，万一不小心绊倒了，说不定就一命呜呼。但我要快点儿见我的众多的乡亲，快点儿见我众多的儿时伙伴，还有什么比这更重要的吗？再说，就是死了我也死在老家北屋的土地上，我所愿也。

“卫平，你疯了吗？”小张在后面气喘吁吁地追着我抱怨，“一群老帮菜值得你这样吗？”

“放你的驴屁！不愿意看就滚得远远的！”我不顾美女作家的形象对他爆粗口。绝不担心这个男人一气之下离开我，让我和我的奥迪 A6 搁浅在这里——他丢掉这个差事吃饭马上就成问题。何况，我年轻姣好的容颜像磁铁般牢牢地吸引着他，他心中一直对我存在着美丽的幻想。

我在萝卜地的边上停下了。因为我担心两个陌生年轻人（我的外貌必须规划在年轻人的领域）的突然闯入，会影响老人们高涨的情绪——请注意，我在“情绪”俩字前头没加“劳动”。因为，他们不是全心全意地劳动，是边玩儿边起萝卜。老人手中的铁锨横宽竖长，是那种专门用来起萝卜的工具，一锨挖下去就能起出好几棵萝卜。后面的人负责把萝卜上的土抖搂干净，把长长翠绿的秧子捋顺，整整齐齐码放成一堆，然后装车运回敬老院。

这种沙窝萝卜很值钱，保存到冬天能卖两三块钱一斤，当然也包括那又长又绿的萝卜秧子喽！只是萝卜和人一样，个头三六九等大小不一，大的恨不得有男人半条胳膊粗细，吃着清脆甜润爽口；小的还没小孩子的拳头大，又艮又辣没一点儿价值，根本没法吃。老人们把这些没价值的艮萝卜派上了新用场，当打仗的武器。用小萝卜你砸我我砸你的，就像下雪天孩子们打雪仗。腿脚灵活的好比战场上的狙击手，跑跳着不断地变换位置狙击敌人，腿脚慢的就声东击西用高音大嗓门骚扰敌人，趁对方一个不注意，就扔过一颗萝卜子弹。不喜打闹的老人呢，有边干活边聊天的，也有唱歌的。我挺爱听这些老人们唱的歌，虽然老人老声老调，但歌唱的却都是年轻男女的爱情：顽固爹来顽固妈/为什么给我找婆家/我要找一个相好的/相好的；送情人送至在大门以外/叫一声我的郎/你要英勇打鬼子；那天在县里的劳模会上/我爱上人一个/他的名字就叫赵振华……首首都是情歌，句句都是爱情，怪不得说爱情是人类永恒的主题呢！

“别闹了，归置归置收工吧！”一个老头儿喊，大概他是敬老院的院长吧？我正琢磨，老人们已经呼啦啦走过我们身边，当然我这个美女又挣了不少的回头率。

“看够了吧？该喂肚子了！”

“好吧！”我说，“往南走，过一道小河，河对面就有饭馆。”我没骗小张，过河真的有一家小饭馆，四十多年前的秋天我在那里吃过饭。

六　我们仨

那天是一九七一年的九月十六号（我之所以记得这么清楚是因为他那天来找我），全校的学生要到公社各大队帮助秋收。

临行前，校长张福元在学校操场上开了个简短的动员会，说这是与贫下中农结合的好机会，也是向贫下中农学习的好机会，号召大家一定要发扬一不怕苦、二不怕死的精神好好表现。棒子地就是战场，那一个个长在棒子秧上的棒子就是敌人，我们要用最快的速度干净彻底……

“得了吧，福元，你再啰唆下去老爷儿（太阳）就正晌午了，棒子地里又闷又热，你让孩子们还怎么掰棒子？净说那些没用的话，掰棒子就是掰棒子，跟打仗能扯到一起？这不是瞎掰吗！”一位穿着一身补丁蓝裤褂又黑又瘦的老头儿走到张福元跟前，打断他的话。

这老头儿我认识，是我们班的班长小黑枣冯守财的爷爷，门缝村大队冯书记的爸爸。小黑枣的爸爸不光是门缝村的书记，还兼龙山公社副书记。也就公社副书记的爸爸敢这么说张福元。

当下，张福元满脸堆笑地对小黑枣爷爷说您是领学生到门缝村掰棒子的吧？李老师和田老师的初二（1）班和（2）班是学校里纪律最好、战斗力最强的班级，您孙子又是一班的班长，就让这两个班去门缝村大队。其他的班战斗力稍差，就让他们到别的大队干活。张福元说这话的时候，笑容始终刻在脸上，一副巴结讨好的奴才相。张福元转过脸收起笑容，把我和田老师叫到跟前，很严肃地说你们两个一定得带好班，创造全校最高的掰棒子纪录，这是无产阶级革命对你们的要求。

“我说福元呀，你哪那么多的废话呀！掰棒子就是掰棒子，怎么老跟革命扯到一起了？”小黑枣的爷爷急了，又嚷起来。

“得，我不讲了。”张福元指着我和田老师对小黑枣爷爷说，这俩就是李老师和田老师，你们准备准备就跟着冯大爷走吧！我答应一声“是”，就快步跑到我的班级跟前，先问同学们今天有没有忘记背笆篓子的？听到大家齐声喊“没有”，我立即宣布解散上厕所，五分钟后原地集合。看见孩子们都小鸟一样飞走了，冯大爷走到我跟前叹了口气，说孩子们这是念的什么书呀，上学不让带书包而带笆篓子，把孩子前程都耽误了。我虽与冯大爷有同感，但却没敢附和冯大爷的话。冯大爷是老贫农，公社副书记的爸爸，说什么都没关系。可这话要是从我嘴里说出来，让张福元知道很可能就得大祸临头了。因为我们龙山公社就我一个老师是正规大学毕业的，平常学校里开会，张福元每回讲话都夹枪带棒地提到我，什么我们有的老师在十七年封资修教育路线的教育下中毒不浅呀，什么有的老师因为上大学读了不少的糟粕的书，就自以为是瞧不起贫下中农呀……起初我接受不了还跟他干过几回仗，结果越吵给我安排的课越多越杂，到最后我这个北师大中文系毕业的高才生，不但兼本班的数学、语文、政治课，连年级的体育课都归我教。可想而知我的力不从心，下班回家背着孩子都练习喊口令“一二三四”和“向左转、向右转”的，害得我儿子早慧，才七个多月，就会喊口令。后来我渐渐地变聪明了，张福元再说什么我也不跟他吵了，哪怕他说煤球是白的、元宵是黑的呢，我都点头附和。这么做之后，果然我的境遇得到了改善，数学课和政治课的担子都相继给我卸下去了，还剩下体育课，张福元也答应了初三以后让民办老师教。

就在我们重新集合准备出发的时候，有人在背后叫了我一声，回头一看是竟是负心郎余贝木，我的头立马大了。“你办事路过这里?”我问，绝不相信他是来找我的。

“我是特意从北京过来找你的。”他的回答让我大吃一惊。扪心自问，自打分手以后，我不欠他啥呀，有什么事让他特意大老远的从北京来找我呢?

“我马上就要带学生下地干活，没工夫。”我硬邦邦地回答，立即转身要走，却被他拽住了。

“我真的有十万火急的事要找你谈的。”这个人说完这句话，忽然走到冯大爷面前，“大爷，我是北屋村宰猪的崔老爷小儿子崔雨林，在北京市工作。因为有重要事要找李老师外调，天还没亮就从北京坐车来了，您看在我爹是贫农我是贫农儿子的份上，能给李老师半天假吗?”这个人够聪明也够无耻，为了能争取和我谈话，连他爸爸也抬出来了。因为，他知道他的父亲是远近闻名的屠夫，为人仗义，在附近村子里有很多朋友。门缝村虽然是属于河北省的，我们北屋村是属于北京市的，但两个村庄离得非常近，只有二里地。逢年过节门缝村的人都把猪赶到我们北屋找崔老爷宰杀。

“敢情是崔老爷的公子呀！怪不得我看着眼熟呢，和崔老爷年轻时一模一样。小时候我还抱过你呢!”小黑枣爷爷果然中招，大谈特谈与崔老爷的交情，“我们哥俩一块儿喝过酒，那年我病了家里过不去年了，你爹冒着大雪给我送来一块五花三层上好的猪肉。孩子，今儿你既是来到咱龙山公社了，这就跟我回家。我让老伴儿给你包猪肉韭菜馅饺子，再打上一斤白酒，咱爷俩块堆儿喝几口。”小黑枣爷爷发出了热情的邀请。

“大爷，改天吧，国庆节放假我专门看您去。”余贝木指指我，“受组织之托，我是专门找她了解些情况。因为走得急，介绍信都忘了带。”

“二里地的老街坊开什么介绍信呀！那啥，李老师，今儿个你就不用带学生了，我给你一天假。”

这倒叫我为难了：说心里话，虽然我心里挺恨余贝木，恨不得他从这个世界上消失才好。可是真的见了面，感情顿时代替了恨意，毕竟我们是从小一块儿玩儿到大的呀！再说，我也很想知道，他有什么十万火急的事非得大老远的从北京到这个河北小乡村中学来找我？“可是校长那儿……”我看看不远处正跟别的老师交待什么的张福元，心里很为难。

“福元你过来，我跟你说个事!”小黑枣爷爷明白了我的意思，冲张福元大声喊。

“哎！老爷子什么事呀?”张福元立刻屁颠儿屁颠儿小跑过来。

“那啥，这位同志是从北京来的，找李老师外调，李老师就不用下地了，你再派个老师带李老师那班。没人带就让我孙子小黑枣全权负责，这小子跟我儿子一样，能耐大着哪!”

“有外调函吗?”

“我装起来了，回家给我儿子，让他交公社不得了?”

“好吧!”张福元无可奈何地答应，又意味深长地看了我和余贝木一眼。

“我们走吧!”师生们都出发了，空荡荡连围墙都没有的学校里，就剩下我、余贝木、几间教室和一片黄土地。

“就到我们办公室谈吧。”

“不，那边有个小饭馆，我和饭馆的头儿说好了，我是北京来这里外调的，让他给我留一间单独房子，不许别人打搅。”看来，今儿个崔雨林（我不习惯叫他的新名余贝木）是做足了功课的。看着这个负心人依旧英俊的面庞和穿着一身绿军装的笔挺身躯，我的心里刀剜般地痛，他本来应该是我的……

崔雨林到城里成了他老姨的儿子以后，他的老姨夫利用自己的关系，把崔雨林转到城里一所比较好的中学。崔雨林也争气，考上了全国顶尖儿的高校顶尖儿的系——清华大学土木建筑系。我呢，也不错，北师大中文系。虽说比不上清华大学更有名气，但我也是我们杨镇中学文科班考的学校最好的一个。接到录取通知书的第二天他就回北屋和我见面了，当然是我们约好的。崔雨林到城里以后，我们一直有频繁的书信往来，感情没淡反而比在一起还深了。就是崔雨林的这次回家，我们确定了恋爱关系。

记得崔雨林回来那天是阳历八月二十六号，爸爸吃完早饭挑着木匠家伙斗子走了。妈呢，正在堂屋灶上熬猪食。我家那两只大壳郎猪吃饭有严格钟点，晚一分钟就拼命扒猪圈门子造反。今儿个估计可能晚了几秒钟，两只猪就把猪圈门子扒得山响。我妈拎着猪食桶一边使劲儿地捯饬两只小尖脚，嘴里一边大声安抚着两只猪：“乖，别闹了，奶奶来了。”

搁在往常，我这时候早站在井沿旁那棵挂铁轨的老柳树底下，等着队长分配活了。可今天我没去，撂下饭碗就在墙柜上的大帽镜前，对着额前那排密密麻麻就跟小钢丝刷子似的刘海儿发愁。我真羡慕班里女同学的刘海儿，柔柔地往里弯着贴在额头上，特好看。我的头发又多又硬，怎么摆弄都做不到人家那样。我曾经企图在刘海儿的长短上下功夫，不行。留短了吧，那刘海儿就跟小钢丝刷子似的冲外挓挲着；留长了就是现在这样，像在额前夹了一层厚厚的的篱笆。我忽然想起小时候嫂嫂过年时用火筷子烫刘海儿的情景：先把火筷子放在炉膛里烧一小会儿，再用热火筷子卷额前的刘海儿，卷好以后抽出火筷子，刘海儿就往里弯成一个小卷儿，比我们班女同学自然弯的刘海儿还好看。只是现在是刚立秋家里还没生火炉子，要不，就利用秋老虎这个天然的大火炉子吧！于是我赶紧从正房跑进厢房，从收在柳条篮子里暂时不用的东西里翻出火筷子，又拿来一只小板凳儿放在阳光好的地方，把擦得雪亮的火筷子放上头。要不是早晨的阳光不够强烈，我相信火筷子肯定比嫂子在火炉子烤得还要热。妈喂完猪进来了，看见小板凳上的火筷子，问我大热天你鼓捣出火筷子干吗呀？还不快放回篮子里，省得到冬天该生炉子了找不着。看我头发乱蓬蓬的还没梳，催我赶快回屋把头梳上。“今儿个西院你崔老爷家的小十从城里来，穿上新给你在裁缝铺砸（缝纫机做的活）的那身海蓝制服衣裳，准好看。”妈走过身边小声叮嘱，她懂我。

那天到了没把我的刘海儿弄服帖，不过那身新的海蓝色制服裤褂穿在身上还是挺提气的，显得我的身材修长笔直。

两家大人都懂我们。因为误了头一趟车，那天崔雨林都快晌午才到家，一进家门崔老奶奶就打发他来东院找我。吃晌午饭的时候，崔老奶奶借口桌子太小放不下这么多菜，特意在堂屋地上放个小桌，让我和崔雨林在堂屋地上吃。还说这屋里就你们俩学问大，在一块儿好好聊聊学问吧！我和他辜负了崔老奶奶，什么学问都没聊，只是眼睛谁也没离开过对方的脸。快要吃完的时候，崔雨林终于忍不住从小饭桌底下伸过来手，我的手也伸过去，被他紧紧攥在手心里。立刻，我浑身感到酥酥的，就好像有股热热的液体在我血管里汹涌澎湃……

吃完饭要走了，崔雨林的八哥（当时还都没娶媳妇）想用自行车把弟弟送到车站，被老奶奶拦回去了。老奶奶说东西不多，让丫头送他就行了。你们该干活就干活去，别耽误挣工分。分儿、分儿，是社员的命根儿，咱全家一窝八口子的还指望工分吃饭穿衣呢！我明白崔老奶奶，当然不是在乎儿子少挣那几个工分，是为了让我和崔雨林在一起的时间多一些。

“行吗，你？”崔雨林问我，目光里满是柔情和期待。

“听老奶奶的。”我说。其实按我的本意想说雨林我巴不得和你在一起呢！可是众目睽睽之下一个大姑娘说话得含蓄一些，便把责任推到老奶奶身上，倒好像我是被迫的。

“爸妈，那我们就走了。”崔雨林说这话的时候，我发现他那张不怎么白净的面庞呼地一下子红了，声音很急迫，还偷偷溜我一眼，好像生怕我不懂他，磨磨蹭蹭不配合似的。我猜，他肯定有很重要的话要和我说。

“好吧十叔，我们这就走。”论辈分我应该喊崔雨林叔，但是我们俩单独在一起的时候，我从来都直呼其名，从来没喊过他叔。今天在崔家众多的兄弟姐妹面前我特意叫他十叔，是表明我和崔雨林的关系清清白白，我没有跟他搞对象。之所以用这种此地无银三百两的小伎俩，是害怕心中对崔雨林的那份感情被他的兄弟姐妹识破。都是一个村的老乡亲，万一崔家兄弟姐妹到外边说我和他家崔雨林搞对象，对我们家和我本人在村里的形象会产生不好的影响。

崔雨林那天穿的是白衬衫和蓝裤子，衬衫系在裤子里，棕色的牛皮腰带在老爷儿底下闪闪发亮，细高挑的身材笔直挺拔。他右肩上挎着那只草绿色水淋布书包里装一匣子煮熟的咸鸡蛋，是我妈送的。我手里提着一只三姐爸爸编的白色的非常精巧的小篮子，里面有一包顶花带刺的嫩黄瓜、几个鲜红的西红柿和两个深紫色的大茄子，是老崔家院子种的，也是崔雨林最爱吃的。

我和崔雨林并肩走在通往汽车站的六股道上，平常在信里有说不完的话的我们，竟谁也没言语，只听见脚踩在干硬的土道上发出唰唰的响声，显得异常的沉闷，好像两人变得陌生不会说话了。周围静悄悄的，路边的小草里不时有蚂蚱墩儿从这儿蹦到哪儿，偶尔从棒子地里传来一两声蝈蝈叫。棒子正是耪三遍的时候，我相信，路两旁那大海一样深的棒子地里，肯定有无数双眼睛在注视着我们。妇女们少不了要小声议论几句：小十才一年没见，转眼就长成大老爷们儿了，听说还考上清华大学了。老李家的丫头也不软，考的大学也不错呢！这两个孩子倒是天生的一对呢！我更相信，注视我们的目光里不乏艳羡的，这其中就包括我三姐。头几天在一块儿干活时我曾经问过三姐，为什么还不和满福林结婚？你们两人打算耗到什么时候？三姐用忧郁的目光望着我，只说了六个字“走一步看一步”，就埋头干自己的活。我呢，早已不是一年前与三姐一块儿杀芝麻时的那个意气风发、不知天高地厚的中学生了，高考前的冲刺把我都拼成了呆子、傻子。何况当时高考成绩还没下来，我自己的前途还未卜呢！哪儿有心情再关心三姐？只说一句“也好，顺其自然”的不痛不痒的话，就再也没过问三姐的事。现在如愿以偿地考上了大学，又和心仪的崔雨林在一起，我心里忽然对三姐生出一丝愧疚：从小到大，三姐对我是那么好；从小到大，我和三姐几乎都形影不离……可如今我考上大学又有了心上人，我可怜的三姐还在黄土地上挣扎，和心上人满福林的婚姻还遥遥无期……我亲亲的三姐啊，你疼爱的邻家妹子实在帮不了你，只有默默地祝愿你和满福林有情人终成眷属。大概因为想到三姐动了真情，泪水不知就怎么流出来了。

“荣，你哭了？”崔雨林问我。而且，出人意料地只叫了我名字最后一个字。这意味着什么……一种巨大的幸福感向我袭来。“荣，我们的关系能确定下来吗?”还没容我说什么,紧接着他就说出了第二句。

猝不及防,迟疑好一会儿,我才突然想起应该点头。“嗯。”我的声音比蚊子声还小。

在汽车站等车的时候,趁着周围无人,崔雨林第一次拥抱了我。虽然很短暂,但那种幸福感直到现在我都无法从记忆中抹去……

“你在想什么?”在小饭馆专门为我们提供的那个小单间里,余贝木先为我倒了一杯茶,然后就突然抓住我的手,“荣,我爱你,咱们重新在一起好吗?”

“请你自重。”我说,将手从他的手中抽出,“你现在已经没有这个权利了。”

“我今天就是为了恢复这个权利来的。”他说,“我和蓝映虹早已离婚,现在已经调回北京工作。”这句话从余贝木的嘴里说出,我震撼的程度不亚于八级地震。

蓝映虹是我大学里同班同宿舍最好的朋友,上海人,父母都是高级干部。南方湿润的气候和高干家庭的优越生活条件,造就了蓝映虹的美人坯子。她高高苗条的身量,白净端庄的瓜子脸和细致又搭配得当的五官,让班里男同学的目光总是在她脸上转来转去不肯离开。再加上她那好听又富有诗意的名字——蓝映虹,使她获得了“班花”的美丽的称号。只是六十年代没有选美那么一说,要是搁到现在呀,蓝映虹肯定是亚洲甚至全世界选美冠军。

许是蓝映虹和我的生日相同的缘故吧,我们外表长得一点儿都不搭界的两个女生,竟很快成了好朋友。我们饭打在一起吃,上课挨着一起坐。图书馆一开门我总是第一个跑进去,为的是给睡懒觉的蓝映虹占个座。生活资源呢,当然也共享了!比如,蓝映虹的在北京其他高校念书的中学同学星期天来找她逛街、逛公园,她总是拉上我一起去。午饭自然也在外边吃了。蓝映虹每次开饭前都要宣布一项禁令:不许别人结账,一切由她负责。蓝映虹的生活实在太优越了——她家每月都给她寄一百多块钱,手表、高跟鞋、夏天的裙子、冬天的大衣不知有多少套。

蓝映虹告诉我,她爸每月挣二百多块钱,她妈每月挣将近二百。两个从战争年代过来的老革命就知道工作,根本不会花钱,所以家里的钱由她随便花。跟蓝映虹比，她在天堂，我在地下：我大哥每月工资三十二块钱，大嫂和四个孩子全靠他一人养活。大哥自己生活都很困难，根本没有多余的钱供我上学。大学毕业的二哥在唐山也有了自己的小家，二嫂对二哥实行坚壁清野的政策，二哥的兜里哪怕有一分钱也给翻出来充公，目的就是防止二哥给父母寄钱。爸爸早先干活的公社木器厂也早已散了，全家就靠六十多岁的爸爸一个人挣工分养活。爸爸偶尔接个热活（给死人做棺材）挣几块钱，就是全家一年吃饭穿衣打油买醋的钱。我上大学共带了十块钱：大哥给四块，家里平时攒了五块，三姐给一块。好在北师大的伙食好又不要钱，每月还给我这样的穷学生四块钱助学金，所以刚上大学时我感到像进了天堂。只是和好朋友蓝映虹一比，才知道我距离天堂的路程仍然很遥远，兴许一辈子都走不到。

借蓝映虹的光，我也不时品尝到了一些天堂的滋味。在小饭馆里吃饭时，蓝映虹知道我爱吃炖肉和带鱼，就每次点菜时都特意为我要了一大盘红烧肉和一大盘又肥又厚的红烧带鱼。她那几个上海同学虽说没蓝映虹阔，但是也都比我有钱。再加上海人本来就斯文矜持，吃饭时一双筷子只奔青菜盘，那盘炖肉和带鱼全都由我垄断。常常吃到最后，人家都相继撂筷了，我面前那盘带鱼还剩一大半。怕人家等着着急，我便发挥从小就能吞咽粗糙坚硬棒子饽饽的硬功夫，用风卷残云的速度迅速把盘中肥厚的带鱼块解决——根本不吐刺，嚼几下就连骨头带刺一起吞下去。把蓝映虹和她的同学们脸都吓绿了，天啊，你们北方人的喉咙真宽阔呀，那么大的带鱼不吐刺就能吞下去。大概连火车也能吞吧？我毕竟也是二十啷当岁的大姑娘了，虽然吃着痛快又解馋，可被人家上海人当面嘲笑也感到脸红。为了这个，后来蓝映虹再邀请我和她的同学一块儿出去，我就忍馋谢绝了。

余贝木（他不许我叫他过去的名字）礼拜天经常来师范大学找我，我就拽上蓝映虹，我们三个人一起在校园的林荫道上漫步，一起坐在绿园的椅子上聊天。有时余贝木干脆就背书包到师大图书馆和我及蓝映虹一起看书。当然，我去清华大学找余贝木时也带上蓝映虹。有一回余贝木的妈妈来看他，请我和余贝木吃饭，我竟也带上蓝映虹。余贝木的妈妈非常喜欢蓝映虹，不断夸她长得好看，夸上海人气质高雅，但是整整一顿饭她都没看我这个准儿媳妇一眼。我忽然感到了某种危机，万一蓝映虹要是横刀夺爱，我可是没一点儿捍卫爱情的资本啊！后来再和余贝木单独在一起时，我就不再带蓝映虹。余贝木问起为什么蓝映虹没来，我就说她有事来不了。下一次约会余贝木再问起，我仍然是相同的回答。如果我不是缺心眼，就应该想到为什么余贝木总是惦着蓝映虹？他会不会悄悄移心别恋呢？果然几年以后，我的余贝木，我的青梅竹马的爱人，被蓝映虹夺去了。知道他们俩结婚了，我当时只想一死了之，往事不堪回首……

我将桌子上他为我倒的那杯茶泼到砖地上，茶水立刻被粗糙干燥的漫地青砖吸收了，只留下几片残叶。“你能把这杯茶水再收起来吗?”小时候常听妈妈给我讲朱买臣休妻的故事，势利眼的妻子因为朱买臣屡考不中穷困潦倒而离开他嫁一屠夫。可是当中了状元的朱买臣披红挂彩骑着高头大马回乡游街时，他的妻子又跪在马前向他提出恢复夫妻关系的要求。朱买臣的回答是往地上泼一盆水，要妻子把水全部收起来，否则复婚无望。他的妻子知道复婚无望，只好悻悻离开，与现任屠夫丈夫踏踏实实过日子了。从此留下一句“覆水难收”的成语和一段凄美的故事。我觉得余贝木比朱买臣的妻子还让我鄙视，当初为了蓝映虹的美丽和显赫的家世无情地抛弃了我，现在他被蓝映虹抛弃了又想起了我。我虽然没有像朱买臣一样做大官，我只是个乡村的普通女教师，难道普通人就没有自尊心吗?

“我可以走了?”我起身要往外走，却被余贝木死死拽住。

“难道你就不想知道我当初为什么和她结婚，现在又为什么和她离婚吗?”我想说这与我无关，可还是重新坐下了。

一九六八年大学毕业以后，我和蓝映虹一起被分到吉林省临江林业局。临江是紧挨鸭绿江的一座小镇，我们林业局所在地不是在镇上，而是在离鸭绿江和临江三公里的地方。

我们一块儿分到临江林业局的共三百多名大学生，全国各地高校的都有。那时一般男的都分到深山老林里的林场，什么三叉子林场、四叉子林场、黑瞎子林场、白桦林场、棒槌林场等等都有大学生，哪怕只有四五个人的林场呢，都要分去两三个大学生。还有被分到森林小火车上做司炉的，森林小火车铁道上看道岔的……那时候你要到林区坐着森林小火车去旅游，看见那个拿着大铁锨正往车厢里那只熊熊燃烧着的汽油桶里添煤的黑大汉，没准儿就是清华、北大这些著名高校的高才生呢！

感谢我和蓝映虹的父母没把我们生成男儿，我们没被分到偏僻的林场。我和蓝映虹被分配到制材厂的锯木车间锯木头，每人一台圆圆的电锯。为了运送木板方便，车间朝南开的大门永远敞着，我和蓝映虹的电锯正对着大门。我们就在跟外边温度差不多的零下二十多度的车间里，在刺啦刺啦电锯的噪音中挥洒着自己的青春。

蓝映虹从小没干过活，只干了半天，中午去食堂吃饭时，两只手累得连棒子面大饼子都拿不动了。下午再干的时候，我就跟蓝映虹说你累了就让电锯空转甭干活，这样手就不累了。你那堆木板锯不完没关系，我帮你。蓝映虹听了我的话，感激得涕泗横流，说李淑荣从今以后我就是你妹妹，而且是亲妹妹。你就是我姐姐，而且是我的亲姐姐。说完这话，蓝映虹当场就脆生生地叫了我好几声姐姐，我同样脆生生地应了。

其实，我们俩真的没法说谁是姐姐谁是妹妹。虽然我们生在同年同月同日，但因为双方谁都不知道自己生在这一天的什么时辰，所以无法论大小。她既然主动地叫我姐姐，我就把一个姐姐的责任承担下来吧！蓝映虹按我教的几天干下来，果然手不再疼了。只是苦了我，车间里的人都有工夫到休息室那只大汽油桶的火炉上烤烤火歇会儿，就我不能去，我得抓紧时间把蓝映虹的木板锯完。这样过了几天，我右手食指和中指忽然出现了两个很大的白泡，即使带着厚厚的棉手套，一碰木板还是疼得钻心。

吃完晚饭，蓝映虹就陪我到男宿舍找洪森大夫。洪大夫是北京医学院毕业的，和我们一块儿分到临江林业局。因为林业局医院医生奇缺，洪大夫就直接被分到医院。幸亏有了洪大夫，使得我们看病开病假条很方便。洪大夫一看我的手指就说你这是二度冻伤，必须休息两周，再冻下去很危险。明天一早你到医院找我，我给你把病假条开了，再开些冻伤的药给你抹上包扎好，一周后换药。

休息两周？我当然求之不得的呀！躺在烧着火墙火炕的热烘烘的宿舍里看书，多么滋润，多么惬意呀！我刚要答应，扭头一看蓝映虹，妈呀，她小脸儿刷白，眼泡里装满了泪水，眼看着就要流出来了。我顿时明白了，我不能休病假。我休了，蓝映虹怎么办？既然我是她姐姐，就得承担起做姐姐的责任。

“谢谢你洪大夫，我明天就不去医院了，病假条也不要了。”在洪大夫不解的目光中，我拉着蓝映虹走了。

回到宿舍，蓝映虹忽然趴在我肩膀上呜呜哭了。“李淑荣，你对我太好了。可是我有一件事却对不住你。”接着她就抽抽噎噎向我讲了二年级时我们宿舍失窃的那件事：全宿舍共七个人，有六个人的抽屉被人撬坏丢了东西，就我的抽屉没被撬，没丢东西。被撬的六个人丢的钱不等，我下铺的尚茹丢了十五块钱，还丢了三张工业卷。蓝映虹丢的最多，一百块钱和一块浪琴坤表。毕业前夕这个案子破了，是隔壁宿舍的一个女生偷的。那时我们宿舍就一把钥匙，最后一个人离开时，把钥匙放在宿舍门框上，所以小偷进出我们宿舍非常便利。

“不是我们毕业前就破案了吗？是隔壁中四年级宿舍的一个女生偷的。听说为了惩罚她，把她分到内蒙古的海拉尔，是我国最北边、最偏僻、最冷的地方。你干吗又提起这件陈谷子烂芝麻的事？”

“李淑荣你不知道，当初尚茹怀疑是你偷的呢！”蓝映虹抹干脸上的泪，信誓旦旦地说，“真的，李淑荣我一点儿没骗你。”

“啊？”我大吃一惊。尚茹来自东北名城长春，父亲是长春第一汽车厂的副厂长，家里的条件比较好，他父母每月都给她往学校寄钱。她长得很漂亮，高高的个子瓜子脸，戴一副白边眼镜。尚茹平时走路总是扬着头，一副很傲的样子。我们北屋村有一句村训：扬头老婆低头汉。说扬头走路的女人心眼多、不好斗，要尽量离这种女人远点儿。我紧紧地遵循村训，轻易不敢招惹尚茹。可是树欲静而风不止，我没招惹她，她招惹我了。“肯定就她一个人怀疑我吧？”我问，相信除尚茹狗眼看人低以外，其他几个人肯定不会怀疑我。

“不，除我之外，她们五个人都怀疑你，属尚茹怀疑得最厉害。那天我们到学校保卫处报案，她一口咬定就是你。因为全宿舍就你的抽屉没被撬，就你没丢钱，就你是农村来的，就你父母是农民，就你家里最穷。”

蓝映虹的排比句一气儿说了五个“就你”，可谓铿锵有力、气势磅礴，对我的伤害也是空前巨大。凭什么我的抽屉没被撬，尚茹她们就怀疑我？凭什么我没丢钱就应该是我偷的？难道她们平时瞎眼了，没看见我的抽屉根本没安锁吗？她们既知道我最穷，难道不知道我根本没多余的钱放抽屉里吗？我的抽屉没安锁、没放钱，小偷儿撬我什么、偷我什么？难道就因为我家在农村、我父母是农民、我家最穷，我就应该是小偷吗？我大声悲愤地发出一连串的质问，多希望这几个人就在眼前，向我道一声对不起啊！可是那几个诬我偷钱的人如今和我都天各一方，今生今世我再也难见到她们，更别提让她们当面向我道歉了，今生今世我注定要永远背负着这种伤害到死。这好比篮球比赛中的绝杀，我根本没有还手的机会。不，比篮球比赛的绝杀还残酷，因为篮球比赛还有下次，你也可以绝杀对手，而我和她们却永远没有下一次……

“我当时没敢告诉你，怕你和她们打架。你对我太好了，我要再不说出来就忒没良心了，李淑荣，你不会怪……”

“闭上你的臭嘴吧！我受不了啦！我要疯了！”看蓝映虹两片薄薄的嘴唇还在不停地张合，我不客气地对她发了一通脾气，然后便像砸夯一样把自己重重地扔在炕上。

春天的时候，我和蓝映虹双双被分到林业局子弟学校代代红中学做老师。人事部门很开恩，放了我们十天假，让我们十天以后再到学校报到。恰巧这时候蓝映虹的家里寄来两千块钱，说东北生活苦、物价高，让她别怕花钱，多吃点儿好的。脱掉工作服的当天晚上，我和蓝映虹的第一个决定就是明天一早逛临江，到临江镇上的“鸭绿江饭馆”吃那道著名的扒猪脸。早就听老工人说过，这道菜全国都有名。因为明天一早就要逛临江，我兴奋得一宿都没睡着。

来林业局快半年了，我们除去到厂里上班，哪儿都没去过，休息时就躺在宿舍睡觉或者瞎聊。千万别把我们当成没好奇心不喜欢动的暮气沉沉小老太太，其实，我和蓝映虹哪儿都想走走看看，只是条件使然，我们无法走、无法看。

我们刚来时是严冬，临江到处是没膝盖深的皑皑白雪。冷且不说，不戴墨镜在外边时间稍长双眼就被刺得生疼。听洪大夫说，一个北大分来当扳道工的男同学因为不戴墨镜天天在莽莽雪原中巡视，双眼被雪刺得视力迅速下降，已经近乎失明，现在已被转到北京同仁医院治疗。洪大夫警告我们，为了保护眼睛，冬天最好老老实实待在宿舍，哪儿也别去。

再后来，我的岗位又发生了变化，由原来看五号小圆锯调到二号条锯的岗位。这是男工人的岗位，车间主任之所以给我调换到这个男工的劳动岗位，并非故意跟我过不去，得怨我自己。自打到东北以后，我就跟很多年以后相声演员李嘉存说的那句广告语似的：牙口好胃口好，吃嘛嘛香。我再加上一句：吃嘛嘛长肉。圆圆的苞米面大饼子，蓝映虹一顿吃半个，我能吃两个。每月四十五斤的定量我不够吃，还得蓝映虹支援。因为能吃，体重迅速从一百斤蹿到一百二十五斤，虽然比圆滚滚的李嘉存还差点儿，但也只是五十步和一百步的事。曾经好看的瓜子脸变成银盆大脸，原来修长的身材变成了矮冬瓜。所有我过去穿着合适的衣裳，现在穿在身上就像要被撑开似的。车间主任活学活用毛泽东思想，把理论与实践相结合的原则发展为身体与实践相结合原则，让我和一个患大骨节病走路不太利索的朝鲜族工人小于对调了一下：他从二号条锯调到我的五号圆锯上，我从五号圆锯调到二号条锯上。知道调到二号条锯意味什么吗？意味着我每天都要和破成两半的半圆木打交道。电锯一开，我便搬起长长的沉重的二分之一圆木一端，把另一端送进条锯上，随着刺啦啦电锯的响声，我也随着板材的移动往前移动脚步，半圆的木材破成四分之一，条锯对面的工人再送过来变成八分之一。我再送过去，把八分之一板材最外边的树皮去掉，一根半圆的木板材便破解完毕，再接着下一根。一天班下来，我的背带劳动布工作裤和胸前的胶皮围裙都跟刚从水里捞出来似的，湿漉漉的，紧裹着我浑圆的身体。疲劳得只想把身子撂在地上，哪怕地上那众多的小咬把身体咬烂，也得先喘口气儿。如此大强度的体力劳动，再加上无休止的加班，让我每天都觉得是上刀山下火海般地煎熬，每天都在数手指头过日子，盼望赶快结束工厂的生活。到临江逛逛？去他娘的吧，本小姐才没那份闲心和力气呢！

那天我和蓝映虹早早就起来了，梳洗打扮停当就去林业局食堂吃早饭。两个大饼子、两碗苞米大馇子粥、两盘炒臭鸡蛋，她吃四分之一，我吃四分之三。本打算不回宿舍直接就去临江，偏偏蓝映虹这个粗心大意的家伙把钱包忘在宿舍了，只得回去，从宿舍再出来时都快九点了。

“不许动，举起手来!”刚一走出职工宿舍的院子，就听一声很大的吆喝，一个高大的男人拦住我们的去路。我和蓝映虹的魂儿都吓没了，赶紧低头举双手。

“哈哈哈!”一阵久违的熟悉笑声，敢情是他，我朝思暮想的心上人余贝木。“两个胆小鬼，被吓住了吧?”

“讨厌！讨厌!”猛然醒悟的我们，四只小拳头雨点般砸在余贝木的身上。砸够了，我们才听余贝木解释：他是从抚顺到通化出差，顺便到临江看看我们。

我看着心上人，他瘦了，身上穿的仍然是那套绿军装，背的仍然是那只绣着“为人民服务”五个红色大字的军挎，脚上仍然是那双草绿色的解放鞋。这身行头还是头几年蓝映虹让她爸妈从上海寄来的，一共三套，我们仨一人一套。我的那套除去还剩个军挎，军装早穿烂了。蓝映虹的那套虽然还很新，但是早被她束之高阁。蓝映虹的衣服多得数不清，她不必像我一样天天“啃”那套衣服，一直到被“啃”烂。

“蓝映虹你一个人去临江吧，余贝木做了一宿火车累了，我带他回宿舍休息休息。”我当机立断对蓝映虹下了逐客令，巴不得赶快和余贝木回宿舍缠绵，我想他实在想得太久了。

“谁说我累了，精神好着哪！你们俩不是要上临江吗？我也去。我们单位有一位大姐是临江人，她说临江的扒猪脸是东北闻名的一道大菜。我出差的伙食补助费没舍得花，今儿个就请你们吃扒猪脸。”英雄所见略同，大老远来的余贝木也惦记上了这道菜。

“不用你请，我爸妈刚给我寄来两千多块钱呢！爸妈说我挣那四十多块钱太少不够花，以后每月都给我寄二百块钱。让我想吃啥就吃啥，想买啥就买啥，别舍不得花钱。走，余贝木，咱们一起去临江吃扒猪脸，我请你!”蓝映虹竟反客为主，拉起余贝木的手。好哇，我这个正差儿的女朋友反倒成他们俩的灯泡了！我心中有些不快，倒也没在脸上表现出来。蓝映虹这孩子太简单，她在拉余贝木手时肯定没想那么多，这大概跟她的生活环境单纯，从小又被父母娇生惯养有关系。唉，我既是她姐姐，何必在小事上跟她斤斤计较呢！

“蓝映虹我好羡慕你，父母当高级干部能挣钱，你都工作了还给你寄钱。”余贝木说。

“不许说羡慕，我的钱就是咱三个人的钱。”蓝映虹扭身子摇脑袋冲余贝木撒娇，拽着余贝木的那只手不停地晃。

“好好好，我的小公主蓝映虹，臣知错必改，再不说羡慕。”余贝木“叭”地在蓝映虹的脸上亲了一口。

“你们俩去吧，我有点儿累了。”实在看不下去自己的男朋友与蓝映虹过分亲密的举动，我生气了，转身要走。

“淑荣淑荣你别走哇！我大老远绕道来临江不就是因为想你吗？你走了，我这趟来还有什么意义？”余贝木大概意识到自己的过分，放开蓝映虹的手转而拉住我的手。“你不是最爱吃肉嘛，就吃多多的。咱北方有句俗话说吃啥补啥，吃猪脸就补脸，把你的脸补成满月一般，我喜欢。”说完余贝木也亲了我腮帮子一口，很像皇帝在后妃之间搞平衡。不过，他的那两句话还是让我感到很受用。蓝映虹你听好啊，余贝木大老远来临江是因为想我，可不是想你，做人应该有自知之明。

“哎呀，我的天呀，淑荣的脸永远成不了满月啦，太丰满了，干脆叫铜盆大脸吧！”我还没高兴完，余贝木忽然叫起来，还指着我身上的蓝底小白点的线绨上衣，说我给你钱买一件新的吧，这件衣裳抵不住大肥肉的进攻快被撑破了！余贝木夸张的话逗得蓝映虹笑得眼泪都流出来了。我的眼泪也流出来了，是气的。这不是公开在蓝映虹面前嘲笑我长得不好、嘲笑我肥胖吗？那种被伤害、被侮辱后的气愤，使我再一次转身就走，却被余贝木紧紧抱住。“丫头，你也太不识逗了！为什么小时候我说啥你都不急呀？我骂你屁包鼻涕妞你还使劲贴着我，说放屁就为熏我、鼻涕就为蹭我。我说你胖有啥？你就是胖成弥勒佛，我也爱你。你要怀疑我的感情，要不咱们现在就领结婚证？人家想你大老远地来看你，你见面就生气真没意思。你要再生气我就走了。”余贝木放开我身子，做出要走的样子。

“谁生气了？人家根本没生气嘛！”我怕余贝木真走了，赶紧在他的腮帮上回了一个吻。说真的，我特想和他紧紧地拥吻，就像几年前在北屋汽车站那回。但是有蓝映虹在跟前，怎么好意思？再说，我和余贝木在信里已经商量好了，明年探亲假就结婚。宋朝大文学家秦观不是说嘛，两情若是久长时，又岂在朝朝暮暮？日子长着哪，我和余贝木有的是时间亲热。我这么想的时候，忘记了我们村那句“人算不如天算”的村训，不知道老天爷也势利眼，竟无情地剥夺了我这个苦命的农村娃成为余贝木妻子的权利……

余贝木大概怕我还在生他的气，故意跟我没话找话说，问家里来信了没有？你妈跟你大哥都好吗？你大哥信上提没提我家的事呀……我也见好就收，装出很高兴的样子回答他的问题，还特意把重点放在老崔家。说我老奶奶连结婚的被褥都准备好了，让大哥问咱们打算什么时候结婚，她想早点儿抱孙子……哪儿跟哪儿呀，根本没影的事。我不过是为了告诉蓝映虹，我和余贝木是快要结婚的夫妻，请她离余贝木远点儿。

饭馆的包间里，面对着香喷喷的暗红色扒猪脸，肚子饿得咕咕叫的我提不起一点儿食欲。一个声音在耳边督促我，走吧走吧，他在外人面前这么嘲笑你肥胖，显然心里没你；一个声音说别走，他是你青梅竹马的恋人，他不是嘲笑你，只是无心的玩笑而已……

“淑荣，你还不开心吗?”余贝木大概看出我不开心，说我刚才在路上，只觉得火车开得太慢了，恨不得自己能长出一双翅膀，一下子飞到你跟前。你不知道我有多想你，你几乎夜夜都出现在我的梦中。余贝木说这些肉麻话时，还不忘用他那双清秀好看的长眼睛深情地注视我。我真拿不准这些话是出自他真心，还是为活跃吃饭气氛？为让花钱请我们的蓝映虹更开心？见我不开口接他的话，余贝木对蓝映虹说请你出去一会儿，我和她有话说。待蓝映虹刚一出门，余贝木就猛虎般地扑过来，一下子将我紧紧地搂入怀中，使劲儿地亲吻着。我心里的不快瞬间消失，整个人像面条一样软瘫在他怀里，任他揉搓爱抚……

吃完饭，余贝木说：“好不容易来一趟临江，去看看鸭绿江吧!”

“我们也都想看看鸭绿江呢!”我和蓝映虹一起响应。

快到鸭绿江时，我们仨就像商量好了似的，一齐低低地唱起了那首著名的《志愿军军歌》："雄赳赳，气昂昂，跨过鸭绿江。保和平，为祖国，就是保家乡。中华好儿女……"

记得上学的第一天，老师教我们的就是这首歌。教这首歌前，老师还特意在黑板上挂了一幅中国地图，手里的小长棍儿指着地图东北角南端的一条曲曲弯弯的小蓝道道儿，说这就是鸭绿江，江南边是友好邻邦朝鲜，江北边是咱中国。老师说，志愿军叔叔为保卫和平跨过鸭绿江同敌人作战，我们也要贡献自己的一份力量，支援志愿军叔叔。说完这些，老师就开始教歌。那支歌我们学得特别快，晌午放学的路上，我们扯起喉咙拼命地唱，还故意挺胸昂首把步子迈得很大，憧憬着像志愿军叔叔一样跨过鸭绿江同敌人作战。那回我把家里攒的头发和废铜烂铁卖了三百块钱（相当现在的三分钱）交给了老师，小十捐献得最多，他把平常赢的一球口袋的大佬球全都卖给父亲在北京挣钱的王仲先，得了九百块钱全给老师了。

十几年以后，我们站在这条从小曾经憧憬过的鸭绿江边，唱着那首此生学会的第一支歌，心潮澎湃。向对岸眺望，远处是起起伏伏青黛色的山，近处漫山遍野开满了火红的金达莱花。江的堤坡像铺着一张巨大的色彩缤纷的花地毯，绿的是草，红的是金达莱，间或掺杂着洁白的独活花。微风拂徐，清亮的鸭绿江水掀起阵阵涟漪。啊，人间四月天的鸭绿江太美了！

"啊，美丽的鸭绿江啊，当我在你身边唱起雄伟的《志愿军军歌》时，热血沸腾了！啊，祖国美丽的边疆啊，你的生活太激情燃烧了！"歌声一停，余贝木突然张开双臂，像要拥抱鸭绿江似的，嘴里大声地发着感慨，又看看站在他左右的我和蓝映虹，"我要立刻打请调报告到临江来，我们仨一起为建设祖国辽阔的边疆献出美好的青春。"

"那好呀！"蓝映虹立刻拍手跳脚响应，"我们仨都在代代红中学当老师，永远也不分开！"

"还是收起你燃烧的激情吧，我的余贝木！我严肃地警告你，就算天塌地陷也不许你调到临江来！"我怕余贝木受蓝映虹的蛊惑，冲动之下回去真向领导打请调报告要求调到临江，当即给余贝木燃烧的激情泼了一大盆冷水。我可不愿意他调到四面都是大山闭塞得连苍蝇都难飞进的临江，他来了，我就再也别想离开这里。难道让我此生终老临江吗？难道让我的孩子也要生在这里长在这里，患上这里很多人都有的大骨节病吗？不，我要离开这里，一定要离开这里。谁是我离开这里的希望？当然是我的恋人余贝木。我和他结婚以后，根据两地分居调动工作一般女从男的原则，我可以调到余贝木所在的抚顺，那毕竟是城市呀！

“你愿意我们永远两地分居做牛郎织女？”被冷水浇醒的余贝木睁大迷惘的双眼望着我。

“我为什么不可以调你那里去？”

“从边疆往城市调动，那是逆向调动，比登天还难！”

“就算如此，我也要调抚顺去。”

我们俩俨然一对夫妻，旁若无人地商讨婚后调动的事。我看看身旁的蓝映虹，她眼望远方，一副很失落、很孤独、很无助的样子。我心里立刻产生一种愧疚，觉得我们一对恋人在鲜花还无主的蓝映虹面前讨论婚后调动的事有点儿太残酷了。“好了，我们不谈调动的事了。”我率先鸣锣收兵。

“那我们谈什么呢？”

“看风景呀！”我指指高远的天空，“你们俩看，天蓝得就跟刚刚用洗衣粉洗过似的，一点儿杂质都没有。”

“不，远处有一小朵白云，往我们这边飘过来了。”蓝映虹伸出白皙修长的手（我做梦都想拥有一双这样的手），指向远处的天空。随着她手指的方向，我看见天边果然有一条细细长长像条小蛇似的白云在慢慢地向我们飘来。快到跟前时，小白蛇被风吹断成两截，半截飘向更远处，半截在鸭绿江上空悠悠地飘。那闲散的样子，真令人羡慕。此情此景让我想起唐朝诗人崔颢诗中“白云千载空悠悠”的名句，啊，我要是白云多好啊，天天在天空上自由自在地飘，想飘到哪里就飘到哪里，没有和亲人（当然包括他）天各一方苦苦思念的痛苦……

我和余贝木在一起的时间太短暂了。我们仨从临江回来刚一进职工宿舍的院门，看门的赵大爷就给了我一封电报：母病危速归。我屋都没进就立刻掉头往临江返。我太了解父母了，不是母亲的病到万分危急的程度，绝不会给我拍这封电报。现在是四点钟，六点半钟有一趟临江到通化的车。乘这趟车明天一早上就可以到通化，十点钟有一趟长春到北京的车经过通化，我乘上这趟车，后天晚上就能到家。我之所以对通化到北京的车记得那么清楚，那是因为北京是我的家，我得记牢了回家的路啊！

余贝木和蓝映虹也跟着我返回临江。蓝映虹把她家里寄来的两千元塞进我兜里，嘱咐我一定要把伯母送进最好的医院里，钱不够没关系，她可以向家里要。蓝映虹想得很周到，特意跟我要过那封电报，说这个你拿着也没用了，我明儿个拿它找领导替你请假。

我完全释怀，心中对蓝映虹的那点儿醋意烟消云散。人生得一知己足矣，我的蓝映虹，我的好妹妹，你就是我此生的知己啊！

我还没上车，天就已经完全黑了。刚刚还晴空满月，突然就电闪雷鸣起来。我催促他们赶快走，别回“三公里”（林业局所在地）了，趁着雨还没下起来赶紧在镇子里找个小旅馆安顿下来。瞧这架势，今天的雨肯定小不了。在我反复的催促下，两人才恋恋不舍离开车站。

也多亏了蓝映虹的两千块钱，母亲的病才得以到大医院治疗。其实也不是什么疑难病，可能因为过于操劳，母亲下身出血不止，农村俗称崩漏。给我拍这封电报的时候已经病了快两个月了，母亲黄瘦得像个纸人，连站立的力气都没有了。一直给母亲看病的本村田先生说母亲的病没救了，人顶多再有半个月的延续，要我爸爸赶快准备后事。爸爸分别给二哥和我拍了一份电报，二哥那边如泥牛入海没消息。父亲只盼着我，他们的老闺女快点儿回来见母亲一面。大哥从车站把我接到家的时候已经掌灯，一进东屋，看见十五瓦昏暗灯光下躺着的形容枯槁的母亲，我立刻扑在母亲身上哇哇大哭。刻不容缓，我立马到生产队长傻存头哥家，跟他说我妈病危也许活不过今夜了，请他派车把我妈送进城里大医院，一切花费我出。

生产队把式赶着大骡子车进我家院子里时，大哥还没走，正和父亲商量母亲的后事。我和车把式进了屋，我爸和我大哥还不明白怎么回事。听说我要把母亲送城里大医院，大哥说淑荣你等会儿，我回家一趟。大哥飞快地离去，又飞快地跑回来，手里捧着一个黑布裹着的小包放到我手里，丫头，大哥没能耐，拿不出更多的钱给妈治病。这是我收的下学期书钱，现在离放假还有两个多月，这笔钱暂时不用，到时大哥会想办法凑齐的。我把小包推回大哥的手里，拿出蓝映虹给我的两千元钱，说那边的工资高，工会听说咱妈有病又补助不少，这些钱足够给妈看病的了。

住进城里医院的第二天，母亲的血便止住了。只一个多月，母亲就出院了。街坊四邻来家看望的都说我母亲又白又胖，比从前显得年轻十多岁。母亲也很配合大家的夸奖，站地上轮换抬起两只小尖脚："你们瞧，我没病之前两只脚站工夫长了都不行，马上单脚都能站会儿。"母亲表演完了似还不满足，又补充一句："多亏了我这个老闺女呀!"

"还不知我的小十有没有这福气娶丫头呢!"挎一篮子鸡蛋来看望母亲的崔老奶奶接母亲的话茬，说完这句话还特意看我一眼。我想说崔老奶奶您放心吧，您的儿媳妇我是当定了，但是脸皮薄没好意思说出来。

欢乐总是太短暂。我挎着母亲给蓝映虹准备很多吃食（她知道了蓝映虹给钱的事）的大包，高高兴兴地返回临江。蓝映虹不在宿舍，大概正给学生上课。可是她的铺盖怎么也不见了？还有搭毛巾和衣服的竹竿怎么也是空的呢？桌上的尘土都快有铜钱厚了，蓝映虹可是特别爱干净的上海姑娘呀！莫非她也回家了？我撂下行囊，急匆匆就往学校里跑，谁知半路上竟碰上了余贝木。我问余贝木你怎么在这儿？是不是知道我今天来特意请假从抚顺来接我呀？

"不是，我从抚顺调来了，就在代代红中学教书。"他嗫嚅着，目光故意躲着我，一只脚在地上来来回回画道道。

"谁让你调到这里来的？不是说好了结婚以后我调你那里去吗？"

"我和蓝映虹结婚了。"

"啊……"我大叫一声，只觉天旋地转头晕目眩，身子就要倒地的时候，被余贝木紧紧抱住。"滚开！不许碰我!"我推开他，跌跌撞撞跑回宿舍，倒在炕上蒙被子大哭。

也不知哭了多久，我突然掀起被子，抓起炕上的钥匙串，摘下那把我平时视为宝贝的小刀，将雪亮的小刀从刀槽里拿出来，对着自己的喉咙……

这把小刀是蓝映虹给我买的。那是我们即将来东北的前两天，我和蓝映虹去新街口百货商店买例假（月经）纸，顺便再买些其他生活用品。早就听说东北偏重发展重工业，生活用品奇缺，妇女来例假用的纸都要排队抢购。该买的都买了，要走出商店的时候，蓝映虹突然在门旁的玻璃柜台前停住了，她说李淑荣你看那把小刀多漂亮呀！我走过去，顺着她的手指我看到柜台里摆着的那只堪称艺术品的小刀：亮闪闪黑宝石般的有机玻璃刀槽上有七朵金色的向日葵，另一面是“葵花朵朵向太阳”七个金色的小字。“是挺漂亮的，只是那价钱太昂贵了，十九块，一身衣裳的钱。”我说咱们走吧，二十二路车挺稀的，别把午饭耽误了，说完不管她愿意不愿意我就先走了。我知道如果我陪着她看下去，蓝映虹不到商店关门不离开，有钱人家的女儿就是任性。

“李淑荣，我买了，三只!”没多大会儿，蓝映虹在人行道上拥挤的人流中上把我追上，冲我晃晃手心里三把亮闪闪的小刀。

“你疯了，买也就买了，干吗一下子买三只呀？五十七块钱呢，比我们一个月的工资还要多十几块。去，退两只!”我以姐姐的口气命令她。我和蓝映虹睡上下铺，平常我对她特像大姐对小妹。她穿过的脏衣裳懒得洗，就塞进手提箱里，手提箱塞满了，没得换了，就再穿一遍。实在脏得没法穿了，就扔掉买新的。我看她实在太浪费，就每次自己洗衣裳的时候把她手提箱里的脏衣裳倒出一块儿洗，盛脏衣服的盆子放在洗漱间长长的水槽里，我打肥皂搓衣服，她就站在我身边轻轻地给我唱歌，《黄河颂》《渔光曲》《十送红军》……好多歌曲都是听蓝映虹唱我才知道的。她的情歌更是让我陶醉，什么《敖包相会》《在那遥远的地方》《绣荷包》等等，听得我如醉如痴。常常幻想我和余贝木就是歌里的情郎情妹，一望无际风景如画的大草原上，就我和余贝木，含情脉脉四目相望，你来我往地对唱情歌。这样幻想之后，我常常不自觉地转过头望一眼站我身旁唱歌的蓝映虹，穿着白纱连衣裙的她苗条柔弱，一张一合的小嘴发出的声音像天籁。大上海来的南国女儿啊，上帝是那么偏爱你，把一切的美丽都给了你，让我这个农民女儿好嫉妒啊!

这样的情形多了，蓝映虹就把我当成姐姐。没人的时候，她常常不叫我名字直接就叫我姐姐。她说她是父母的独生女儿，小时候看见人家有姐姐一块儿上学非常羡慕。晚上躺在被窝里就闭眼幻想自己也有一个姐姐，两人一样大，天天手拉手一块儿上学，手拉手一块儿回家。蓝映虹说我的幻想终于实现了，李淑荣，你就是我的姐姐，咱俩又正好是同一天的生日，非常符合我小时候的幻想。

“去退刀子呀!”我停下来，催促蓝映虹。

“不，不退。”

“为什么呀?”

“这两只是给你和我姐夫余贝木买的。”蓝映虹说着，迅速把两只小刀塞进我裤兜里。说姐夫分到了抚顺，我们仨不可能像过去一样常聚在一起了。虽然你和我仍然在一起，但那也只是暂时的。你和他结婚以后，我相信你肯定得调到抚顺和姐夫在一起，那时候就剩下我孤零零的一个。有这把美丽的小刀的陪伴，会减少我的孤独。因为我知道，在大山外面你和姐夫也有和我同样的小刀，你们也正在看着小刀思念着我。我再看蓝映虹的时候，发现她那双美丽的丹凤眼涌满了泪水。我还能让她把刀退回去吗?我说那就这样，等发工资以后我给你三十八块。

“不，我不要，咱们是亲姐妹，有难同当，有福同享。”蓝映虹说罢紧紧抱住我，还在我脸颊上亲了一口，幸亏那时候还没有同性恋的事，否则路人一定把我们当成同志了。然而不到一年的今天，曾经视我为亲姐姐的蓝映虹，却夺走了我的爱人余贝木，那个曾经被她叫过姐夫的人。我，一个被青梅竹马男朋友无情抛弃的女生，一个被好姐妹背叛的女生，还有什么脸面活下去?我只有用这把小刀结束自己的生命——不是自杀，是被那个口蜜腹剑韬光养晦给我买这把刀的蓝映虹所杀。就在刀尖儿抵在我脖子正中时，毛主席的一条语录忽然涌入我脑中：凡是敌人反对的，我们就要拥护；凡是敌人拥护的，我们就要反对。我忽然领悟，蓝映虹当初买这把刀给我也许就想到了今天的结局，我用这把刀杀死自己正是她所乐见的。现在的蓝映虹就是我的敌人，她既然愿意让我用这把小刀杀死自己，我偏不，偏要活得好好的给她看。

话虽然是这么说，可是一想到以后上班要天天面对那对狗男女，心里还是挺发怵的。我擦干眼泪，立刻给大哥写信，先告诉他余贝木和蓝映虹（因为那两千块钱大哥知道了她的名字）两人结婚的事，告诉他我在这边度日如年，一分钟也待不下去了。让他赶紧在那边托关系把我调离林业局。

我在煎熬中等待大哥的回信，可是大哥的信却迟迟不来。我估计大哥那边肯定在积极地为我工作调动的事活动，打算有了结果再给我回信。一直等到暑假都快开学了，大哥的信才姗姗来迟。在信里大哥没提我工作调动的事，却大书特书西邻的老崔家。大哥说他把小十和别的女人结婚的事和老崔家讲了，激起老崔家全家人义愤填膺同仇敌忾，一致表示要与忘恩负义无情无义的白眼狼小十划清界限，断绝一切关系。尤其是转业在县拖拉机站上班的二叔，说我立刻就请假去部队一趟，为丫头找一个比小十强百倍的现役军官。二叔说做就做，第二天上班就跟县农机站领导请假。因为小麦收割在即，农机站缺少康拜因手，领导没立刻允假。一直等到小麦收割完，才准了二叔的假。大哥说二叔到部队以后就去找原先赏识他的那个团长，一五一十地向团长汇报了他此行目的。团长说我欣赏你的就是路见不平拔刀相助的好品质，我最恨的就是你弟弟这样的无情无义的小人。好，我立刻就发动全团干部给你找，肯定会让你满意而归。很快，团长就为二叔找到一个——柳元，军校毕业，二十五岁，正连级，南方人。二叔和柳元见面以后非常满意，个子比小十高，长得比小十帅，父母都是干部，全家都是吃商品粮的城市户口，的的确确各方面都比小十强百倍。大哥说临走前他给了二叔一张我的照片，柳元看了很满意。本来二叔打算就手把柳元带到临江来，但因为当时他正执行任务没法来，约定十月一日休假时再和二叔来东北看我。大哥在信的结尾这么写道：塞翁失马，焉知非福？当柳元出现在临江时，负心郎的小十是后悔，还是自惭形秽？没准儿都有吧！好妹妹，胜利就在前方……

“你好像心不在焉，根本没听我讲？”余贝木看出我不在状态，给我盘里夹一箸拌黄瓜丝，“荣，多吃点儿，拌黄瓜丝，我们俩小时候最爱吃这个了。你说过，冲咱俩的黄瓜丝情结，不成夫妻天理不容。”

亏他还记得我这句话。那年余贝木二十二岁的生日，他妈寄来五块钱，他就用这钱请我在小饭馆里吃一顿。我先点菜，他后点菜，结果四盘菜里有两盘拌黄瓜丝，点重了。我说贝木呀，就冲咱俩的黄瓜丝情结，不成夫妻天理不容呀！“当然！”他一下子就将我拥吻在怀，差点儿被送水进来的服务员撞上。

“现在说这话还有用吗？”我冷冷地问，往桌上扔下十块钱，起身就走。

“求求你，听完我的话再走行吗？”余贝木抓住我的手，“其实我和蓝映虹结婚不是背叛你，这是被逼无奈的选择。”

我重又坐下。

“那天送你上了火车，我和她刚走出火车站没走多远，瓢泼大雨就下起来了……”

突然，单间的门被推开，饭馆头头走进来。头头说李老师呀，刚才我去公社院里办事碰见孟书记了（他是孟书记的战友），孟书记听说北京来外调的同志在我这儿，指示我请你们立即到公社机关谈话。

“很遗憾，北京同志的外调已经完成。我这就去门缝村掰棒子，我的学生小黑枣暂时替我带着班呢！”我特意搬出全公社闻名的冯副书记儿子小黑枣，是想告诉他我是小黑枣的班主任，你不敢把我怎么样。

“对不起，北京的外调同志，我得走了。”说完这句话，我并不容余贝木张口，大步走出小饭馆。我才不想知道余贝木所谓“被逼无奈”的选择呢，知道他和蓝映虹离婚已经足够了。善有善报，恶有恶报，不是不报，时候未到。蓝映虹丧尽天良把好朋友未婚夫窃为己有，余贝木禁不住美色和金钱的诱惑抛弃未婚妻，虽然他们结合了，可是眨眼间又分开了……

七　龙山饭店

“卫平你看，好大的饭店呀！”直到小张在我的耳边咋咋呼呼地叫喊，我的思绪才从四十多年前那个小饭馆回到现在。

顺着小张的手指，我看到路西那个当年小饭馆的位置上，变成一片金碧辉煌的高堂瓦舍。朝东开的绿琉璃瓦门楼飞檐斗拱，门的左右有两块金底黑字大招牌。左边的招牌是龙山有限公司，右边是龙山饭店。

“啧啧，就这两块大牌子没有个两三万的也拿不下来呀！”小张说，眼里满是艳羡。又指指那一大片在阳光下闪闪发光的车，都是高级的，还有凯迪拉克呢！“你非得要自己走不让我开车来，没车族进这么高级的饭店多被人瞧不起呀！”

“你要不嫌累就回去开好了，咱们的车就在桥那边，过桥就是。”我懒得听小张的唠唠叨叨，想支开他图个心静。再说，龙山毕竟是我曾经工作过六年的地方，是我曾经挥洒过青春和汗水的地方。几十年过去了，故地重游，我才不愿意旁边有个多嘴的人呢，我要一个人好好看看龙山。

“太远了，我懒得走回去。”小张黏上我了。进入饭店大堂的一刹那，他的一只手臂突然从我背后伸过来，把我紧紧地揽入怀。众目睽睽之下我不好生硬地把他推开，也没想推。被一个年轻男人紧紧拥揽在怀，我很享受，体内似乎有股热热的岩浆在流动。我们这对玉人火辣亲密的举动太惹眼了，招来大堂里所有人的目光。特别门旁的两位迎宾小姐，更是看得瞠目结舌目瞪口呆，连向我们问候都忘了。

“两位客人，请跟我来。”率先清醒过来的是站在前台旁边的一位小姐，估摸着是大堂经理。她向我们迎过来做出请的手势，把我和小张带到二楼的一个包间。小姐拉开圆桌旁边挨着窗户的两把椅子，“二位请坐。”又把圆桌上一个装潢精美的菜谱本子放到我们面前，就出去了，并且轻轻地带上了门。

小张突然疯狂了，抱起我扔在包间里那张靠墙摆放的长沙发上，便饿狼般扑了过来，紧紧地将我压在他身下肆意揉搓。正当我自己也快要疯狂的时候，“笃笃笃”的敲门声轻轻响起，我赶紧推开他，骂一声“色狼”，正襟危坐在原来的椅子上。

进来的是一位年轻漂亮的女服务员，穿着和迎宾小姐一样的旗袍，手里端着一只长方形白茶盘，盘里放着一只白底蓝花非常精致的茶壶和四只小巧的茶碗。服务员为我们俩各斟了一杯茶，然后拿起桌上的菜谱递到我手里：“小姐请点菜。”我看一眼服务员，幸好她刚才不在大厅，没看见我和小张亲密搂抱的举动。否则，从我慌乱的情绪和散乱的头发以及被搓皱的沙发套上，很容易就判断出我们刚才在屋里的举动。我胡乱点了两样青菜，就把菜单递给小张。大概不用他掏腰包吧，这小子又是大虾又是鱼又是肉的点了好几样。服务员把我们点的菜输入点菜机里。“先生小姐有事请摁铃。”冲我们微微一笑转身离开。

“平呀，我一刻也等不及了！”服务员刚一出去，小张重又把我搂在怀里摸啃，就去解我的腰带。

“回家再说吧！”我想推开他，可是身子却软瘫在他怀里没一点儿的力气。二十年的寡居生活，让我心里无限渴望异性，虽然我现在已经七十一岁。

“我把门锁上！”小张松开我要去锁门时，理智终于回来了。我毅然推开他，起身打开包间的门，说无论如何不能在这里，你只是个司机，我可是女作家、公众人物，被人抓住我还怎么做人？

“好吧，那就等回家吧！”这小子虽然妥协，但依然贼心不死。我早以为自己没有性欲了，想不到被这个小张搞得热血沸腾。可是万一我离不开他了，万一他要向我提出结婚的要求呢？

快吃完的时候，进来位西装笔挺五十多岁高大黝黑的男人，胳肢窝里还夹着一只黑色公文包，一位右手拿红酒瓶左手拿酒杯的服务小姐跟在后面。

“二位贵宾好。”男人走到桌前向我们问好，转身招呼身后的小姐：“快给二位尊贵的客人斟酒。”小姐为我和小张的面前的空酒杯倒了半杯红酒，也给自己带的那只酒杯倒了半杯，送给男人和我们俩一个微笑，转身轻盈走出包间。就见男人端杯冲着我：“美女大作家，我是您的粉丝，也是这里的老板。这杯酒祝福大作家福寿安康，著作源源不断问世。”又把酒杯冲小张，作为粉丝，我也感谢这位司机同志，感谢你不辞辛苦地为大作家开车，才让美女作家给我们写出这么多的好作品：“让我们共同为大作家卫平干杯。”

“谢谢你！”我举起酒杯和老板碰了一下，一饮而尽，“我也祝福你，生意兴隆达四海，财源茂盛通三江。”我的话响亮干脆，有掩饰不住的兴奋。叫我怎么不兴奋？在我四十多年前工作过的地方，在我视为第二故乡的龙山，遇到了我的粉丝。而且，从这位老板的年龄判断，没准儿就是我当年教过的学生呢！但是我没法问，因为当年的李老师现在应该是七十多岁老太太了，而我是才三十出头的美女作家。

干完杯，老板就打开公文包拿出两本书，竟是我去年和今年出版的两部长篇侦探小说。“卫老师，请您给我签名。”他把书连同公文包里的笔，恭恭敬敬递到我面前。

“好!”我爽快答应，拧开笔帽要签的时候，才想起还不知道他名字叫啥。

“冯孝李，两点马的冯，孝顺的孝，赵钱孙李的李。”他说。

“你这名字的意思，就是你们姓冯的要孝顺姓李的喽?”我调侃他，“大概你外祖母家姓李吧？抑或你有个姓李的大恩人?”作家的好奇心又上来了，我很想知道他为什么起这个名字，挺怪的也挺有意思的。我没立刻签，抬头看他一眼，忽然发现他的眉眼有些熟，好像有点儿像当年我的学生小黑枣。只是小黑枣太小太瘦，三角脸、尖尖的下巴、尖尖的鼻子，给人小鼻子小眼的感觉。面前的这位老板高大黑胖，显得特大气。而且，他们的名字也不一样，小黑枣叫冯守财，他叫冯孝李。不是，肯定不是。我之所以觉得他像小黑枣，是因为故地重游，我又太想这个和我有过特殊关系的孩子了。

“正是。”他似乎不愿意在名字上多解释什么。我也只好作罢，拿起笔工工整整地写上自己的名。

一直到冯老板把我们送出龙山饭店老远，我的心绪再也没离开过小黑枣。孩子你在哪里？我想你啊!

八　我的小黑枣

大家看了这标题一定很奇怪，小黑枣不是门缝村大队冯书记兼公社副书记的儿子吗，不是你的学生吗，怎么成了你的了？你当时是不是为了攀公社副书记的高枝儿认他做干儿子了？别着急，听我慢慢给你讲，离天黑不是还早着吗?

那是余贝木来找我“外调”的第二年夏天。那天一大早，小黑枣的爸爸骑自行车来公社开会，因为正好和学生们上学的时间差不多，小黑枣的爸爸就让儿子坐在自行车的后座上带他上学。龙山山脚下有一条从北向南的大河叫白龙河，门缝村在河的东边，龙山中学在河的西边。

门缝村和其他家住河东的学生们上下学都得经过河上的白龙桥。这桥是石板桥木栏杆，石板挺结实的，栏杆有的却已糟朽，有的栏杆都裂了。

那天小黑枣的爸爸骑自行车从桥上经过的时候，恰巧一个女同学的自行车撞上前边一个男同学的自行车，前边的自行车倒没事继续前行，后边的女同学却连车带人摔倒撞折几根栏杆掉进白龙河里。正值阴雨连绵的夏季，平时并不太深像条温和长蛇一样缓缓流动的白龙河，此时却白浪滔滔汹涌异常。小黑枣爸爸冯书记顾不得后座上还坐着儿子，甩下自行车就跳入河中。女孩儿被救上来了，冯书记却被淹死了——这一切就发生在不到十四岁的男孩儿小黑枣的眼前。虽然冯书记为救人牺牲的事上了省报的头条，全龙山公社全县全省乃至全国都掀起学习冯书记舍己救人的光辉事迹，但是却挡不住小黑枣的爷爷奶奶和妈妈对死去亲人的思念。不久，爷爷和奶奶因思念儿子过度相继病倒离世，原来热热闹闹的五口之家，就剩下妈妈和小黑枣娘儿俩。第二年的夏天，也就是小黑枣的爸爸差不多牺牲一周年的时候，妈妈也因病去世，不到十五岁的小黑枣成了孤儿。被冯书记救起的那个女孩儿家知恩图报，非要把小黑枣接回自己家抚养。但是公社孟书记却没答应，因为女孩儿家里太困难了，孟书记怕小黑枣受委屈。除去女孩儿家，龙山公社好多家都要求抚养烈士的儿子，我们教师也纷纷找文教助理孙连俊，要他跟孟书记说说，把小黑枣交给自己抚养，这其中就有我。孟书记把所有要求抚养小黑枣的人一一作了比较，最后选择了我。一是因为我是小黑枣的班主任，师生俩本来关系就很好；二是我脾气出奇好，对孩子们非常有耐心；三呢，我是军属，爱人在西藏部队，一年半才休一次探亲假，小黑枣能很快融入这个家庭。最后一个理由是我和小黑枣家沾亲带故，我妈是门缝村的娘家，论起来还是小黑枣当家子的姑奶奶，而当时我的父母都和我在一起过。

把小黑枣交给我之前，孟书记和我做了一次很严肃的谈话。

孟书记外号叫“孟瞎抓”，我虽然没跟孟书记近距离接触过，但有关他的传说却听到过不少。他亲自带枪到棒子地里看青抓偷棒子的小偷，亲自和社员比赛拔麦子，亲自……嗨，他的奇葩事太多了，举不胜举。我记忆最深刻的是全公社学大寨赛诗会上，孟书记的那首“著名”

的诗。那首诗是这样写的：大寨大又寨/虎头高又虎/我攀山又进寨/誓把经验学到手。这首“著名”的诗目前私底下仍在全公社的社员口中流传，而且还有好事者在后边又给续上一句：我孟瞎抓瞎又抓。

那天是我在家休了三天病假后头一天上班。刚下第一节课，我和孩子们正在外边玩儿“摸木人”的游戏。老远的，我就看见高大笔挺的孟书记推着自行车雄赳赳气昂昂走进学校（其实学校没有院墙）。孟书记一身绿军装，背着绣有“为人民服务”红色大字的军挎，脚上是绿色解放鞋——他夏天永远是这副打扮。冬天的打扮不过是把单军装换成棉军装，解放鞋换成军队的大头靴，外加一件军大衣而已。

我心里琢磨，孟书记是不是为“装病”的事找我谈话来了？不怕，我豁出去了，见面先向孟书记声明我没装病，除病假条之外，还有证人马书记。再说，我现在还没完全退烧，不信，马上就到公社卫生院请大夫量体温。

三天前，我因为喝了学校井里的生水病倒在回家路上，正好被山西大队马书记碰上，他一路把我护送到北屋卫生院。看完病，卫生院给我开了一周病假。因为我不放心班里的孩子们，只在家休了三天，今天就提前上班了。在学校门口，我碰见了我们班副班主任刘老师。除了说些班上的事，刘老师还告诉我，我不在这几天张福元大会小会都点我的名，说我是在家装病，张福元说已经把我装病的事汇报了孟书记，要孟书记把我送回教育局，他这个庙太小，盛不下李老师这个大神灵，张福元说孟书记当场就答应过几天来学校亲自找我谈话。

“李老师先别和孩子们玩了，我找您有事哩！”转眼间，孟书记已经来到我跟前。

“对不起，我下节还有课，下课再谈吧！”我不卑不亢地回答孟书记，表情出奇地镇静。心里话，我们做教师的并不是你们当官的招之即来挥之即去的奴才，我们有我们的工作、我们的尊严。

“我让张福元给你调课。”孟书记说，就冲一间挂着“军宣队办公室”木牌的房子喊（这间本来是校长办公室），“张福元你出来，把李老师下节课调了。”

孟书记的喊声还没落音儿，张福元立即从办公室里跑出来，跌跌撞撞地来到孟书记面前，又是点头又是哈腰的。“那啥，孟书记，我刚才正和王同志研究工作，根本没看见您进来……”

“少啰唆，赶紧把李老师下节课给调了，最好调下午，我和李老师的谈话很长呢！”

“是，孟书记，我立刻就办。”张福元答，临离开前特意看了我一眼，那一眼很意味深长，同时又有几分得意，我理解他那一眼的潜台词：还想赖在我的地盘吗，怕是墙头上挂门帘——没门儿吧？

片刻，张福元又从军宣队办公室跑出来，说课不用调了，让学生上自习。我刚才问过军宣队王同志了，他马上出去办事，您就在军宣队办公室谈吧！那屋挺凉快的，快进去吧，外边老爷儿（太阳）太毒了，别把您晒坏了。

看到张福元口口声声的军宣队，估计很多人都会有纳闷儿：就耳朵眼儿大的一个农村中学还给派个军宣队？不是我国的军人太多了吧？那我就告诉您，这军宣队用现在话说是冒牌儿的，是假冒伪劣的，不是真的。所谓的军宣队王同志，不过一个复员兵而已。

最早进驻龙山中学的不是军宣队，是贫宣队。队员就是门缝村的贫协主席王阴山，我们叫他王大爷。贫宣队王大爷人挺好的，来学校以后闲不住，什么活都干。把学校东边一大片空地都种上了棒子，有事没事就到棒子地里除草施肥。只是王大爷年岁太大又一字不识，好多事都弄不清。有一回公社召开忆苦思甜大会，王大爷到台上忆苦，老人家忆的不是解放前的苦，忆的是三年困难时期的苦，还忆得声泪俱下。

忆苦思甜没几天，贫宣队王大爷就回生产队干活了。说实在的，这真够便宜他老人家的了，要不是王大爷的雇农成分和贫协主席的官职，就凭他这次的忆苦思甜，非得被打成反革命，抓进大牢不可。没有了贫宣队，总得有别的什么宣传队进驻吧？龙山中学是上层建筑，怎么能离得开宣传队呢？正好离学校最近的山西村有位刚从部队复员的小伙子，就是前边张福元说的王同志。王同志在部队当了五年兵，也是在部队入的党，很有水平。于是就在五月一日劳动节这天，全校集合在操场（实则是野地）的土台前，公社孟书记亲自把背“为人民服务”军挎和穿军装戴军帽（没领章帽徽）的王同志领上土台，向大家介绍这是公社派来进驻龙山中学的军宣队王同志，以后学校要在军宣队的正确领导下乘风破浪勇往直前。

王同志有多少水平我们不知道，反正全校十来个老师包括张福元在内，大家在他面前都毕恭毕敬，和他说话时都一口一声“王同志”，没人问过他叫什么名字，估计问了也没人敢直呼王同志的名讳。王同志对我们这帮所谓知识分子（除我之外其他老师一律初中毕业）老师，也非常严肃。不光在教师会上称呼我们“某某老师同志”，便是会下也这么称呼，再加上他那不苟言笑的表情和超长的下巴超长的大黑脸，不怒自威，让人很害怕。我在害怕之余，心中还对他那个“某某老师同志”的称呼感到好笑。上大学的时候，不，应该说上初中语法课时，语文老师就给我们说过，称呼之后再加称呼是犯了称呼重叠的语法错误，比画蛇添足还可笑，因为蛇长了四脚还能当龙，重叠的句子根本就是病句，一点儿都不通。我估计这位王同志可能上初中时没把语法学好，才天天犯这种称呼重叠的语法错误。可是我马上就否定了，我的学生家长好多都没上过一天学，我到学生家做家访时，家长们都叫我李老师，没有一个人在老师后头加“同志”的。他为什么这么称呼老师呢？我百思不得其解。有好几次我都想提醒王同志把老师后面的“同志”去掉，还想告诉他你这么称呼让人听着别扭，语法上也不通。不过到了也没敢，怕给自个儿找病，怕被王同志给我扣上藐视军宣队、不服从军宣队领导的大帽子。

我和孟书记进了军宣队的办公室，王同志正在一个本子上写什么，抬头说孟书记您请坐，我马上就走。说完就赶紧合上本子，连同钢笔一起塞进军挎里，又拉开抽屉，从一小铁罐里捏出一捏茶叶放入桌上那只“为人民服务”的草绿色军用把缸里，回身从另一张桌子上拿起竹套暖壶倒满水，说孟书记您喝茶，我有事先走了。整个过程我都像一根木桩戳在那里，王同志眼都没夹塞我。但是我这根“木桩”有思维，而且发现了一个真理：军宣队王同志和孟书记说话时就没在书记后面加“同志”，没犯他几乎天天犯的语病。我忽觉茅塞顿开，原来王同志在“老师”后面加“同志”，不是因为他上学时没学好语法，不懂得这么说话别扭，是为了威严，为了“军宣队”在知识分子面前凛不可犯的威严。

虽然这个发现以及王同志的蔑视，让我为知识分子的卑微地位倍感悲哀。但是孟书记的举动和他开场的一席话，却让我很温暖。

“听说李老师头几天生病了，完全好了吗?”孟书记问这话的时候，不是正襟危坐在办公桌前，有动作：他把两把椅子分别移到靠北墙的办公桌两端，又把那只冒着热气的飘着茉莉花茶香味的军用缸子移到桌子东边，然后指着在办公桌东端的椅子，“坐下吧，讲一早上课了，嗓子眼儿都冒烟了吧？先喝口茶解解渴。”

我立即大受感动，完全忘了刚才的打算——开门见山先向孟书记声明自己没装病，如果他不相信，就拉着孟书记一块儿去卫生院请大夫检查；如果他相信，我就控诉张福元对我这个军人家属的百般刁难。但是这么一感动，我说出的话却成了另一个味：“孟书记您这么忙还记着我生病的小事，让我不安。”然后指着另一端的椅子，“您先坐吧，骑这么老远的车，一定累了。”又把桌上的水缸子移到孟书记那一端，“我不渴，您喝吧!”说完这些，我忽然很后悔，恨自己意志太薄弱、太没斗志、太卑微，领导给个好脸就不知道东西南北了？已经没有了那种让我慷慨陈词斥责张福元的气氛，我只好坐下来听之任之吧!

“昨儿个公社开完大队书记会，听山西大队的老马说，您病倒在半路，要不是遇见他把您送回家，后果不知会怎么样。”孟书记停了一会儿，说我听了这件事一宿都没睡，早晨一睁开眼就把电话打到县委书记家，求他拨点儿钱给我们龙山中学买个保温桶，我们的李老师差点儿被井水要了命。人家可是响当当的名牌大学毕业的，是我们龙山中学最好、最有水平的老师，爱人又在西藏边疆当兵，家里有两个孩子、两个老人。要是因为喝不上一口干净水送命，我们怎么对人家交代呀？又怎么对国家交代呀？孟书记停下来，我看见他那双眼角糊着很多眵目糊的红眼睛里闪着亮晶晶的泪花。“还行，书记准我的状了，说县里马上给农村学校配保温桶。”孟书记从兜里掏出揉成一团的手绢擦擦眼睛，“李老师呀，关于张福元的事我早就听到反映了，您现在就安心教书，他的事我很快就解决。”

“孟书记，请您放心，我一定加倍努力好好工作，绝不会因为张福元影响工作。”士为知己者死，这就是我当时的心里的话。

“李老师，今天我找您是为冯守财（小黑枣大名）的事。公社党委把所有申请抚养烈士遗孤冯守财的报告进行了反复对比研究，觉得您最合适。”孟书记说完，就扳着手指头数起把小黑枣交给我抚养的优越性，就是我前面提到的三点。“当然，如果您现在反悔不愿意了，我尊重您的意见。”

“我不反悔。”我回答，“不光不反悔，我还有新的补充。”我停顿了一下，国家不是每月给小黑枣八块钱的补助吗？我不要，我完全有能力凭自己的工资把小黑枣抚养成人。我说得斩钉截铁，一字一顿，显示出我的决定是经过深思熟虑的，绝不是脑瓜儿一拍发热说出的。

“太谢谢您了，李老师。我代表国家、代表牺牲的烈士感谢您。”孟书记突然就伸出手紧紧地握住我的手，“相信您一定能把冯守财抚养成人。”孟书记松开我的手，两只眼定定地看着我，说李老师您不要国家补助这事我不同意，这是国家对烈士子女的关怀，我们任何人也没权利剥夺。在这件事上，我也有个决定，每月从我的工资里拿出八块钱，加上国家的八块钱补助，每月交给您十六块。见我要张嘴，孟书记摆手没让我说。我知道您肯定说我每月工资才四十多，比您还少十块，家中孩子、老人都有，您拒绝接受。可是我要说，您不能拒绝，这不是八块钱的事，是我对烈士的一片心意，是我一个共产党员的责任。十六块钱，按目前的生活水平来说，的确不少。但是，比起您抚养小黑枣即将付出的巨大心血，区区十六块钱算得了什么？孟书记从军挎包里掏出一个信封放到我面前，这是从七月一号起下半年的钱，每月十六块，六个月共九十六块。李老师您如果没事，我现在就走，公社还有一大摊子事等着我呢！

目送孟书记身影消失，我才返回屋拿起那只装钱的信封。双手捧着它，只觉得沉甸甸的，那不是九十六块钱，那是信任，那是责任。请党相信我，请孟书记相信我，请长眠九泉之下的烈士相信我，我一定要把小黑枣培养成一位优秀男儿。

然而，一年半以后，我却把十七岁的小黑枣弄丢了。

那是丈夫最后一次探亲假。按西藏边防部队的规定一年半休一次假，丈夫这回比正常休假晚了半年多。晚上睡觉时丈夫告诉我，这次休假之所以晚了，是因为他回去就复员。丈夫说他得了高原心脏病，已经不适合在西藏了。临来时部队领导已经和他谈过了，这次回去就复员。本来这次探亲假可以不休，领导说那对我不公平。还说我家属从来没到部队探过亲，这次可以带来，以后就没这种机会了。我问丈夫，你是军队技术干部，不应该转业吗？怎么叫复员呢？万一复员不给安排工作，让你回咱北屋当社员怎么办？丈夫说部队统一规定，这一年入伍的无论干部还是战士一律复员。部队领导说复员也好，能比转业多拿些钱。至于工作嘛，你放心，部队都和地方谈妥了，我被安排在郊区一家化工厂工作。你和孩子的户口可以进京，你不愿意当老师也可以进化工厂工作。“那小黑枣呢？他也能和我们一道进京吗？”

丈夫摇摇头。“我正想和你说冯守财的事。”丈夫说本来你当初要是去信和我商量，我肯定不同意抚养冯守财。不是我觉悟低，对烈士无情，是咱家情况不允许。家中有两位七十多岁的老人和两个孩子，我在西藏边防部队除去给家里寄几个钱，帮不上任何忙。再加上一个和我们家没有任何血缘关系的半大小子，这日子可怎么过呀？说实在的，我真不知道你这一年半是怎么熬过来的。这回复员，虽然工作安排好了，但是住房却难解决。部队反复和地方磋商，人家又费了很大的劲儿，才勉强在一个小火车站给安置一间房子。听说又小又破，是日本侵略中国时期的油库。咱家六口人挤挤勉强住，多一个半大小子就难了。再说，即便挤得下，冯守财念书怎么办？他是河北省的，不是直系亲属户口根本进不去北京市。

“反正我不能扔下小黑枣这孩子，快两年了，我和这孩子可有感情了。孩子也懂事，喊我妈，放学回家看弟弟、哄妹妹，两个孩子哥哥长哥哥短叫得可亲了。我爸我妈也舍不得让孩子走哇！孩子没爹没妈本来就够可怜的了，好不容易有个家，我们半路上又把孩子甩了，对孩子打击得多大呀！再说，我当初红口白牙信誓旦旦地向孟书记保证过，人家孟书记每月还从工资拿出八块钱给我。我做人得说话算数！”

“那你说该怎么办？”

“我说嘛，暂时就你一人去北京工作，就你一人先住那油库，我们几口子原封不动。孩子今年十七了，马上就升高三。高中毕业了，到时候乡里肯定会推荐他上大学。上大学能住校，户口的问题也解决了。我们几口子再进北京与你团聚，岂不两全其美的事?”

“你以为北京是一个小乡村，可以让你随便进进出出?那是大城市，中国的首都，不借我复员机会，你怕是这辈子都进不了京。别说一年以后，只要我的安置手续办完你还没进来，晚一天你也休想进来。”

我咬咬牙：“也罢，进不去就不进了，我也不能抛弃这孩子。”

丈夫也咬咬牙：“也罢，我们离婚，俩孩子归我，我可不能让你为了别人的孩子，牺牲我孩子的前途。”我们俩就这样说着说着吵吵起来，到天亮也没想出一个解决的办法。直到我妈慌慌张张跑进西屋，告诉我她一起来就发现小黑枣不见了。开始还以为这两天孩子闹肚子在茅厕呢，可是去茅厕看看也没人。妈说你们赶快出去找找吧!

我和丈夫赶紧穿衣出去找，可是找遍全村大街小巷，也没找着。我猜想这孩子没准儿哪门课的作业没完成，早早去学校了?可是那他也会跟家里人打招呼呀!我早饭也顾不得吃了，骑车就往学校里飞奔。

校园里静悄悄的，住校的老师还没起床。做饭的米师傅正在井边提水，见我来了，就问李老师是不起冒五更了，还不到六点就来了?我顾不得和米师傅说话，直奔高二教室，发现教室门上的大锁牢牢地锁着，窗户也关得严严实实，根本没有人进来过。我又绕着所有的教室转了一遍，除去叽叽喳喳的家雀、山喜鹊在教室前头的小树上飞来飞去，连半个人影也没见着。我忽然想起今儿个是七月二日，公社昨天开庆祝中国共产党成立五十五周年大会时，全公社的教师都参加了。孟书记在会上还说三年前的今天，我们的好党员、门缝村的冯长山书记为救落水学生光荣地献出宝贵的生命。可以告慰烈士的是，他的儿子冯守财在龙山中学的李老师家生活得很好，再有一年就高中毕业，明年我们公社就推荐冯守财上大学……既是冯书记牺牲三周年的日子，这孩子是不是到他父亲坟墓前祭拜去了?我很为自己的疏忽自责，我要是跟孟书记似的牢牢记住这个日子，昨天不就可以带孩子一块儿去坟前祭拜了吗?我把车子蹬得飞快又奔门缝村，我认识冯书记墓地，当初小黑枣到我家之前，我曾经和孩子一起来过墓地。在冯书记墓地前，我和小黑枣一起向烈士磕了三个头。我说冯书记您就放心吧，我一定会把孩子抚养成人的。给冯书记磕完头，我们俩又到小黑枣的爷爷奶奶和妈妈墓前磕了三个头。特别给小黑枣爷爷磕头时，老人的音容笑貌仿佛在眼前，他笑眯眯地安排我跟着来外调的余贝木走的事仿佛就发生在昨天。当张福元来要外调介绍信时，他说这事不用你管了，我回家交我儿子就是了。现在想起来，他肯定发现余贝木的破绽了，才故意这么说。他也肯定发现我和余贝木不同寻常的关系了，才给了我们的方便。可敬的老人呀，请您相信我，我一定会善待您的爱孙……

很快就到了冯守财家的墓地。墓地静悄悄的，萋萋荒草把几个坟头遮盖得严严实实，除去草丛里蝲蝲蛄的呻吟声和蛐蛐或高或低的叫声，看不出有人来过的迹象。我不顾才下过雨湿漉漉的土地，跪在冯书记墓前就呜呜哭起来，冯书记我对不起您，我把小黑枣弄丢了。又在小黑枣爷爷墓前哭了几声，推上车赶紧去找孟书记，让他发动全公社的人寻找小黑枣。天空阴得很沉，昨晚收音机报的，今儿夜里有暴雨。天黑之前要是找不着小黑枣……我不敢往下想。

“卫平，你想什么呢？我累了，回家吧！”小张的催促把我的回忆打断了。

“好吧！”我答应，他对我又要搂抱，这让正处在对小黑枣无限思念中的我非常反感，冥冥中，好像有个声音在提醒我，这家大饭店的经理冯孝李就是你的小黑枣，就是你一直寻找惦念的儿子。你是一个有身份的老太太，怎么能让一个司机在你儿子的金碧辉煌气势宏大的饭店里猥亵你？“滚！”我一把推开小张，做出最后决定：回家立刻辞退他。

见我震怒，小张不敢再嚣张，委委屈屈地望着我，小心翼翼地问：“卫作家，我把车子开过来接您？”

“你回车里等我。”我冷冷说完这几个字，看都没看他一眼。

九　龙山怀旧

就剩下我一个人了。我望望不远处馒头一样端正的龙山，又望望四周，再回头看看龙山饭店，我是在判断我的方位。很遗憾，三十九年过去了，物非人也非，只有龙山依旧。饭店前面是一条宽阔笔直的大马路，穿梭往来着各种车辆。沿公路两边，是连在一起的高高低低大大小小的店铺门面，我仍然无法判断我的方位。都说当你迷路了不知身在何处时，登高远望就能帮你准确判断出自己所处的位置。好吧，我就再登一次龙山——我儿时和长大以后曾无数次登过的山。

很快来到山脚。虽然已是秋季，野草和荆棘都开始泛黄，但仍然生机勃勃。密密麻麻的酸枣棵子上挂着红红绿绿一嘟噜一嘟噜的酸枣，酸枣树杈儿上攀附着各种植物的秧蔓，有的仍然开着五颜六色的花，也有挂着形状各异或红或黄的小果实。没能耐攀附酸枣棵子的野草，或曲曲弯弯趴在地上，或在瑟瑟秋风地摧残下发抖。丛生的荆棘让我每前进一步都要付出血的代价，我的一双经过整容的白皙小手，被酸枣枝子扎得血迹斑斑。幸亏我今天是一身牛仔装，荆棘奈何不了我身体的其他部位。

终于登上山顶，头上是高远碧蓝的天空，四周是空旷的原野。远远近近树木掩映的村庄，蜿蜒伸向远方长蛇般的白龙河和银带似的公路，一切是那么美，美得让我心旷神怡，七十一岁的人仿佛要放飞蓝天。我深深地吸了一口气，高喊一声："龙山我回来了！"马上，滚滚泪珠滴落脚下的草丛里。是的，离开龙山三十九年的我回来了，可是我的学校在哪里？我的学生在哪里？我的小黑枣在哪里？

当年勤工俭学，我带领我的学生们曾在凛冽的西北风中，一气儿在龙山顶上砸了半个月的石子儿。那个冷劲儿和苦劲儿，现在都不敢想象当时是怎么坚持下来的。我虽然戴着丈夫给我的边防部队军用手套，手仍然冻得拿不住锤子，好儿回掉下来砸到冻僵的脚趾头上，疼得我直跳跶脚。可我的那些只有十三四岁的学生呢，不少人戴的手套打着补丁露着手指头，还有的根本什么都没戴，露在外头冻得红通通的小手指头就像一排小胡萝卜。砸两下就得缩进袖口里捂会儿，当然别让校长张福元发现。我悄悄告诉我的班长小黑枣，咱班不比谁砸石子儿多，让大家把手多在棉袄里捂会儿。特别那几个没戴手套的同学，你告诉他们说李老师讲了，手太冷就捂在棉袄里什么也别干，只是注意别让校长发现。我之所以自己不直接跟学生说，就是利用小黑枣的书记儿子的特殊身份，即便张福元发现了也不敢放个屁。小黑枣忠实地执行了我的指令，勤工俭学砸石子儿两个星期，我们班里没一个孩子的手被冻坏。其他班就不行了，有的孩子手冻得流脓打水，手背上的口子比小孩子嘴都大。

第五天的时候，我们班的学习委员马文秀，山西大队马书记的闺女，她左手食指和中指被砸伤了，血从她细瘦的手指上滴到石子儿上，斑斑驳驳染红一大片。我吓得不知所措，怕伤口感染，赶紧把马文秀的脏破手套扒下来，将自己的手套给她戴上，一面紧紧地摁住伤口部位，以为这样过会儿伤口就会封住不流血了。小黑枣也跑过来，他说李老师您把手套摘下来，这样不管事，我有办法。就见小黑枣咔嚓一声把自己的棉袄袖扯破，扯出一块黑棉花套子，用几块大一点儿的石头搭个小窑窑，掏出打火机把棉花套子放在小窑窑里点燃，一会儿，把燃尽的棉花灰一点点儿撮进手心捧到马文秀跟前，轻轻地捏着棉花灰摁在马文秀流血的伤口上，血立即就止住了。这一切都干完了，小黑枣的左臂下方的棉袄袖子快变成单的了，空荡荡的被风吹得飘来飘去。我怕时间长了孩子的左臂会被冻伤，赶紧把我的另一只手套给他戴上。北风就像无数只锋利的小刀剜割着我的赤裸的双手，可我的那些压根儿就没有手套戴的学生们呢？眼泪哗哗地从我的脸上往下淌。小黑枣还以为我是被冻哭了呢，死乞白赖要摘下我给他戴的手套，说老师我冻惯了不怕冷。懂事的小黑枣呀，你怎么知道，老师的眼泪是为了那些挨冻的可怜的孩子啊！事后我问小黑枣，你怎么知道烧旧棉花套子的灰能止血呢？你把自己的棉袄袖子撕了把棉花掏出来，就不怕冷吗？就不怕回家挨说吗？他说这偏方是爸爸告诉他的，打火机也是他爸爸给准备的。他爸爸说他是班长，处处都应该想在前面。本来他爸爸还给他准备了一块旧棉花套子，同村的同学找他一块儿上学催得急，临来时忘带了。他说我把棉袄撕了，我爸不但没说我，还表扬我了。我爸说当干部，就应该多为别人想，就应该随时准备牺牲自己。这位教育儿子随时准备牺牲自己的父亲，这位可敬的农村共产党员，你用生命诠释了对儿子的教育。

我的眼睛找到了当年冯书记跳河救人的那座桥。早已不是当年窄小破旧的木桥了，新桥非常宽阔，平坦笔直的柏油路面中间有两道紧挨着的黄线，黄线两侧是南来北往的汽车。桥的两边是整齐划一的漂亮白玉栏杆，栏杆底下有高出柏油路的人行道。灿烂的秋阳下，白龙河像被铺了一层碎银子，熠熠闪光。静静流淌着的河水又像一个温柔美丽的新嫁娘，而两岸彩色绒毯般的堤坡，就是姑娘美丽的嫁衣。如果说今日的白龙河是一个文静让人喜爱的新娘，那么一九七二年夏天的白龙河就是一个食人的悍妇，一条咆哮的恶龙，正是它吞噬了一个好党员、一个好干部。使得一个原本幸福的家庭瞬间土崩瓦解，让可爱的小黑枣成了孤儿。我诅咒你，白龙河！我的小黑枣啊，你在哪里？

转身向我刚来的方向望去，又看到了我和小张来时刚刚经过的那个桥。一条从南到北宽阔笔直如银带般的大马路从桥上经过，桥头的水泥墩刻着四个朱红的大字：小白龙桥。尽管桥的规模和气势比龙山脚下的白龙河桥要庞大，因为桥下的河流叫小白龙河，所以桥再大也只能叫小白龙桥。小白龙河从我们北屋村的西北流过来，到龙山南边往东拐个弯儿径直奔东南流去，注入从我们北屋村东北往东南流经龙山脚下的白龙河。民间传说中，小白龙河是白龙河的儿子，关于他们父子俩的故事很多很多，以后我再讲。

当年的小白龙桥只是座小小的石板桥，是我每天上下班的必经之路。曾经有两次小白龙河桥的经历让我至今记忆犹新。

一次是大雪抛天的冬季，我头一回去龙山中学上班。

我生完儿子的第二十四天，龙山中学校长张福元拎一只跟鸽子差不多大的活鸡来看我。那是我第一次见到他：四十多岁的样子，细高挑的个儿。稍稍偏黑英俊的长方脸，高鼻梁大眼睛。总之吧，一个很帅气的中年男人。穿戴也和他的长相及身份很相符：黑制服棉袄草绿呢子裤，半旧的军大衣和一双黑高鞡棉皮鞋。放下鸡，张福元没在母亲特意给他擦过的炕沿上坐（屋里没板凳），站地上先问候我几句，诸如奶够不够吃、身体恢复好不好、有什么困难等等的客气话，然后就讲我工作的事，他说李老师你教初一（1）班，班长叫冯守财，我们都习惯叫他小黑枣，你也可以这么叫他。这是一个非常有能力又负责任的班长，你没上班的这些天，除去上课，班里大大小小的事都归小黑枣管。有时没老师讲课，小黑枣就带领大家读毛主席诗词，或者学习毛主席语录。总之咱学校里师资太紧张了，一个萝卜一个坑，实在没有多余的人接替（1）班的班主任的工作。张福元说最让我担心的是不久之后，全校都要到龙山勤工俭学砸石子儿，没有班主任可不行。我说大冬天的多冷呀，为什么不等暖和再去山上砸石子儿呢？他说时候不等人呀！咱县修公路需要大量石子儿，正好我有个亲戚是修路总指挥，买石子儿的事只需他点头就行。不过我这个亲戚也说了，必须快，因为现在有十来家都和他联系卖石子儿的事。我想这是个千载难逢的好机会，咱龙山就趁石头，组织学生上山砸石子儿卖了不就是钱吗？咱们学校实在太穷了，连个篮球连根跳绳儿都没有，老师上课的粉笔有时都没钱买，写教案的本子都是老师自已掏腰包买。砸石子卖两个钱能弥补办公经费不足，也能给学生买些体育用品，省得上体育课不是跑步就是齐步走。张福元停顿一下，说李老师呀，算我求您了，您能不能少休几天产假，提前上班呢？如果您不愿意提前上班，我也不勉强，因为休五十六天产假是国家给您的权利，我怎么能强迫您提前上班呢？听了校长张福元的这番话，我还能坐得下月子吗？我爽快答应校长，明天就上班。

第二天，也就是我生完孩子的第二十五天，便不顾母亲的劝阻上班了。

夜里下过一场大雪，四野都是白茫茫一片，根本找不到路。好在我去龙山的必经之地小白龙桥比四周高，不至于迷路。当然，这也跟小时候每年都赶龙山庙会有关。不是我吹，让我闭着眼我也能从家摸到龙山。张福元昨天告诉我下小白龙桥往前走几十步，右边的几排房子就是龙山中学。

雪太厚了，自行车根本骑不动，只能推着走。费了很多的周折总算离小白龙桥不远了，想到马上就要到学校，马上就要见到我的初一（1）班的孩子们，我心里很兴奋，脚下的步子也加快了。就在我刚刚上桥，按张福元说的学校方位，扭头向桥西南方向寻找时，脚下一滑，连人带车都摔倒了。我爬起来顾不得胡噜身上的雪，先把车扶起来支好车支架。新买的飞鸽车，车票还是大哥托人找来的，我担心刚才这么一摔，车大腿会被摔弯，那就没法推只能扛在肩上了。我抓住脚蹬子转了几圈，还好，大腿没弯。弄好车我就赶紧低头拍打沾在棉裤上的雪，怕时间长雪化了把棉裤湿透。这一低头不要紧，发现坏醋了，我的棉裤怎么沾着一片黄烂烂的屎呀！肯定是临出门前给孩子喂奶时，孩子拉屎蹭到我棉裤上的。当时只怕雪大路滑不好走迟到，把吃饱熟睡的孩子往炕头的糠口袋上一放，着急忙慌就走了。怎么办？裤子上粘一片黄烂烂的屎面对学生讲课，尤其我又是头一天上班的新老师，那情景实在……我不敢想下去了。干脆回家明天再来，反正我的产假还有一个月呢！可是我昨天红口白牙答应人家校长今儿个上班呀！这不是说话不算数骗人家吗？我们农村最讨厌说话不算数满嘴瞎话的人了，说这种人是东头说话西头等不着，绝不能和这种人打交道。我可不愿意做这种人，更不愿意头一次打交道就给人家留下这个印象。唯一的办法就是找水赶紧把裤子上的屎洗掉。可是水在哪儿？用河水吗？覆盖着厚厚白雪的曾经清凌凌小白龙河水，此时的冰层怕是比城墙拐弯还厚。忽然就想起高中化学课老师讲水的两种存在状态：液态和固态。老师还特别强调了雪就是固态的水。真庆幸我脑瓜儿聪明化学课学得好，赶紧就大把大把地抓起固态的水在裤腿上擦，黄烂烂一片终于被擦掉，我避免了上班第一天出丑。

第二次在小白龙河桥发生的事是刚过麦秋。

那天因为下午学生要到各村帮助麦收，上午最后一节课后全校师生在操场集合，听校长张福元分配割麦子的任务，下午就不用再到学校，直接到自个儿班级帮助麦收的大队就行了。各班集合再加上张福元讲话，用了半个多钟头。也就是说放学比往天晚了半个多钟头，我的女儿多饿了半个多钟头。没准儿我七十多岁的老父亲，这会儿正抱着饿得哇哇大哭的外孙女儿在村口等我呢！我把车蹬得飞快，只盼着快点儿见着小白龙桥，过桥再蹬几下就能望见我家的土房了。就要上桥的时候，我忽然发现桥西靠近我这一边不远处的河堤上，有一个闪闪发光的小东西。呀，没准儿是金子吧？我们这地方离古燕国的国都挺近的，听说有人耪地时还耪出过金块呢！财迷心窍的我早忘了女儿还在嗷嗷待哺，没像往日那样使劲一蹬直接上桥，而是骑到那个闪闪发光的小东西旁，刚下车，就听“轰隆”一声巨响，扭头望去，小白龙桥竟消失得无影无踪。桥塌了！我吓得惊出一身冷汗，想想如果我刚才像往日一样直接骑车上桥，此刻早已葬身小白龙河底，是这个闪闪发光的小东西救了我。我支好自行车，蹲下身小心翼翼捡起那个小东西，其实就是一只还没有巴掌大的小铁盒，周围还有不少烟灰。打开盒盖，小盒的底部还有些早烟末儿。我明白了，这小铁盒准是榜地的社员们，在堤坝上的柳树荫底下打中歇时落下的。我重新扣好盒盖，把小铁盒在身上蹭干净，掏出手绢小心翼翼包好，又轻轻地放进车筐。它虽然不是金子也不是什么其他值钱的物件，但是它救了我的命，对于我来说，小铁盒就是我真正的宝贝、至尊的宝贝。

回到家，我先把手绢抱着的小铁盒放到饭桌上，一边喂孩子奶，就把刚才的经历讲给了父母听。母亲说，那是小白龙在救你，所以点化一只小铁盒在河堤上。接着就给我讲已经讲过很多遍的济公救卖狗肉小贩的故事：大意是一个靠卖狗肉为生的小贩，打算杀一只母狗的时候，见母狗对着身旁的小狗流泪，小贩动了恻隐之心就没杀母狗，而且打算把剩下的狗肉卖完就再不干杀生的行当了。这天他因为肚子难受，就在一个高墙底下放下狗肉担子休息，忽然来一个破衣烂衫的老头儿担起他的担子就跑，小贩也顾不得难受了，起身就追。就在小贩刚刚跑离高墙时，轰隆一声墙倒了，原来是济公扮成老头儿在救他。母亲最后的经典总结是：为人不能做坏事，好心必有好报。

那只小铁盒后来给父亲当成烟盒，父亲每次从衣袋中拿出小铁盒往烟袋锅里装烟时，总不忘向周围的人讲一遍这个故事，谁听了都说您和大妈心善，淑荣心也善，是小白龙在救你们一家。我这个大学毕业的教师，对母亲的经典总结和周围人的话深信不疑。这件事和至今保存的那只小铁盒，成就了我慈善的一生，我的慈善捐款已达数十万。

十　孟书记和龙山塔的恩恩怨怨

下山时，在山脚处迎面碰上一行送殡的队伍。捧骨灰盒走在最前面的那位满头白发悲悲切切的老者我似乎有点儿眼熟，仔细端详，是我的学生马文秀的父亲，山西大队的马书记。想起多年前的救命之恩，我紧走两步伸手要去握马书记的手：马书记，我就是龙山中学的李老师，当年您还救过我命呢！可是我的手在离马书记怀里的骨灰盒有半尺远的时候停下了——你怎么会是当年的李老师呢？明明是一个现代的摩登女郎嘛！我尴尬地将身子闪过一边，目送着送殡的队伍从我跟前慢慢走过。

“孟书记呀，你咋舍得离开龙山就走呢！”

“孟书记呀，你把满腔子的血都给龙山了！”

“孟书记呀……”

秋风送过来送葬队伍的哭声。我激灵一下子：莫非骨灰盒里的人就是当年的孟书记？莫非他几十年就没离开过龙山？好奇心极重的我决定原地不动，站在被送葬队伍踏平的草丛里，等他们返回时问个清楚明白。

龙山离我们的北屋村只二里多地，从我有记忆起，就每年必赶龙山庙会。在我很小的时候是妈妈背着来，稍大跟三姐张淑芝和小扔头搭伴来。

阴历三月初一是龙山庙会的正日子。头一天龙山脚下就热闹起来，支棚子的、埋锅垒灶搭案子的……一片繁忙景象。更有那不少家住百十里开外，赶大篷车拉家带口提前来赶龙山庙会的。到了龙山脚下，赶车的老爷们儿“吁”的一声吆喝住牲口，就从车里拿出两根木棍支在车辕子底下，卸下牲口，拿出绑在车厢尾部的草料笸箩放到牲口跟前。牲口吃着草料，女眷们趁这工夫在车篷里铺好被褥，招呼老爷们儿回篷里休息，然后便带着孩子热热闹闹上山了。

庙会的当天自然就更热闹了，站在山顶上往下一望，赶庙会的人山人海，乌泱乌泱的就像六月天发大水。搭在山脚下的白色布篷，像大水中的帆船，水面上是被春风吹动的赤橙黄绿青蓝紫的布幌子，就好像千军万马的猎猎旌旗。

有人不禁要问，一个小小的龙山庙会为何如此热闹，能把方圆百里之外的人都招致来赶庙会？答案是：因为龙山上有座一千多年的燃灯佛舍利塔。此塔共有十三层，始建于北周时期，后又经历代朝廷修葺。关于燃灯佛舍利塔的传说很多，口念绕塔咒绕塔能永远不得病，听见塔铃响能祛耳病，若全身都被塔影照过能祛全身的病。更有神的，说每逢月圆时，塔影会落进龙山脚下白龙河里，是燃灯古佛在和白龙河的龙王促膝聊天。谁要是有幸能看见此奇景，便一辈子好运……种种有关燃灯佛舍利塔祛病的传说都有一个前提，即对好人不对坏人，对坏人是反着来的。据说当年驻龙山小日本鬼子的一个长官很迷信，听说燃灯佛舍利塔的传说以后，就逼着龙山周围的老百姓为他们在山脚下建炮楼子，以为有龙山佛舍利塔罩着，他们会更安全。谁知炮楼子刚建成一个月，就在黑夜的一次暴风雨中被雷电劈了冲进白龙河里，第二天白龙河的水面上飘着黄乎乎一片，都是鬼子的尸体。因为有这些传说，一般做过坏事的人都不敢逛龙山庙会。所以，我在这里可以很肯定地告诉大家，来赶龙山庙会的都是好人。说到这里，又有人会问了，龙山上的燃灯佛舍利塔这样古老有名，现在安在？为什么你在前文中根本都没提过？唉，我不得不遗憾地告诉大家，塔已经没了。

我是一九七一年二月二十一号，儿子生下第二十五天来龙山中学上班的。那天我之所以在小白龙桥上栽个跟头，除去因为转身寻找龙山中学，和眼睛没找着燃灯佛舍利塔也不无关系。只是当时我不知道塔没了，还以为被大雪遮得到处都白茫茫的无法分清。直到大雪化了，我来来去去仍然不见塔，才知道燃灯佛舍利塔没了。后来我曾经跟老师们打听过塔哪儿去了，大家说被雷劈了。但是从他们闪烁其词的表情，我总感到龙山塔不是被雷劈了这么简单，这背后肯定有故事。我在北京念书时，见过白塔寺里的白塔，也见过天宁寺里的天宁寺塔，塔尖上都有避雷针。龙山的燃灯佛舍利塔是北周时期建的，距今都有一千多年了，比这两个塔年头久远得多了，为什么就不给龙山塔安避雷针呢？否则这么一座全国罕见的古塔也不至于被雷劈了。我为龙山古塔的被雷劈扼腕叹息愤愤不平。为这事，张福元在全校师生大会上还不点名地批过我。说有人的思想很不健康，居然为封建统治阶级用来统治人民的工具鸣冤叫屈。吓得我再不敢妄论龙山塔了，龙山塔的消失成了我心中永久的谜，直到今天。

风大了，送过来的哭声更响了。哭声此起彼伏，每句都被拉得很长很长，就像戏台上在唱戏。生长在农村的我，从小看惯了办丧事出殡的，知道每个人在棺材面前都要表演一番，各个都是哭丧能手。照这样哭下去，没准儿我在此等到天黑也等不到送葬队伍返回，干脆走吧！一张四开的小报不知怎么被风稀里哗啦吹到我脸上，我一把抓住，小报上的一行大字立马呈现眼前：孟书记和龙山塔。哈，真是踏破铁鞋无觅处，得来全不费工夫。困扰我几十年的谜也许在今天就能揭开。我忘记了一切，从手包里拿出花镜，立在荆棘丛中便看起来。

这篇文章的开头是这样写的：一九六四年，三十四岁的部队转业干部老孟走马上任做了龙山公社的书记。从战士到班长、排长、连长，在部队干了十几年的老孟，从第一天当公社书记开始，就看不惯公社大院里这帮干部的作风。觉得这些公社干部太懒散，太无组织性纪律性，上班时间回家挑水干农活，女同志把孩子和针线活带到办公室，男男女女打打闹闹说荤话。最令他头疼的是龙山上那个叫什么燃灯塔的，这些干部像约好似的，每月初一和十五，早起还黑咕隆咚就去龙山顶上拜塔。

有一回孟书记悄悄地跟到山顶上，看看这帮公社干部怎么拜塔。这一看呀，把他吓一大跳，好家伙，岂止那几个公社干部，山顶上黑压压跪了一大片人。大家先是双手合十嘴里念念有词跪拜。拜完了，人群又排成整齐的队伍绕塔，依然双手合十，口中念念有词。他敢说，拜塔的人比他刚来时召开的第一次公社全体社员大会的人还多。孟书记想，假如这些人把搞封建迷信拜塔的劲头用在抓革命促生产上，该是一股多么伟大的力量呀！孟书记深深感到，取缔封建迷信活动是刻不容缓的事情。而龙山公社的干部和社员搞封建迷信活动的根子是什么？就是那座龙山塔。不把这个塔扒了，很难彻底取缔。为此，老孟向县上打了报告，要求县里同意龙山公社把龙山上那个象征封建迷信的燃灯佛舍利塔扒了。在县里对他的报告还没批下来之前，孟书记就先采取了措施，就是通过公社大喇叭，向全体龙山公社社员宣布，所有人一律禁止到龙山顶上拜塔。

孟书记的第二个措施就是对公社干部实行军事化管理。他想好了，先公社干部后大队干部，最后是全体社员，估计这个过程得需要三个月到四个月。老孟设想得很好，四个月以后，全公社的社员们都成了召之即来、来之能战的战士，生产效率一定会大幅度提高，说不定当年的粮食亩产就能翻一番呢！为此，他给干部们规定了两条纪律：第一，全公社干部必须住在公社宿舍，平时不许回家。有特殊情况需要回去，必须向他请假，时间不得超过半个钟头；第二，每天早晚两次出操跑步，任何人不得请假。

让老孟没想到的是，军事化管理没出三天，公社院里的干部不是瘸腿儿就是揉腰捂脑袋喊疼的，抱怨这样的管理实在受不了。不少干部还口头或书面向他提出辞职，这个说家里没人挑水，那个说家里的自留地没人侍弄，还有的说孩子没人管……更有的人干脆什么都没说，扛起铺盖卷脚底抹油蔫溜了。

此时，一个“孟瞎抓”的外号也悄悄在龙山公社流传。社员们说新来的书记是当兵的，又搞军训又要扒塔的，他怎么就不在庄稼上做做文章呢？纯粹瞎抓。在“孟瞎抓”的领导之下，赶明儿呀，咱龙山公社老百姓的日子还得差。人家与咱就隔一条小白龙河的北屋村，听说年终分红家家都能见着钱，分钱最多的人家一下子就够买两辆大飞鸽车，差不离顿顿都吃白面。

“孟瞎抓”的外号和老百姓的议论终于传到老孟的耳朵里。暴躁的老孟把还没走的干部集合一起，对他们进行了非常严厉的训话。老孟问你们是不是共产党员？你们是不是无产阶级的先锋队？你们是不是无产阶级先锋队的干部？千万不要忘记我们今天的幸福生活可是无数革命先烈抛头颅洒热血换来的。你们为什么就不能学习先烈呢？难道跑几步路、伸伸胳膊、踢踢腿、做做操能要你们的命吗？你们说我是“孟瞎抓”，我还就抓住军事化管理不放手了。不愿意干的走人，我绝不强留。

孟书记以为自己这一番对干部的教训，肯定会收到立竿见影的效果，这些干部们肯定幡然改过，继续留在公社干革命。没想到与他的愿望适得其反，除去公社副书记兼武装部长老侯，原先没张罗辞职的也不干了。这下子让孟书记着实为难了，虽然他说过不愿意干的绝不强留，可这么多干部辞职，慢说他一个小小公社书记没权批准，就算他真的批了也不算数。再说，一下子走这么多人，公社院里都掏空了，工作还让谁干？一时半会儿的县里上哪儿给他配备这么多干部呀！倒是副书记兼武装部长老侯的一句话提醒了他，老侯说孟书记你真没必要跟他们较真，什么干部呀，他们都是从生产队抽调上来的，都是农民。他们不愿意干，愿意干的有的是。要知道，国家还发给民办干部每月十二块钱的补助哪！把他们退回去再换一批不就得了？“可是就算真如老侯所说，愿意干的人有的是，把这帮人打发回去换一批了事。可是那些新换上来的干部就一定比他们强吗？他们就能适应军事化管理吗？全公社不是都在说我这么干是瞎抓吗?”孟书记想。

“深夜不能入眠的时候，我翻开了床头的毛主席著作。毛主席著作让我豁然开朗，是我自己犯了冒险主义的错误啊！那之后，我改变了自己冒险主义的工作作风，暂停军事化管理，等群众觉悟以后再搞。我相信这一天不会太远，总有一天我能把龙山公社的社员们带成像部队一样的能打仗的战士。至于那座封建迷信的根源龙山塔，我早晚要消灭它。”

这一大段的文字后面加了几句编者按：此段话摘自孟书记的日记。虽然以我们现在的视觉角度，不难看出当年的孟书记的思想有点儿偏激和蛮干。但是孟书记对革命工作的赤胆忠心和朝气蓬勃的革命干劲却可见一斑。

小报写道：和孟书记有同样心思的人还有副书记兼武装部长老侯。老侯比孟书记小几岁，复原前在部队担任工兵连连长，开山、修隧道、修铁路、搭桥梁……用老侯的话说，我十八岁入伍，在部队里开山用的炸药得够一个火车皮了。一火车皮的炸药成就了老侯，转业前他在部队是赫赫有名爆破英雄，他的事迹上过军报头条。可惜在最后一次执行爆破任务时为了救战友自己的腿被炸伤，不得不转业离开部队。老侯说孟书记你等着，要不了多久我就把那座封建社会的统治者为从精神上麻痹和奴役人民的塔炸了。

“老侯，我期待着这一天。”

就在侯书记说完这话不久，一个电闪雷鸣的暴风雨之夜，轰隆一声，那座象征封建迷信的燃灯佛舍利塔被雷劈碎了。

孟书记只觉得这“轰隆”之声像飓风一般，驱散了许久以来压在他心头上那片沉重的乌云，他只觉得神清气爽，竟不自觉地举手宣誓：我以后一定甩开膀子大干，龙山公社的产量不达亩产吨粮我誓不罢休。

“龙山塔被雷劈的第二天，右臂裹着白纱布的老侯就悄悄告诉我，那塔不是雷劈的是他炸的。因为躲闪不及，右胳膊被一块掉下来的塔石砸着了。好在问题不大，他涂了点儿红药水用纱布包上，过不了几天就会好。老侯说没有了这个绊脚的佛塔，咱俩以后就可以甩开膀子大干了。老侯，好样的，我佩服你，不愧为爆破英雄，不愧为共产党员！”这一段日记是龙山塔被炸的第二天孟书记写下的。

前不久，本报记者找了几位龙山老者，就当年侯副书记炸塔的事（事情过去多年已经解密）对当地村民进行了采访。他们说龙山塔倒的第二天就知道是侯副书记炸的，因为那个电闪雷鸣之夜，山西大队的马支书正带领大队基干明兵在山下白龙河堤巡逻，白龙桥南边有一处河堤不太坚固，马支书怕雨太大河水溃堤。就在正巡逻时听见山顶上一声巨响。起初老马还以为是河水溃堤了，可一想不对呀，溃堤的响声应该在山脚下，可是刚才那声巨响明明来自龙山顶上呀！正好此时一个闪电，马支书看清楚是塔倒了，而且还看见一个黑影从山上往下跑。马支书立即率领民兵们追，无奈他们所在的河堤处离龙山远，还没跑到龙山跟前那黑影就跑掉了。一个眼尖的民兵说他觉得那个黑影好像是公社侯副书记，因为侯副书记的右腿在部队施工时被炸伤过，走路像风摆荷叶一样来回摇晃。第二天，老马就去公社找孟书记去反映昨夜里的事，正好侯书记也在跟前，一只胳膊上还缠着厚厚的绷带。怕影响两位书记谈话，马支书待了会儿就走了。再后来他没机会反映了，因为当天公社文教助理兼治安助理孙连俊就在大喇叭里向公社全体社员宣布，根据勘察，龙山塔昨天夜里是被雷劈的。可是马支书觉得那声巨响之前根本没打雷，马支书是借着之后的闪电看见塔倒了，闪电之后才响的霹雷。虽然他没学过物理，不知道光速比声速快，但他知道当地老百姓口中的一句俗语：电是霹雷的头。这句俗语的意思就是老天爷要打霹雷之前先给个闪电，让大家做好准备别被霹雷的巨响吓着。多一事不如少一事，马支书就没再把自己那天的疑惑向孟书记说。但是他不说并不等于就可以缝住大家的嘴，私下里侯书记炸塔的事全龙山老百姓都传遍了。后来侯书记的那只被炸伤的胳膊老不封口，几个月之后就感染化脓死了。侯书记一死，他炸塔的事更是甚嚣尘上，后面还加上了一句注解：这是炸塔的报应。为这个，孟书记在全公社的大会小会上三令五申，不许往侯书记身上泼污水，不许传播封建迷信。

“当时侯书记炸塔这件事孟书记被蒙蔽了。要不然的话，铁面无私的孟书记肯定得报告公检法，侯书记好歹得被判刑。”

这句话是被记者调查的龙山老者众口一词的结论。

文章说随着时间的推移，渐老的孟书记终于明白了，摧毁一千多年前老祖宗留下的燃灯佛舍利塔是愚蠢、是无知、是对国家和人民的犯罪。虽然塔是老侯炸的，可是一点儿都没减轻他的内疚和自责。当时老侯跟自己说要炸塔的时候，自己非但没阻止，还握紧老侯的手说自己期待这一天。假如自己当时不这么说，假如自己当时以正书记的身份加以阻止，老侯根本不可能去炸塔，也不可能受伤，更不可能死。终于在退休前，孟书记在最后的全乡视频会上，向大家披露了炸塔前他和老侯的对话。孟书记说，塔是老侯炸的，责任却在我。痛哭流涕的孟书记最后说，我向大家保证，在我有生之年，一定让燃灯佛舍利塔重新立在龙山顶上。

文章最后说，那次会议后，孟书记做的头一件事就是成立建塔基金，先说服妻子把自家的十万存款作为基础基金，又到处游说亲朋好友为支持建塔慷慨解囊。从建立基金到孟书记死前，居然筹集了四百五十六万七千块钱，建塔已经富富有余。其中最大一笔捐款是三百五十万，是今年孟书记老家父母留下的那套大宅院的拆迁款。儿子本打算让父亲拿出一百多万在县城里为自己买一套楼房，因为他和父母全家五口还挤住在一套六十平方米的楼房里。孟书记没答应，说你买房我不反对，但是要靠自己挣钱买，不能靠父母。这三百五十万是我父母留给我的遗产，我要用它重建龙山塔。不满的儿子嘟囔一句，说不让我靠父母，您还不是靠父母的钱为您当官欠下的烂账擦屁股吗？儿子这句话着实气着了八十多岁的老父亲，孟书记和儿子大吵一场住进医院，从此就再没出来。人概怕死后修塔的钱被儿子继承吧，孟书记临终前立下遗嘱。文章的最后全文刊出孟书记的遗嘱：

我在龙山担任了二十八年的书记，很欣慰地看到龙山老百姓的生活迈上了一个又一个的新台阶。一九六四年初，我三十二岁来龙山公社任书记时，龙山的人均收入是全县最后一个。一九九二年我六十岁退休时，龙山的人均收入全县第一。我不敢说这是我的功劳，但我敢说在龙山的二十八年间，我付出了我人生的全部。这期间县委曾经几次欲提拔我，都被我坚辞。因为我毁了龙山塔，我必须弥补我的罪过让龙山塔重新立起来。龙山塔不起来，我决不离开龙山。

好在修龙山塔的钱终于在我临死前攒够了。我在此委托山西村我的老朋友马青山，在我死后接管全部的修塔基金，负责一切修塔事宜。我希望把自己的骨灰埋在龙山，看见燃灯佛舍利塔重又屹立在龙山顶上时，我在坟墓里也会笑出声。

我把报纸小心翼翼折好，连同眼镜一齐放进书包。仰头看着山顶上送葬的人群，任眼泪肆意流淌……

十一　我和小张

那天从龙山饭店回到家，已经天黑。平常老是跟着我出入大小饭店的小张，竟主动提出晚饭由他掌勺，做几个我喜欢吃的菜。别说，这小子还真是有点儿灵性，只一个小时，四盘色彩斑斓香喷喷的炒菜就摆在餐桌上。

饭桌上，小张不知怎么就聊起他的家世。他说从小父母离婚，母亲身体一直不好，家务事都由他干，包括一天三餐。好在那时候家里穷，饭菜都不复杂，主食不是米饭就是从街上买的馒头。直到他大学毕业挣了工资，伙食才得以改善。鱼香肉丝、清炖鲤鱼、红烧带鱼、焦溜丸子、木须肉等等，这些母亲爱吃而只有在饭馆里才能吃到的菜，他都学会了，每天变着花样给母亲做着吃。母亲知足得了不得，说自个儿命苦，遇上一个贪心男人得不到咱家房子就拍拍屁股走了，没想到老天爷赐给我一个好儿子，我就是现在死也知足了。小张说母亲说这话的时候我还没结婚。一年以后我结婚了，我的母亲在我婚后四个多月就死了。母亲的真正的幸福时光只有我结婚前的一年。

“按说儿子娶媳妇了，你母亲更应该开心才是。为什么那么快就死了？得癌症了？”我问，夹了一箸番茄里脊，又抿一口啤酒。知我者小张，我对这道菜简直热爱到疯狂的地步，每次带小张到餐厅用餐，绝对少不了番茄里脊。

小张摇摇头：“是被一个美丽的悍妇虐待死的。”

“啊？她是谁？为什么要虐待你的母亲？”我大吃一惊，停止咀嚼。一双少女美丽天真纯洁水汪汪的大眼睛瞪着小张——虽然我已经是七旬老妇，我相信在小张眼里，我的眼睛一定是这样的。

"你的眼睛真好看。"果然，小张在回答我的问题之前没忘了先夸一句我的眼睛，"她是我新婚媳妇，和你有着同样一双美丽的眼睛和姣好的面庞。"然后就给我介绍了他的媳妇，一个在大学里他拼命地追到手的系花。

小张说他在大学里学的是公共关系专业，班里一共十五个人，十一个女生，四个男生。十一个女生中就一个叫韩彩霞的女孩儿最漂亮，大伙儿叫她系花。四个男生中论外貌条件他排最末，不到一米七五的个头儿，鞋拔子脸，长眼睛（其实小张是个俊小伙子）。其余三个男生的长相身高都能与胡兵 PK，演男一号没问题，做服装模特更绰绰有余。和他们相比，他唯一的优势就是家在北京，和母亲居住二环以内一个繁华地段的大三居。而那三个男生，一个是北方小县城的，两个是南方农村的。

法国皇帝拿破仑说过不想当将军的士兵就不是好士兵，演绎到小张身上就是不想把美女追到手的男生就不是好男生。小张说他充分发挥自己的地域优势，对系花展开了疯狂的攻势，每礼拜从家回到学校，他都给系花带些她喜欢吃的零嘴儿，咖啡花生米、核桃粘、油炸脱皮蚕豆片、德芙巧克力等等，每回都说他妈给他准备的零食太多吃不了，就给她拿来了。到最后，干脆就说他妈为他们俩准备的。只有天知道，他为准备这些零食是怎么样的节衣缩食啊！早起一个馒头一箸咸菜，中午常常最后一个进食堂，钱多的好菜都没了，也正好让他不用费心劳神抵制好菜的诱惑，一碗菜汤泡饭他吃得津津有味。晚饭要么不饿，要么故伎重演晚去。功夫不负有心人，大学毕业前夕，他终于把系花韩彩霞追到手。

那是毕业前一个春光明媚的星期日，经过他 N 次的请求，韩彩霞终于答应去他家。两个人携手进了家门，母亲不在，去公园遛弯去了。敞亮的三居室里，地板和家具擦得锃光瓦亮。系花韩彩霞人虽说漂亮，但是家在农村，父母又都是农民，从小到大出入的都是土门土院，一下子就被小张家的阵势给唬住了，当即就像小鸟般依偎在小张怀里，说今生今世我非你不嫁，小张的回应是我非你不娶。

"挺有本事的，这么快就把美女搞定了。"我夹一箸番茄里脊在小张面前晃晃，“我雇你当司机还是很合算的嘛，不光会开车还会做饭。”虽然是调侃，但是话语中的傲慢与居高临下却淋漓尽致。

“不是我有本事，是我们家大三居的本事。我妈死以后，我才从韩彩霞口中知道，她之所以嫁给我就是看上了我家的一百多平方米的大三居室。韩彩霞自打进我们家门的第一天，就撺掇我妈把市中心的大三居卖了，换成两套三环外头的房，说这样离我和她的单位近，另一套房子还可以租出去赚租金。我妈不干，说这是我姥爷留给她唯一的念想。我姥爷是一九三七年参加抗战的离休干部，这套房是国家给我姥爷的待遇。可是韩彩霞却天天嘟囔要卖房，我也觉得她这个主意不错，就也跟着她劝我妈。把我妈说急了，我妈说你们非要卖，也得等我咽下这口气，把我抬出这房子。我躺着离开行，站着绝不离开这房。话说到这地步，我就再也没劝我妈卖房。可是房子不卖，韩彩霞心中的气出不来，就千方百计折磨我妈，有时甚至打骂。”小张停了停，眼圈儿有点儿红。

“你这个当儿子和丈夫的，就在旁边坐视不管吗？”我问。

“她打骂我妈我根本不知道。”小张说我和韩彩霞虽然在一个单位上班，她是搞销售的，不必天天到公司上班，有销售业绩就行。我在公司做的是管理，每天朝九晚五到公司上班。因此，她每天有充分的时间折磨我母亲。直到我母亲死，我给老人家穿装裹衣裳时，才发现母亲干瘦躯体上的累累伤痕。

小张的眼泪吧嗒吧嗒落在饭桌上，声音也有些哽咽。我抽出一张餐巾纸放在他面前，他没接，任眼泪在脸上流淌。他说：“卫平，你能够想象出此时一个儿子的心情吗？”

“我非常理解母亲被自己媳妇虐待至死的儿子的心情。”我答，赶紧给小张的碗里夹菜，“可是你凭什么就认为是你媳妇打的呢？”

“她承认了。”

“不过从这件事上看，你媳妇还蛮实诚的嘛！”我说，心里觉得这个韩彩霞还是有点嫩，反正死无对证的事，你来个铁嘴钢牙不承认，小张不是拿你也没法？婆婆已死，这套房子卖不卖还不是你说了算？哪个丑男不听美女的？

“他是看我要报警，才不得不承认。”小张拿起我递过去的那张餐巾纸，把脸上的泪痕抹去，又喝一口啤酒夹一箸海米油菜心。

“逝者已矣。你应该尽快忘掉，和你的系花妻子好好过日子，毕竟你是费了很多心思才把她追到手的。可是，你们为什么还走到离婚这一步呢？”

“说实在的，我当时真动了离婚的念头，恨不得立刻拉着韩彩霞去民政局办理离婚手续。可是看看韩彩霞微微隆起的肚子，我忍了。在我很小的时候父母就离异了，我知道没有爸爸的孩子的痛苦和无助，我不能让我的孩子再受我小时候受的苦。”小张端起啤酒罐一饮而尽，又打开一罐，我没阻拦，这孩子平时还挺节制的，外出从来不饮酒。反正今天也不会去哪儿了，吃完就睡，明天也不会影响出车。

可是韩彩霞狗改不了吃屎，没过多少日子，又开始在我耳边絮絮叨叨张罗卖房。她说她的肚子越来越大了，已经不适合公关销售的工作，公司已经和她谈了，要她下月就到公司上班。韩彩霞说公司在三环外头，她天天挺着大肚子挤公共汽车非得把孩子挤掉不可。

小张说那天我特意做了一桌她爱吃的菜，又买了一箱啤酒。我打算吃完饭喝完酒，趁大家心情好，告诉她以后别再提卖房的事，这房子是我母亲给我留下的唯一念想，今生今世永远不能卖。为了最后不至于把事情谈崩，我尽量营造和谐的气氛。吃饭的时候我让韩彩霞坐在我的腿上，一只手搂着她，一只手给她往嘴里夹菜喂酒，嘴里肉麻地叫着心肝宝贝，不时地亲她一口，两只手还不忘使劲在她的胸部揉搓几下。不知是我浓浓的爱让韩彩霞醉了，还是两罐啤酒让她醉了，我已经明显感觉韩彩霞说话乌里乌涂舌头捋不直了。尽管如此，韩彩霞的话我还是听得明明白白的，她说在我之前，她和班里三个男生都睡过。通过比较，她坚定不移地选择了我。第一是看中了我家二环内的大三居房子，结婚以后可以把大三居卖了换成三环外两套两居房子，这样她把父母从农村接出来就有房子住了。第二呢，是欣赏我的床上功夫比那三个男同学都棒，那三个男同学不温不火的让她不过瘾，就我厉害，把她整得要死要活嗓子都叫唤哑了。韩彩霞说公平地讲，她之所以觉得跟那三个男生上床不过瘾，和环境也有关。和那三个男生都是在宿舍里发生关系的，哪敢大动作，哪敢大声叫唤呀！韩彩霞最后总结，大房子不仅仅是她父母的需要，更是夫妻之间房事的需要。

小张说听完韩彩霞的话，我恶心得只想呕吐，恨不得一脚将她踢开。这个龌龊放荡的女人，竟在我之前和三个男人都上过床，看上我不光因为我家的大房子，还因为我的床上功夫比那三个男生了得。我的双手悄悄地移到韩彩霞的脖子上，我要掐死他，为我的母亲，为我的被蒙蔽和被侮辱。可是，我的理智还是控制住了冲动，杀死韩彩霞我能逃脱法律的制裁吗？必须智取。我把韩彩霞搂得更紧了，双手在她胸前的动作更大了。最后装出实在受不了的样子，把韩彩霞放床上压了上去。

趁韩彩霞被整得死去活来时，我向她透露公司最近买了一批低价商品房的事，说公司准备按业绩低价卖给你们几个刚刚解决北京市户口的外地人。你的业绩排在这几个人的最前头，最有资格买。可是有人咬扯你有房住，不应该卖给你。我琢磨咱俩来个假离婚，你不就没房了吗？等你把房子弄到手咱再复婚，那时候你就可以把咱爹咱妈从农村接到你的那套房子里住，那可是完全凭借你自己的力量孝顺咱爹咱妈的。多自豪呀！至于咱现在住的大三居，因为在二环里头，升值空间非常大，等将来咱儿子长大娶媳妇再卖，能买套别墅不成问题。

韩彩霞立刻同意我的话，说当初我真没看错你，不光床上功夫生猛，还有高瞻远瞩的经济头脑。咱们说干就干，今天星期五，趁民政局还没下班，现在就去离婚。礼拜一上班我就把离婚证交到公司，看他们还有什么话说。小张说我不干，这太仓促了，得再慎重考虑考虑。你是那么漂亮迷人，万一弄假成真你跟了别人把我甩了呢？韩彩霞说你放心，不冲别的，就冲你这个出类拔萃的床上功夫我也不能甩了你跟别人。我把她压得更紧了，说行，那得让我干完了咱再去。这叫欲擒故纵，越是被男人压在身下欲干不干的时候，女人就越糊涂，智商越低，男人的算盘珠子怎么拨都能成功。一旦男人把活干完女人平静下来，男人如意算盘的成功率恐怕就大打折扣。

小张长长叹了一口气，将面前的半罐啤酒灌下肚去，又用纸巾擦擦嘴边的啤酒沫儿。“上天有眼，那天我们离婚成功，我终于摆脱了这个淫荡、凶残、自私的女人。”

“可是她还在孕期，婚姻法规定不许离婚呀？民政局怎么就给你们办了？”

“多亏了韩彩霞想得周到，她穿了一身宽松的休闲服，把办离婚手续的小姑娘给蒙了。”

“你们离婚时间也不算短了，你为什么还不结婚呢？”我问，“是不是因为韩彩霞跟你要孩子的抚养费太多了？”

小张摇摇头，韩彩霞一上班就知道上我的当了，曾多次央求我看在腹中孩子的份上复婚，都被我拒绝了。见复婚无望，韩彩霞一气之下把孩子打掉了。公司因为我们上演的这出闹剧，把我们双双开除。韩彩霞因为放荡和把婆婆虐待至死的恶名在外，男人和工作都没找到合适的，就回外地老家了。“和韩彩霞结婚真的让我怕了漂亮的女人。”小张说完这句话，又开了罐啤酒一饮而尽。

我算了一下，他已经喝四罐了。我估计这四罐啤酒的能量，很可能让龙山饭店那一幕重演。刚才小张对他和韩彩霞假亲昵的声情并茂讲述，刚刚被我压抑住的身体里的那股热流又在蠢蠢欲动，我担心这回我的老迈之身会倒在小张年轻的躯体底下。

“曾经沧海难为水，有韩彩霞在那儿比着，我又不甘心找个相貌平平的女人做媳妇。”还好，小张只是用那双通红的眼睛望着我，并没有我希冀的躯体动作。“如果我头一次遇见的女人是你多好呀！”他咽了一口吐沫，“不过现在也不晚，你我都单身，在静静的夜晚，咱们两个孤男寡女独处一室，本就应该发生故事。又何必在乎结婚不结婚？”说完这话，小张突然就扑过来将我抱住，两只有力的臂膀把我的乳房勒得生疼，我真担心他会把置于乳房内的硅胶体勒碎了。

“你松松，我都快窒息了。”我竭力克制住自己，“小张，我保证，今天我们肯定会发生故事的，我早晚都是你的，不过不是现在，因为你的故事还没说完。等你讲完了，咱们回到卧室，任凭你给我宽衣解带。于我来说毕竟是第一次，我想更舒服、更庄重一些。至于说到结婚嘛，我愿意嫁给你，但不是现在。”听我连结婚都许诺了，小张终于松开了臂膀。

“好吧，我尊重你，纯洁的处女同志。”小张很不情愿地坐回原处，“问吧，我的处女同志。我保证知无不言，言无不尽。”

“刚才你说到母亲的时候，说她遇上一个贪心男人惦记上你家的房子，那个人是谁？你父亲吗？他姓甚名谁？现在住哪儿？”我问。千万别以为我这个七十一岁老妇荒唐得真想嫁给这个孙辈的小年轻，所以才要政审一样把人家祖宗三代都调查得小葱拌豆腐一清二白。不，请别忘记我的身份是作家，作家的特点就是冒险和好奇，不具备这两点就根本成不了作家。在体育场和公园遛弯的时候，我非常主动地和一切我认识和不认识的人搭讪，像淘金一样从他们的嘴里淘出很多故事，这些故事在我眼中就是金子。为此，熟人们都怕我，躲着我，尽量不和我聊天。人家说卫平人长得招人喜欢，可那老爱刨根问底的毛病不招人待见。说我就跟坐地探似的，什么都想知道，而且必须得知道的一清二楚。

“好吧，你既然非要听我父亲的故事，我就讲给你听，我的任性的小鸽子。”小张亲吻我一下，“其实也没什么好讲的，我父亲和我母亲的结合是父亲的第三次婚姻。头一回在东北，据说也就不到两年吧，因为女方生活作风问题离了，有个孩子归女方了。第二回在北京他家的三间房里，因为女方跟他妈严重矛盾离了，还有个儿子也是归女方了。第三回就是和我妈，我妈那时都三十多岁了，刚刚把我姥姥和姥爷伺候去世，一人独住现在的房子，一百多平方米的大三居。好多人都给我妈介绍对象，都被我妈回绝了。我妈身体相当不好，不想拖累任何人，只想一个人过算了。我爸和我妈在一个单位，我妈是清洁工，我爸是工程师。我爸对我妈特别好，常帮我妈倒倒垃圾扫扫地，还时常从外边和单位食堂买些好吃的给我妈。说我妈得多补充营养，后来我妈就和我爸结婚了，就这么简单。”小张潦潦草草地给我讲完他爸和他妈的事，又挪过身子想把我抱住。我躲开了，知道被我诱惑的小张在没得到我的身体之前，肯定不会好好给我讲故事的。

“别着急，我不是说了嘛，今天我肯定把自己给你。只是我还有一个小小的问题不清楚，既然你爸对你妈那么好，你妈凭什么说你爸是惦着你妈的三居室呢？”

“这是我爸亲口和我妈说的。我爸说他妈也就是我奶奶的厉害在街坊邻居中都出了名，有母老虎之称，再也没女人敢嫁到他家了。虽然家里就母子二人，可他的母亲老是吵闹不休，甚至扬言要把他赶回农村老家，因为我爸爸不是她亲儿子，是亲戚的，我爸很大以后才过继给她。听说我妈的情况以后，我爸就主动追求我妈，他想住进我妈的大三居，远离那位母老虎。”

“为什么又离了，而且有了你？”

“我妈身体实在太差，后来得了宫颈癌，整个子宫都摘除了。正好这期间我爸的那位养母得病死了，三间房空出来了，我爸爸有住的地方了，不再需要我妈的三居室。因此，我爸就以无法过夫妻生活为由和我妈离了婚。”小张的双眼在喷火，“行了吧？我可实在憋不住了！”

“最后一个问题。”我搬开椅子后退几步，与他的距离拉大一些，我怕这家伙疯了扑过来将我衣裳撕碎，“你还没告诉我你爸爸的名字，他现在还住在那三间房里吗？你和他还有联系吗？”

“当然。就在去年，听说他第二任妻子生的儿子出车祸死了，还听说我爸爸住的那地方面临拆迁，我才决定去找他。”小张的神情突然变得非常亢奋，眼中的火苗变成了贼亮贼亮的光——我的危险信号暂时解除。可以断定，那亢奋的情绪和眼中的贼光，是因为他爸爸的房子。小张说我那天是拎着很多的礼物去的，吃的喝的穿的一应俱全。为了说明这些年为什么不敢来看他，少不了把我妈拉出来做挡箭牌，说我妈不让来也不告诉我您的地址。直到前不久我妈死了，我翻出被我妈锁在箱子里的户口本，从注销的那一页上才找到您迁入前的原来住址，我就找来了。那天我请我爸在外头吃一顿大餐，晚上就住我爸爸那里。我爸说这个地方大概年底拆迁，因为在二环以内，拆迁补偿费非常高。据说每平方米八九万，再加上其他各种补助，我爸爸那三间房子拿五六百万没问题。我爸说他就我这么一个儿子了，所有的补偿都归我。小张停顿了一下，“我爸爸叫余贝木，住宝塔寺街十号。”

我立即晕倒。

我很快就清醒了，躺在小张怀里我必须继续昏迷。因为我知道，我只要继续昏迷下去，小张即使欲火冲天也不敢把我怎么样。毕竟我是有名的女作家，他的雇主，现场就他和我，果真出了事他脱不了干系。果然，并不糊涂的小张拨打了急救电话……

十二　米兰“游击队”

读者诸君看到这个标题不要误会，以为我们又回到抗日战争时期，那时候游击队不断对小日本鬼子进行骚扰和打击。星罗棋布的游击队神出鬼没，把个小日本鬼子打得连个安稳觉都睡不成，成天价战战兢兢，随时准备屁滚尿流逃跑。

不过，我这里说的游击队可不是打小日本鬼子的游击队。今年都二○一五年了，小日本儿早被我们打回老家，都向我们举手投降七十年了。我这里说的米兰游击队是我住的小区附近的一家体育场的两个流浪汉，他们怕被收容，就躲在环绕足球场的塑料网底下米兰树丛里歇息，抽冷子出来寻觅吃的喝的，或者跟来体育场遛弯的人要点儿钱。两双眼睛还得左顾右盼，看到类似收容人员模样的（他们互相认识），便哧溜钻进米兰树丛里。瞧他们那神出鬼没的样子，我便给他们起了个“米兰游击队”的外号。

常言道，没有外号不发家，我给流浪汉起外号的初衷是希望他们快点儿发家，尽早结束流浪生活。你想啊，我每天中午都来体育场的跑道上跑步，每天俩流浪汉就跟眼前花一样在我的面前盛开，搞得我的眼睛非常不高兴，当然希望他们赶快发家离开体育场。这才叫“人不为己，天诛地灭”呢！由于我这个美女作家超强的人气，“米兰游击队”雅号很快便迅速流传。两位流浪汉似乎也挺感激和认可我给他们起的这个雅号，对我格外地照顾。只要听见我说话的声音，立马就从米兰丛里钻出来，站在足球场网子外围遛弯跑步兼容的六百多米暗红色塑胶跑道上迎接我。“卫老师来啦，您好啊！”他们很懂礼貌，称我为老师。我当然知道两个流浪汉挡在我面前绝不是只为了向我问声好的，就一边鸡啄米似的点头说好好好，你们也好，大家同好。一只手就伸进牛仔裤的屁股兜里掏出两张十块或者一张二十块的票子，放在那个年轻的叫余伟的流浪汉手里。不是我偏向年轻的，因为年老的流浪汉是个瘸子，买东买西跑前跑后伺候老流浪汉的都是那年轻流浪汉的事。来体育场遛弯儿和锻炼身体的人，没人和两个流浪汉打招呼，见着都躲得远远的。唯有我，每次见这两个流浪汉不但不躲，还主动和他们打招呼，不光给钱，还经常买些吃的给他们。遇上我有工夫，他们也正好在米兰树丛外的傻青杨树底下的木椅上坐着，我还和他们聊天。因为这些，我对两个流浪汉的情况多少知道一些。

那个年老的瘸流浪汉，因为余伟老叫他张大爷，所以肯定应该姓张。听张老流浪汉说他今年八十八，属兔的（比我大十七岁），是无儿无女的老光棍。我说现在每个乡都有敬老院，您为什么不去敬老院呢？他说去哪儿的敬老院？我都不知自个儿是哪儿的人，人家谁要呀！可我听老流浪汉的口音，感觉好像就是本市的人，更进一步说就是我们老家那个县的人，再进一步说就是我们北屋村的人。因为我从和他的聊天中，听到了我们北屋村人特有的口音。比如他把“我们”说成“囊们”，把“叔叔”说成“熟熟”，把“东院”和“西院”的“东”和“西”都念成第二声，把“兄弟”叫“熊弟”……北屋村人说话特有的口音以及北屋的一切都已经刻入我的骨髓，正如香港歌星张明敏那首歌中所唱“我的祖先早已把我的一切烙上中国印”，我这里把“中国”改成“北屋村”就行了。

再一次闲聊的时候，我就对老流浪汉说，听您的口音，我判断您应该是本市东郊北屋村人，因为我有亲戚在那个村，所以对北屋村的人说话口音很熟。我说我用手机给您拍个照，然后把您的照片传到北屋村委会，肯定有人能认出您，那您不就可以入住北屋村敬老院吗？那村的敬老院可好了，老人们在里边可享福了。

“别……别……别……”一听我说这话，那老流浪汉好像做贼被当场抓住似的，神情特别慌乱，结结巴巴一连说了好几个“别”字，又摇头又摆手的，好像生怕我立刻给他拍照，然后就一瘸一拐往米兰树丛跑，因为太急了，还没到树丛就摔倒了，是爬进去的。

我立刻对这个老流浪汉产生怀疑，他不会是网上通缉的罪犯吧？这么一想我脑海里就把老流浪汉那张肮脏的老脸又回放了一遍，竟觉得有几分眼熟。特别是他右边鼻翼底下那块指甲盖儿大小的黑斑，是粘的脏东西呢，还是黑痣？要是原来就有……我竭力回想北屋村有黑痣的男人。

自那回要给老流浪汉拍照的事以后，我几乎就没再见过他。他见着我就躲，甚至正和余伟在外边吃着饭，老远见我来了，也瘸拉瘸拉赶紧钻进米兰树丛。写过几部侦探小说的我，觉得老流浪汉肯定是逃犯，而且很可能就是北屋村的人，怕我认出他，就躲起来不敢再见我，搞得我一度曾想举报他。后来一想，我一点儿证据都没有就举报老流浪汉，人家警察万一怀疑我这个侦探小说家犯神经病，多跌份呀！再说他一个连走路都困难行将入木的老棺材瓤子，就算是漏网罪犯，也对社会构不成什么危害了。算了吧，多一事不如少一事。而且为了那老流浪汉能把这一天一顿的午饭吃得安稳，我调整了跑步时间，或者提前一些或者推后一些，尽量躲开他们吃午饭的时间。

那个年轻的叫余伟的流浪汉倒是常和我交流，他告诉我他就是本市的人，家里日子不错，妻子儿女都有。我问他有家有业的，你干吗要出来流浪呢？他说离婚了，出来流浪是为了寻找亲生父母。更详细的就再也没和我讲，我也懒得问。我是个漂亮的女人，和年轻的流浪汉太黏糊，怕别人把我当流浪婆看待。

体育场围墙西边有一个盖楼工地，余伟每天都到工地推砖运水泥，干些纯力气的小工活。工地上管一顿午饭，每回余伟都端回一大撇裂碗饭菜回来和老流浪汉一起吃。夏天坐在环跑道的杨树底下的椅子上吃，冬天在厕所南边朝着太阳席地而坐吃。工地上的饭食不太好，冬天熬大白菜，其余季节什么菜便宜吃什么。偶尔也有炖肉、炸肉丸子什么的，一般都是节假日工地加班限量供给。今年五一节连着两顿都是炖肉，而且随便吃。余伟端着岗尖岗尖一大碗颤了哆嗦的炖肉跑进体育场，离老远就大呼小叫：“张大爷快起来，今儿个有炖肉。”看我正跑到他跟前，余伟有点儿不好意思，说张大爷早就盼着吃炖肉了，我去饭馆给他买回来吃，他说没工地上的好吃，工地上的炖肉有他家里炖肉的味儿。就见那个老瘸子流浪汉慢慢从米兰树丛里露出来，先脑袋后上半身，大概看见了我，突然上半身又不见了。直到我跑过回头看，见余伟一只手搀着他一只手端碗，坐到树底下的长木椅上。余伟先把装饭菜的大撇裂碗放椅子上，又从米兰树丛里拿来一个装碗筷的塑料袋，从袋子里拿出一只缺口的瓷碗和两双筷子，端起大撇裂碗，先把肉拨进缺口碗里再拨饭。

都拨好了，就把有缺口的碗递到老瘸子手里，“您吃吧，准跟您家里的炖肉一个味。”自己也挨着老流浪汉坐下吃饭。

“别把肉都给我呀！你还得干力气活呢，不能太苦了自个儿。”老流浪汉就从碗底扒拉出几块肉，非要夹给余伟不可。

“您吃您吃，您岁数大了，吃一顿少一顿。我还年轻，吃的日子长着呢！”两个流浪汉那谦让亲热的样子，活脱亲父子。

因为昨天没来体育场没看见这对“流浪汉父子”吃饭，心里竟感到有些发空，好像急需点儿东西填补。瞧瞧卧室墙上的挂表，都十点多了，每天这个点儿小张早来上班了。我坐在书房里敲电脑，他就坐客厅看电视里播放的篮球赛和足球赛，时不时就有喊声传进书房：“跑起来呀！怎么都不动哇！”“大门笨死了！”……可是今儿个怎么听不见他的喊声呢？我起来，从卧室走进四十平方米的客厅，静悄悄的，快正午的阳光穿过阳台上超大的落地玻璃，几乎盖满了米色木地板，沙发上空无一人，遮盖着天蓝色绒布的一百公分超大电视机老老实实站在电视柜上。我终于想起来了，昨晚小张把我从医院送回家以后，我干的第一件事就是把他辞退。小张的那双好看的、和那个人一样的长眼委屈地望着我：“卫平，这是为什么呢？是不是我白天在龙山饭店忘记身份，有点儿过分了？我改还不行吗？以后我一定牢记你是雇主我是雇员不得了？”我甩过一张万元支票：“不要再说了，现在就走。”我怎么告诉他呢，除去你太过分，更深层次的原因是你是余贝木的儿子，你长得太像他，你这样天天在我面前刺激会要了我的老命。再说，我不能和父子两代人谈恋爱吧？

手机响了，一看是小张我立刻关掉。怕这个没皮没脸的男人再骚扰我，我索性离开家去体育场。

一踏上那暗红色宽阔的跑道，我立即有种心旷神怡的感觉。微风把杨树的叶子吹得沙沙响，要是闭眼聆听不看如洗碧空，准以为是淅沥淅沥的秋雨打在杨树叶上发出的声音，舒服极了。心里一痛快，忽然就觉得肚子饿了，很想不跑步了，先找个小饭馆把肚子喂饱。可我这个人有个毛病，甭管干啥事，甭管有啥特殊情况，都要按预定计划把事干完。哪怕前边有一大堆的金钱等我拿，去晚了就没份呢，我也得坚持把我预定的事干完再拿。总结一下，这也是我为什么成为伟大女作家的原因之一——坚持。记得我发表的头一篇千字小说，经过九次退稿，修改十遍，方才变成铅字。这期间我最亲爱的丈夫不断地对我进行劝降，让我正确认识自己，天生是当贤妻良母相夫教子的料儿，永远当不了作家，趁早放手，苦海无边，回头是岸。我说我接受你的劝降，但不是现在，我必须把这篇文章弄出去才能回头上岸，哪怕把南墙撞个大窟窿。果然，南墙被我撞破了，一千三百六十五个字的微型小说发表了。从南墙的窟窿中钻出的我越走越远，终于成了知名女作家李淑荣。由于我没做成贤妻良母，我的丈夫就变成了贤夫良父，相妻教子和所有家务事他大权独揽。从原来的部队调到西藏待了五年，因患高原心脏病复员的丈夫，本来身体就很差了，被繁重的工作和家务压得身体越发地差。两个孩子大学毕业去国外没多久，丈夫便撒手人寰。我觉得很亏欠丈夫，每年清明节祭扫时，都在丈夫墓碑前发誓，下辈子还做他媳妇，这回肯定按他的要求做贤妻良母型的，绝不再把南墙撞成窟窿钻出去。

跑了五圈，我感到身体虚得不行，好像马上就要晕倒。我每天来体育场跑步都在兜里放几块巧克力，跑完就吃，补充体力。可是今天忘了，裤兜里除去一把钥匙别无他物，连出门必须的钱我都忘带了。老天爷开眼，让我在跑道上哪怕捡一个大钢镚儿呢，也能买俩馒头充饥呀！还有四圈，我的速度越来越慢，慢到和乌龟、蜗牛赛跑大概也只能得季军……

“卫老师，您来了。”一个男人的声音在我耳边响起，抬头一看是余伟。他今儿个显得格外帅气，新洗的工作服，新理的头发，连鞋都是新的——我不久前给他买的那双安踏运动鞋。人靠衣裳马靠鞍，四十多岁的余伟，高高的个儿，英俊的脸，可与三十多岁的小张媲美。而且，我惊奇地发现，他和小张的脸竟有几分像。

“我……我……”我以为他又向我要钱，干瞪着眼儿，手部没动作，口中没下文，因为我兜里没有一分钱可以给他。

“卫老师，我请您吃饭。”余伟大概怕引起我的误解，率先说出这句让我目瞪口呆的话。“我们工地昨儿个和今儿个下午放两个半天假，昨儿个我就在跑道上等您，没等着，可能您跑完离开了。今儿个一放假我就过来了，总算等着您了。”

老天爷开眼了，我刚打瞌睡他老人家就派余伟送来枕头。“太好了！我正好没吃午饭又忘记带钱，肚子里正敲鼓呢！”因为和余伟很熟了，所以我没像一般女人似的，明明想吃这顿饭，非得酸文假醋地推诿一番，然后再装作被逼无奈不得不去。当然，我这样说一般女人其实也有点儿过于冤枉她们。正确地说，除我之外，一般女人对两位“米兰游击队”根本连理都懒得理，所以余伟不可能邀请她们去吃饭。就算邀请，她们也得高傲地把脑袋扭九十度不看不听。

我和余伟挨得很近，两人边走边聊，一路上赚的回头率很高。常来体育场的人都知道我是个美女作家，都知道余伟是米兰游击队员，想不起来我们有什么共同语言。估计也不乏有人怀疑我和余伟有男女这层关系，余伟今天很帅嘛！

“我们就去挨着体育场的那家小饭馆儿吧，那儿便宜。”我说。

“不，去早春二月。”

“啊？”我不敢相信自己的耳朵，“早春二月”是我们那儿一家高档的饭馆儿，饭菜贵得吓人，就连我这个有钱的美女作家也极少上那里消费。“换一家吧，我不习惯去那儿。”为了照顾余伟的自尊心，我找了个理由。

“不，一定要去那里。”余伟掏出手机看看时间，说我们今天来得早，估计有单间。

“干吗非得要单间呀，那儿有最低消费的。就咱们俩，能吃多少？就在一楼大厅吧！”

“不，一定要单间。不全是为了吃饭，我还有很多话想对您说。”

“好吧，由你。”我说，心里想今儿个没准儿能见着高老板了，他还欠我一个故事结尾呢！

十三　早春二月酒家

那回小张因病没来我家上班，我便一个人来到“早春二月”用餐。带着那家伙我可不敢来高档餐厅，他吃相太好了，一顿不把我吃成穷人不罢休。那天我选择的餐桌面对楼梯间，刚刚坐定，就见从楼梯间走出位西装笔挺的老者，老者对着我发会儿愣就径直走过来。“如果我没猜错，您应该是女作家卫平吧？”他问。见我点头，他说太好了，只见过您书中作者简介上的照片，真人还头一回见呢！我是您的老粉丝，早就听说您最爱听人家讲故事，今儿个我也想和您聊聊我的故事，不知大作家愿意不愿意听？

“当然！”我差点儿就欢呼雀跃起来，“您赶快坐下，今儿个我请客。”

“我知道您有钱，可是作家，在早春二月让您请我，不让人笑掉大牙？您知道我是谁呀？我是高成名，早春二月的老板。要请也应该由我做东吧？”说罢，高老板冲站立一旁等着点菜的女服务员吩咐：“龙井茉莉花茶送213单间。告诉后厨，今儿个老板请客，拣他们最拿手的菜做几个。”

我跟着高老板来到二楼单间，圆桌上早摆好一只精致的兰花瓷水壶和两只薄得几乎透明的兰花瓷杯。

我和高老板坐下来。他先为我斟上一杯，给自己也倒了一杯。浓郁的茉莉花茶香立刻随着袅袅升起的热气散发出来。我端茶杯轻轻抿了一口，顿感神清气爽，心情大悦。

“卫作家啊，为了方便后边的叙述，我先向您介绍一下我自己：高成名，北京市人，一九六八年毕业于清华大学土木建筑系。”他也抿了一口茶。

又一个清华大学土木建筑系的？这世界也太小了，高老板居然跟余贝木一个大学一个年级一个系。“高老板呀，我阿姨一个中学同学叫余贝木，也是清华大学一九六八届毕业的，不知您认识不？”我迫不及待地问。从一九七一年小饭馆一别至今，我再也没见过那个冤家，更不知道他一点儿的消息，我太想知道了。

“余贝木呀，太熟了。那个冤家呀，经常到我的餐厅蹭饭吃。不过卫作家呀，我今天有个请求，咱们只聊我的故事，不聊余贝木好不好？那家伙的故事多着哪，等以后有机会我一定和您详详细细地讲。”

“好的。”我连忙点头。虽然我万分地想知道余贝木的近况，但是必须暂时忍耐一下。这年头都兴买一送一，只当高老板是卖主我是买主，先买他的故事再送余贝木的故事。不过，当一盘子一盘子的五颜六色的佳肴端上来时，好占便宜的我还是觉得这桩“买卖”挺合算的，不用我掏一分钱，只借俩耳朵和一张嘴。更何况，高老板的故事没准儿又能成全美女作家一篇小说呢！

“你们这一代的知识分子多幸福，大学毕业想干什么就干什么，想在哪儿就在哪儿。哪儿像我们那年代，大学毕业应名是分配，其实根本就是押送。”高老板的开场白便把自己放在苦主的地位，我猜想他的故事八成得是个悲剧。“你想呀，人还没走呢，户口就先给你注销了。那年头没有户口还怎么活？吃饭要粮票，各种供应都凭户口，没有户口就成了黑人、盲流，没准儿就把你遣送到没有人烟的苦寒地带。”

几个穿高开衩大红旗袍高跟鞋的女服务员陆续端来不少菜，一下子就把桌子摆得满满当当的。我向高老板建议说别让厨师再做了，吃不了太浪费。

“好。”高老板答应，向服务员招招手，吩咐停止上菜，拿几罐啤酒过来，说他今儿要和美女作家一醉方休。“咱们边吃边聊，我就不为您夹菜了。”高老板打开两罐啤酒，分别为我和他倒了半杯，手中的筷子指点着满桌子菜肴，“想吃哪样您夹哪样，别客气。”

“您大学毕业分到哪儿呢？”我夹了一箸松鼠鳜鱼放进嘴里，香甜酥脆到嘴就化。我虽然多次吃过这个菜，但觉得哪次都没“早春二月”的好吃。

“我分到晋东南农村插队。”高老板也为自己夹了一箸菜，又抿了口啤酒。可是刚分配完，我还没来得及报到，突然就得了急性肝炎。想必您这个大作家是清楚的，肝炎是一种非常可怕的传染病。如果我不治好就去，那不就是用心叵测，想把自己的病传染给广大的贫下中农吗？我妈拿着我的诊断书和协和医院给开的建议休息半年的假条，一大早就找到我们学校的分配办。还好，分配办的老师一点儿都没刁难，当即就给山西省大学毕业生接收办公室打电话说明了情况，那边也没刁难，同意让我养好病再去山西报到。这样，学校分配办的老师就又重新给我开了一个报到函，原来是一九六八年十二月三十一日前报到（跟我们学校的报到期限一样），现在延长到一九六九年的六月三十日前报到。分配的地方没变，仍然是晋东南的一个小村。高老板的话头突然停住，一只手拍拍满头浓密的花白头发。“叫什么县什么公社来着我忘了，倒是那村子的名我记得一清二楚，这辈子也不会忘。”

“那就把县和公社省略，直接说村子好了。”

“这个村子叫泊力村。”高老板呷了一口酒。

我再一次被震撼，大概今生今世除去我的家乡北屋村，最熟悉、记得最牢的就应该是山西的泊力村了。因为我读大学三年级时，曾在那里搞过十个多月的“社教”。

高老板说因为我从小到大没离开过北京市，到清华大学念书是我去得最远的地方。又在医院里住了半年，目之所及都是白色。所以初到山西的泊力村，竟有种被解除禁锢的感觉，觉得那个小山村非常美，简直就是人间仙境。高老板仰靠椅背，双眼微闭，大概陶醉在几十年前那个小乡村的美景之中。“不光村子美，人也美。”许久，高老板才开口，“我在那里见到了我平生见过的最美的女孩儿，我的初恋情人，莲莲。”

“啊，是莲莲！”我惊叫起来，又忘记了自己现在的身份。我瞧瞧高老板，还好，他双眼微闭，大概正陷入往事的回忆中，根本没听见我的惊叫。也难怪我惊叫，这故事也太离奇了，五十年前我熟悉的一个闭塞小乡村的女性，竟是面前这位早春二月餐厅老板的初恋情人。生活是这么奇特，我这个专好编离奇故事的大作家，也自愧弗如。

趁高老板闭目沉思时，我就悄悄地打量起他：宽脑门尖下巴的三角脸上五官端正，如果花白头发换成满头乌发，再加上一米八的身高（我目测估计）和知识分子的高雅气质，我相信高成名当年对女性有非常大的杀伤力，能得到心比天高的美女莲莲的爱情也在情理之中。

但是，高老板和莲莲爱情的结局如何？我很想快点儿知道这个问题的答案，但是又不好打搅深陷回忆之中的高老板。不过，高老板的话头却打开了我思绪的闸门。

一九六五年暑假的第二天，我和三姐一块儿刚干一天活，便被学校的一纸电报召回。到校才知道师大除毕业班之外，全部赴晋东南农村参加社会主义教育运动，时间一年。

“太好了！太高兴了！”吃完午饭回宿舍，我头一次这么张狂，一边敲饭盆一边高兴地喊叫。说实在的，这两年大学生活，我都觉得快被憋死了。睁开眼就是密密麻麻的高楼，宿舍楼、文史楼、教学楼、图书馆楼……成天价在高楼间穿梭，成天价和厚厚的书打交道，使得生长在农村广阔天地的我，简直觉得就是被禁锢的犯人。宿舍就是四面高墙的监房，压得我几乎窒息。宿舍里的七个人除我之外都是大城市来的，我这个地道的农民女儿在宿舍里备感煎熬。人家聊唐宋八大家我不懂，聊南北稻香村谁家点心好吃我没吃过（而且头一次听说中国南北有两个名字相同又同样生产点心的村庄），聊上官云珠和白杨我不知道，聊连衣裙和旗袍哪个更能展示女人的优美身材我没穿过……唉，我能做的就是躺床上眯眼假装睡觉，结果招致长春的尚茹和天津的金韫云合谋给我起个“猪”的外号。那时候我觉得自己随时都会疯了。

“有什么好高兴的？山西农村脏得很，那里的人从不洗澡的。”斜靠着自己上床栏杆看书的郎圣女瞥我一眼，“倒也是，你也是农村人，物以类聚人以群分嘛！”

我气得鼓鼓的，很想反唇相讥：郎圣女你有什么了不起的，不就是你亲妈嫌你亲爹是右派离了婚，拖着你这只油瓶子嫁个高干老头嘛！

刚入学的时候，郎圣女经常把她父母三十年代在海边谈情说爱的照片给我们看，她妈穿旗袍高跟鞋烫飞机发（我们农村人管烫头叫飞机发）特摩登，她爸爸白西服白皮鞋红领带，像画报上的南洋巨商，后来照片上的爸爸就换成了现在的白头发高干老头儿。郎圣女说她爸爸成了右派，妈妈坚决和他离了婚。她现在的高干父亲是她的继父，有专车、专职保姆。还说她的姓是继父的姓，继父说她就是亲闺女，绝不容许亲闺女姓右派的姓。郎圣女说其实继父疼她胜过亲闺女，就说睡觉吧，亲闺女只比她大几天，却早早被父亲赶到单独的卧室睡觉。而她呢，到现在周六回家晚上都睡在父母中间。母亲说让她和姐姐一样分房睡，继父不干，说她胆子太小太娇，他舍不得女儿单独睡。还说继父早就许诺她了，只要她听话，毕业以后把她弄到机关工作。每每说到此处，郎圣女总会摘下腕子上的手表骄傲地向大家展示：“瑞士浪琴名表，五百多块呢！我姐姐都没有。”可是每当郎圣女炫耀继父对她的疼爱时，我总有一种隐隐的担心，我怀疑她继父对她的疼爱超出寻常了，肯定有某种不可告人的龌龊目的，郎圣女早晚要吃亏的。郎圣女那傻傻的得意忘形的样子让我觉得她非常可怜，我真想提醒她，你那个继父对你的爱太不正常了，你要提防啊！可我不敢说，因为我知道我在宿舍里的卑微地位，不仅郎圣女不听，可能还会引起宿舍里其他人的群起而攻。就像现在，我想好了那些骂郎圣女的话都已经涌到嘴边，却又费力地咽下去，忍了。因为我还嘴了，会引起那几个大城市小姐们同仇敌忾向我还击，除大上海来的蓝映虹。

后来临来山西前蓝映虹告诉我，幸亏我那回没理郎圣女，因为要到山西农村搞“社教”运动，那几位小姐憋着满腔的火没处发泄，商量好了让傻郎圣女（她们也认为她傻）刺激我，如果我和郎圣女吵起来，她们就对我群起而攻。蓝映虹还告诉我，其实傻郎圣女跟她继父就是那种关系，她跟我们说为这事她妈和她继父达成了协议，继父的一切存款归她们母女，他那个亲闺女工作以后必须离开家，家里的一草一木都没有她的。我说这我就不明白了，既如此为什么郎圣女还要显摆呢？蓝映虹说虚荣心呗！其实郎圣女的亲爸亲妈都是农民，她爸死后她妈经亲戚介绍给她现在的高干父亲当保姆，一个是老光棍，一个是年轻漂亮的保姆，两人组成家庭也是顺理成章的事，她继父比她妈大三十多岁呢！至于她亲爸和她妈在海滩上谈情说爱的照片，蓝映虹说她好像在某个画报上见过，是民国时期一个阔小姐和少爷在海边游玩时的照片。

“郎圣女为什么要这样做呢？”

“我不是跟你说了嘛，虚荣心呗！对此你应该有体会，农村来的在咱宿舍多受歧视？”蓝映虹叹口气，说其实郎圣女是最可怜的人。

蓝映虹和我说过郎圣女事的第三天，我们师大全体师生便坐着西去的列车，高唱着“我们年轻人有颗火热的心”，浩浩荡荡奔赴晋东南，去那里清除挖社会主义墙脚的“四不清”干部。

我和蓝映虹一起被分到泊力村“四清”工作队。

那天是一个叫赵太行的泊力村青年架着小排子车为我们从县里拉的行李。我们的行李很多，放满了排子车小小的车厢。除去两个硕大的铺盖卷，还有两个装着脸盆和杂七杂八东西的大网兜子。最显眼也是最沉的，是那只崭新的印着京剧现代戏《沙家浜》图案的银灰色人造革提包，是蓝映虹妈妈听说女儿要去山西参加社会主义教育运动，特意从上海寄来的。蓝妈妈在信里说为了买这个图案的提包，她从半夜就排队，整整排了五个钟头才买着。她妈说今天的红色江山来之不易，是无数烈士抛头颅洒热血换来的，要女儿一定坚决打击“四不清”干部改变社会主义江山颜色的企图。我和蓝映虹担心农村的生活太寂寞，把我们两人的书籍悉数全装进了大提包，《高老头》《红与黑》《罗密欧与朱丽叶》《红楼梦》和浩然的《金光大道》……除去《金光大道》可以带，那几本书哇，我敢说要是让我们班党支部书记杨洪福发现，找我们谈话是轻的，没准儿就得和辅导员商量让我们在全班做检讨。

看着赵太行一个人拉小排子车，我和蓝映虹的心里挺不落忍的。之前的全校“四清”工作动员大会上，校领导反复强调下乡之后，要坚持与贫下中农“同吃同住同劳动”。赵太行一人拉车我们袖手旁观，岂不是剥削阶级思想在作怪吗？于是在赵太行拉了一会儿以后，我和蓝映虹就让他歇会儿，由我们俩拉车。我像赵太行一样，双臂架起小排子车的车辕，拉车的套子挂在肩膀上，弓身向前拉去。但是任凭我使出吃奶的力气，小排子车却纹丝不动。我吼蓝映虹，让她从后边推着。蓝映虹答应一声，就跑到车后边去推，在我们的共同努力之下，小排子车终于向前移动了。这样拉了一会儿，赵太行不干了，说凭你们俩这速度，天黑也到不了家，还是由我来吧！

谢天谢地，亏得赵太行把我们及时解救出来。再拉下去，我的嗓子非变成风箱不可。身躯高大的赵太行显得很轻松，一边把小排子车拉得飞快，还不忘向我们介绍村里的情况。从他的介绍中我们了解到，泊力村“四清”工作队的三个男队员一个多月前就进村了。队长老张和队员老魏同是山西省商业局的干部，副队长老周是本县的团委书记，队部就设在本村赵莲莲家。赵太行说赵莲莲是他小学和初中同学，人长得可俊了，学习也棒，今年高考才差五分没考上，打算明年还考呢！赵太行停了停，“工作队已经把我和莲莲内定为大队干部，我是书记兼大队长，她是副书记兼妇女主任。队长老张都找我们谈过话了，说我们有文化、有知识，是农村难得的年轻干部，让我们两个做大队干部，一定能够领导泊力大队在社会主义的康庄大道上飞速前进。”

“莲莲还坚持考大学吗？”蓝映虹问。

赵太行点头说她太固执也太不知天高地厚了，竟拒绝了老张，表示不考上大学不罢休。把老张气得差点儿就当场宣布取消莲莲的内定资格，好在老张没宣布。老张说莲莲这样的高中文化水平的妇女干部太难得了，工作队绝对不会放弃。她现在刚从学校门出来，学生气重，小资产阶级思想重，要我多和莲莲谈谈，相信她会改变的。

“莲莲是好样的！绝不能改变自己上大学的理想！”蓝映虹竖起大拇指，让赵太行转告莲莲，“四清”工作队员蓝映虹和李淑荣都支持她明年再考。有什么需要我们帮助的地方，我们一定尽全力帮助。

“老蓝和老耳（当地把李读成耳的音），你们可不能支持莲莲考大学，更不能帮助她考。你们也是“四清”工作队员，这么做不就是反对“四清”工作队的决议吗？这么做不就破坏了“四清”工作队的战略部署吗？这么做不就是——”用了一连串排比句式语调急速的赵太行突然停下来，看着他那急赤白脸的样子，我明白了他没说出的下半句：反党反社会主义。这几个字对于我和蓝映虹并不陌生，我们刚刚升大二，高校内部就开始了社教运动。具体到我们学生，就是每天下午开半天小组会，背靠背揭发和批判校领导的“四不清”行为。我们大二学生哪里知道学校领导的事呀？可是小组会上不发言就是抵制“社教”运动。因此大家都争先恐后地抢着发言，不外乎把“四不清”的问题上纲上线，说“四不清”干部就是挖社会主义墙脚，就是反党反社会主义，就是现行反革命。反正又没具体目标具体人，铆足了劲上纲上线往反动上靠呗！上的纲线越高，靠得越近，表明自己的觉悟越高。

中文系真的抓出了一个多吃多占的“四不清”干部，是我们的系主任汪郁馥。据说她是被我们系的食堂员工揭发出来的，有一回她从食堂里拿过一小捆儿韭菜没给钱。记得那回在中文系全系教职员工的会上，汪郁馥红着脸对自己的行为作了检查，说这是挖社会主义墙脚，如不及时改正，发展下去，就会走上反党反社会主义的道路。大会以后的小组会上，我们班同学猛烈地抨击了系主任汪郁馥的行为，把她检讨中的“如不及时改正发展下去”给去掉，直接就说她多吃多占一捆韭菜的行为是反党反社会主义。

因为我对赵太行差点儿没说出来的这七个字不陌生，对我们的同龄人——一个即将当上大队书记的年轻人信口上纲上线倒也不奇怪。只是觉得他比我们聪明有理智，能在关键时把这几个字咽回去没说。关键是什么呢？我和蓝映虹也是“四清”工作队的，他的临时领导之四之五。

“老耳、老蓝，”大概赵太行也觉得自己刚才过于急赤白脸了，再说话的时候语调就放缓了，声音也不像刚才那么高，“我这个未来的泊力村支部书记求求二位领导了，为了社会主义的红色江山，为了我们泊力大队的全体社员，千万不能鼓励和帮助莲莲考大学。你们要帮助莲莲树立全心全意为人民服务的世界观，树立扎根农村干一辈子的远大革命理想。”赵太行停下车，很郑重地望着我们俩，目光里有乞求。

赵太行的这一席话，立刻让我对这个年轻英俊的小伙子刮目相看。看来我们的队长老张慧眼识人呀，选择赵太行做泊力大队的未来书记太合适了。这小伙子思想觉悟高、有知识、有水平，肯定能带领泊力大队社员们在社会主义的康庄大道上奋勇前进。“赵太行你真了不起，初中毕业回乡不过三年的工夫，理论水平比我们这些只知关在屋里读圣贤书的人高到了天上。你入党几年了？”我由衷地赞扬赵太行。

“由于这几年我一直坚持和原来的书记李福亮斗争，他一直卡着不许我入党。”赵太行用袖子擦一把脸上的汗，长吁了一口气，“老张说啦，在两个月之内一定把我突击入党。老耳、老蓝，我对你们也有个请求。”对了，我得向诸位解释一下，赵太行口中的老耳就是我，晋东南这地方的人，李都发耳的音。

“不要说请求，有什么话你尽管说，我和老蓝一定尽力而为。”

“老张说莲莲由于读书多，脑子里还有比较多的资产阶级思想，组织上可能要对她多考验一段时间。”赵太行说你们俩也是“四清”工作队员，在莲莲入党的问题上有着举足轻重的地位，希望你们以后经常往老张的耳朵吹吹风，就说在你们的帮助之下，莲莲身上的资产阶级思想都克服掉了，早就够共产党员的标准了，完全可以和赵太行一起入党。这样我就可以和莲莲一起入党了，我们俩就可以永远在社会主义康庄大道上比翼双飞，并肩前进。“那样我们的革命劲头就更足，革命的决心就更大。”赵太行亮晶晶的双眼望着远方，目光里满是美丽的憧憬。

至此，我总算搞明白了赵太行和我们谈话的全部意义：他爱着莲莲，希望在我们的帮助之下，莲莲放弃考大学，和他一起入党，一起扎根农村干革命。这个莲莲到底是个什么样的美丽姑娘，对英俊小伙儿赵太行有如此之大的吸引力呢？我恨不得立马进村，立马见到莲莲，相信蓝映虹也和我有同样的想法。

我们三人进村的时候，太阳也就刚刚从泊力村东边的大山顶上爬出来，村街上静悄悄的，只偶尔有一两个婆姨带孩子靠墙根底下玩。我问赵太行，社员们是不是还没起来呢？赵太行回头冲我们一笑，说工作组早领着汉们和婆姨们克资了。我爱看山西作家赵树理的小说，从他的小说里知道山西农民称男的为汉，称女的为婆姨，就是不知道“克资”为何物。不过根据之前在学校里听的“社教”运动报告会来看，“克资”估计是克服走资本主义的道路。可为什么说工作组早领着“汉们和婆姨们克资”了呢？莫非“克资”也需要一定的仪式不成？

“克资不就是克服走资本道路呀？那工作组带着汉们和婆姨们都去什么地方克资呢？”我问，本来“汉们和婆姨们”用“社员”两个字就可以代替，省事又简单。但是在来山西的火车上，负责带队的教务长方铭串着车厢反复向大家强调，要我们与贫下中农不光同吃、同住、同劳动“三同”，还要同说一样的话、同穿一样的衣……把“三同”变成五同、六同、N同。最后我们的领队方铭甚至风趣地说，真希望“社教”运动结束返校的时候，我再也认不出我的学生们，你们都成了晋东南贫下中农地地道道的“汉们和婆姨们”。方铭的话逗得全车厢哄然大笑，但是笑声的背后，大家知道这次“社教”运动不光是帮助贫下中农抓出走资本主义的“四不清”干部，我们自身的改造任务也很重。

“赵太行，一会儿咱们把行李放到队部，你也带着我们找队长参加克资仪式吧，我们不也是婆姨吗？”蓝映虹比我先走一步，她已经自称婆姨了。

我和蓝映虹的话把赵太行逗笑了。他说老蓝、老耳你们误会了，“克资”就是下地。我们这地方是半山区，说话特别难懂。在县里念中学的时候，学校有好几个老师是北京来的，说的都是普通话，可好听了。那时学校还有普通话课，由北京来的老师教我们普通话。校长在推广普通话的动员大会上，说我们中国幅员辽阔，每个地方各自都有自己的方言，有的方言比外国话还难懂。这怎么行呢？万一打起仗来，战场上指挥员用方言发布命令，谁都听不懂，能打胜仗吗？所以，推广普通话是刻不容缓的大事，是关系到我们中国生死存亡的大事，同学们都要争当学普通话、说普通话的带头人。

“我和莲莲是全校普通话讲得最好的，是标兵。校长在大会上，特意把我们俩叫到台上表扬，还发给我们每人一支钢笔作为奖励。唉，”赵太行突然急转直下叹了口气，“可是我这个标兵回村没一年，又满口的方言了。”

“为什么？”蓝映虹问。

“不敢讲普通话呀！你一讲，人家就说你喝几年墨水连祖宗姓什么都不知道了。今儿个一听你们说普通话，我可羡慕了！我对你们有个请求，能不能在社员大会上，动员大家都向你们学普通话？”

赵太行的要求着实让我们为难。我们的领队方铭说要我们和贫下中农说同样的话，那是让我们学习贫下中农改造自己。按着赵太行的意思去做，不是反过来了，让我们改造贫下中农，让贫下中农向我们学习？我们岂不成了用资产阶级思想改造无产阶级思想的反动急先锋了？那还了得！借我们俩点儿胆子也不敢呀！我们又一时无法向赵太行讲清楚这些，来一句“听张队长安排”搪塞过去。但是心中不知怎么就涌上一股莫名的悲哀，一个渴求上进的农村知识青年，在闭塞的小山村，连讲普通话的权利都被剥夺了。

在泊力大队待时间长了，我们慢慢发现自己的语言真的被贫下中农的语言改造了不少。就拿这“克”字来说吧，它的用途非常广泛，几乎每句话里都离不开这个字。克资（地）、克窝窝（家）、克高洁（厕所）、克大队……总之吧，“克”是一个非常活泼的字，可以任意与其他字搭配，如果再配上一个主语，就是一个主谓宾完整的句子。我们在泊力大队搞“社教”的十个多月里，说话和当地人基本有百分六十以上相似了，以至于回校后很长一段时间大家相互讲话还都用当地方言。

闲话少说，还是说我和蓝映虹初到泊力村的事吧！那天赵太行的排子车从村的南头进来，一直拉到最北头一个横在村街的院落跟前才停下。因为被这个院落挡住，村街只好不情愿地往东拐了个直角弯，再继续往北直插村外。

“这儿就是工作队的窝窝。”赵太行指着虚掩着的两扇门告诉我们。我注意到了，这门和我家院里的二门一样大小，一样的黑油漆斑驳剥落。甚至对联都一样：忠厚传家久，诗书继世长。天下农民是一家呀！看来这话很有点儿道理。

“赵太行，你不是说队部就设在莲莲家吗？那我们今天能见到她吗？”从车上往下抱行李时，蓝映虹憋不住问。我和蓝映虹一样，恨不得立刻就见到这位只差五分就和我们成了同类的高中生。之前在县里听领导介绍当地农村情况时，他们着重地说了几种情况：没文化、贫穷、愚昧、落后。贫穷到什么程度呢？有的人家六七个娃就一条裤子，谁出去谁穿；愚昧落后到什么程度呢，近亲结婚多，秃瞎聋哑配对的多，生的残疾人也多；没文化呢，小学毕业在村里就很了不起，初中简直就是凤毛麟角，高中绝迹。没想到小小的泊力村，不但有初中毕业的，还有高中毕业的。而且这位高中毕业生还是位美女，和眼前的初中毕业生俊男赵太行还是一对可人儿。你说，我们两个年轻的女大学生，心中能不渴望马上见到莲莲吗？

“能，能，未啥啥（一会儿）就见着了！”赵太行说，一个人抱起两个大行李卷，急匆匆地就往小院儿走。到了那两扇虚掩着的黑油漆门前用行李卷一顶，进去了。我和蓝映虹各拎着一个放脸盆和其他杂物的网兜也紧跟在赵太行后头走了进去。小排子车上暂时就剩下那只银灰色人造革的大提包，凭我们两个人的力气，谁单独也拿不动它。

这是一个东西狭长的院子，院子的东西南北四面都是青砖瓦房，南北的房子长，东西的房子短。听见院里的响声，南房的门开了，走出一个年轻俊俏的姑娘，我估计她可能就是莲莲。

“莲莲，你等急了吧？”赵太行热切地问，果然是莲莲。“行李太重了，拉着吃劲，就走得慢了。”

“你们就是老耳和老蓝吧！”奇怪的是莲莲，不但没搭理赵太行，甚至眼睛看都没看他一下，径直走过来接过我们手中的网兜，“快进屋歇会儿吧，一定累了。”

“莲莲，我渴了，暖壶里有水吧？去你家拿个碗给我倒碗水喝吧！”赵太行把行李放到炕上，抹一把脸上的汗，伸手给莲莲看手心上的汗水，“你瞧这汗，跟水似的。十五耳（里）地，就我一个人拉着，连个换肩的都没有。老耳跟老蓝的行李又重，差点儿没把我累死。”赵太行的两眼可怜巴巴地望着美女莲莲，期望她抓过自己的手看看，期望她说几句体贴关心的话，更期望她给自己倒杯水喝。然而赵太行这三个期望都落空了，莲莲看都不看他一眼，只是和我们说话。

大概赵太行觉得再待到猴年马月也得不到他的三个期望，只会越待越尴尬，说声莲莲我找老张队长汇报去了，老耳和老蓝就交给你了，就赶紧撤退。

不知道蓝映虹这个美女对同是美女的莲莲怎么看，反正我这个丑女对她印象不太好。就说你漂亮有文化吧，对人也应该有起码的尊重呀！干吗连理都不理人家赵太行呢？人家小伙子不就比你少读三年高中吗？

电话铃响了，好像是县里打来的。趁美女莲莲接电话的当儿，我打量起房间的布局：房子分里外两间。外间一进门靠南墙放着一张八仙桌，上面有一部黑色的摇把电话，墙上挂着几个铁夹子夹着的表格本子之类的。八仙桌西边靠墙是一铺炕，炕上放着两个卷起来的铺盖。炕沿底下有一口锅，上头盖着一只秫秸秆串的金黄色新锅盖。

看来里间肯定是由我和蓝映虹住了。就这么窄小的两间房，外边住男的里边住女的，要多不方便有多不方便，我心里抱怨，却不敢流露在脸上。我们是“社教”工作队员，下来是领导贫下中农抓那些挖社会主义墙脚的“四不清”干部的，不是来享受的——我想起学校领导在“社教”动员大会上的讲话，心中豁然开朗，那一点点儿的抱怨立即烟消云散。

“蓝映虹，还愣着干什么，动手把铺盖搬里屋去，归置完了咱们也克资。”我和蓝映虹虽然同年同月同日生，但这个大上海长大的女孩儿太娇气，肩不能担担，手不能提篮，平时在宿舍里我经常帮她干活，包括整理床铺和洗衣裳，就像个大姐姐一样。今儿个不同，我们都是“社教”工作队员，又在贫下中农面前，得像个样子。假如一开始就给人家一个娇小姐的印象，以后还怎么领导人家？

“好的。”蓝映虹答应一声，我们俩伸手抱起自己的铺盖卷就要往里屋走，却被接完电话的莲莲拦住了，“老耳、老蓝，快放下。里间老周住，你们单有房，我这就带你们去。”莲莲说排子车就在门外，你们先把铺盖卷放上去，我拿网兜锁好门就带你们去房东家。

“这个赵太行愚蠢到家了，既如此干吗还要把东西拿进来？”蓝映虹抱怨，吓得我赶紧使眼色要她住嘴。这个上海的娇小姐呀，永远改不了颐指气使的资产阶级毛病。人家任劳任怨辛辛苦苦给我们把行李从县里拉回来了，背后再埋怨人家，做人也太不厚道了。再说人家赵太行也是好心，不是怕东西放外面丢了才搬进来吗？好在人家赵太行挺聪明的，没把那个最沉的大提包拿进来，省了很多事。就这两个行李卷加两个网兜子，还算活吗？

莲莲一手提网兜一手锁门，一只嗡嗡叫的大绿豆蝇趁机在她的面前盘旋。“讨厌的苍蝇！没皮没脸老纠缠我！”莲莲恶狠狠地骂了一句，我感觉她好像不是骂苍蝇，好像是骂赵太行。抑或美女莲莲对俊男赵太行刚才的如此冷淡事出有因？

把东西在车上放好，莲莲就要去拉，被我拦住了。我和莲莲同是农民的女儿，人家显得比我瘦弱娇嫩得多了，年龄也比我小多了，凭什么身体茁壮的我让人家替我拉东西？莲莲却把着两根车辕死活不让，说你们都是首都北京的大学生，哪能一来就让你们拉车呢？看看莲莲俊俏的瓜子儿脸都急红了，我只好放弃。

莲莲拉车带着我们往南没走多远，就进了街西边朝东开的两扇敞开着的大门里。听到响动，西厢房的门帘一挑，走出一位三十多岁头上蒙块白毛巾的婆姨，婆姨指着我和蓝映虹问莲莲：“莲莲娃，她们就是老耳和老蓝吧？哪个是老耳，哪个是老蓝，你告诉婶婶，以后我们就是一家人了。”

“婶婶您还真考住了我。”莲莲说，又白又细的食指指我，说我刚才在屋里听你叫蓝映虹搬铺盖，所以我猜你应该是老耳，她是老蓝。

“莲莲猜得对，你是个又聪明又漂亮的姑娘。”我夸她。

“哪儿呀，跟老蓝比我都丑到高洁（茅坑）里了，老蓝就跟年画里的大美人似的。”莲莲被我夸红了脸，大概为了回报，她夸起了蓝映虹。殊不知这让我很尴尬，就我和蓝映虹两个人，单夸蓝映虹长得大美人似的，这不就等于说我丑吗？

“老蓝的名字也好听，蓝映虹，就是蔚蓝的天空上有一道美丽的彩虹。太美了，跟抒情诗一样。”莲莲继续夸着蓝映虹，不过这回倒没忘记我，说老耳你的名字就不行，叫的人太多。工作队长老张说他家的邻居有四个婆姨都叫李淑荣，为了区别，街坊们给这四个婆姨编了号，见面根本不叫名字只喊一二三四号。老张还打趣说等你来了管你叫五号呢！莲莲太单纯了，只顾自己说得兴起，根本没看见我脸上的不快。本来嘛，人还没到就被领导背后奚落，谁高兴呀？

“莲莲娃，就别贫了！快带着老耳、老蓝把东西搬屋里，晌午饭就在我家吃，大队号好的。我给你们包扁食（饺子）。莲莲娃你帮老耳和老蓝归置好也帮婶婶包，婶婶有话对你讲呢！”房东大嫂大概看出我的不高兴，催促莲莲帮我们拿行李，她自己率先搬下那只最沉的提包。

“这个太沉，我和你一起抬。”我怕房东大嫂闪腰，赶紧过来伸手帮她抬，却被大嫂把手扒拉开。“我一个人能行。”看着大嫂抱着提包脚步利索地朝西厢房最南头那间屋走去，我心里很是感慨。我上大学前力气也很大，一百多斤的麦口袋扛肩上就走。才两年的大学生活，把我快变成跟蓝映虹一样的肩不能担担、手不能提篮的娇小姐了。

我们的屋子很宽敞明亮，炕在屋子的东北角，北边靠北墙，东边靠窗户。炕沿底下有一个地灶，好像刚刚烧住了火，秫秸盖达虽然把锅盖得严严实实，但是却挡不住往外冒的热气。炕和西墙中间的空地上，有一只踏板很宽但是不高的木头梯子，梯子的上头搭在顶棚上一只四方的洞口上，看来那洞口上肯定还有一层房子，梯子就是楼梯。房东大嫂指指冒热气的锅，说我把洗脸水给你们烧好了，归置完了洗完脸就过来曹（吃）饭。又指指炕南边地上的一口同样盖着高粱秆儿盖帘的褐色大缸：“里头有水，是莲莲娃一大早儿挑的，嫌热就兑些凉水。”房东大嫂说完就出去了。

屋里就剩下我们三个，我说莲莲你过去帮房东大嫂包扁食吧，我们归置完也过去包。莲莲却不肯，说你们先洗洗，我帮你们把炕铺好。说完就动手解我们的背包绳，被蓝映虹拦住了："莲莲你别动，我们背包里有很多私密的东西不愿意让外人看见。你走吧！"

好个蓝映虹，你这家伙说话也太直白了，比莲莲刚才说我的名字不好听还直白，多让人家莲莲下不来台呀！我瞧瞧莲莲，可不嘛，刚才粉白粉白的小脸儿倏地变红了。"莲莲娃，"我学着房东大嫂的口气，"蓝映虹是怕你累着才这么说的。你也太累了，这一早上帮房东家挑水，又帮我们。快过去听听大嫂要对你说什么吧！"

屋里就剩下我两个人了，我们一边整理被褥和衣物，一边聊天。聊天的内容就一个——莲莲。莲莲的俊美长相和莲莲的家庭等等。"莲莲长得太漂亮了，别说在这个小乡村里很出众，就算在北京这样的大城市里也应该绝无仅有。比我小时候在我们村看评剧团演的《吕布戏貂蝉》里的貂蝉还美上十分。"大概因为自个儿长得不好看吧，我说话的口气满是羡慕，这招至蓝映虹的不满。

"李淑荣你也太抬举她了。我看莲莲土里土气的，根本拿不出手。你过去不是经常夸我长得漂亮吗，那么你今天凭良心说，她有我漂亮吗？"往褥子上铺床单的蓝映虹问，一面扭头很期待地望着正在整理书籍的我。我知道她想要的是什么，不过是让我夸她比莲莲长得漂亮呗！这个上海滩的阔小姐，处处争强好胜。今儿个呀，我偏拣她不爱听的说。

"怎么说你呢，"我停下手里的活，故意装作很认真思考的样儿，"不错，我过去是经常夸你长得美，那是因为和我这个丑女作比较。至于和莲莲嘛，我打个比方吧。"我停了一会儿，"说出来你不要急啊，我是丑女，又和你们两个美女没任何血缘关系，所以我对你们的评判肯定是最公正、最恰当的。"我故作深沉。

"李淑荣你是不是存心想把我急死呀，快说呀，我和莲莲谁漂亮？"蓝映虹那亟不可待的样子，让我心中暗暗得意，越发想捉弄她一下。

"东施效颦这个故事你应该知道吧？据我考证，其实东施长得没那么不堪，她的美艳和西施也就在伯仲之间。只是东施作风肤浅风流自私喜勾搭别人的男人，所以遭同村人厌恶。而西施则与东施相反，聪明纯洁善良爱好帮助人，最难得的是西施还有一颗拳拳爱国之心。当越国的国王勾践被夫差掠到吴国之后，西施就主动找到越国大夫范蠡，说吴国的国君特别喜欢美色，把我献给他吧！我让夫差沉沦美色无心治国，再不时地给他吹枕边风，让他把手下的贤臣杀掉，慢慢地吴国就会衰弱，我国便可以趁机攻打，灭掉吴国指日可待。果然越国后来把吴国灭掉了。西施的事迹和她高贵的品质得到越国人的普遍认同和赞扬。连范蠡都被感动，亲自驾小船到西施住的小村子里找西施求婚。可是却——”我又停了下来。

“可是却怎么样了？”傻了吧唧的蓝映虹竟然被我的信口开河给唬住了，两只美丽的丹凤眼都快瞪圆了。搞得我倒有点儿于心不忍，不想再往下编了。“你倒是快点儿往下讲呀！”她还一个劲儿地催我。

我牙一咬继续往下编：“一进村却碰上了东施。范大夫自我介绍说叫范蠡，此行特意来向西施求婚。东施说我就是呀，范大夫您怎么就不认识了呢？咱们不是还见过面吗，那次我去找您？范蠡说好呀，快快带我去你家里见你的父母大人，我要拿出最贵重的礼物做聘礼，请求你父母把你嫁给我。东施说我在吴国那几年父母已经死了，现在就剩下我孤苦伶仃一人，我这就嫁给你，跟着你去享受荣华富贵。就在东施要上船的时候，忽然碰见在河边浣纱的西施，西施叫了一声东施你去哪儿？结果东施败露，和范蠡一块儿走的当然是西施喽！据说范蠡和西施一生恩爱，生活非常幸福。而一心惦着跟范蠡享受荣华富贵的东施呢，只能望着东流逝水兴叹，慢慢任容颜老去。”

“李淑荣，你的故事很好，我很爱听。可是我不明白，这和我问你的我和莲莲谁长得漂亮有什么关系？”

“当然有关系了，你们俩的美，就是西施和东施的美。或者更直白地说，莲莲是西施，你是东施。所以蓝映虹你要注意，千万不要学东施抢别人的男人。否则，东施的下场就是你的下场。”为了让蓝映虹感觉到我的故意戏谑，说最后一句话时，我特别一字一顿地加强语气。五十年前小荷才露尖尖角的我，当然不会知道蓝映虹的一生真应验了我的故事，比东施的下场还惨。

“李淑荣你太坏了！”蓝映虹用小拳头捣了我几下，说，“你给我下的定义我认了，谁让你是我姐姐，比别人更了解我呢！不过你可要加小心，为了兑现你给我下的风流悲惨命运的定义，我头一个就勾搭姐夫余贝木啊！可是莲莲的命运呢，生活在闭塞的泊力小山村的她，我不相信她就有西施这么好的命。顶多嫁给赵太行做个村支书太太了不起了。”

“赵太行要是升了公社书记、县委书记甚至省委书记呢，莲莲不就是大官太太了？这年头，什么奇迹都有可能发生。我看赵太行这小子有点儿斜的歪的，很有上升空间。莲莲呢，依我看将来的命运也会很好。”

“我和你的结论相反。你说赵太行有点儿斜的歪的我承认，但是看莲莲对他那冷淡的劲儿，她还不一定嫁给他呢！所以这也许更注定了莲莲的悲剧，斜歪的赵太行做了大队书记能放过莲莲？”

“没准儿莲莲明年就考上大学呢！或者没考上，突然媒婆给莲莲找个有钱的富贵人家，莲莲嫁走当阔太太了，赵太行再有歪的斜的本事也拿莲莲没办法了。”我反驳。

“嫁给有钱的人家就幸福吗？”

“只要是莲莲自愿与他相爱，那就是幸福。”

“李淑荣，请你睁开眼看看农村的现实吧！在我们中国广大的落后的农村，有几对夫妻是男女自由恋爱的？简直是凤毛麟角。更多的农村姑娘还不是父母之命媒妁之言？比旧社会进步的是搞对象的时候男女能见一面。父母呢，给彩礼多的就点头，给彩礼少的就摇头。男方要是有缺陷，黑心媒婆还能找个男人替代。漆黑的洞房睡了一宿，第二天早晨一发现，生米早煮成了熟饭。”

“我纳闷儿，你一个上海滩的阔小姐哪儿知道的这么多农村男女婚姻现象？自己杜撰的吧？”

“否。我在读高中时看到过《新民晚报》有一篇关于农村婚姻悲剧的报道。大意就我说的那样，只是那个被骗的漂亮姑娘很刚烈，第二天早晨醒来发现丈夫是残疾人，一根绳子把自己吊死了。”

我沉默了。心里也拿不准莲莲未来的命运，只能心里默默祝福她，希望她明年能够考上大学，希望她能够找个如意郎君。

我们俩刚停止争论，房东大嫂就进来了，说扁食煮好了，让我们快来吃。我们立即停下手里没做完的事，像两只饿急了的小狗儿，乖乖地跟在主人后面去吃食儿。

说实在的，我和蓝映虹的肚子早饿得前墙跟后墙紧紧粘在一起了，两个人甚至能听见对方肚子里“东风吹战鼓擂”的声音。从“社教”工作队集训住的县一中出发前，我虽然吃了尖尖一大碗小米饭，可那小米饭的质量本人实在不敢恭维。应名是小米饭，里头大部分是煮得烂烂的南瓜，有多少小米粒都能数出来。我记得小学五年级的课本里有一篇赵树理的《田寡妇看瓜》。当时还挺不理解，觉得山西人真小气，一个破南瓜谁偷呀，还至于搭个窝棚专人看着？我们北屋村家家房前屋后都种几棵倭瓜、角瓜的，街坊邻居谁想吃谁摘，没人摘主人就给送家去。老师介绍时代背景时说南瓜是山西人的主食，对于他们非常重要，我们储存白薯放在窖里，山西储存南瓜在睡觉的窑洞里，人和南瓜搂着睡觉，以免南瓜被小偷偷走。老师说的山西人储存南瓜的方法有待考证，但他说的南瓜是山西人的主食在这里得到印证。

在县一中集训这几天里，每顿饭就没离开过南瓜，早晨是南瓜山药（土豆）粥，中午晚上是南瓜饭。在学校里吃惯了国家给师范生每月十五块五的伙食，几天就被南瓜把肚子里的油水刮得干干净净。平常有家里给寄钱、寄全国通用粮票的同学，就利用休息时间偷偷到街上买干馍吃。但这是有危险的，要是让辅导员逮住，臭骂一顿是轻的，碰上个家庭出身不好的，没准儿就把这种行为上纲上线为资产阶级享乐思想，是用行动反对和贫下中农“三同”。我们班一个上海同学在集训间到街上买个干馍和一包猪头肉被辅导员撞见了，恰巧这个同学的出身又不太好，父亲是拿定息的资本家。辅导员在会上就批评这个同学是继承资本家的反动衣钵，用行动充分表达了反党反社会主义的本质，如不及时改正，小心会被社会主义的滚滚车轮碾得粉身碎骨。几十年后的同学聚会上，这位已是白发苍苍耄耋老人的上海同学说，当年辅导员的话着实把他吓得不轻，连着好几宿他都做同样的噩梦：他正在马路上走着，一个从后边来的滚滚巨型车轮忽然把他碾压在底下，他的灵魂甚至看到了车轮底下血肉模糊的自己，听见庞然大物的喊叫：“我是历史车轮！我是历史车轮！”时过境迁，上海同学的话把我们一群缺牙断齿形容枯槁的老头儿老太太逗得捧腹大笑，我们警告上海同学，辅导员是金口玉言，你早晚得被历史车轮碾碎。

北屋的格局和南屋差不多，一溜靠北墙的大炕，从东边窗户到西墙。炕上靠西墙是一摞码放整齐的被垛，炕中间放着只长方形小炕桌，桌子上除两大盘冒着热气的扁食，还有三个玻璃杯，里面装得满满的不知是什么东西。紧贴炕沿底下是地灶，刚刚煮完扁食的汤冒着呼呼热气。屋地上紧贴西墙是只高桌，高桌中间有个圆圆的黄铜茶盘子，里头有几只粗瓷碗和一只被棉绣花套罩着的壶。高桌上方的墙上挂着一张挺大的镜框，里面摆满了照片。

“老耳、老蓝快上炕曹（吃）吧！”房东大嫂招呼我们，飞快地把三只玻璃杯的东西倒进两只碗里一些，又往碗里夹几只扁食。“快曹（吃）吧，凉了就不好曹（吃）了。”

我和蓝映虹脱鞋上炕，盘腿卧脚分坐在小炕桌的东西两边。小炕桌靠北边的正面留着房东大嫂坐，她比我们年长且又是女主人，这是起码的礼节。然而甭管我们怎么热情相让，房东大嫂就不上炕，只是拿着两只筷子站地上指挥我和蓝映虹吃。

毕竟，在饥饿面前礼节是不堪一击的弱者，看大嫂死活不肯上炕，我和蓝映虹决定甩开腮帮子大吃。

我从碗里夹起一只扁食，尽管肚子里抗议声不断，我还是没舍得立刻把扁食送进嘴里。扁食鼓鼓的、圆圆的，周围是一圈花边，大小和我们小时候玩过的大清的“乾隆通宝”当十铜钱那么大，只是中间没孔。我们老家的饺子中间鼓两头翘，跟大清的金元宝似的，比“乾隆通宝”价值千倍。由此我判定，这乾隆通宝的扁食肯定没我们的元宝饺子好吃。观察完了，为了保持扁食最终的完整，我没像蓝映虹似的一小口一小口咬着吃，把扁食在碗里的佐料沾一下就完整地放进嘴里。“妈呀！”我大叫一声，不顾生死，赶紧把滚烫辛辣的扁食吞进肚里，又赶紧掏出手绢擦流出来的鼻涕眼泪。

“怎么啦老耳，不敢曹（吃）辣的吗？”大嫂赶紧关切地问。

“不，她是烫的。”蓝映虹为我打掩护。

“你憋的什么坏心眼，怎么不告诉我辣呀？”我小声埋怨蓝映虹。

这家伙却哧哧笑起来，用同样小声反驳我说：“你没长眼呀，没看见大嫂把玻璃杯里的东西往咱们碗里拨？那白的是盐，暗红的是醋，鲜红的就是辣椒。大概你的一双饿眼就盯着扁食吧？”

我不得不承认蓝映虹说得对，自打一进屋，我双眼几乎没离开过那两盘饺子。当然，饭桌上那三只装着东西的玻璃杯我也看到了，但是无论如何没把它们和饺子挂上钩。吃饺子就是吃饺子，放点儿醋还将就，没听说过吃饺子还要蘸着咸盐和辣椒吃。这风俗，我在赵树理的小说里都没见过。后来吃派饭的时间长了，我才知道泊力村的人就这习惯，甭管吃啥饭，都少不了盐、辣椒、醋这三样。讲究的把盐擀碎了，不讲究的干脆就是大盐坷垃。我们北屋村有一句俗语：穷汉子解馋不辣就咸。按这个俗语的定义，泊力村的人应该都是穷汉子抑或穷婆姨，甭管吃什么饭，“菜”从来就这三样。

大上海来的娇小姐蓝映虹却很习惯，夹着蘸满红辣椒的扁食在我眼前晃一下咬一口，还故意把嘴吧嗒得山响：“扁食就辣子真香呀！有的人就是没这福气。”

“注意影响。”我瞪了她一眼，面对碗里的几个被泡在醋和辣椒面里的扁食却发起了愁：辣椒我所不敢矣，醋我所不欲矣，肚子急需填饱矣。我该怎么办？

“要不倒进我碗里，李淑荣？”蓝映虹把碗伸过来，“可是以后怎么办呀？在一中集训时你忘记县领导说了，当地人吃饭离不开这三样？”蓝映虹说完这一番话，美丽的眼睛忧郁地望着我。我相信，这位善良的上海阔小姐在真心实意为我发愁。

“罢了，反正早晚得过这道关！”我一咬牙，碗里的东西一股脑全倒进嘴里。立刻，嘴里就着火了，那个辣呀，我觉得应该不在古代的酷刑之下。

“别净顾得说话，快曹（吃）呀！”大嫂说，拿起桌子上的盛着红辣椒碎末的玻璃杯和醋及盐又给我俩的碗里倒，“我们山西人曹（吃）啥都离不开这三样。”

“莲莲呢，怎么不见她？”我想转移大嫂的注意力，省得她不错眼珠盯着我和蓝映虹的碗，不停地给我们倒辣椒、醋、盐。照这么下去，一顿扁食吃完了，我和蓝映虹也被灌成酸辣肉肠了。

“我本来想留下莲莲娃一块儿曹（吃），顺便让你们也劝劝她，工作队的话她能不听？可这娃说什么也不肯留，包好扁食就走了。”房东大嫂说，叹了一口气，“我怕这娃毁在赵太行手里呀！”见我和蓝映虹愣愣地不知所措，房东大嫂说反正以后咱们都是一家人了，我就把什么都给你们讲了吧！

莲莲家里四口人，爸妈和一个比她小几岁的妹妹。莲莲家祖上是看病的，他爷爷年轻时在皇宫里给慈禧看病。后来清朝没了，莲莲爷爷就在县城里开个药铺子，莲莲爸爸也在药铺子里跟她爷爷学着给人看病。公私合营时莲莲爷爷病死了，莲莲家的药铺也和医院合并了，莲莲爸爸就成了县医院的先生。莲莲的爸爸是县里有名的老中医，找他看病的人都起五更到县医院里排队等候。实在看不过来，莲莲爸爸就星期天去病人家里看病。除了过年，莲莲爸爸平时根本没工夫回家。莲莲在县里念高中，平时住校，星期六才回家。莲莲学习特别好，永远是班里第一名，她的班主任和校长都认为莲莲考上北大、清华没问题。可是录取通知书下来了，莲莲班里考上二十个，就没有学习第一的莲莲。学校里觉得可能是判卷老师把卷子判错了，就把这事反映到县里，县里又找到省里，省里找到北京，到了查着莲莲的卷子了，是莲莲的数学考卷好几道题没做。老师们就觉得奇怪，这些题一点儿都不难，学校里都考过，莲莲从来也没错过一点儿，怎么考大学时就不会做呢？该不会考试前这孩子出过什么事吧？可是盘问莲莲，她只是哭，一句话都不说。

“那到底什么原因呢？您知道吗？”我和蓝映虹同时发问。

“我怎么不知道？莲莲妈是我无话不说的好姐妹，她妈把莲莲没考上大学的原因给我讲了，唉，”房东大嫂撩起大襟擦眼泪，“都是让赵太行那畜生给害的呀！”

“因为他想和莲莲搞对象？”蓝映虹问，“窈窕淑女君子好逑，这很正常嘛！莲莲要是不愿意拒绝他就是了，也不至于影响高考哇！这可是一辈子的大事啊！”

“可能还是莲莲自己的神经绷得太紧了，一个赵太行跟他搞对象也不至于这么失常呀！”我也附和蓝映虹的话，差点儿就讲出自己高考前正在和余贝木热恋，两个人仍然考进清华和北师大的例子。

“哪儿是你们想的搞对象呀，赵太行把莲莲给糟蹋了。”

“啊?”我和蓝映虹的嘴巴同时张成O形。

大嫂说离高考最近的那个星期日，莲莲想曹（吃）胡萝卜馅儿的黄蒸，就回来了。也不知因为黄蒸曹（吃）多了呢，还是喝了凉水的缘故，下午就喊肚子疼。莲莲妈把莲莲爸爸放家里的药给莲莲曹（吃）下，就让她睡觉，说睡醒了肚子就不疼了，莲莲这个觉睡到天黑才醒。家里不放心莲莲一个女娃单独走十五耳（里）夜路去学校，就想找个汉送送她。莲莲说找赵太行吧，她跟我从小学到初中都是同学，平时对我挺照顾的。莲莲妈怕两个孩子路上饿，还特意摊了好几个大锅盔包在白羊肚手巾里让赵太行带着。临走还说太行娃呀，莲莲肯定能考上大学，那时候我家摆宴请你，你是莲莲考大学的恩人。莲莲落榜以后，气得莲莲妈用擀面杖打闺女，说你可让我嘬大瘪子了，我还跟人家太行娃说你一定能考上，还答应摆宴请人家呢。这下子可好，你个娃把脸面都给我丢尽了。谁知莲莲妈的话跟泄洪闸似的，一下子招得莲莲大哭不止，告诉她妈，都是赵太行她才没考上，就把赵太行在路上把她糟蹋了的事说了出来。

到此，我和蓝映虹终于明白了，莲莲为什么对赵太行那么冷淡了，为什么骂他是苍蝇了。其实色狼比苍蝇可怕多了，苍蝇毕竟是弱者，顶多也就在你的皮肤上落一下，你一轰就吓跑了，你还可以用苍蝇拍拍死他。色狼就不同了，对于弱女子来说，色狼是强悍的。一个女人要是被色狼看上了，很难躲开被侵害。尤其可能成为泊力村第一把手的赵太行这样的色狼，莲莲要想躲开他唯一的出路就是考大学了。

“莲莲为什么不去公安局告他呢?”蓝映虹问。

房东大嫂摇摇头：“你们大地方人不知道，在我们小地方常出这样的事，没人向公安局报告过。一报告女娃的名声就坏了，就嫁不出去了。”房东大嫂说：“按莲莲的意思打算过年再考，可莲莲妈不大同意。说女娃出了这样的事，早嫁人心里早踏实，就托我给莲莲找对象。我窝窝里的汉在县耳（里）当小学老师，昨儿个回来跟我说他们学校有个老师挺合适的，婆姨死一年了，没有娃娃，条件不错，人长得也不错，跟莲莲很般配。虽然说是二婚，也没娃怕啥?我跟莲莲妈一说，她挺愿意的，就让我跟莲莲说。可莲莲认死理，非得明年还要考大学，说什么也不同意。”房东大嫂忧心忡忡地望着我和蓝映虹，“老耳和老蓝呀，你们就劝劝莲莲，让她别考大学了，嫁出去省事了。还一年呢，赵太行会放过莲莲吗？再说，万一考不上呢？”

“莲莲的决定很正确。失败是成功之母，明年肯定能考上。”我说。

蓝映虹也同意我的意见，说：“大嫂您多虑了，有我们‘社教’工作队在，赵太行要再敢把莲莲怎么样呀，我们把他打进‘地富反坏右’的队伍里，他就是一个迫害贫下中农子女的坏分子。”

大嫂笑了，说：“你们刚来还不清楚吧，赵太行可是工作队的红人哩！老张队长说原来的书记李福亮当了那么多年的一把手，肯定有‘四不清’的问题，就打算把李福亮弄下去换赵太行。说赵太行根红苗正，年轻有文化，又是烈士的后代。你们不知道，赵太行他爹活着的时候打鬼子可有名了，是太行游击队的队长。有回和鬼子作战，因为弹尽粮绝就跳崖死了。赵太行是他爹死后才生的，咱们这地方叫墓生。要说太行也是个不错的娃，对街坊邻居可热心了，谁窝窝里有难处他都帮。我跟莲莲妈也说过，要不就让莲莲嫁给赵太行得了，郎才女貌的，太行娃窝窝的日子也还行。莲莲妈也有过这想法，偏莲莲死活不干，宁可嫁个秃瞎聋哑的汉也不嫁赵太行。”房东大嫂停顿了一下，“原本因为那件事在莲莲面前还有点儿不好意思的赵太行，自打老张队长跟他说过让他当大队书记后，一点儿不好意思也没了。他还特意找过莲莲娃，告诉她：‘工作队长老张说了，赶明儿我做书记，你做咱村的副书记和妇女主任。你就别考大学了，嫁给我，咱们组成一个革命家庭，为泊力大队的革命事业奋斗到底不是挺好的吗？’”

“莲莲的态度有所缓和吗？”我问。

“她要缓和我不就不张罗给她找婆家了？莲莲当时就对赵太行说了，要我嫁给你赵太行除非老爷儿（太阳）打西边出来，除非公鸡下蛋母鸡打鸣儿。你们瞧瞧，这俩人就僵在这了。赵太行要是当了一把手能放过莲莲？弄不好就得出人命哩！”

“您再劝劝莲莲，嫁赵太行其实也是一个挺好的选择。”我吃饱了，说完这句话便急急放下筷子，碗里还有小半碗辣椒面和醋盐合成的作料等着我吃光呢——在一中集训时辅导员说了，贫下中农给盛的饭不管多少都得吃了，剩下是对贫下中农的不尊重。我猫腰从地灶的锅里舀了满满一碗扁食汤，说大嫂屋里太热了，我得出去喝汤，就逃出房间。我必须趁房东大嫂在屋里，赶快找个地方把这碗被辣椒面染红的汤倒了。好在房前靠北墙有一棵大槟子树，把汤倒在槟子树底下用土埋上就行。正是秋季，槟子树上面滴里嘟噜挂满了紫红色的果子，有的枝杈被果子坠得都快着地了，招得馋嘴的鸡都聚集在树下啄果子吃。我走过去，被惊扰的鸡群立刻咯咯叫着作鸟兽散。我赶紧把红辣椒汤倒下，又蹚几脚被鸡群嬉笑打闹弄出的一层浮土埋上，冲远处惊魂未定的公鸡和母鸡做个请的手势，匆匆忙忙回屋……

第二年的六月底，我们师大全体师生提前返校。走时和来时一样，仍然是赵太行为我们拉装行李的排子车。不过身份不一样了，他现在是泊力大队年轻的党支部书记，一副志得意满的样子。赵太行跟我和蓝映虹说，他当党支部书记以后，一定要领导全大队的社员大干特干，一年之内全公社第一，两年之内全县第一，三年之内泊力大队要在广播里有声、报上有影。“老耳、老蓝，到时候你们在首都北京也会听到看到泊力大队的名字的。”

我相信赵太行不是吹牛，十个多月的社教运动，我已经充分领教了年轻的共产党员赵太行的智慧和能力，我相信他能做到。

我们泊力“社教”工作队，是全县第一个放“卫星”的先进工作队，才进村三个月就抓出贪污粮钱双过千的“四不清”干部李福亮。为此，省里的“四清”工作简报上表扬了我们，工作队里五个人的名字都上了简报，包括我和蓝映虹。

能放出这颗“卫星”，赵太行功不可没。在计算李福亮贪污金额时，工作队每人一把算盘，不分昼夜地噼里啪啦打了半个月，连李福亮到县里开会买几个干馍都放大若干倍计算在内，仍然差五十八块三毛钱才能凑够一千。把我们老张队长急得牙疼，腮帮子肿得像嘴里含个大枣。

我在给党员和积极分子们上党课时，发动大家说谁先凑够这五十八块三毛钱，党员可以率先提干，积极分子可以率先入党。大家的积极性果然被调动起来，踊跃发言提供李福亮有可能贪污的线索：李福亮的儿子在部队，他常给儿子写信，那邮票是不是大队花钱买的？他的自行车今年新换的里带是不是大队花的钱？他念小学的儿子用的墨水跟大队的墨水一样，都是鸵鸟牌蓝黑墨水，兴许是从大队拿的吧……

“你们说的都不靠谱，没有真凭实据全是猜测怀疑，根本不算数。”赵太行说，“咔嚓”把手里的大红辣椒咬掉半截嚼几下咽了，接着说：“去年过阴历年时李福亮和他婆姨打架的事都记得吧？李福亮婆姨瞒着李福亮给娘家送去十个胡萝卜馅的黄蒸，给李福亮妈吃的是山药馅的。李福亮知道以后把他婆姨揍了一顿，还给开瓢了，血流得很凶，李福亮就叫我套大队的车送他婆姨到县里医院。大队会计赵青孩把账上的六十二块钱都给我了，说穷家富路，看完伤给婶婶买点儿好吃的补补血。李福亮婆姨看完伤，我兜里还有四十五块钱，就按大队会计的嘱咐给他婆姨在饭馆里买了饭菜。好家伙，这婆姨真能吃，两大盘扁食和一大盘牛肉全吃了，一个渣儿都没给我剩。还问我剩钱没有，给她多买些干馍夹肉带回窝窝留着养伤吃。我把兜里剩下的钱买了二十个干馍夹肉，我吃了两个，十八个都让她拿回自个儿窝窝了。”赵太行雪亮的双眼在全场巡视一番：“六十二块钱减去五十八块三毛钱，还超额三块七毛钱呢！”

全场立刻欢呼起来，说这下子咱泊立村肯定能放“卫星”了。“别高兴太早了，还有粮差十五斤八两才够一千斤呢！”我提醒大家。

“不就十多斤粮食嘛，小燕搭窝泥事。”赵太行胸有成竹地说，“咱们泊力村的人可都知道李福亮是挖田鼠窝窝的能手吧？年年秋天收完了庄稼，李福亮就扛把铁锨带上他家的黑狗到田里挖田鼠窝窝，年年都能挖好几百斤粮食。黑狗咬死的田鼠还能带回家炖肉吃，可香哩！有一回我到他窝窝办烈属补助的事，正赶上李福亮吃炖田鼠，我还吃了两个呢！香得我顺嘴流油。”

“恶心死人了！”一个女积极分子捂住鼻子和嘴，说，“赵太行你没事撑的吧，开积极分子会你说什么吃田鼠的事呀！”

“大伙想想，那田鼠窝窝里的粮食哪儿来的？”赵太行问，没理会女积极分子的话。

“当然是从庄稼秧子上弄下来的。”

“那庄稼是谁的？”

“还用问吗？大队的，集体的。”

“这就齐了！李福亮应名是从田鼠窝窝里挖粮，实际是把大队的粮食搬回自个儿窝窝。”

凭借赵太行的有力补充，我们泊力“社教”工作队率先放了这颗“卫星”。赵太行呢，也如愿以偿地被突击入党，当上了泊力大队的党支部书记。这么聪明有文化有魄力的年轻的党支部书记，肯定能把泊力大队搞得有声有色。山西陈永贵搞的大寨不早就上报纸、上广播，全国尽人皆知了吗？赵太行领导的泊力大队没准儿将来是大寨第二呢！

赵太行在放“卫星”这件事上的特别优异的表现，也让我心里对莲莲更加多了一层担忧：权力大、脑瓜儿快的赵太行，以后能轻易放过莲莲吗？出乎我意料的是，我们走前一个多月，赵太行迅速娶了一个如花似玉的婆姨。据说是他的姨表妹，两人从小就定了娃娃亲，赵太行的姨怕他当官变心，便和他妈商量，迅速给两人办了婚事。

莲莲总算免除了危险。只是我们走之前，从广播里听说国家取消高考的消息，心里又为莲莲捏一把汗，一心想上大学的莲莲该怎么办呢？工作队把大队干部都安排齐了，她想回头再干妇女主任也不可能了。只能和村里那些大字不识的婆姨一起“克资”，然后嫁汉生一大群娃娃。这对一个优秀的高中毕业生，对一个憧憬着走进高等学府的美丽的农村少女，多么残酷啊！

临走前那天晚上，莲莲在我和蓝映虹的住处待到很晚。送她出来的时候，月亮已升到中天。墨蓝色的夜空特别洁净，挂在天上的月亮像个亮晶晶的大玉盘，里边的桂花树和树下的玉兔看得清清楚楚，只是不见嫦娥。她大概累了，正在广寒宫里歇息吧？

“快看，嫦娥！”莲莲忽然指着天空喊了起来，是一片像嫦娥仙子的柔软的白云，正在广阔的星空中轻舒广袖翩翩起舞。

“大概嫦娥闷得要发疯了，一个人走出月宫跳舞。”蓝映虹说，“要是换我呀，一个人在月亮里待一分钟就得疯掉，多孤独啊，连个说话的人都没有。”

“月亮里多好，没有人世间的烦恼。要是能让我做一天嫦娥，死都值了。”临出大门，莲莲看一眼已经被风吹散的白云，说了这么一句话。

正是这最后的一句话，让我对这个美丽女孩儿的命运更加担心……

“有情人难成眷属啊！我和莲莲的爱情，还没开始就结束了。”这是高老板睁开眼跟我说的第一句话，我看到有两行泪水在他的满是褶皱的老脸上曲曲弯弯往下流。“其实，我和莲莲的爱情既没有风花雪月，也没有惊心动魄，在那个偏僻闭塞没有文化的小乡村里就那么自然而然产生了。”

高老板说被分配到泊力村插队的大学生一共四个，他来时三个都走了：两个女的通过关系分别活动到县里和太原工作，那男的开张长期病假条回北京了。插队的大学生住莲莲家的三间南房。这三间房靠西是两个连在一起的大间，靠东是个单独的小间，进屋除一张高桌外，什么都没有。连里外间炕沿底下的两个锅都被砸了大窟窿，好像压根儿就没住过人。

我真想告诉高老板你不用再介绍房屋的结构了，五十年前那里就是我们“社教”工作队的办公室。我比你还门儿清呢！可是，我是个美女作家，一个优雅的文化人，无端打断别人的叙述是不礼貌和粗鲁的举动。再说，我现在是三十岁左右的美女作家卫平，怎么能知道五十多年前的事呢？所以我必须耐着性儿听完高老板对他住处的介绍，好在高老板很快就转入了正题。

“第一天的晚饭是在莲莲家吃的和和饭。和和饭对于我来说并不陌生，我念初中时一个从山西太原转来的好朋友家就常吃和和饭：面条、大米、小米、鸡蛋、玉米面饼子、肉片、土豆、西红柿……和和饭就是把一切能够想得到的好东西都掺一起煮，好朋友说和和饭是山西人特别喜欢的饭食。可眼下莲莲家招待我的和和饭却跟我好朋友家的和和饭大相径庭，一锅野菜叶子和小米煮成的黄黄绿绿的汤。这种饭食招待客人？我心中似乎不太满意。但一想到莲莲一家和我萍水相逢，人家能管我一顿吃的就不错了，否则我今儿晚上别说吃不上饭，连碗热水都喝不上，那两口铁锅的窟窿比小孩儿脑袋还大。我和莲莲爸妈坐上炕，莲莲就把盛好的热气腾腾的和和饭一人一碗放在我们面前，都是那种大深帮的褐色粗瓷碗。莲莲一家三口也不怕烫，端起碗就呼噜呼噜喝起来，还不忘用手中的筷子助阵，飞快地往嘴里扒拉着菜叶。我怕烫嘴，就先用筷子在碗里搅和，谁知竟被筷子捞出一张圆圆的金色小饼儿。莲莲妈说娃快吃吧，这是莲莲为你煮的玉茭面饼子，趁热吃下去香着哩！高老板停了会儿，说作家你不知道吧，那地方人管玉米叫玉茭子。大概因为莲莲的缘故，虽然我离开那里已经四十多年了，可是说话还不时冒出那地方的话。高老板说这话的时候声音有点儿异样。怎么了？我夹一箸菜放嘴里，又端起酒杯喝口啤酒，趁机瞄了高老板一眼，好家伙，那双被老褶子包围的眼睛里满是泪水。

“后来我才知道，六月份正是农村青黄不接的时候。还要过半个多月新粮才下来，村里有不少人家都断顿了。莲莲家日子是村里最好的，她爸爸是从县医院里退休的，一个月有三十多块退休金，能够不时地偷偷到集市上买点儿高价粮。”

高老板说即便如此，莲莲家的日子仍然过得很节省，全家人穿的衣裳都有补丁，包括年轻貌美的莲莲。那天晚饭桌上，我亲眼看见莲莲的花上衣肩膀和胳膊肘处打着补丁。后来才知道，莲莲有个已经出嫁的妹妹身体不好，还有三个孩子，经常需要娘家接济。当我知道这些以后，越发为莲莲家招待我的那顿和和饭感动，特别莲莲为我煮的那只金色的小饼子，经常在我的心里和眼前闪现。美丽善良的莲莲呀，我将来一定要报答你。有朝一日我发财了，要用真正的金饼子报答你，不，我要把你娶回家，再也不让你受一点儿苦。

“可是，莲莲却被我害死了。”高老板说完这句话，忽然趴在桌上失声痛哭。活七十一岁了，我头一次看见一个大老爷们儿像孩子一样号啕。高老板响亮悲切的哭声惊动了服务员，好几个小姐都开门探头问怎么了，见我摆手就退回去了。最后进来的是个大块头的男服务员，他怒气冲冲地冲到我面前，问我怎么把他们的老板欺负哭了？我正不知如何回答是好，高老板抬头骂了大块头一顿把他轰走了。还对我一个劲儿地道歉，说不好意思，刚才让这个大块头吓着了吧？我说没什么，您就继续讲吧，我很想知道莲莲为什么死了？大概不是生病吧？

“对不起作家，我实在讲不下去了，下次吧。”高老板说完这话，两眼死死地盯着我的脸，吓得我直发毛，以为他经受不住刺激疯了。

“卫作家，”他突然站起来，两只眼直勾勾看着我，许久才说出话：

“您长得太像当年的莲莲了，只不过比她大点儿、比她成熟一些。刚才在餐厅乍一见到您，我险些把您当莲莲呢!”高老板说我有个请求，您能跟我合张影吗？就当我和莲莲的合影，我们从未合过影，我手里连张她的照片都没有。这句话刚说完，高老板刚刚止住的眼泪又哗哗落下。

“啊，我真感荣幸，能像您的意中人莲莲。”我说，就想起十年前六十一岁的我赴韩国整容的那一幕。整容开始前，整容师金哲顺递给我一沓美女照片，让我选择整成她们之中任何一个人。我粗粗看了一遍，都是国内外知名影星，美则美矣，妖艳太过。我更喜欢自然清纯的美，宁愿整成纯洁清纯的丑女都不愿意像她们。“那您就把您心中的美神画出来吧!”见我摇头，金哲顺递过来画笔和一张白纸。

我接过纸和笔，心里就开始搜寻我见过的美女，小香头、我三姐、小扔头、张淑芝……我搜寻个遍，没一个我满意的。突然莲莲的形象跃然眼前，从北京喧哗的大城市初来到安静恬谧的小乡村，见到莲莲头一眼感觉眼前一亮，她太美、太清纯了，就好像清澈见底的小河水上的一朵美丽金色的野浮萍，个头儿比不上天安门金水桥中锅盖大的睡莲，妖艳比不上昆明湖里争芳斗艳的粉红色荷花，富贵比不上中山公园里鲜红茂盛的牡丹，但她是小河里天然生长的野浮萍，没有那些人工培植的花儿们的娇气和妖气。这些花儿们争奇斗艳尽展风骚不过是为了取悦栽培它们的主人和游人。野浮萍则不然，它自生、自芳、自美、自荣、自灭，不用取悦任何人。

“整成和她一样吧!”我拿起画笔，刷刷刷几笔，五十年前我第一眼见到的莲莲便跃然纸上。别以为我吹，我的素描水平真的很高。这源于我的怪癖，每写一部小说前，总喜欢把小说中预先设定主人公的面部画下来，如果主人公脸上有我给设定的特点，我一定夸张地在那张脸上显现出来，为的是怕我写着写着把这张脸上的特点忘了。久而久之，我的面部素描很是了得，还参加过作协举办的知名作家画展呢!

“好吧!”金哲顺答应，接过我的素描仔细看了看，便开始在我的脸上雕塑。从那一刻到半个月以后我离开韩国这家著名整形医院，老作家李淑荣就彻底从这个世界消失了，诞生了一个长得像泊力村二十岁少女莲莲的美女——老作家李淑荣嫡传弟子卫平。借助李淑荣弟子的身份，再加上我本来的水平，很快美女作家卫平的美名就享誉国内外。有时连我自己都搞不清，我到底是李淑荣呢，还是卫平？

“行！”我很高兴很爽快地答应高老板。吃人家嘴软，拿人家手短。高老板请了我这么丰盛的一顿大餐，如果连人家这点儿要求都不答应，也显得咱美女作家太小气了。我迅速离开椅子，紧挨着高老板站在一起，还允许高老板的一只手搭在我肩上。“我自拍是外行，您来吧！”

“我也外行。要不，让服务员给我们拍吧！就刚才那大块头，他拍得可棒了！”高老板从兜里掏出手机拨电话，瞬间大块头就进来了。

大块头走后，高老板又单独给我拍一张，说这张就算他保存的莲莲照片。然后互道一声“珍重”，结束了这顿饭。

高老板没讲完的他和莲莲的故事，对于我来说，就好像小时候听村里兰亭先生说大鼓书时的那最后一句话“欲知后事如何，且听下回分解”一样，不同的是，兰亭先生每晚都如约说书，都如约分解。高老板却不如约，那以后我又进了好几回“早春二月”，虽然也见着过高老板，但他都只是向我点点头打声招呼，就匆匆离开，完全忘记了那天他没给我讲完的他和莲莲的故事。可是我却被高老板的没有下文的故事搞得吃不下饭、睡不好觉：高老板为什么要害死莲莲？又是怎么害死的？他害死莲莲以后受到过什么刑罚？支书赵太行对这事又是什么态度……所有的这些问号悬在我心里，像猫抓一样难受。好几次我都差点儿亲自去一趟泊力，问问当年插队的大学生高成名和莲莲之间发生的事。可这事都过去快五十年了，莲莲和高成名的同龄人基本都去世了。活着的当年还都小，懵懵懂懂不关心大人之间的事。我去问谁？谁能告诉我当年一对男女因爱生恨男人把女人杀死的故事？即便有个把活着的莲莲同龄人，大概怕是也早把当年莲莲的事忘得一干二净。便是我，要不是来“早春二月”吃饭，要不是听高老板谈起莲莲，不也已经把她丢到九霄云外了吗？就算是高老板，要不是因为和莲莲有这么一段刻骨铭心的爱情，要不是他把人家杀了，怕是也把莲莲忘了。男人的一生值得记忆的漂亮女人太多了，谁还肯在脑子里留一块空地方给一个偏僻小山村的柴火妞？再说，我这个模样就是去了泊力村也没法问呀，连鬼都不相信面前的漂亮妞，就是五十年前“社教”工作队的老耳。

解铃还需系铃人了，唯一的办法就是找到高老板，逼他求他赶快把他和莲莲的故事讲完。为此我就采取守株待兔的笨办法，频繁地去“早春二月”吃饭，结果我都花光了一本书的稿费，这件事仍然没有下文。以至于我产生了这样的怀疑，高老板知道作家都爱听故事，尤其像我这种爱写侦探小说的年轻美女作家，故事越离奇、越不靠谱就越爱听，所以故意编了这么个故事吊我的胃口，无非是想让我到“早春二月”多吃几次，他多赚些钱。卑鄙贪婪黑心烂肝肺没人性的商人！我用我能想到的最恶毒的词语咬牙切齿地在心里骂了高老板 N 次，发誓以后馋死也不到“早春二月”。

可今儿个我却食言了，竟屁颠儿屁颠儿跟在一个流浪汉后头来到我深恶痛绝曾发誓再也不来的“早春二月”，而且肚子咕噜咕噜叫得很欢，分明在想着高老板那回招待我的松鼠鳜鱼和各种美味佳肴。

余伟大概捡着元宝了，非让服务员带我们去楼上雅间。我拦他，说雅间太贵，有最低消费的。我肚子饿了，咱们随便在餐厅吃点儿能填饱肚子就行了。余伟执意不听，说：“他今天有很多秘密的话要和我讲，大厅里太嘈杂，再说好多人都认识他和我，不便说话。”我只好客随主便，以后再补偿余伟吧。无论如何我不能白吃他，这个男人太可怜了。

十四　两张照片

“卫老师，我要离开体育场了。”一进包间，还没坐稳，余伟就迫不及待地跟我说了这句话。我很理解他，一个流浪汉，多么迫切改变自己的流浪汉身份啊！

我天天中午都去体育场跑步，天天都目睹流浪汉余伟的艰辛和尴尬。滴水成冰北风呼啸的三九天，他和那个老流浪汉抱团睡在米兰灌木丛里，我给的两床旧棉被实在无法与强大的寒冷抗衡，余伟就把干杨树叶子和从垃圾桶里拾的破衣烂衫都盖在身上。第二天从米兰丛里钻出来时，乱蓬蓬的头发上粘了不少草屑，遇上的每一个人都躲他远远的。如果他进厕所，正蹲厕所的人立刻发出严正警告：你等我出去再进来吧。好像他比屎还臭，比尿还臊。

即便那些和他一块儿在体育场隔壁建楼工地上干活的工友们，虽然他们戴着一样的黄色安全帽，穿着一样的天蓝色工作服，可是流浪汉的身份还是让他的那些工友们不愿意接近他。夏天的晌午，工友们吃罢午饭都喜欢在体育场西北角的小树林里纳凉，或躺或坐或聊天或唱歌或听收音机或玩手机。微风吹过，树叶婆娑，凉爽极了！快乐极了！我每圈经过小树林边的跑道，都恨不得自己也成为他们中的一员，和他们一块儿躺着、一块儿说笑。可是真正是他们中一员的余伟却躲得远远的，一个人坐在体育场东南角的杨树下对着褐红色的跑道发呆。大夏天的晌午，除去得神经病的我在跑道上瞎跑和树上的知了瞎叫，偌大的体育场连个人影都少见。顽皮的夏风故意挑动余伟，偶尔把北边小树林里嬉笑声吹过来，好像说小树林里多热闹，加入他们吧！我跑步经过余伟身边时，也重复和风儿一样的话："都是一块儿干活的工友，去小树林里和他们一块儿不是更好吗？何必自绝于人民呢？"

余伟苦笑，说："我不想自绝于他们，可人家都自绝于我。我曾经去过那里，人家见我都躲得远远的根本不理我。还不如一个人在这儿，省得人家不自在，我也尴尬。像您这样把我当人看的大作家，普天下都没有。"余伟最后还不忘夸我一句。孰不知他的夸奖没给我带来快乐，却让我更加悲哀。如果大家都有一颗善良的心，如果大家不鄙视、不瞧不起暂时处于困境的人，如果大家对困难者都能伸出援助的手，这个社会该多么和谐美好呀！

服务员拎一壶茶放桌上，然后便递上菜单请我们点菜。我有个习惯，被别人宴请时不主动点菜，让请我的人自己点。

今天，因为吃一个可怜的流浪汉的请，我打破了被请不点菜的规矩，拿过菜单，不管三七二十一点了四个菜：凉拌黄瓜丝、凉拌苦瓜、油菜心炒蘑菇、京酱肉丝，都是菜单上最便宜的。然后吩咐旁边往点菜机上记菜的小姐，就这四个菜，下去吧！小姐却不依不饶，说单间起码得消费二百元以上，您这也太少了，还不够五十块呢！我把作家证件给小姐看了看，说消协三令五申取消单间最低消费标准，你们"早春二月"这不是逆风而上吗？就不怕我给你们写一篇报道出去？我从来没拿作家的招牌吓唬过人，今儿个为给流浪汉余伟节省俩钱不得已这么做。

小姐大概被我的话给吓住了，说好吧，我得请示带班经理。我说你不用请示带班经理，就直接跟你们的高老板说，他欠著名美女作家卫平的账，让他现在就过来还。小姐拿起桌上的白底蓝花瓷壶，很不情愿地给我和余伟各倒了一杯茶，扭着屁股走出包间。

“卫老师，我去一趟洗手间。”服务员前脚走，余伟也匆忙走出包间。他这趟去洗手间的时间可真不短，我玩了半天手机他才用纸巾擦着手走进来。这个可怜的流浪汉，竟不知道洗手间有自动吹风机，只要把湿手搁在机口下，热风就自动吹出把手烘干。

“卫老师，”余伟关上包间的门，重新在我的对面坐下，很严肃很一本正经地望着我，“我今天请您吃饭，是因为有很重要的事要和您讲。”余伟端起茶杯喝了口茶，说这对您并不重要，可是对我太重要了。我心里憋了太多的话，早就想找个人说说，可是谁肯听呢？人家见我这个模样就躲得远远的。想来想去，只有向您说了。我觉得您是一个心地善良的好人，虽然是大作家，可从来都把我这个流浪汉很当人看。今儿个我请求您依然把我当人看，耐心地听我把自己的故事讲给您听。

“我不是把你当普通人看，是把你当朋友看。”我说，别以为我是那种人家一说我脚小就站不住的人，被余伟一声夸就不知东南西北顺杆往上爬，更不是为了余伟这顿饭，就故意和人家套近乎。我真的感觉余伟离我很近，就好像是我的子侄。特别是夏天的中午，看见穿洗得干干净净的蓝工作服的余伟站在跑道旁边的大杨树底下和我打招呼，恍惚间好像又回到很多年前那个人身边，他太像那个人了。尤其现在，穿戴整齐、梳洗干净的余伟就坐在我对面，我盯住他的脸注视着他的一颦一笑，我觉得余伟对于我竟是那么地熟悉，那双稍长的单眼皮眼睛、那两道浓浓的眉毛、那鼻子、那嘴、那声音……一切的一切曾经是那么熟悉和亲近。一时间我神情错乱，怀疑我们穿越了时光隧道。我是谁？余伟又是谁？

“卫老师，虽然您比我得小十多岁，可是我每回看见您，心中都感到特别亲切，就好像……就好像……”余伟的声音让我清醒过来，现在是二〇一五年，我是美女作家卫平。

“就好像什么？”我问，瞧他那吞吞吐吐不敢往下讲的样子，我估计他要讲的话可能对我不利，甚至会惹我生气。“讲吧，不要有顾虑嘛！”我竭力装出很大度很从容不迫的样子，“你说我像你媳妇我都不急。”

“我讲出来怕您会生气。”余伟还是不讲。

“向毛主席保证，我肯定不生气。”我一着急，竟说出了我们那个年代年轻人常说的那句话。

“我还是怕。”

“讲嘛讲嘛，人家既然答应你不生气就不生气嘛！”我拿出美女在男人面前的撒手锏：撒娇，摇晃着身子，猩红的小嘴儿嘟得老高。心里却觉得自己也真够无耻，七十一岁的老太居然在四十多岁的流浪汉面前做小女人状。

余伟突然伸出右手，我注意到平日脏兮兮的手今天格外干净。“咱们拉钩吧！”我伸出了一只小拇指和他的小拇指勾在一起，“拉钩上吊，一百年不许变。”

余伟笑了：“刚才拉钩时我才感觉您还挺像您的。”

“怎么，我平常不像我？那我像谁？”

“像一个七十岁的，和我很亲近的阿姨。”余伟说我早就想对您说这句话，怕您生气不敢说。

“这就是你今天要跟我说的最重要的话？”我问，余伟的一语道破实质的话让我感到非常吃惊，难道我在韩国花了几十万人民币整的美女容貌，让他发现破绽了？要说不至于呀，我几乎每天上床之前和起床之后，都要在卧室的落地大镜子前左照右照，从未发现全身哪怕头发丝那么一点不符合我年轻美女的破绽呀！再说，司机小张天天都跟我厮混在一起，他不也没发现吗？还一直垂涎着我，甚至幻想把我娶进他妈留下的大三居里为妻呢！余伟说我像七十岁的老奶奶，大概因为我对他慈悲为怀吧？一般不都老年人心慈吗？“你凭什么说我是七十岁的老奶奶呢？”作为美女作家的我很想知道这个问题的答案。

“那我就告诉您吧！”余伟说，突然从洗得干干净净的工作服上衣兜里拿出一个钱包，又从钱包里拿出一个装银行卡用的塑料小袋儿，再从小袋儿里拿出一个薄薄的白纸小包，小心翼翼打开纸包，呈现在我眼前的是一张已经泛黄的照片。“您看，这是我和亲生父母唯一的一张合影。”余伟双手把照片捧到我面前，我也学着余伟双手捧过照片。

我大惊失色，差点就叫出声。原来，照片上那对夫妻不是别人，正是余贝木和蓝映虹。照片的右上角有一行很小的白字：儿子百日，余贝木、蓝映虹及余伟留念。

我是在一九七〇年四月十五日请假回家与柳元结婚的，回来时正赶上蓝映虹休完产假上班。

提起和丈夫柳元结婚的事，我不能不感激老崔家二叔。老崔家在得知小十抛弃我娶一个侉子（我们村里人对外地人的统称）的消息之后，全家人同仇敌忾，一致决定和小十断绝一切关系。特别是二叔，找到我家，当着我妈和我大哥的面发誓，说一定要给丫头找个比小十强一百倍的对象，二叔说完这话没几天就从单位请假到他原来的部队去了。这些，都是大哥在信里给我讲的。

就在接到大哥的信没几天，好像是国庆节放假前夕，那天我刚下课捧着教案从教室走出来，忽然看见二叔，他身边还跟着一个高个子长相很英俊的年轻军官。我问二叔是不是来找余贝木？二叔说我不认识余贝木，是来找你的。听说我上午已经没课了，二叔说走，我带你们吃饭。我们三个人就来到三公里林业局食堂旁边的一个小餐馆里。

饭桌上，二叔把我们俩相互做了介绍。对我说他叫柳元，军官大学毕业，南方人，他的老团长亲自给介绍的。二叔说我觉得你们俩很般配，又对柳元说淑荣是我看着长大的，这孩子可仁义可心眼好了，要不我一个街坊干吗要管这闲事？不知是被二叔的热心感动，还是柳元的年轻英俊和军官身份（当年的姑娘都愿意找军官）打动了我，抑或二者兼有，反正我丝毫没犹豫就同意了，柳元也很愿意和我处对象。

二叔和柳元在东北陪我玩了两天，国庆节假期一过就走了。这期间余贝木曾带着蓝映虹拿一袋子他们从当地参农那里买的人参看二叔，还要请二叔、柳元和我到临江饭店吃饭，被二叔当场拒绝。二叔说你叫余贝木，我叫崔瑞林，咱们不是兄弟，我根本不认识你。人参嘛，你们就自个儿拿回去吧，别脏了我的手。

余贝木和肚子已经隆起的蓝映虹抱着他们的人参，在我们三人注视的目光中很尴尬地走了。我批评二叔，常言道巴掌不打笑脸人，毕竟余贝木是您一奶同胞的亲兄弟，您不该这样对待他。二叔说我不应该这样对待他，小十就应该这样对待你吗？他忘记这么多年你们老李家是怎么诚心诚意待我们老崔家的？他忘记了你们俩从小到大是怎样的深情厚谊，做人能背信弃义吗？这样的人别说亲兄弟，就算亲爹亲妈我也不原谅。何况来东北之前你老爷老奶奶一再嘱咐我，说小十就算跪地求你都不许理他。二叔的话让我感动得当场落泪，我心中暗暗发誓，今后一定好好报答老崔家，好好报答二叔。

第二年的春暖花开之际，柳元调到西藏边防部队之前，我回家结了婚。我回学校上班的第一天，就碰上蓝映虹抱着孩子在教研室里显摆，她五十六天产假刚刚休完。

记得那天早晨，我背着一大书包花花绿绿的喜糖走进教研室时，屋里非常热闹，全校的教师几乎都在这里。余贝木和蓝映虹正抱着他们的儿子，挨个儿给大家看，孩子漂亮的长相博得了所有老师的夸奖。有的夸孩子皮肤贼白跟葱白似的，有的夸孩子眼睛贼亮跟灯泡似的，有的夸孩子脑门贼宽肯定贼聪明……最后，教师们得出一致结论：这孩子集合了余老师和蓝老师的全部优点，长得贼漂亮、贼英俊、贼聪明，长大肯定是贼出类拔萃的美男子。东北人夸奖别人和贬损别人都喜欢用“贼”字，贼好贼坏，就是特别好特别坏。在这里对余贝木和蓝映虹的儿子一气儿用了七个“贼”字，可见这孩子好得肯定不一般，虽然我连看都没看那孩子一眼。

我的目光更多集中在抱孩子的蓝映虹身上。这个女人比没生孩子之前变得更加妖艳妩媚动人了，粉嫩粉嫩的小脸蛋儿就像三月桃花。那件她以前穿着略显宽松差点儿要送给我的漂亮花衬衫，现在非常合适，恰到好处地勾勒出蓝映虹身体优美的曲线。细腰丰臀大乳，吸引不少男老师的目光，我发现外号“钻井工”的王老师的目光几乎就没离开过蓝映虹的胸脯。他是个很风流的男人，和很多女人有染。俗话说，不怕贼偷就怕贼惦记。如果“钻井工”真的惦上了蓝映虹，她能躲得过吗？万一没躲过，大家都在一个学校，蓝映虹怎么做人？余贝木堂堂男子汉被同事戴上了绿帽子，以后还怎么抬得起头？后来觉得自己纯粹是看三国掉眼泪替古人担忧，他们俩结婚的时候考虑过我的死活吗？这么一想，我甚至有点儿盼望“钻井工”和蓝映虹之间发生点什么了。遗憾的是直到一九七一年春节前夕我调走了，也没看到我盼望发生的事。后来余贝木和我在龙山那个小饭馆里吃饭时，我才知道他和蓝映虹已经离婚。至于离婚的原因，是否和“钻井工”有关系，他没说我也懒得问懒得听。

“余伟，按我的理解，这张照片中的小男孩儿就是你，两旁抱着你的，就是你的父母？”我问，“可是我还不理解，这和你把我当成很亲近的七十岁阿姨有什么关系呢？难道就因为我平常喜欢和你讲话？或者偶尔帮助过你？”

余伟摇头：“从我见到您的第一眼就有这种感觉，甚至觉得您就是照片上我的母亲。有好几次在您面前，我都冲动地差点儿喊出妈，真的，卫老师，我没骗您。”我不能不相信人的第六感觉。

“那你的母亲呢？她依然健在吗？”

“不知道。”

“这就奇怪了，当儿子的怎么连自己母亲死活都不知道呢？”

余伟没立刻回答我的话，而是从钱夹里又拿出一张照片，是一个年轻的长相还算英俊的父亲抱着个小男孩儿，父亲的两只胳膊紧紧搂着男孩儿，男孩儿的小嘴儿亲着父亲的脸蛋儿，亲密的样子，好像唯恐谁会把他们分开。照片的右上角有两行小小的白字：儿子一岁与爸爸合影留念。“这张照片里的父子又和你什么关系呢？”我问。

“小男孩儿同样是我，抱着我的是我的养父。”余伟指着照片，我注意到他说这话的时候的眼睛里噙满泪水，说话的声音有点儿发颤。

可怜的余伟，一定是在养父家里得到不公平的待遇，要不然的话，都四十多岁的男人了，为什么提起被送人的事还伤心欲哭呢？为什么四十多岁的人还流浪呢？当然，我也明白了余伟为什么不知道自己父母的死活，因为他才那么大点儿就离开了亲生父母。更直白地说，余贝木和蓝映虹离婚以后，马上就把儿子送给了照片上抱着余伟的男人。这个男人接受孩子以后立刻就到照相馆照相，甚至是当着余贝木和蓝映虹面照的相，那亲密样子其实是在表演给孩子的亲生父母看，用现在的话说是作秀。

作为余贝木和蓝映虹结婚的受害一方，我心里一直在嫉妒他们两人，一直在诅咒他们的婚姻不会长久。一九七一年的秋天，那次余贝木打着外调的旗号在小饭馆儿请我吃饭时，当我听他说已经和蓝映虹离婚了，我高兴得差点儿就蹦起来。报应报应，上天的报应。他们为什么离的婚？孩子归谁了？这件事一直在我心中是个谜，也许眼前的余伟，他们的亲生儿子能为我解开这个谜？不过我马上就推翻了自己的这个想法，根据这张父子照上余伟的年龄推算，余贝木和蓝映虹离婚时他才一岁，一岁孩子怎么可能知道当年父母因何离婚呢？即便他现在知道了，让一个可怜的被遗弃的儿子回答父母离婚的原因，也太残酷了。我打消了这个念头，管他们因何离婚呢，反正我的诅咒变成了事实，这就够了。

“是不是你的养父对你不好，你又无意中知道了他不是你亲生父亲，所以就离开家成了流浪人员呢？”我问。这个话题仍然残酷，但是面对流浪汉，我实在不知道谈什么才能让他感到幸福无比。

“您说错了。”余伟摇摇头，“我父亲对我太好了，疼爱我比任何亲爸爸一点儿不差。”余伟噙着的眼泪忽然就流了下来，声音也有几分哽咽。原来如此，是我理解错了余伟刚才的伤心欲哭，他是为他的养父。

“那是为什么？养母容不下你？”

“都不是。”余伟摇摇头，刚要往下讲，两个服务员端菜进来。

“您趁热吃吧！我这人眼泪窝子太浅，一提起我和父亲的事就惦着哭，别影响您吃饭。您愿意听，就吃完饭再给您讲。”余伟用筷子指指腊肉炒西兰花和码放齐整的翠绿的油菜心炒虾仁儿。

“我没点这俩菜呀，服务员你是不是送错了？”

“这位先生点的。”服务员说完出去了。

“你——”我指着余伟，“在工地上卖苦力挣俩钱容易吗？这么破费！”我忽然觉得自己的口气特像一个慈祥善良的老大妈。怪不得余伟把我看成阿姨甚至妈妈，看来即便我把自己整成婴儿，勤俭淳朴老大妈的真实面目也难掩盖。

“卫老师，也许我们今后再也见不着了，这顿饭就算我对您的感谢吧！”余伟用桌上的公筷为我夹了一块腊肉。

“行。”我说刚才免费茶水喝多了，我得先去一下洗手间。我打算找高老板，让他允许这顿饭先欠着不结账，明天饭店上班我把钱送过来。

余伟却挡在门口不让我出去：“您想结账是不是？您前脚走我后脚就离开，永远也不把我的故事告诉您了。”

“好，好。”我又坐回座位上去，我可不想放弃余伟的故事。就在看完两张照片以后，我心里已经在为我的即将出世的长篇小说在构思了。“余伟，听你的谈吐，我觉得你的文化水平应该很高，也很有文学素养。”为了让余伟谈得更多更畅快淋漓，我先给他带上两顶高高的大帽子。“那你就应该知道，干作家这行当的人就喜欢和别人聊天。既然刚才你说了觉得我就是照片上你的母亲，那我就卖个老充大辈，你权当和母亲在聊天吧！哪儿有母亲不爱听儿子说话的呢？”说完最后的这两句话，我觉得自己看余伟的眼神里就多了一层母亲看儿子的慈爱。我的儿子是一九七一年一月二十八日阴历正月初一生的，余伟是一九七〇年四月十六日生的（听蓝映虹说的），我儿子比余伟小九个多月。我们母子已经好几年没见着面了，尽管远在加拿大的儿子和女儿多次动员我到加拿大和他们一起生活，但是我留恋一个人在国内自由自在闲云野鹤的生活不愿意去，更何况整成这副尊容实在无法与孩子们见面，所以多次谢绝了儿女的好意，可是我的心里却无时无刻不惦念他们。余伟是余贝木和蓝映虹的儿子，蓝映虹曾是我同年同月同日生的好姐妹（宿舍里曾有人打趣说我们是孪生），余贝木曾和我是青梅竹马差一点儿就结婚的恋人，我把他们的儿子当成自己的儿子一点儿也不为过。我想起刚刚余伟说的那句话，觉得我就是他照片上的母亲。忽然觉得冥冥之中是不是有神的力量在主宰我们，让我们各自都把对方当成亲人？同时，我也为刚才为诱导余伟和我讲他的故事，而特意为他量身定做的两顶高帽子感到羞愧。一个做母亲的，怎能这样对待儿子呢？“余伟，假如你不愿意说就什么也别说好了，能和你一起吃饭我感到非常幸福。”我说，特意把西兰花里的腊肉挑出来放进余伟碗里，他需要油水。

“我早就想把我的事和您说了，只是以前没有勇气。这回要离开了，我再不说就没有机会了。”余伟从装纸巾的小盒子里拉出一张纸轻轻揾揾眼睛，又擦干两颊的泪水，开始了他的叙述：

去年国庆节假期的第一天，一吃完早饭，母亲和妻子及我们的俩儿子出去逛公园，家里就我和七十多岁的老父亲。我老父亲特爱下棋，我想正好趁家中没人打搅和老爹好好下一盘，便端来棋盘放在餐厅的饭桌上，去卧室招呼老父亲下棋。坐在床上的老父亲拍拍床沿，叫我坐在他身边，说有非常严肃重要的事要向我宣布。听了父亲的话和看他那一脸严肃的样子，我心里觉得好笑，融融六口之家有什么非常严肃重要的事呢？“昨天单位体检结果出来了，我被查出食道癌晚期，最多能活半年。”

“啊？”我一下子被这个消息击蒙，父亲的身体一向铁打的一般，从来没生过病，怎么一下子说晚期就晚期呢？“爸爸，准是你们铁路医院检查错了，这不可能。”我强忍住眼泪安慰父亲，“国庆假期一过，我带您去城里大医院检查。今儿个他们娘儿四个不是在外边吃嘛，我晌午做几个您爱吃的菜，咱爷儿俩喝几盅，甭想那狗屁食道癌的事，我担保准没事。”我说，拿起遥控器为父亲打开电视，“接茬看您的电视剧，我上早市买菜去。”

“你回来。”父亲把我叫住，“我有更重要的事和你谈。”父亲说着，就打开沙发旁边那只小床头柜的锁，从里边拿出一个非常精致的小铁盒儿，又从铁盒里拿出一张有些泛黄的照片递给我，“认识照片上的人吗？”

我仔细端详一下照片的三个人：女的抱着一个小男孩，男人搂着女人的肩膀。右上角的一行白字是：儿子百日，余贝木、蓝映虹及余伟留念。“我怎么会认识他们呢？又和我没关系。”我很不以为然地说，把照片递给父亲。

“你应该认识他们。”父亲的语速很慢，意在强调这几个字，“那就是你和你的亲生父母。”父亲指着照片上那个男人和漂亮女人一字一顿地说。

“这怎么可能呢？我一岁时与您的那张合影照片就在咱家的相册里，那上面的字我背都能背下来：儿子一岁与爸爸合影留念。现在又冒出我不是您亲生儿子。您可真能逗。”我父亲平时最好看那些煽情的烂电视剧了，这些劣质电视剧为了吸引大家的眼球，故事情节常常离奇得一点儿谱都不靠，不是父母子女没有一渣渣的血缘关系，就是亲兄妹因为相互不知情结了婚，还有姑姑嫁给侄子和叔叔娶侄女的……总之吧，越离奇越不靠谱越好。我的父亲准是被那些狗血电视剧忽悠了，再加上突然而至的癌症晚期的打击，有些精神恍惚，幻想自己和儿子间也有和电视剧里一样的离奇故事。

“我要死了，不能把这个秘密带进棺材里。再说，你也应该知道你亲生父母的事。”见我还要走，父亲急了，拍打着床沿，“你给我坐下，就在我身边，我的话没讲完之前你一步也不许离开。”父亲说：“我太自私了，这么多年都没敢把你的身世告诉你，是怕失去你啊！可是你的亲生父母呢，他们不也怕永远失去自己的儿子吗？你的父母都是七十多岁的老人了，我相信这么多年他们肯定一直在苦苦找你呢。我若再不说出真相，再不让你去寻找亲生父母，我还是人吗？孩子啊，爸只求你一件事，听我说完以后立刻就去找你父母，不能让你的父母抱憾离开阳世啊！”

“好吧。”我无奈地挨着父亲坐下，一只手搂着父亲瘦骨嶙峋的肩膀，“老爹爹您请讲吧，儿子洗耳恭听，半步也不离开。”

父亲叹了口气，开始了他的讲述。

父亲的老家在山东，在父亲还没生下来之前，因为战乱，整个家族十余口子人全下了关东，安家在长白山底下。依托着大山和原始森林，虽然生活比在山东强了，但是仍然朝不保夕。特别小日本肆虐东北那十多年。爷爷那辈人，有好几个都参加了打鬼子的抗日联军，有的就牺牲了。到小日本投降时，那辈人就剩下我的爷爷还活着。爷爷后来又参加了解放军，一直打到全国解放，爷爷就地转业，在北京当了一名铁路干部。父亲那辈一共哥俩，叔叔一直读书，而父亲小学毕业以后就在林业局当一名工人。

父亲和叔叔虽然是亲哥俩，但命运却截然不同。叔叔高大英俊，再加上是大学毕业在林业局的子弟校里做教师，追他的姑娘多得数都数不清。而父亲呢，因为一生下来就换上了当地的大骨节病，身材矮小，干活走路都不及正常人利索。叔叔才参加工作没多久，奶奶便去世了，从此家里就剩下哥俩。

那时候，全林业局流传很多那位风流倜傥的叔叔的故事，也就是我叔叔和很多女人的故事。据说他几乎把全局漂亮的姑娘都睡遍了，很多被他睡过又被他甩了的女人都惦着杀死他。父亲怕出事，催促叔叔早点儿结婚把家安了。但是叔叔不买账，风流依旧。终于有一天出事了，叔叔被他同校的一名女老师杀了。

这位女老师长得非常漂亮，她和丈夫都在这所子弟学校教书。两个人还有个儿子。叔叔对那位女老师觊觎已久，只是因为女老师的丈夫在身边无法下手。俗话说不怕贼偷就怕贼惦着，差几天还没到春节的时候，女老师丈夫的家里拍来一封“父病危速归”的电报，本来三口子可以一起回去，可那孩子却突然感冒发烧住进林业局医院，女老师的丈夫只得独自回去，留下女老师一人照顾住院的孩子。听说那女老师本是上海高干人家的独生女儿，根本没干过家务活。她一个人又照顾家又照顾生病的孩子，显得很力不从心。叔叔这时候就大献殷勤，每天都长在医院帮女老师照顾孩子。孩子病好出院了，和女老师的感情也到了如胶似漆的地步，后来干脆就住到了女老师家，还许诺女老师只要她和丈夫离婚，他立马就和女老师结婚。女老师听信了这位花花公子的许诺，两个多月后丈夫从老家回来的头一天，她就提出离婚。丈夫在得知真相以后，丝毫没犹豫，立刻就和女老师办了离婚手续，并且很快调回老家北京。可这时候叔叔又变卦不打算和女老师结婚了，女老师愤恨不过，就在一次叔叔又来她家时，女老师先灌醉了他，然后一把菜刀切下了他的脑袋。

女老师入狱以后，父亲第一时间赶到监狱去见女老师，表示为了替叔叔赎罪，他愿意抚养女老师的孩子一直到女老师出狱，并且保证每年都会把孩子抱到监狱给她看，女老师同意了。

叙述到这里的余伟忽然停顿下来，大滴大滴的眼泪吧嗒吧嗒滴落在饭桌上。正好女服务员又端来两道菜，红烧大虾和松鼠鳜鱼——鱼有一尺多长，虾得有一拃大。我的妈呀，就这两道菜没有五百块钱下不来。看来流浪汉余伟今天真的诚心诚意请我的客。但是他诚心诚意地请，我却不敢心安理得地吃，为这一桌饭菜，可怜的余伟得在建筑工地卖半个月的苦力啊！“余伟，这顿饭如果你非坚持自己付钱，我就不吃了。”我撂下筷子佯装要走。当然不能真走，因为我走了，这桌奢侈的饭菜余伟照样得付款，否则唯利是图的高老板会命令餐厅保安对他暴打一顿。

“坐下踏踏实实吃吧，钱我已经付了。”余伟很平静地说，“我知道您怕我多花钱，担心我今后的生活。放心吧，我离家的时候父亲给了我一张存折，说是我父母留下的，够我吃喝一辈子了。”余伟在说这话的时候，他那双我曾经特别熟悉的长眼睛里蓄满了泪水。

我走到门边，把门外挂着的牌子翻过来，让“请勿打扰”四个字在正面，把门重新关上。“余伟，我知道你很难受，想哭就哭出声来吧，没人会笑话你。”说完这些话，我剥好一只大虾在调料碗里蘸一下放进他碗里，我知道不是关系特别密切的人这么做不合适，人家可能会嫌弃。但是此刻我觉得，余伟就是我的儿子，儿子怎么会嫌弃母亲呢？“如果我没猜错的话，你父亲说的那位杀死他弟弟的女教师就是你母亲吧？”我问，但其实我心里已经完全肯定那个女教师就应该是余伟的母亲，我曾经最好的姐妹蓝映虹。那个被杀死的男老师会不会是“钻井工”王老师呢？我想问，又觉得这个问题由我这个年轻美女提出来不合适，那时候我应该还没出生，怎么会知道遥远的长白山底下有个外号“钻井工”的王老师呢？还是慢慢听余伟说吧！

余伟点头：“那位女老师正是我母亲。”

蓝映虹好样的！我心里为蓝映虹点个赞。“可是，你父亲不是答应每年都抱着你去监狱看望母亲吗？那么你们母子又是怎么失联的呢？是不是你的父亲失信了，怕你母亲出狱以后把你带走，就再也没让你和母亲见面？”我又提出第二个问题。觉得余伟的故事够精彩。没准儿不用我胡编滥造，他叙述完了，就是一部很成型、很精彩的长篇传奇小说。当然，与此同时我心里也在骂自己太残酷、太自私，完全把自己小说的成功建立在余伟的痛苦之上。

“我父亲说话从来都算数。我两岁生日那天，父亲曾经带我去监狱见我母亲，很遗憾没见着，因为重刑犯已经被转移到其他监狱了。具体转到哪个监狱，狱警也不知道，只说转到大西北了。还好，他们把母亲让他们转交的照片交给了父亲，就是您刚才看到的第一张照片。”余伟用餐巾纸擦干脸上的泪水，吃下我放到他盘子里的大虾，又扒了几口米饭。

“那你们父子又是怎么来到北京的?”

“这说来话长。”余伟说，“我父亲的父亲，也就是我的爷爷转业以后在北京的铁路部门工作。我爷爷有个战友，他的一个侄女因为屡受自己亲叔叔欺负在家里待不下去了，这位战友知道我父亲正好比他侄女大几岁，就让爷爷把自己的侄女弄到东北嫁给我父亲。爷爷把战友的侄女弄到东北，但是却没让她嫁给我父亲，而是嫁给了另一个男人。原因是父亲有大骨节病，身材特别矮小，用现在的话说就是侏儒。而那姑娘却长得挺好，个子高高的，脸盘子很漂亮。父亲和爷爷都认为如果让战友的侄女嫁给父亲，那无异于趁火打劫，不能干这种缺德事，因此就托人给那姑娘找了个年轻的林场伐木工。过了半年，那姑娘生了一个孩子，这下子可惹恼了伐木工，天天逼问姑娘这孩子是谁的种。起初姑娘不说，可架不住伐木工的拳头，不得不把实情告诉伐木工，是她叔叔的孩子。伐木工以为自己太吃亏了，竟然娶了一个和亲叔叔乱伦的女人，还生了一个乱伦的孩子。离婚吧，可是深山老林里的伐木工找媳妇太难了，他的工友有好几个都三十好几了还打着光棍。将就着过吧！一转眼这桩婚姻就就持续了十多年。在这十多年里，爷爷战友的侄女和她生下的那个女孩儿受尽折磨，娘儿俩的身上都是被伐木工打得新伤旧痕，可怜的小姑娘终于被折磨死了，那伐木工过几年也死了，是伐木时被一棵倒下的树砸死的。这大概也是老天爷的报复吧？爷爷要离休了，之前爷爷向上级部门打了报告，希望能把唯一的儿子，也就是我父亲调到北京，他就不用再回东北，和儿子在北京市定居了。上级同意了爷爷的请求，特意在工作单位附近为爷爷盖了几间房。爷爷回东北搬家的时候，爷爷战友的侄女正带着刚一岁多的女儿来我们家串门，这孩子是死了的伐木工的墓生孩子，根本没见过她爸爸。跟我一块玩儿的时候，她也随着我管我的爸爸叫爸爸。”

“这母女俩有生活来源吗?”我忍不住插话。见余伟摇头，我的心里立刻为这可怜的女人担心起来。

“靠我父亲养活，有时我爷爷战友的侄女也做临时工。”余伟的话让我放下心来，同时也为那对可怜的母女庆幸，庆幸他们遇到了余伟的父亲，多么善良的人呀，可惜他身体残疾，否则当初他们就会成为夫妻，那可怜的女人也不至于遭那么多罪了。余伟说：“那天我爷爷回到家，就跟那位战友的侄女说了要把家搬到北京的事，还说孩子你放心，就算我们家搬到天边，也要负责你们母女的生活。爷爷说完又叹口气，说只是太远了，照顾起来太不方便。因此，我爷爷就跟战友的侄女说，打算临走以前再帮她找个可靠的人家。不料，我爷爷战友的侄女却说我哪儿也不去，如果我爸爸不嫌弃她，她就嫁给我爸爸。就这样，搬到北京市之前，我有了一个幸福完整的家：爷爷、爸爸、妈妈，还有一个可爱漂亮的妹妹。”余伟停住话头，用筷子指点着菜盘子，“卫老师您倒是吃菜呀，别光顾听我说。”

“好，好。”我夹一箸油菜放进碗里，往嘴里扒拉几口饭。余伟的叙述让我的心头又出现了新的疑点，他说的那位爷爷战友的侄女和我的同学张淑芝的故事何其相似啊，不会就是她吧？只是余伟的家搬到北京市住在哪里，张淑芝的丈夫长什么样我从来没见过。“你们住在北京市什么地方呢？郊区还是城里？”

“郊区，一个小火车站的家属宿舍，当地人通常叫我家那地方西宿舍。”

“啊！”我惊诧地叫出了声。西宿舍，不正是我曾经住过好几年的地方吗？到此，我几乎可以断定，余伟所说他的家，百分之八十可能就是张淑芝的家。不过先别着急下定论，不是还有百分之二十吗？且听他下回如何分解。

“卫老师，听您这一声惊叫，就好像您住过那里，或者起码对那个地方很熟悉，我说得对吧？”余伟问，怀疑的目光盯着我的脸。

我内心有点儿慌乱，不知该怎么样回答。他说得没错，我在那儿住了三年，直到一九七九年才搬离那个日本侵华时期的小小油库。“啊，不，我刚才喊叫是被那块腊肉给辣的。这腊肉准是四川人做的，我就从来没听说过腊肉里还放辣椒的。”我怕他不相信，特意从装餐巾纸的小盒子里抽出张纸，使劲地擦自己的舌头。我天天写小说，编瞎话骗个把人是小儿科。

“不是辣椒的辣，是花椒的辛辣。我刚才吃头一口时也以为是辣椒呢!”余伟拿起桌上的茶壶为我倒一杯茶，“茶水是花椒的克星，您喝下去嘴里就不辣了。”余伟说：“您没见过我们住的那西宿舍，跟贫民窟似的。听我爷爷说刚建时挺好的，都是一排排漂亮的红顶小平房，每户一间。可是家在外地的铁路职工拖家带口的一来，宿舍马上就变样了，这儿加盖一间小屋，那儿搭个小棚子，屁股大点儿空地方也要种上几棵棒子、白薯，到停在站上的火车皮里偷粮食、煤块、木头、棉花等等，只要能拿得动的都偷。爷爷说倒也不能全怪他们，孩子太多没地方住，总不能睡露天地吧？就搭棚子盖小房呗！解决了住的地方，紧跟着就是吃喝花。那时一个老职工的工资顶天也就五十多块钱，养活老婆和四五个甚至七八个孩子，粮票不够用钱不够花，就偷呗！我爷爷还说我们搬来之前，火车站一茬一茬已经打掉四五个盗窃团伙了，可是老的被打掉了，新的又来了。”“吃啊吃啊，卫老师。”余伟让我，他自己也夹箸菜扒拉几口饭。

余伟爷爷说的那些事估计应该在我们搬来之前。我们是一九七六年搬来的，可能因为那些老职工的孩子都长大参加了工作，家庭经济条件变好了，公开到火车站偷车皮上货物的事已经很少听说，只是逢运煤车经过时，有不少孩子大人用自制铁扒铁叉从飞驰的煤车上往下划拉煤块子的事每天都有。那时每户职工家门前几乎都堆着小山般的一堆煤，自己家烧不完就卖给附近的农民。再有，就是那时期的流氓比较多，打架斗殴欺负女孩儿的事时有发生。我们家不是铁路上的人，两个孩子又小，那几年受的气可以说罄竹难书。尤其有个叫王老五的孩子，其实比我的儿子也就大一岁，可是简直头上长疮脚下流脓坏到底了，打我儿子抢我儿子的东西，见我女儿说下流话……夜里甚至躲在我们两口子住的“油罐”房小窗子底下偷看偷听。后来我和张淑芝见着了，才知道那个王老五是她的儿子。当场我就给王老五告了一状。以为张淑芝对自己儿子的恶行肯定很生气，谁知她也只是无奈地叹口气，双手一摊说我管不了啊！张淑芝说这孩子从小就被他爸爸惯坏了，除去他爸爸的话谁的话都不听，谁都管不了。他爷爷活着的时候还能卡住他点儿，自打今年他爷爷一死，更是无法无天了。她爸爸在别的火车站上班，常年不回来，抽不冷子回来住一宿，王老五在他爸爸面前表现好着呢，听话着呢。我向他爸爸不止一回告王老五的状，他根本不相信，还说我坏良心了，处处看他儿子不顺眼。我说听你丈夫这么说，就好像王老五跟你无关，是他一个人的儿子似的。“差不多吧！”我记得张淑芝当时还抹了抹眼，好像哭了。既如此，我也就不好再向她告王老五的状了。在我们搬走之后，听女儿说王老五被劳教了。女儿和王老五妹妹同班，是王老五妹妹告诉她的。女儿说王老五妹妹说起她哥哥被抓的事都哭了，我说这么一个流氓哥哥抓起来不正合适，家里有个流氓对她有什么好？女儿说您不知道，王老五可疼她妹妹了，有点儿好吃的自个儿舍不得吃，都让他妹妹吃。要是有谁敢欺负他妹妹，他能找人家拼命。有回他妹妹上学迟到了，老师没让进教室，他就把老师家的玻璃给砸了。

“我们家搬到西宿舍的时候我还不到七岁。因为我爷爷是离休老干部，站上特为我们家在西宿舍东北角盖一所很大的红砖瓦房，还用墙给我们围了一个小院。我和妹妹跟着爷爷常在小院里干活，种菜、种花、种树。我记得我们种的一棵桃树结的桃子可大了，红红的歪着嘴儿，跟画上画的一样。可惜，我和爷爷在一起只待一年，爷爷就死了。”余伟又流了泪，“那段幸福时光至今无法忘怀。”任眼泪流淌，他没有去擦。两只眼定定地望着对面的雪白墙壁，好像那里有他的爷爷和那个幸福快乐的小院儿。

我不敢打搅他对幸福时光的回忆。可怜的流浪汉，难得有这样的美好的时刻。我的思绪也没闲着，根据余伟说的他家红砖瓦房的位置，我完全可以断定那就是张淑芝的家。因为受张淑芝的邀请，我和妈妈都去那房子里串过门儿。我记得当时我还问过张淑芝，你们家怎么会住这么大、这么宽敞的房子？还有这么大的院子？张淑芝说是上级领导的照顾，因为他死去的公公是离休老干部，从部队下来以后一直在这个火车站工作。我也看见了余伟说的那棵桃树，满树粉红色的桃花，配上小院里翠绿的菜畦，把个小院装扮得世外桃源般。从张淑芝家的小院里出来走进被垃圾山围堵的我家阴暗潮湿的小屋，我感叹少年遭遇不幸连小学都没读完的张淑芝命运就是好，嫁个好丈夫，有个好公公。哪像我，虽然北京名牌大学毕业，如今却蜗居在耳朵眼般大的小窝窝里，孩子、大人还要受人欺负。苍天呀，你睁开眼看看吧，我这个名牌大学毕业的高材生过的是什么日子啊！小流氓王老五家……我的思绪忽然打住，不对插关呀，余伟姓余可不是王老五，他怎么会住在那个小院儿？莫非……莫非……特别能编故事的我，暂时在这儿被卡壳。我又不能问余伟你和当年的王老五是什么关系？怕他对我的真实身份引起怀疑，刚才那一声“啊”就差点儿暴露我的庐山真面目。这时候我看到过的小说或者电视剧里的地下斗争的情节帮助了我，沉着冷静勇敢，看他如何继续表演。

“爷爷死了，爸爸又不在跟前，那一段日子是我人生最黑暗的日子。”

“你爸爸为什么不在跟前？”余伟刚说两句就被我打断，看来我注定是不能当地下工作者，怎么也沉着冷静不下来。因为他说的爸爸不在跟前的情况，跟张淑芝说的王老五爸爸在别的火车站工作很少回来一样。如果余伟不是姓余而是姓王的话，我相信“你肯定是王老五”的话立刻从我的嘴里脱口而出。

“我跟您说了，我的父亲从小得了大骨节病，身材奇矮，还没五六岁的孩子高。”余伟给自己倒了杯茶，一口一口慢慢地喝，父亲因为自己的残疾怕我被孩子们笑话，也怕才三十多岁我的漂亮的母亲面子上不好看，特意让我爷爷走后门说情把他安排在其他火车站工作。而且平常父亲有班必加，不加班就替别人顶班，几乎很少回家。偶尔回一次家也从来不出我们家的小院儿。余伟停下叙述，又开始用纸巾擦脸上的泪水，“我的父亲呀，他活着的一切就是为了我。可惜，”余伟双手捂脸抽泣，宽阔的双肩微微耸动。“我……我太辜负我的父亲了。”余伟镇静了一下，说卫老师您不知道当年小小年纪的我，已经是西宿舍有名的小流氓王老五了。

果然他是张淑芝的儿子王老五！我再一次差一点儿“啊”了出来，我的两只眼一眨不眨地打量着面前余伟的面庞，想找出我印象中的小流氓王老五的特征。很快就被我找出来了，那个在右嘴角上方的月牙形的小疤痕。

好像是我女儿一年级的时候吧，那天放学过铁道的时候，王老五非拦着我女儿要和她亲嘴，否则就在火车过来的时候把我女儿推到火车底下。才七岁多的女儿吓得哇哇大哭，我儿子上前去打王老五，却被他的同伙死死摁在地上，和女儿同班的王老五的妹妹小兰哭着求哥哥放掉我儿子和女儿。正在这紧急关头，我来了。那天下午我因为被科长派去县城买东西，所以回家比正常下班早，正好撞上这事。见儿子和女儿受欺负，我像一头愤怒的母狮，抡起手中装满东西的提包不顾一切地朝王老五脸上抡去，刹那间王老五的嘴角就小河般淌出鲜血。我"宜将剩勇追穷寇"，继续朝王老五的脸上拼命地抡，还铆足劲儿地用右脚踹又瘦又小的王老五的肚子，使劲儿推他。终于，小流氓头儿王老五抵不住我这红眼母狮疯狂攻击倒在地上哇哇大哭。树倒猢狲散，众小流氓们见头头被打败了，吓得屁滚尿流抱头鼠窜。要不是小兰向我求情饶了他哥哥，那天我非得把王老五打死不可。回到家里，女儿告诉我王老五的嘴角上方被我打了一个大口子，比小孩子嘴还大，可吓人了。我不太相信，一个人造革的提包怎么会有这么大的威力呢？直到晚上我打开提包上的锁往外拿钢笔，才明白了，这威力是来自提包上这只大铁锁。那一晚我很害怕，怕张淑芝带王老五找家里和我理论打架。王老五再坏，毕竟是孩子，我是大人，把人家孩子打得鲜血长流总归说不过去，好在张淑芝没找来。不过第二天上厕所时我们碰见了，我要向她道歉，被她拦住了。张淑芝说这个小流氓，教训教训也好。我现在只担心王老五会纠集人报复你们家，你跟全家人说说，要多加小心。俩孩子上下学也尽量让大哥大嫂（她家的辈分比我家大）辛苦点儿，接送一下。我回家把张淑芝的话跟父母说了，从那以后年迈的父母又多了一个活儿，每天接送俩孩子上下学。为了躲开流氓王老五，我很快把俩孩子转到我们工厂旁边的高楼金小学。虽然农村小学的教学质量可能比不上县城里的小学，但农村孩子淳朴老实，没有王老五这样的小流氓。王老五欺负不着我孩子，就开始疯狂地报复我的家，趴我家窗根底偷听偷看，往窗框上抹屎扔垃圾……我感觉那时候好像天天都生活在对王老五的恐惧和仇恨之中。根据黄金分割法，我想王老五和他同伙对我也应该有同样的仇恨与恐惧，因为他右嘴角上的那块月牙形的伤疤永远在提醒他，别把我这只老母狮逼得太急了，否则会杀了他们，所以这帮小流氓报复一阵子也就偃旗息鼓了。但是我的心里很害怕，害怕王老五一伙小流氓对我们家报复升级，我们双方还真有点儿麻秸秆打狼两头怕。好在后来厂子里分房了，我们终于逃离了这个可怕的贫民窟。

都说仇人相见分外眼红，时过境迁，几十年过去了，岁月的河流已经完全把我对小流氓王老五的仇恨冲刷干净。对面坐着的曾经小流氓王老五一点儿也没引起我的仇恨，反之心中对余伟小小年纪就失去亲生父母，心里充满了同情。我想假如他的家庭没出那样的变故，假如他一直和亲生父母生活在一起，凭两个知识分子的良好基因和良好教育，没准儿早就做出一番事业了。人的命运呀，真是很难以琢磨。“你不是余伟吗？为什么都叫你王老五呢？再说，你养父只有你一个儿子，也应该叫王老大合适呀？”见余伟半天没言语，我问。

余伟夹了箸鱼放到嘴里，又扒拉口饭咽下才回答我的话。他说：“我爸姓王，本来应该一把我抱养过来就让我姓王，可我爸没有。他说那个被我妈杀死的他那个弟弟绰号叫‘钻井工’（果然是王老师），糟蹋过不少女人，是个头上长疮脚下流脓坏到底的人。因为他，我的家庭才遭此变故，我才成了孤儿。所以不能让我与这个仇人一个姓，让我还叫原来的名字，随我生父的姓。可是在我三岁那年，我爸又改主意了，给我改名王余伟。原因呢，是一般大的小孩儿也不知道说话不清楚还是故意，都把‘余伟’喊成了‘野种’。我父亲说为了避免对我伤害，他还特意把王姓家族请到饭馆吃了一顿饭，按大排行我为老五，父亲和叔伯们嘱咐我的堂兄弟们，说再有哪个瘪犊子叫你们的老五兄弟‘野种’，你们就一齐上阵把那瘪犊子揍趴了算！从那以后，我就再也没受过欺负。不但没受过欺负，还经常和我的哥哥们欺负别人。搬到西宿舍之前我还才六岁多，在我们当地已经有了‘小五爷’之称。记得我们搬走的那一天，我抱着我的哥哥们难舍难分，一个劲儿央求我爸爸别走了，离开哥哥们我受欺负怎么办？我爸说有你爷爷护着你，没人敢欺负你。”

余伟叹了口气，放下手中的筷子，说：“卫老师我吃饱了，您慢慢吃，听我慢慢讲。说实在的自打去年父亲跟我说了我的身世以后，我心里总有一种特别憋屈的感觉，老想找人倾诉一下，可是谁又肯听一个流浪汉的倾诉呢？”他的话倒提醒了我，他的养父让他寻找亲生父母，可他怎么就成了流浪汉了？

“不怕您笑话，我十五岁辍学，十七岁不到被抓起劳教，整整十年。”

我算了一下，王老五被抓时女儿刚上初一。女儿从高楼金小学毕业以后，考上了全县最好的一中，王老五的妹妹也考上了一中，而且两人分在同班。两个孩子念小学时就是好朋友，只是由于女儿转到高楼金小学，暂时中断了这段友谊。现在又在一个班念书，两人重又成了好朋友。那天我去给女儿开家长会，以为能见着小兰的妈妈张淑芝，可是不知为什么她没来。我倒是见着小兰了，她是为家长会服务的同学。因为小兰偶尔会到我家来玩儿，所以看见我刚进教室就迎过来叫声阿姨。我问小兰你妈妈到了吗？小兰说她妈妈感冒了没法来。小兰和我说这些话的时候，我发现她的两眼红红的，眼皮肿得透亮，好像刚刚哭过。因为是在那种场合，我不方便问她。回家后我问女儿，你的好朋友王小兰怎么了，两眼肿得跟大桃似的，不是他家里发生了什么事吧？女儿说她哥哥流氓王老五被抓起来了，她想他哥哥，这几天经常哭。女儿说您可不知道，别瞧流氓王老五在外边欺负人，可是对小兰疼着哪，好吃的、好喝的、好穿的都紧着小兰。就连王老五跟他那帮混混们在外边吃顿饭，也总是把最好吃的先留出来给小兰带回家。有一回班里的一个淘气男生上课时悄悄把小兰的长辫子从后面绑在小兰的椅背上了，下课时小兰站起来不小心被椅子拽倒，额头被桌角磕破了。下午上学路上，王老五带着他那帮小混混儿把淘气男生臭揍一顿，警告他，说你再敢动我妹妹一根毫毛，下回就要了你的狗命。听小兰说王老五不是她亲哥，可是比亲哥还疼她哩！王老五不是小兰亲哥哥？不对吧？当时我有点儿怀疑，印象中好像以前听张淑芝说过余伟是她亲儿子的话，只是时间长了，怎么说的在哪儿说的忘了。当然，现在我不用怀疑了，当事人余伟已经把他们这家人的来龙去脉讲得明明白白了。

“劳教出来我已经二十六岁多了。”余伟说，喝了口茶，“我爸爸本来早几年就可以退休，为了能让我接班，我爸一直熬到我劳教出来才退休。我上班的前一天晚上，父子俩睡在我爸爸火车站的宿舍里，说了半宿的话。我感觉二十六年里，好像第一次听父亲说这么多话，第一次感觉我和父亲是那么亲近。他讲到我小时候的乖巧和惹人怜爱，讲到他那回赶着狗拉的爬犁带我到森林里玩儿，爬犁翻了，父子俩同时掉进积雪里，先爬出来的我一边扒着埋住父亲的积雪，一边哭。父亲说那哭声撕心裂肺，就是从那一刻起，父亲知道自己活着的唯一意义就是我。今后的生活即便是千难万难，他也要把我抚养成人，而且要成一个出类拔萃的好人。”

余伟说：“我的父亲讲到这里突然呜呜哭了，他说他对不起我，没尽到当爹的责任，只知道管我吃饱穿暖，忽略了对我人品的教育，这才导致我被劳教十年。我长这么大头一次看见父亲哭得那么伤心。我很自责，对自己说你才二十六岁，一切都来得及，好好干，决不能让疼你爱你的父亲再为你伤心。后来父亲又提到我的婚事，说他和我妈本来早就商量好了，打算我一出来就把我和小兰的婚事办了。天算不如人算，谁知小兰和她同学李靖国结婚了。父亲怕我难受，鼓励我说只要好好干，凭我的条件和家里给我留的那套大三居室，不怕没有好姑娘上门。还悄悄地趴耳边告诉我，说这些年他偷偷给我攒了一大笔钱，连我妈都不知道。只等着有合适的姑娘上门，到时候他要用这笔钱把我的喜事办得红红火火热热闹闹，让天下人都羡慕。”

“父亲的话让我痛入心扉、泪流满面。”余伟的声音又开始哽咽，我的老父亲呀，他为我想得太周到了。我当时实在控制不住自己了，黑暗中一下子将父亲瘦小的身子紧紧搂在怀里，“爸爸，我的好爸爸，地老天荒我们父子也不分开！”

余伟突然趴桌子大哭。“可是谁又想到，天还没荒，地还没老，爸爸却不容许我再做他的儿子，把我赶出家门，逼迫我一定要找到余贝木和蓝映虹，那对根本不负责任的父母。天地之大，我又去哪里找他们啊！”抽出张纸巾擦着脸上的泪水。“我真的不明白我的父亲是怎么想的，就这样过下去不挺好的吗？”

“那你希望不希望找到你的亲生父母呢？”我把碗里最后一口饭扒拉进嘴里，把碗往外一推，表示自己也吃饱了。刚要伸手拿茶壶倒水，余伟早抢先一步为我倒满了。

“人来世上走一遭，到死连自己的亲生父母是谁都不知道，还不如动物，还不如草木。我能不想吗？”

“所以说，你父亲让你出来寻找亲生父母的决定是正确的。”

“可为什么要这时候呢？他老人家癌症晚期，难道他就不知道我对他有多么依恋和不放心吗？”

“你可以随时去看看嘛！”

“我还怎么回去？离开前我和老婆离婚了。”

“为什么？你老婆不好吗？她不爱你还是你不爱她呢？”

余伟摇摇头：“还没跟您说呢，我媳妇就是我的妹妹小兰，妹妹的前夫是她的同学。开始时，我父亲黑眼看不上我这个妹夫，翁婿俩经常吵架。”余伟说：“自打我从劳教所出来上班，每逢周末回家，都看见妹夫和我父亲吵架。我父亲骂他是上海小瘪三，他骂我父亲是小侏儒，有一回当着我的面还动手把我父亲推了个大跟头。我当时捋胳膊挽袖子真想上去臭揍这个上海小瘪三一顿，可是一看到泪眼婆娑的妹妹，我忍了。毕竟，他是我妹妹的丈夫呀！”余伟说到这里长长出一口气，“不过还好，后来不吵了。大概翁婿俩都想通了，在这个家里谁也灭不了谁，一个都不能少。特别是我父亲，还主动承担起了买菜做饭的事。知道南方人爱吃腥的，爱喝甜的，经常给妹夫做大虾，买橘汁喝。看到都快六十岁的父亲还如此辛苦劳累，我特别心疼。只想赶快娶媳妇成家，接父母和我一块儿过，让两位老人过个幸福轻松的晚年。谁想到，我的媳妇还没找到，小兰的丈夫却死了。一个女人带俩孩子，上哪儿再找合适的男人嫁？弄不好的话，受罪的不光是小兰，还有我那两个可怜的小外甥。因此，在父母的撮合下我们成亲了。”

“你父亲没征求你的意见吗？”

余伟摇摇头：“因为我父亲知道，只要他决定的事，我肯定服从。”

“那你爱你的妻子小兰吗？”

“您是作家，爱不爱都是您小说里的事。老百姓搭帮过日子，还讲究什么爱不爱？作为男人，我是丈夫、哥哥，又是俩孩子的舅舅，好好照顾她们娘儿仨就是吧！这回离婚，也是为小兰着想，因为我父亲发狠话了，在我没找到亲生父母之前绝不容许我回去。”余伟停顿一下，

“天地之大，人海茫茫，我上哪里去找我的亲生父母？小兰才四十多岁，风华正茂，我不知何时能回去，别耽误她，于是就离了婚。”

“你父亲也是，把事情都做绝了。这不把好好的一对恩爱夫妻硬生生给拆了？”我说，看余伟咧咧嘴角似苦笑。

“我父亲是个聪明人，他其实什么都看出来了，说不定他是有意这么做呢！”我忽然想起女儿当年对我说过的小兰一直怀疑她丈夫是父亲与哥哥合谋杀死的话。既然她有这个怀疑，两个人的婚姻能幸福吗？余伟的“我父亲是个聪明人，他其实什么都看出来了，说不定他是有意这么做”的话，是不是就暗示他父亲已经看出他和小兰的婚姻生活不幸福，有意解除这桩不幸福的婚姻呢？

“卫老师，现在一切都和您说了，我心里感到很轻松。”余伟说，甚至伸了个懒腰，打个长长的哈欠。

“那你打算今后怎么继续寻找你的父母呢？”

“我父亲告诉我，那次去监狱里探望我母亲，请求把我交给他抚养时，母亲曾对他说过，她是上海人，孩子的父亲是北京城里的人。”余伟说，“我离开家以后，几乎把北京四九城打听遍了，也没打听出我父亲的消息。这才来到郊区，心想这些年北京变化太大，城市改造和修地铁，好多市里居住的人都被拆迁搬到郊区来住。就比如您这位知名的大作家吧，现在不也居住在郊区吗？我想大概也因为拆迁吧？没准儿我的父亲也因为拆迁搬到郊区住了呢！”

“对对对，你说的非常对。”我连忙鸡啄米般点头，唯恐嘴边没有站岗的，比快嘴李翠莲更胜一筹的我不小心让实话跑出来——我压根就没在城里住过，最早还在西宿舍和你做过邻居呢！

“你家呢，也和我一样，从城里拆迁下来的？”我想余伟的爸爸既然在火车站干了一辈子，兴许没准儿在城里也分到住房了吧？铁老大，铁路上有钱，多盖职工住房在情理之中。

余伟摇摇头，说：“我爸太善良了。当初站上考虑他上班太远，曾打算在市里的铁路家属宿舍分他一套住房，被我爸谢绝了。他说房子这么紧张，好多年轻人结婚都没房子，他就不要了。家远点儿没关系，反正他也很少回去。”余伟说：“我们现在的住房是西宿舍拆了以后分的两套楼房，一套楼房租出去了，全家住在另一套楼房里。我爸好几次都想让我们四口子搬到那套楼房里住，我不愿意。因为我从心眼里割舍不下我的父亲，虽然我一米八，我父亲一米三都不足，但是他永远是我最疼爱、最尊敬的父亲，一个比所有的父亲都伟大的人。”余伟的眼中泪光闪闪：“我爸爸现在不知病得怎么样了，我真想看看他，哪怕一眼。”他终于大哭起来。许久，余伟用餐巾纸擦干眼泪，喝了几口茶水平静一下情绪，说：“卫老师您肯定觉得我一个四十多岁大老爷们儿特没出息是不是？怎么说哭就哭呢？其实我也不想哭，我也在竭力控制自己，可就是控制不住。”

“我已经在这个区逗留快半年了，该找的地方我都找了，该打听的我都打听了，仍然没有我父亲半点音信。我想离开这个区，到别的区再找找。如果北京市所有的地方我都找遍了，仍然找不到我的生父，那只能说明我们父子无缘，没准儿他早死了呢！”余伟说，“可是，我实在不放心张大爷，要不是为了照顾他，我也不至于在这儿当流浪汉。他今年都八十六岁了，真不知道我走以后他还能不能活过今冬？我今天请您吃饭的第二个目的，就是请您帮我照顾一下张大爷。”余伟说：“这老头儿也真是怪，家中子孙满堂都很孝顺，可他就是执意不回去。他说他年轻时办过一件老天爷都不肯饶恕的灭人伦的事，他现在这么做是替老天爷惩罚自己。这辈子什么时候他能见到那个被他伤害过的人，当面向她磕头求得她的原谅，他就一根绳子把自己勒死，到阴间再向被他伤害的人谢罪。”

“他是哪儿的人？儿孙们都在哪儿住？他到底办过什么事？”我问余伟。根据老流浪汉对余伟说的话，我几乎肯定他就是张淑芝的叔叔张玉刚。年龄上差不多，再加上他嘴里特有的我们北屋村“方言”和那条与张淑芝叔叔一样瘸着的右腿（当年张淑芝的干爹就是把他右腿打瘸的），以及他自己说的那件灭人伦的事（可能与张淑芝有关），没跑，准是他。

“不知道。”余伟摇头，“卫老师您看见了，我对他够好的了吧？夜里我们爷俩躺在米兰树丛里睡不着觉的时候，什么都聊，我把我自己的一切都和他说过，他也常说自己年轻时的事。可就是三件事绝对不说：

第一件事是他干过的那件灭人伦的事；第二件事是他的名字；第三件事是他老家是什么村子。即便是说溜了嘴，他也绝不会说这三件事。”说罢，余伟从钱夹里拿出一个暗红色的存折，往我跟前推了推，“这个存折里有五千块钱，有您给的，也有我打工挣的钱。现在交给您，您就用这里的钱给他买些吃的用的放他跟前，别让他受饥寒就行。我本来想把存折写他的名字，可是他说没有身份证，没辙只好写我的名字。”

“他真的没有身份证，还是不肯给你呢？”

“我觉得他应该有。他有一个手绢包，甭管穿什么衣裳都把这个手绢包放贴身口袋里。我给他换衣裳时见过这个小包，手绢黑得都看不出本色。我说给他换个钱包，他却执意不干。而且绝不容许我碰他那个小手绢包。”余伟说，“我怀疑那小包里有身份证，没准儿还得有他说的那件事的秘密。每个人都有自己的隐私，那个小手绢包没准儿就是张大爷的隐私，后来我就再也没提过给他换钱包的事。卫老师，您是好心人，就拜托了。”余伟把存折放在我面前。

“余伟你对张大爷真好。”我夸余伟，“只是你为什么不给他洗脸呢？瞧他右鼻孔旁边老有那么大一块又黑又脏的东西，看着真恶心，你跟他面对面吃饭不恶心吗？”

余伟笑了：“卫老师您年轻轻的什么眼神儿呀，那是一块黑痣。”

“敢情是黑痣呀！”我竭力装出很平和的样子，心里却很震撼，这个老流浪汉果然是张淑芝的叔叔。张淑芝的叔叔就因为这颗黑痣，小名叫黑子。那时我们孩子之间一打架就好叫家长的小名，我没和张淑芝的堂妹张淑英打过架，但是我听过别人和她打架时喊她黑子，知道这是她爸爸的小名。那么他那小手绢包里的秘密……

“卫老师，我该走了。”余伟说，重又把存折往我跟前推了推，“给您添麻烦了。”

“不，这个你留下，寻找父母路漫漫，今后少不了用钱。我接受你的委托照顾那老……老人就是。”我想说那老流浪汉，怕刺激余伟，改称老人。“不过我是个要经常到处跑的作家，我不在谁照顾他呢？其实我觉得把他送收容站是最好的选择。”

“他说过，这是他的选择，收容站要是把他收去，他就自杀。”

“好吧！”我说，“谢谢你的款待。不过，我也不能白吃白喝，能不能把你的两张照片让我拍到我的手机里，我的交际广，没准儿能帮到你呢！还有，必须把你的手机号给我留下，万一有了线索我好与你联系。”

“当然。”余伟同意，我拿出手机立刻把那两张照片拍下来，给余伟也拍了一张，还装模作样把余贝木和蓝映虹的名字也输到手机上，最后输的余伟的手机号。对了，我还悄悄从地上捡起一根余伟掉下的头发，没准有用呢！

看不见余伟的身影了，我赶紧给北屋村委会拨电话：“是村委会吗？我是以前去过你们村采访的美女作家卫平，我们区的体育场有个叫张玉刚的流浪汉是北屋村的，请你们通知一下他家人吧！”

挂上电话，我打算明天就去市里宝塔寺街十号去见那个负心郎余贝木，我要尽快为善良的余伟找到他的亲生父母。

十五　宝塔寺街十号

宝塔寺街十号院，余贝木的家，我曾经在大学一年级来过。

那天是国庆节。我刚从天安门游行回来，发现余贝木在我住的宿舍师大中北楼门前等我。看我穿着黑裙子白上衣手捧一束鲜花，余贝木头一句话就说：“淑荣你今天真漂亮。我妈想见你，明天就穿这身到我家吧！”我说：“我不想去，累着呢！明天要在宿舍睡一天觉。再说我小时候就见过你妈呀！”

余贝木说：“我知道小时候你对我妈没啥好印象，那时候我对她印象也不好。到我们家来老挑毛病，嫌我们农村人不洗手、不洗脚、不讲卫生太脏……那回我爸爸急了，说嫌脏你别来呀，我们又没请你。可是现在跟过去不一样了，现在我是他儿子，你是我的爱人，我妈的准儿媳妇。你说，她想见见没过门的儿媳妇过分吗？为了我，你就委屈一下吧！”余贝木说到这里，偷眼瞧瞧四下没人，突然就抱住我亲了一口。

余贝木的拥抱和亲吻以及他说的话，让我备受感动，勇气倍增。余贝木是我的爱人，我是那家未来女主人，为什么不去呢？我要大大方方地去，挺起胸膛去。

“你就穿这身去吧，非常好看，我妈看了一定喜欢。”余贝木指指我的黑裙子和系在裙子里的白衬衫，“太合适了，是学校为你们参加国庆游行的仪仗队定做的吧？”

“借蓝映虹的，她嫌肥，又新买了一套。说把这套送给我，我拒绝了，答应游行完洗干净还给她。我不能为了讨你妈喜欢就借别人的衣服穿，那是献媚。”我回答。

“何苦呢？既然是蓝映虹送你的，你干吗非要拒绝呢？你们俩不是好姐妹吗？”

余贝木说得没错。虽然才上大学不过一个月，由于我和蓝映虹同年同月同日生的天然条件，俩人的牢不可破的友谊就显现出来，去教室、去图书馆、去餐厅、去宿舍……反正吧，不论去哪儿，我们俩永远在一起，有她的地方就有我，有我的地方就有她。为此同学们还给我们起了个“高低杠”的外号——蓝映虹身高一米六五，我一米六零。可不嘛，挺像高低杠的。我们的形影不离当然瞒不住每个礼拜日都来师大找我的余贝木，有时干脆我们仨就一块儿出去逛。那回我们仨整整在北海公园逛了一天，中午蓝映虹还在仿膳饭庄请我们吃了一顿饭，那黄澄澄跟小金塔一样的栗子面小窝头，精致得像洁白菊花般的小花卷儿，更甭提很多我们见所未见闻所未闻的又好看又好吃的宫廷菜了，那顿饭蓝映虹整整花花了一百二十块。我暗暗咂舌，好家伙，相当于我大哥三个多月的工资啊！余贝木也对蓝映虹的慷慨大方大加赞扬，说他们班有几个上海同学，父亲还是拿定息的资本家呢，都舍不得这么花钱，在食堂里买条鱼吃还显摆好几天呢！蓝映虹说我爸我妈都是高干，每个月工资加起来四百多块呢，他们老子那点儿定息能有几个钱？蓝映虹说这话的时候，余贝木的长眼睛里满是羡慕。

“就穿这身去我家吧，荣，求你了。”余贝木的声音儿近哀求。

我对余贝木说：“不，一定要换下来，尤其给你妈看，我更得换下来，穿上我原来那身缅裆裤大襟儿褂子的农村姑娘衣裳。你非让我穿蓝映虹的衣裳，那我就不去了。”

“你呀，真倔。”余贝木无奈地摇摇头，“好吧！明儿个天一亮你就出来，我就在你们学校大门外等你。”

我们到达宝塔寺街的时候尚早，街上除去偶尔呼啸而过的电车和汽车、扫大街的清洁工，几乎看不见行人。这是一条很宽阔的东西大街，街两边都是鳞次栉比高高低低的各种店铺，街的北面东头矗立着一座高高的宝塔，在天边红霞的映衬下，黑魆魆的，美丽又神秘。

“我们家就在紧挨着宝塔寺东面那个四合院里。”余贝木朝东指指，“你看，宝塔寺的山门开了，反正也早，我爸我妈没准儿还没睡醒。要不我先带你进寺里看看宝塔吧？顺便祈求宝塔保佑我们有情人终成眷属。”余贝木提议。

“拜什么拜？亏你堂堂清华大学的高才生呢，骨子里还那么迷信。我就不相信，不拜宝塔，我们青梅竹马相爱的一对人儿就不能成眷属。快回家吧，我累着呢！”

“好好好，倔丫头！就依你不拜宝塔，咱们这就回家。”

余贝木家住在四合院外院的南房，我们老家叫倒座房。俗话说“有钱人不住倒座房，冬不暖夏不凉”，由此看来余贝木的父母也没啥钱。一道墙把余贝木的家与内院隔开，墙上正对着南房有一道垂花门，从垂花门能看见宽阔精致漂亮的内院：正房和两边的厢房门窗都漆成鲜亮的大红色，曲曲弯弯的绿色游廊把正房和厢房连接起来。正房的东面还有一道通向后院的月亮门，门上正中有三个砖雕大字：欢喜地（余贝木信上说是厕所）。硕大的院子里铺着方砖，正中还有一座假山，假山前头两棵盆栽的小石榴树挂满红红的大石榴，两树中间夹着一只硕大的玻璃金鱼缸，站在垂花门外头就能看见大红金鱼在缸里游来游去。虽然已是秋季，垂花门上牵牛花仍然生长茂盛，紫红粉白的牵牛花长长短短垂挂在门上。反观被隔外头的余贝木家就是贫民窟，东西狭长窄窄的院落，倒座房的墙砖很多已经风化，坑坑洼洼的像麻子脸。住房的东边是门道，住房的西边有两间用碎砖头自建的小棚子，做饭和放些杂物用。

关于余贝木的家和这座小院儿，他以前给我的信中曾经详细地介绍过。听他爸妈说，这院子是清朝一户旗人家的，他们家住的三间倒座房是旗人的养狗房。余贝木说他妈一直后悔不该住进这三间狗房，说从打搬来之后，一家人就没得好。他妈说在农村时她一顿能吃三个大棒子面饽饽，挑起一百多斤盛满水的水筲跟玩似的，走路比小旋风还快。到这里之后呢，一顿饭只吃一个小窝头儿，走路像踩在棉花套子上似的，一点儿劲儿都没有。说他爸爸在部队打仗时原本脑袋沾枕头就呼噜震天，现在睡觉还得吃安眠药，要不睡不着。说到他们得肺病死去的儿子时，他妈怀疑狗得了肺病在屋里留下了结核病菌，然后传染他们儿子也得了肺病。余贝木说不光我妈住在这三间倒座房里不开心，我也不开心。垂花门的院里那么好那么多的房子，可只住一对老头儿老太太，为什么不匀出几间让我们家住呢？哪怕东西厢呢，都比住养狗的倒座房里强。他想有机会央告一下老两口子，就说他要高考了，倒座房里太阴，影响他考试成绩。如果老两口发善心让他们家住进里院，他肯定能考上一个好学校，也肯定要报答两位老人家。为了这个，余贝木对两位老人特殷勤，离老远就爷爷奶奶喊得山响，可两位老人完全无视他的热情，就像没听见，别说答应了，看都不看他一眼。他后来把自己的困惑和家里人讲了，他妈说还答应你呢，没骂你一顿打你一顿就是好事。人家根本不是两口子，是旗人姑侄。侄子的爸爸是正室所生，姑姑是侧室生的，比侄子的爸爸小许多，所以姑侄的年龄差不多。两人都没结过婚，没工作靠画画为生。余贝木妈说你再打招呼时，叫老头儿阿玛叫老太太姑爷就行了。余贝木说后来我就这么叫他们，果然老头儿老太太很高兴，摘石榴时还特意给余贝木几个，还经常把他们画的画送给他，说将来没准儿有用。只是房子的事他没敢提，人家是满族人，这关系到民族团结的大事，他可不敢造次。

我们在他家倒座房门前停下，余贝木伸出手刚要敲门，突然把手又缩回来，求救的眼神望着我，声音比蚊子还小："要不我们到街上再转一会儿？"

"为什么？瞧你这胆小鬼的样子，真没出息！我不信敲一下门他们敢把你吃掉？"我大声嚷，伸出脚梆梆朝门踢了两下。

"谁呀？"一个苍老的女人的声音。我刚要回答，被余贝木一把捂住嘴。

"妈，是我，刚才上台阶不小心跌倒了头撞在门上，把您和我爸吵醒了，没吓着你们吧？"余贝木居然编了瞎话，说话声比蚊子声大不了多少。我忘记了哪个名人说的，撒谎的人都是弱者。余贝木就是这家里的弱者，他之所以编这套瞎话，是害怕敲门遭爸妈的训斥。看着他那惶恐的样子，我忽然觉得他是那么陌生。从前在众兄弟姐妹中跋扈的老娇儿崔雨林哪儿去了？我很心酸，越发恨那个女人，她平时说不定怎么虐待余贝木呢！

门开了，出现在我面前的是一个愠怒的老女人。老女人头上顶着几根黄棒子毛，密密麻麻的褶子紧紧包围着五官。一身土黄色的秋衣秋裤，脚上趿拉着一双黑色踩倒帮的油脂麻花方口布鞋。我和老女人表情惊愕地互相望着，十多年的工夫，互相都变得不认识了。

“妈，她就是我家东院儿的李淑荣，小时候您还见过呢！淑荣，这是我妈呀，你还不快叫。”我叫了一声阿姨，老女人才挪开身子放我们进屋。

屋里陈设很简单，正对门靠南墙是一张带抽屉的方桌，两旁各有一把椅子。一只矮衣柜靠在西边的木隔断墙上，木隔断墙还挂着一个门帘，算是通向西屋的门。最显眼的还是桌子东头那个从南到北挂着的红色大黄花的布帘子，帘子后头遮盖的是什么呢？我把余贝木以我的名义包的果匣放到桌子上，戳在那儿盯着大帘子琢磨，不知该坐着还是该立着。忽然帘子后头传来一声男人长长的哈欠声，就听余贝木妈喊：“还不起呀，儿子带他媳妇来了。”敢情他爸睡在帘子后头。

“爸爸，是我们把您吵醒的吧？”余贝木赶紧走到帘子跟前小心翼翼地问话。一面冲我使眼色，我很不情愿地叫了一声叔叔。

“你早不敲门晚不敲门，偏偏这时候敲。我翻来覆去在床上烙一宿的饼子了，刚刚眯缝着你就敲门，这不是害我吗？”

“爸爸，是我不对，我应该在街上多停留会儿再回来。”余贝木继续面对布帘子低头认错，我心里的怒火差点儿就冲出胸膛，有这么冷酷不懂事的老家儿吗？你儿子带着未过门媳妇第一次登门，你除去埋怨训斥连一句温情的话都不会说？我抬起脚欲走，被余贝木拦着了。

“我爸爸神经衰弱特别厉害，经常成宿成宿睡不着觉。”余贝木哀求地望着我，眼睛里闪着泪花。我忍了。是的，我现在不是这家里的人，我可以抬起脚就走，以后爱咋样咋样一切与我无关。可是余贝木怎么办？他当然也可以一怒之下离开这个没有温暖的家回到自己原来的家，可谁供他念完五年大学呢？凭崔老爷和老奶奶的经济实力，别说供他念五年大学，一年都供不起。

正在开抽屉寻找什么的余贝木妈看不下去了，过来唰地拉开帘子，“别挺尸了，快去买早点，粮票和钱都给你预备好了。”

“都催命呢，把我催死了，看你们靠谁！”出现我面前的是一个形容枯槁大烟鬼般的男人，那样子特让人恶心。我本想转过脸去不看他，但是没转。大概是好奇心驱使吧，我倒要看看刚刚对余贝木吆五喝六的老棺材瓤子下一步要干吗？假如他要敢蹿过来给余贝木一巴掌，我立刻就还他一脚。然而他没打余贝木，先是懒洋洋伸懒腰打哈欠，然后就走到床铺北边靠窗子底下的缝纫机上拿起衣裳，慢吞吞套在灰色秋衣秋裤外头。从桌上拿起余贝木妈预备好的钱、粮票和小竹浅儿推门走了。这当中，他既没和儿子说一句话，更没看我这个未来的儿媳妇一眼，我只感到浑身从里到外发凉。可怜的余贝木，这两年在他老姨家怎么熬过来的呀！

“淑荣，你要是累就坐下歇会儿，我到外边帮我妈生炉子。”

“我也去吧！”我说，不为别的，就为给余贝木壮胆。让这两口子知道，余贝木不是任他们宰割的羔羊，他是有了爱人的响当当男子汉。

推说学校里要给我们参加国庆游行的仪仗队颁奖，第二天我就催着余贝木早早离开了。

这是我唯一的一次去余贝木家。毕业以后去工作岗位报到之前，余贝木曾提议让我去他家住两天，顺便把结婚证领了。我说就你那对没有一点人味儿的养父母，我这辈子都不想再见他们，我懒得叫他们爸妈！我哪里想到自己的任性和孩子气，却让我最终没能成为我深深爱着的余贝木的妻子，最终也没成为宝塔寺街十号院的女主人。从来不迷信的我，甚至有点儿后悔那天没听余贝木的话去拜宝塔，没准儿拜了，我们这对有情人就不会分开。

从司机小张嘴里好像感觉他这个爸爸余贝木生活很落魄，除去有三间待拆迁的房子一无所有。早春二月餐厅的高老板虽然没专门向我介绍过他老同学余贝木的生活近况，但从他一句“余贝木经常到我这儿来蹭饭吃”的话，足以说明余贝木生活的窘迫。大家是不是觉得我这个美女老寡妇贼心不死，还想和老光棍余贝木旧梦重温呢？抑或起码帮助余贝木改善一下生活窘境？后者有可能，前者一点儿门儿都没有。余贝木虽可恨，但他毕竟曾是我青梅竹马耳鬓厮磨的爱人，我们毕竟曾经十分真诚地相爱过，我们毕竟曾经差一点儿成为夫妻。我心里永远有他，永远惦念着他。我都想好了，假如余贝木的光景真的十分可怜，我就给他留下一些钱，让他的生活得以改善，以后定期地给他汇款。除此之外，这回造访宝塔寺街十号院的重要目的，就是为曾经真诚款待我的余伟，我要为他找到亲生父母。虽然余贝木和他母亲已经离婚几十年了，但是毕竟夫妻一场，而且还有了爱情的结晶，没准儿他们有联系呢？找到余贝木不就找到蓝映虹了？

但是，我应该以怎样的身份来见余贝木，这也着实让我费了脑筋。作家卫平吗？不行！一个生活窘迫的老光棍子还有关心卫平小说的兴趣？再说他即便真想关心也关心不起呀，我今年五月份出版的那部三十万字的长篇侦探小说《无言的结局》，定价都突破了五十元的大关。别说他，我是读者也不买，网上看一部小说才五毛钱。余贝木当然也可以从网上看我的小说，但是他买得起电脑吗？他会用电脑吗？可全中国有几个像我这样聪明伶俐又精力充沛操作电脑如行云流水的七十多岁老人？恐怕是凤毛麟角吧？要不就以他儿子小张的未婚妻身份？同样不行，让小张知道，这个年轻的司机会更加野心膨胀，还真以为我要嫁给他呢！躺在床上辗转反侧正想不出明天以何种名义拜访余贝木哪，忽然好像听见床头柜上花瓶里的红玫瑰绽放的声音，一丝灵感立刻涌进脑子里，干脆我就以“玫瑰有约”婚介所老板的身份来拜访他好了，就说有两个不相干的男人在我们婚介所登记的直系亲属一栏填写的父亲都是余贝木，其中的一个登记了您的地址，另一个没写。我感到奇怪，本着对顾客负责任的精神，我亲自前来调查，希望您能配合。他要问我名字嘛，就卫平好了，估计他没钱买我的书看，当然也就不知道这个名字是美女作家专属。

一切都设计得完美无缺滴水不漏了，我才来到宝塔寺街十号院门前。两扇木门比五十多年前破旧许多，曾经的黑漆斑驳的门扇变成了两只下半截烂掉的糟朽木板，原来高高的门槛快被踩平，漫地的方砖残缺不全凹凸不平。我走出黑乎乎的门道，第一个映入我眼帘的依然是那道垂花门，似乎不应该叫门了，因为当年垂挂着郁郁葱葱和五颜六色牵牛花的上门槛早不见了踪影，院里的游廊、假山、养鱼缸、石榴树也都不见了踪影，代之的是一间间碎砖头砌成彩钢板顶子的高高低低小房儿，和小房子之间供人行走的曲曲弯弯小窄道儿，别种的曲径通幽。我在当年曾踢过的倒座房门前停下，发现原来上边是玻璃的木门，现在从上到下都被一层黑乎乎的铁板严严实实地包裹起来，坚固的程度堪比我家的防火门。不同的是我家的防火门是黄金一样的颜色，上边还雕刻着美丽的花纹。

我轻轻在门上敲了两下。

“进来吧！”一个苍老的男人的声音。

我推门而进，突然觉得自己好像掉进一口黑咕隆咚的深井里，看不见光线也喘不过气来。眼睛闭了好一会儿，再睁开的时候，总算适应了。依然是当年的老样子，只是一切都更加破旧了，包括那个坐在桌子旁边的老男人。四只腿上绕了一圈圈塑料绳的椅子好像还是当年的那两把，只是破旧得似乎马上就要散架。

“小姐是街道上的吧？是不是重阳节要到了给我们老年人送礼物来了？”坐在椅子上的老男人问。听说我不是街道送礼物来的，老男人表现出一副很失望的样子。“你大概是到里院串门的走错了吧？快走吧，里院住着十来户呢，够你找一气的。”

“我就是找您的，您是叫余贝木吧？”我说。

“奇怪，还有人找我？”

“没错。请您把灯打开，我还得请您看一样东西呢！咱们要是配合得好，我的礼物比街道上的不轻。”为了让老男人配合我，我不得不用物质刺激。

“那敢情好了。”老男人说，声音有些欢快，手在墙上摩挲几下就拉开了灯。顿时，屋里的一切便毫无遮拦地呈现在我面前：东边当年他爸妈睡的大通铺上靠南墙放着一副被褥，北边堆着一些破衣烂衫。遮盖床铺的大布帘子静静地靠南墙垂挂着，虽然是折在一起的，但是从上到下的各色大补丁仍很清楚。“小姐请坐。”老男人指指桌子对面的椅子招呼我。

我小心翼翼坐在那张马上就要散架的椅子上，眼睛盯着老男人，寻找我当年的余贝木。很失望，半天我也没在他的脸上寻找出一点儿当年的痕迹。“老先生您肯定叫余贝木吗？”怕搞错了，我又叮问一遍。

老男人没立刻回答我的问话，伸手打开旁边桌子的抽屉，从里边拿出一个带拉链的小塑料袋放到我面前：“所有能证明我身份的东西都在里边。”

“我可以打开看吗？”

“只要你不食言能给我一份丰厚的礼物，最好给钱，你把我这三间房翻个遍都行。”

“好吧！”我拉开拉链，一股脑儿把里边的东西都倒了出来，身份证、户口本、房屋租赁本，甚至还有一本一九六三年发的购货证和一沓粮票，他是余贝木没错。可是为什么这个放余贝木“重要文件”的塑料袋独独缺少城市老年人都有的两样东西——退休证和存折呢？“您怎么没有退休证呢？”我没好意思问没有存折的事，怕被他怀疑我的居心。毕竟，对于余贝木来说，我是个年轻陌生的漂亮小姐。

“我倒想有退休证呢，人家给我吗？”

“怎么，难道您一直没有工作？”

“有过，早没了。”

“为什么呢？是您中途辞职下海了吧？”我自己就曾经在三十多岁时辞职下海，一直在海里漂了十几年才爬上岸。我想余贝木没准儿也和我一样辞职下过海，只不过我成功他失败，这从他的居住环境和我们目前悬殊的地位可以看出。

“小姐想听？”见我点头，余贝木说既然如此我就把我变成穷光蛋的故事给你讲一遍，谁让你答应给我厚礼呢！也不怕出丑了。余贝木说我五十多岁那年，工厂被一个实力雄厚的企业吞并了，我领了十几万的工龄补贴下岗回家。那时候拥有十几万可是不少了，如果我干个临时工每月再交一些劳保费，到现在也和大多数城市老人一样享受退休金了。偏偏我想发大财，就把这十几万投进股市里炒股。我最阔的时候曾拥有两百多万。虽然如此，我仍然舍不得吃喝穿，只想让自己成为北京乃至全中国最富有的人。为了赚取更多，我把两百多万都投了进去，又融资四倍。结果我买的那些股票只两次跌停，就把我变成现在的穷光蛋。余贝木说完这些叹口气："这是上天对我的报复。"我想如果再追问上天为什么报复他，没准儿余贝木会忏悔当年负我的事吧？得了，都过去四十多年了，我才不想听那些无用的表白呢，反正现在我在天上，他在地上。

"我看完了也听完了，现在相信您是余贝木没错了。大爷，您收好吧！"我把东西重新放进塑料袋拉好拉锁递给他，调整好自己的情绪，很镇静地说。但不知为什么，我的两眼始终没离开他的脸，我知道，自己是在寻找当年的恋人余贝木。功夫不负有心人，渐渐地，我终于在那张苍老的脸上找出余贝木些许痕迹：宽宽的额头，被皱纹紧紧包围着的长眼睛和高鼻梁上的那颗不易发觉的和皮肤一样颜色的痦子。"是这么回事，我们玫瑰有约婚介所有两个高端客户，他们在直系亲属一栏里，父亲都登记的是余贝木。其中一个写您的住址是宝塔寺街十号，另一个在父亲一栏里没写地址，只放了一张小时候和父母的照片。我问过这个客户，他说对父亲的记忆就是这张照片，如果我们婚介所能帮他找到亲生父母，他给我们十万块酬金。他好像很有钱呢！为了高额的酬金，也是为了对客户负责，所以我今天一大早就来找您调查核实。"我隐瞒了自己美女作家的身份，一气儿说了这么多，从包里拿出昨天连夜加工制造好的表格递过去，只是我为余伟翻拍冲洗的那张照片没拿出来。

余贝木打开桌上那只黑绒布已经张开很多口子的眼镜盒，拿出副一只腿儿的眼镜挂在耳朵上，右手扶住眼镜，左手拿表格放到眼镜跟前。

"他们登记得对吗？"我问。

"你不是说还有照片吗？为什么不拿给我看？不给我看我怎么知道对不对？"余贝木说得很急，口气中对我有质问和不满。我理解，一个穷困潦倒的老光棍儿，突然冒出个阔儿子，能不着急吗？

"好吧！"我把放大得跟三十二开书那么大的照片递到他手里。霎时，余贝木突然爆发出撕心裂肺的哭声，嘴里断断续续地叫着余伟和蓝映虹的名字。坐在对面的我，注视着余贝木那由于恸哭不时抽动的双肩，心里竭力回忆我们二十多年的亲密相处间，他有没有为我这么伤心痛苦地哭过？很遗憾，从来没有过。那次在火车站上，我即将登上北去的列车奔赴工作岗位马上要分别时，扑在他怀里哭得像泪人一样的我，也没见余贝木的长眼睛里有半点儿的眼泪疙瘩。看来我在他的心中没有半点儿的位置，不像我，几十年了，心里一直在牵挂着这个负心郎。甚至因为司机小张面貌与余贝木相似，我就雇他给我开车，还容忍这个臭司机对自己动手动脚的（不知道他是余贝木儿子之前）。

“小姐，不好意思，我刚才失态了。”许久，余贝木停住哭，向我道歉。指着照片，如果你的客户余伟就是照片上的小男孩儿的话，他是我的儿子没错。

“你们为什么失散了？”

“唉，一言难尽呀！”余贝木叹口气说：“都四十多年了，我也不想说谁对谁错了，固然我的妻子蓝映虹有错在先，可我也不是一点儿错没有呀！父亲去世以后，他的单位为了照顾我母亲，给我弄到一个上半年进京的名额，只一个。可是我们一家三口哪，不能为照顾母亲，让我和蓝映虹夫妻两地吧？我犹豫不决，很想放弃那个名额。可我又深知这个名额的宝贵。北京是大城市，又是中国的首都，进北京比登天都难，没有这个机会根本别想进京。依我妈的意思呢，不能被蓝映虹拖累一辈子窝在东北的大山旮旯子里，干脆和她离婚算了，反正我才二十多岁，又是清华大学毕业的，到北京啥样的好姑娘都能找得着。还说让我再去找李淑荣，没准儿她还没结婚呢！”

“李淑荣是谁？”我忍住对那个早已死去的余贝木养母的愤怒，问。

“李淑荣是我青梅竹马的爱人，我的未婚妻。我们马上就要结婚了，结果我这边出了事，不得已和蓝映虹结婚。”

“出了什么事，导致您抛弃青梅竹马的未婚妻和蓝映虹结婚呢？”我想起一九七一年秋天那次在小饭馆里，余贝木说的“其实和蓝映虹结婚不是背叛你，我是被逼无奈的选择”的话。

“这把年纪了，就不翻这些陈谷子烂芝麻的旧账了。”

“您一定要把您和蓝映虹婚姻的始末介绍清楚，这也是您儿子——我那位高端客户的要求。人家付十万块钱呢！当然，这钱我不会独吞，也给您一部分。”

“唉，”余贝木叹口气，双眼微闭，似在回忆，“蓝映虹和我未婚妻是非常要好的大学同学，由于这个原因，我和蓝映虹也很熟悉，可以说我们仨是非常好的朋友。大学毕业以后我未婚妻和蓝映虹一同分到临江林业局，我分到抚顺。那年春天我去临江看她们，正赶上未婚妻家里来电报说母亲病危要她立即回京，我和蓝映虹去车站送她，谁知回来赶上了大雨。天又黑了，我们想就近找家旅馆住一宿，不凑巧的是这家旅馆只有一间空房。大雨抛天的黑夜实在没有去处，将就着住吧！谁知就发生了不该发生的事，我和蓝映虹……”

“然后您就毅然决然抛弃了未婚妻，和蓝映虹结婚？”

“不是毅然决然，是没办法，是被逼无奈的选择。”又是“被逼无奈”。

“难道蓝映虹逼您了？”我问，口气有点儿咄咄逼人。

余贝木摇摇头：“她怀孕了。在那个年代，结婚几乎是一个未婚怀孕女人的唯一选择。把胎儿打掉吗？要结婚证书和组织证明。生下吗？不光要经受层层批斗，而且，今生今世孩子永远没户口，永远是黑人，母子一生永远被歧视。思来想去，我实在没有别的办法啊，只好和蓝映虹结婚。”余贝木忽然又哭出了声，“我……我对不住……住我未婚妻……”

余贝木哭，我心里也不好受。他一口一个未婚妻的，让我仿佛又回到了四十七年前鸭绿江畔的那个阳光明媚的春天。假如当时没有家里那封电报，假如我没回北京，假如天没黑也没下人雨，假如小旅馆不是只有一间客房……唉，老都老矣，还要这些“假如”有什么用？

“接着说您和蓝映虹离婚的事吧！”我的声音很冷，好像一个审判官。

“我没答应我妈，也没放弃那个进京名额。离六月三十号不是还有好几个月吗？车到山前必有路，没准儿到那时候问题就解决了。我惆怅得不行，办完父亲的后事，就匆匆回到了东北我所在的学校。让我想不到的是回家的当天，妻子便向我提出离婚，她说她已经不爱我了，爱上了本单位一位姓王的男老师，准备和他结婚，求求我成全他们。还有什么好说的？我们第二天便办理了离婚手续，离婚后不到一个礼拜，我便调回了北京。从那以后，那母子俩的下落我再也没打听过。现在我儿子余伟长大发财了，还念念不忘我这个当爹的，小姐你说，我能不感动吗？能不痛哭流涕吗？不过呀，”余贝木口气一转说，“我并不打算立刻见这个自称余伟的儿子。原因你应该理解，现在各种各样的骗子太多了，我要考察一段时间，彻底证明他真是我儿子余伟再相认也不迟。”余贝木的话让我差点儿笑喷，就您潦倒成这样子，跟一个叫花子似的，还害怕骗子？骗子能骗您什么呢？把您骗到自己家为您养老送终？忽然想起司机小张对我说过的话，为这三间即将拆迁的房子，他不得不委屈自己屈尊看望父亲并且尽量表现出对他孝顺。应该说有三间待拆迁房子的余贝木担心遇上骗子也很正常。

“老先生请相信我，关于您和您相片上的儿子余伟见面的事我完全听您的安排。您如果永远不想见他，我就永远不告诉余伟，虽然十万块钱的奖励对于我来说很重要。”我答，心里对可怜的余伟道声对不起，本来我是为了让你尽快寻找到亲生父亲，才冒险撒谎亲自登门见这个负心人的，看来这个目的一时还很难达到。慢慢来吧，心急吃不了热豆腐，相信阿姨，一定能让你和亲生父母团聚。我指指小张的那张表格，“您不是还有这个儿子吗，也不想见？”小张曾经毫不隐晦地和我说过，为了这三间即将拆迁的房子，他才登门认这个父亲，还说父亲已经答应拆迁后把钱和分的楼房大部分都给他，给自己只留一套居住就行了。

“别提那个姓张的小子，他不是我儿子。”余贝木愤愤地说，“这么多年他没问过我的死活，听说宝塔寺街要拆迁了才来找我。不就为了拆迁款吗？”

“您对他尽过抚养义务吗？”

“怎么没尽过？”余贝木说，“和他妈结婚的时候，他妈都三十六岁的老姑娘了。小姐你不知道哇，老姑娘的性格都古怪着哪！自打结婚第一天起，他妈没有一天不和我打架，老说我和她结婚是为了霸占她的房子。虽然我和她结婚时确实是被养母赶出来住在单位，可我也没想过要霸占她的房子呀！我忍气吞声好几年，我妈一死我就和这个古怪的老姑娘离婚了。我爹妈攒下六万块钱，我拿出三万给老姑娘做孩子的抚养费，那年头也就够意思了吧？我变成了彻彻底底的穷光蛋以后，曾经去找过我的儿子，央求他每月给我点儿养老钱，谁知这个孽种竟用脚把我踢出家门。”余贝木停住话头，用手擦擦脸上的泪，“小姐你说，这样的儿子我要他何用？要不是因为拆迁，他才不认我呢！”

“您可以告他，跟他要抚养费呀！”我心里对司机小张的印象已经坏到极点。虽然已经把他解雇，但我还要找他谈谈，年轻人别一心钻进钱眼里，该尽的义务得尽，特别对父母的赡养义务必须得尽，这是法律规定的，也是子女最起码的义务。连父母都弃之不管的子女还不如禽兽，乌鸦都知道反哺十八天，羊羔都知道跪乳。

“那有意思吗？就好像我是债主，他是欠债的？”余贝木说完，忽然问，“小姐你调查完了吗？可以兑现承诺了吧？”看他盯着我高级手袋那可怜巴巴的目光，我很心酸。赶紧从手包里掏出五张百元大钞，其中一张我事先写好了自己的手机号。他接过来就一把塞进灰色夹克衫的口袋里，好像生怕放迟了我会变卦再要回来。我看他对金钱贪婪渴望的样子，想说“钱上有我电话”的话也被咽回，甚至很后悔给他电话，怕他以后赖上我。本想抬脚就走，不知怎么忽然想起了“早春二月”的高老板，余贝木的那个同学。高老板不是说他经常到“早春二月”来蹭饭吃吗，他或许能知道高老板的那个没给我讲完的故事结局？可是我应该怎么把话题引到高老板身上呢？要不然还是围绕我的婚介所本行谈吧，这样把握更大一些。我说：“余大爷呀，这不中秋快到了嘛，我们玫瑰有约婚介所打算在北屋村南沙敬老院搞一个夕阳红联欢会，已经邀请到了一些名人参加，比如当地有名的早春二月餐厅的高老板，他还答应赞助一万块钱呢！”

“是吗？早春二月餐厅的高老板是我大学同学，瞧人家混得多有身份呀！哪儿像我，穷困潦倒。”余贝木长叹一声，“不过人活着呀，没有十全十美的，不如意常八九，如意没二三。高老板虽有钱虽风光，他也有不如我的地方。我娶过三任妻子，现在有两个儿子，虽然余伟还没见到，另一个只认钱不认父。但甭管怎么说，他们也是我的儿子，也是我在这个世界上留下的后代。高老板呢，这辈子没娶过妻没生过子。人生一世草木一秋，草还能结子再长草呢！他一辈子却什么也没留下。”

“高老板为什么一辈子独身呢？”我心中窃喜，终于要接近主题，那个长时间吊我胃口的关于高老板和莲莲的结局了。

“高老板大学毕业以后分到山西一个农村插队，与本村的一个叫莲莲的姑娘相爱了。就像李春波写的那首《小芳》的歌曲里那样，他深爱的那个莲莲姑娘也梳着两条长长的大辫子，一双眼睛明又亮。不同的是我这个同学从没想过进城以后抛弃莲莲，相反打算立刻和莲莲结婚，夫妻恩爱永远扎根在乡村。就在他探亲回家把和莲莲的事禀明父母，准备回来和莲莲结婚时，莲莲却上吊自杀了。当时，我同学还在北京。”

“为什么呀?”

“这件事一直困扰着高老板。有传言说我同学高成名强奸莲莲致其怀孕，为安抚莲莲就假说要和她结婚，可是高成名却回北京和别的姑娘结婚了，所以莲莲才自杀。为了这个，高成名从北京回来以后，立即被县里的公安局逮捕。”

“我同学对公检法说：‘如果真如传言那样，不用你们枪毙，我自己就去死。离开莲莲我一人活着还有什么意思？问题是你们冤枉了我。我们就有过一次拥抱，是我探家的前一天晚上。那天是腊八，我住的终年不见阳光的倒座房里冷得伸不出手，脸盆里头一天忘记倒掉的洗脸水都冻了一层薄薄的冰。正好莲莲过来叫我吃晚饭，我说我实在冻得受不了啦，让我们抱在一起取取暖吧！然后我就把莲莲紧紧地抱在怀里。我想吻莲莲，可是我的唇刚刚挨上她的唇，莲莲妈就在院子里喊莲莲，说让你叫小高吃饭咋这么半天还不来呀，扁食都凉了，刀削面也坨了。莲莲答应说这就去吃饭，我们俩就赶紧分开去莲莲家住的西厢房里吃饭。莲莲村子里有送行的扁食留人的面讲究，所以她妈为我包了扁食又做了刀削面。那天莲莲家为我包的扁食特好吃，我吃得肚子都快撑开了，就没吃莲莲妈给我盛好的那碗刀削面。一周之后我带着妈妈给买的结婚用品回来了，才知道莲莲在我走后第三天就上吊自杀了，尸首还停在县医院的太平间。’公检法见我同学坚持不承认强奸过莲莲，就让医院对莲莲进行妇科检查，检查的结果是莲莲的处女膜是陈旧性损伤，起码在最近三年之内没有和男人发生过性关系。”

余贝木说：“我同学高成名虽然被还以清白，但他是个非常叫真任性的人，或者说是个一条道走到黑的人，对莲莲的死，他一直不能释怀，发誓一定要找出莲莲自杀的真正原因，否则一辈子独身。一直找到他调回北京市，村里的人包括莲莲的爸妈都认为，因为他那天没吃那碗留人的面，所以才没留住莲莲，才导致莲莲自杀。”

“一晃这事就过去很多年，高成名经常回去祭扫莲莲的坟墓，顺便买些东西看望一下村中熟悉的老人，和他们拉拉家常聊聊天，目的还是想打探莲莲自杀的真正原因，但是始终没一点儿进展。随着村里的老人逐渐死去，知道这事的人越来越少，高成名终于彻底失望，以为莲莲自杀的真正原因今生今世永远调查不出来了。”余贝木停顿一下，一双细长的老眼意味深长地瞟了我一下，“头些天高成名跟我讲他看上了一个人，打算结束单身生活。他要最后再看望一次莲莲，把自己的打算告诉她，求得莲莲的原谅。没想到，就是这次的最后之行，一个人告诉了他莲莲自杀的原因。”

“这个人是谁?”

“村里从前的党支部书记，一个叫赵太行的老人临死前告诉他的。”

“啊，我……”我失态了，差点儿说出我知道这个人，就是他当年毁了莲莲。好在本人反应快刹车及时，把已经溜到嘴边的话咽了回去。“我说嘛，功夫不负有心人嘛!”

“不愧为美女……老板呀，反应果然快。”余贝木看我一眼，没头没尾说了这么一句，“既然你想听高老板的故事，咱们就闲话少叙言归正传吧!”

“那天高成名的车子刚一进村，就遇上一个在树下乘凉的七十多岁老人心脏病发作晕倒了。高成名认得他，是他插队时的书记赵太行。高成名把赵太行送进医院又替他交了费用，直到赵太行病情稳定他才准备离开。赵太行却执意不让他走，说要告诉他一件事，否则他死了也不踏实。然后赵太行就告诉了他当年莲莲自杀的真正原因——原来是他捣的鬼。高成名走后，赵太行请他在县邮电局工作的一位亲戚伪造了一封高成名从北京给莲莲拍来的电报，电文是这样：莲莲，当你接到电报的时候，我已经成了别的姑娘的新郎了。你还是物归原主嫁给那个把你睡过的男人吧！这个世界上除去他能接受你，怕是再也没有男人肯接受一只破鞋了。赵太行说：‘是我把电报亲手交给莲莲的，莲莲只看了一眼当即便把电报撕得粉碎。我就问莲莲这不是北京小高拍来的电报吗，你干吗撕呀？是不是小高要你去北京结婚呀？可千万别忘了给老同学带回几块首都的高级喜糖啊！’”

“那个赵太行说第二天莲莲就上吊自杀了。”余贝木停顿一下，我见他从衣兜里掏出一团手绢样的东西揌揌眼睛，“高成名质问赵太行为什么要这么做？他说我太爱莲莲了，我得不到她也不许别人得到——这就是赵太行留在世上最后的一句话，说完就咽气了。”

屋里死一般的沉静。我的心为赵太行的卑鄙残忍愤恨，为可怜的莲莲流泪，为高成名和莲莲凄美的爱情哭泣。

“您刚才不是说高老板看上了一个人吗，那个人是谁呢？”我问，心底有一丝的希冀。从那次高老板请我吃饭和他没讲完的爱情故事，从他清华大学毕业的老知识分子的翩翩风度和高大挺拔的身材，我就对他的印象非常好，甚至幻想我和他之间最好能发生一些浪漫的事。今天听了余贝木补充的故事结局，我对高成名的印象更好了。当今时代，难得他一个清华大学毕业有钱有貌的大老板用情如此专一。

“小姐你知道我为什么向你讲我同学高老板的故事吗？目的有两个：第一，让你知道高老板是一个用情专一的好男人；第二，我今天要正式在你们玫瑰有约婚介所为他做个登记，希望你为我同学找一个好伴侣。”余贝木没回答我的问话，这让我很失望。

“行。”我回答，从手包里拿出一个小本儿撕下一张纸，写上自己的手机号和名字递给余贝木。“您一定别忘了交给他，我的名字叫卫平。”我特意强调一遍自己的名字，一个是看看余贝木的反映，再一个也怕高成名万一老眼昏花把我写的名字看错呢？

余贝木把纸条放在眼前看看，并没有对美女作家卫平的名字有什么特别反应，只是说你这个名字起得不错，保卫和平嘛！看来他很少看书，也难怪，一个生计都难维持的穷困的老知识分子，哪儿有多余的钱买书看呢！

“小姐刚才不是说你们玫瑰有约婚介所要在北屋南沙敬老院搞个夕阳红晚会嘛，让高成名参加，不是以赞助者的身份，而是以你们高端客户的身份吗？如果你同意，我也去，行吗？当然，我没钱，是个低端单身人士。小姐你不知道，北屋村还是我老家呢，老想回去看看，可是落魄成这个样子，无颜见‘江东父老’哇!”我忽然发现有两颗亮晶晶的泪珠从余贝木的两只长眼睛中滴了出来。都说英雄难过美人关，依我看应该改成英雄难过故乡关更合适。当然，面前的余贝木也许两者兼有，那么他为之落下老泪的美人应该是谁？是我，还是蓝映虹？“小姐呀，你借我电话用一下，我现在就给高成名打个电话。”电话打通了，余贝木把玫瑰有约婚介所准备在北屋南沙敬老院搞活动的事和高老板讲了，还说婚介所的老板就坐在他对面，他可以直接和老板对话。我接过余贝木递来的手机，就听见高老板有些沙哑的说话声，大概是山西之行所受刺激太大导致的吧？他先问我贵姓，我说出卫平的名字，就听电话那端的高老板说声太好了，我一定参加。

一切谈妥，就在我准备告辞的时候，余贝木忽然拽住了我的衣角说：“你真的叫卫平吗?”我看见他问我的时候两只老眼满是惆怅。“造物主真会捉弄人，声音一样，眼神一样，可又分明不是……”他喃喃自语，失神的双眼一眨不眨地盯着我。

“该不是您从前有亲密女友也叫卫平吧？她现在哪儿？如果您能为我提供线索，我们玫瑰有约帮您寻找。”

余贝木摇摇头，低声喃喃：“找不回来了，永远也找不回来了……”我看见一颗大大的泪珠从他脸上滴下来。“走吧，我送送你。”

余贝木一直把我送过宝塔寺。再回头看的时候，灿烂秋阳中余贝木高人挺拔的背影在我眼中渐渐变模糊。我擦干不知什么时候流到两颊的泪水，心中骂自己干吗非要整成现在的容貌？否则在心爱的人面前……一脚踩在人行道上的一个什么东西上，低头一看，几张百元大钞在我脚底下。捡起来，第一眼就发现钞票上我写的电话号码，后面又新添了几个字：我在装。是余贝木把我给他的钱又退还了我。

“我在装”三个字让我很困惑，他在装什么呢？

十六　老流浪汉死了

通常年轻的女性都喜好穿高跟鞋，那像小铁壳一样的玩意儿穿脚上不光好看时髦，还凭空增加好儿厘米的高度。但是我这个假美女却不敢，除去因为我已七十一岁高龄，最主要是高跟鞋于我有过血的教训。

在我辞职下海之前的那年“三八”妇女节，厂里给每位女职工发了一双高跟鞋，特高级特好看，皮子细腻光滑得发着贼亮贼亮的光，两只小鞋精巧得就像两只小铁粽子。一向舍不得花钱买高跟鞋的我喜欢得了不得，当场就扒下自己脚上的布鞋换上高跟鞋。虽然两只在柔软宽松环境中成长起来的脚，很不愿意在黑暗窄小坚硬如铁壳的高跟鞋里生活，但它们又怎能拗得过主人？我硬是一气儿穿了半个月，第十六天两只脚终于罢工了，一沾地就疼痛钻心。最可怕的是两只原本勇往直前的大脚趾竟被挤得向外侧歪去，和四个脚趾紧紧挤在一起无间隙，原本光亮得珍珠般的趾甲盖儿，现在一个个都乌青着脸看我。我害怕了，第二天坐着丈夫的自行车进了厂又被丈夫搀着进了卫生室，大夫一看笑了，说昨儿个已经有好几个和你一样情形的女工来过了，没招治，唯一的法子就是扔掉那双“铁壳壳”，换上原来的布鞋。还必须忍着疼痛赶紧使劲往外掰两个大脚趾，否则引起拇外翻还得做手术矫正。我被吓得请了两天事假，天天在家往里掰大脚趾头，还被扣了九块八毛钱工资，二季度的全勤奖也被扣去。但是两个大脚趾到了也没恢复勇往直前的原状。再加上后来为工作需要（开会或出国访问）又曾多次穿过高跟鞋，大夫的预言终于实现：我六十岁那年因为两只大脚趾严重外翻无法走路，不得不到北京协和医院做拇外翻手术，两个大脚趾头的关节处被截去了一段，重新做个人工关节。为了那次血的教训，后来我甭管去哪儿都是一双白色宽松柔软的运动休闲鞋。

但是，那天去宝塔寺街十号，我不知哪根神经错乱，也许古语所说的女为悦己者容吧？竟穿上一双大红色皮尔·卡丹高跟鞋。在我看来，反正来去都打车，走不了几步路，没关系的。两只伤残的脚却不似我这么豁达，以为主人这是好了伤疤忘了痛，这是要它们吃二遍苦受二茬罪。因此一回到家里就向我提出强烈抗议，左右脚的两个人工关节红肿得像三月桃花，被矫正过的已经勇往直前的大脚趾又和它的几个小兄弟紧紧挤在一起，几个光滑的脚趾甲又变得乌青。我吓得不得了，整整两天哪儿都没敢去，坐在床上不停地往里掰大脚趾。吃饭嘛，家里有的是方便面。第三天早晨我还想留在家中继续掰脚趾头吃方便面，忽然想起余伟临走前托付我给老流浪汉送饭的事，立刻吓出一身冷汗，我的妈呀，还是我去宝塔寺街十号之前的那天早晨给他送的几个包子呢，这都两天零两顿没给他送饭送水啦，大热的天，这老流浪汉不饿死也得渴死呀！我吓得再也顾不得两只脚的强烈抗议，往包里塞上两瓶矿泉水，出门打了辆车直奔饭馆。

可能因为下雨的缘故吧，体育场里没啥人，只在进门不远的那棵老杨树底下坐着个打伞的老年妇女。见我走进，老年妇女向我迎过来，说同志呀，我想向您打听一下，这体育场里有个叫张玉刚的流浪老人吗？

“您是谁？为什么找他？”我盯着老年妇女，依稀觉得有些面熟。

“我是他闺女。”敢情是张淑英。她是张玉刚的大闺女，是我三姐刘桂香兄弟小闹子的媳妇。

我忽然想起几年前，我在北屋汽车站问路的老太太就是她。那回我打算从北屋去杨镇看一眼我的母校杨镇中学，走到村北的十字路口小张不知道走哪条路。正好一个背孩子的老太太在等车，我从手包里拿出几块巧克力递给她背上的孩子，向她打听去杨镇的路。老太太很爽快，不光指路，还说她家就在北屋，姓刘，让我以后再来北屋到她家吃饭。我坐车上就一直在想这老太太是姓刘的谁家的闺女呢？却到了也没想起来。今天一见到这个自称张玉刚闺女的老太太，我才恍然大悟，她是姓刘人家的媳妇，不是姓刘的谁家的闺女。人呀，岁数一大脑筋不会转弯，想不起来是谁家闺女往谁家媳妇上想不就得了？卫平呀，你把脸蛋整得再年轻再漂亮也没用，改变不了你七十多岁老太太的实质。

“您说我爸会不会走了，还是那女作家弄错了？”她问我，眼神很急切的样子。

“没错，只是你没找对地方。”我说，“我就是那个女作家。跟我来，您就能找到了。”

“谢谢您！我看着您面善，就跟在哪里见过面似的。”见我没打伞，张淑英紧跟在我身后，把伞举过我头顶。

“您仔细看看。”我停下来回过头，我们俩在同一把雨伞下四目相对。

“呀，您是大作家卫平吧？我见过您书上的照片哩！”张淑英惊叫。

“您再仔细看。”我说。

她再仔细看又叫起来，说：“我想起来了，那回在车站问我路的就是您，您还给我孙子一大把高级糖呢！”张淑英大有他乡遇故知的惊喜。

“认出来了？”我笑，“我现在是给您父亲送饭来了。”

“您可真是好人，我谢谢您了。”张淑英说着，眼睛里就涌出了泪水。“要不是您照顾，我爸爸他大概早死了，您的大恩大德该怎么报答呀！”张淑英的声音有些哽咽。

“的确要不是一个人照顾您父亲，他老人家早就命归西天了。但是这个人不是我，是一个叫余伟的男人。”

“卫作家呀，您能不能告诉我那个叫余伟的在哪儿住，我买东西看看人家去啊！”

“不用急，等待会儿见着您父亲，他会把什么都告诉您的。”我说，指指离我们很近的那一大片挂着水珠的翠绿翠绿的米兰，“您的父亲就在米兰树丛里。”

“爹呀！”张淑英把伞递给我，快走几步蹿到米兰树丛前，突然就号啕起来。

“张大爷，快起来吧，我给您送热包子来了！”我也快走几步来到米兰丛前，发现好像有点儿不对劲儿，张玉刚双眼紧闭一动不动，对女儿的哭喊和我的呼叫竟毫无反应。我扔下手里的塑料袋，分开米兰树丛猫腰一摸他的手，冰凉硬挺，我又把自己的手放在老流浪汉的鼻子底下，一点儿气息都没有，人早死了。

张淑英哭叫着就要往他爹身上扑，被我拦住：“小心传染病。”

“卫作家，您说我该怎么办呢?”张淑英望着我，一副六神无主的样子。

“您打算把您父亲弄回家办丧事吗?”

“大热天的，现在他身上就有味了，再弄回家办丧事，还不得臭了?只是我身边没一个人手相帮，俩儿子又都在城里，我也没带他们手机号，实在不知怎么办好了。”张淑英说罢哭出了声，“我的老爹呀，您也太不撩人了，那年您把全家好不容易积攒的几万块钱偷走人就没影了，这又非得在大热天死在我面前，您让我一个六十多岁的老娘儿们怎么办呀！背又背不动您，总不能让您臭在人家体育场呀！您呀，太不撩人，太不让儿女省心了……”

“别着急，不是还有我吗？”我拦住张淑英的号啕，“我理解你的意思是就地火化吧？那好，这事交给我办。我给民政局打个电话，告诉他们体育场的老流浪汉死了，让他们赶快让火葬场派车拉人好了。民政局知道您父亲，之前曾多次劝他到收容所里，他不去，故意睡在米兰树丛里让人家找不着。”

“好。”张淑英说，“我一切都听您的。”

电话很快打通，民政局那边答应马上和火葬场联系派车把死尸从体育场拉走。

张淑英如释重负，问我待会儿火葬场车来了，她还要不要跟着去火葬场？我说还跟着去火葬场呢，现在您就得撤，要是被火葬场知道您是流浪汉的女儿，麻烦就大了。张淑英说行，我给我爹磕个头就走。她一说走，我忽然想起余伟说的老流浪汉那手绢包的事和刚才张淑英说他爹临走从家里偷几万块钱的事，必须赶在火化场的车来之前把这两样东西找出来。否则一个又脏又臭的老流浪汉，人家往火化炉里一扔完事，手绢包里的秘密和几万块钱也化为灰烬。我对张淑英说现在雨停了，过会儿体育场的人就该多了。您是不是趁着这里就咱们两个人，赶快检查一下您父亲贴身衣裳有没有什么要紧的物件？刚才您不是说他从家里拿走几万块钱吗，您看看还在不在？

“卫作家您说的是。”张淑英就扒开米兰树丛蹲在她父亲跟前，三下两下解开老流浪汉衣扣，余伟说那个脏兮兮手绢包就贴在他瘦骨嶙峋的胸膛上。果然，张淑英在解开老人的衣扣以后，在胸脯子上发现了那个脏兮兮的手绢包。打开手绢，露出两个物件：一个灰色的定期存折，一张身份证。她急切地打开存折，一张夹在存折里的纸条飘落在地上。张淑英先溜一眼存折，对我说五万块一点儿没少。又拿起飘落在地上的纸条，看一眼，忽然站起朝她父亲身上踢一脚，骂句“畜生”，就捂鼻子走出树丛。“您看看吧，这个老畜生做的缺德的事！”她把纸条递到我手里，纸条上写着歪歪扭扭几行字：

我叫张玉刚，我不是人是出生（畜生），我把扫（嫂）子和之（侄）女儿都遭他（糟蹋）了。我的之（侄）女坏云（怀孕），小小年纪不得不退学多比（躲避）外乡。我后悔，对不起死去的大哥，更对不起我的之（侄）女张淑芝。我从家里头（偷）出五万块钱大（打）算给之（侄）女，书（赎）我的罪。

“事情已经发生了，人也死了，过去的事就让它过去吧！”我说，折好纸条递过去，您愿意保存就保存，愿意销毁就销毁，这是您父亲的遗物，您有这样的权利。要是没有其他的事，咱们就赶快撤，省得火葬场的人到了问这问那，一不小心说露馅麻烦就大了。“您瞧南边的天又上来了，这雨似乎还不肯善罢甘休。”我指指南边天上黑压压跟山一样往北涌的乌云。

“卫作家呀，这个就交给您吧！”张淑英接过纸条折好重又夹在存折里，连同身份证递我手里，说我爹这个畜生做的事都丧人伦了，太对不起我大爷、我大妈和我姐了。不光他对不起，我也对不起大妈和姐姐。小时候我妈老骂我大妈是养汉老婆勾搭我爸，我就找茬帮我妈欺负我大妈，现在才知道敢情是这样。想想当时我大妈和我姐孤儿寡母过日子多难呀，又遇上我爹这么个畜生。幸亏我姐有个好干爹护着，不然的话怕是早被我爹逼死了。您朋友多，帮我找到我姐张淑芝，把这个交给她吧！我姐要是愿意见我您就告诉我一声，我去看她，当面向她认个错。我把电话号码给您留下。

“咱先把您爹的尸首从米兰丛里抬出来放外边，省得火葬场的人来了找不到尸体。”

“您说的是。只是老畜生太脏了，还是我一个人把他拽出来吧！”

“您一个人拽不动。”我说，分开米兰树丛猫腰抓住老流浪汉的两只被一层厚厚黑泥裹着的脚，张淑英抬双肩，我们两个老女人使尽生孩子的劲儿，刚刚把老流浪汉的尸体摔在跑道上，老天就好像打开了水闸，大雨哗地就倒下来。我拽住张淑英的衣角，“快走，打辆车回我家，今天您走不了啦！”

我们俩一走进我家的四十平方米大客厅，迎面墙上的大镜子里立刻映出一老一少两只大落汤鸡，瞬间，我们脚下的木地板上就出了两个水洼。我率先把自己脱个精光，见张淑英还怯生生站在那里不动，我急了：“您快点儿脱，我拿衣裳去，别感冒了。”

走进卧室，我先把自己全副武装好。可是给张淑英找衣服却着实让我犯了愁，她比我高大胖一圈，我所有的衣裳也无法把她装下。翻了半天，终于找出一套适合张淑英穿的衣服——儿子念中学时学校统一定做的大红运动服。

我拿着衣服来到客厅，张淑英外边的衣裳已经脱了，只是上身的和尚领背心和下面的大红裤衩湿漉漉打着很多褶皱还包在她肥胖壮硕的身躯上。“快把湿的都脱下来！”我把儿子的运动服递过去。

“不换了。”她摆摆手不肯接，说卫作家呀，我们乡下人天天土里爬泥里滚的，浑身上下没干净过，可不敢把您的衣裳弄脏啊！您这屋里挺暖和的，我这背心裤衩一会儿就干了。到您这儿避雨就给您添很多麻烦了，等一会儿雨住了我就走。墩布在哪儿？让我把弄湿的地擦干，都是木板的，泡时间长就坏了。说这话的时候，张淑英的表情满是局促不安，找不到一点儿小时候英勇善战的样子。

“张大婶儿呀，我今天请您来可不是单单让您避雨，还有事求您呢！”为打消乡下人张淑英在我豪华客厅里的自卑感，我不得不违心地叫她一声大婶儿，虽然她比我还小一两岁。

“是吗？我要是能帮助大作家干点事就太好了！”这招很管用，张淑英不安的神情立刻消失，三下五除二扒下背心裤衩穿上我儿子的运动服，对我说：“大作家呀，您看咱们这样好不好，我先把客厅收拾干净，再把湿衣服洗净甩干晾上，然后我再做饭。告诉您，我可是我们北屋村做饭能手，村里谁家有个红白喜事的都请我帮忙做饭。三十人吃切面，我一个人用不了俩钟头就切完。面条又细又劲道，黄瓜丝切的跟头发丝一样细，管保咱北京市大饭店里出不了这味儿。咱们吃饱喝足了，再办您求我的事，行吧？”

“张大婶儿的主意太好了！”我冲自信满满豪情满怀的张淑英竖起大拇指。“不过这么多活哪能都让您一个人干呢，我负责洗衣服吧！”可能我的赞扬进一步激发了张淑英的万丈豪情，她拦住我要去拿地板上的那堆湿衣服的手：“作家呀，我虽然不会写书，可是干家务活肯定比您强。这点活儿对我来说，小燕儿搭窝泥事。您呢，就安安心心到书房写您的书去，要是瞧大婶儿我干得好，奖励我两本书看最好。我们北屋图书室有您写的书，大伙儿都爱看呢!”

看她说得诚恳，我也不再争抢那堆湿衣服，并且还得寸进尺从冰箱里拿出几根湛青碧绿的黄瓜和几个鸡蛋：“您不是切面能手嘛，今儿个咱们就吃鸡蛋炸酱过水面。说实在的，食品店里卖的面条我早就吃够了，今儿个让我也开回眼界，享受大婶儿做的美味佳肴。”说完这些话，我就屁颠儿屁颠儿跑进书房。今天真棒，我可以安安心心在书房闭门造车，饿了再不用吃方便面，有张淑英做的美味佳肴。我忽然突发奇想，张淑英要是愿意，让她留下做保姆不是挺好吗？除去做饭做家务，还能听她讲讲北屋的人和事，岂不一举两得？

那天吃着张淑英的鸡蛋炸酱过水面和比头发丝还细的黄瓜丝，边听着她讲北屋的事，我竟有种穿越时空的感觉，仿佛又回到小时候在家里的快乐时光。于是在饭桌上我就迫不及待向张淑英提出，能不能留在我家做保姆？张淑英没立刻回答，不过看她脸上的惊喜表情，我估摸肯定愿意。张淑英喝了一口面汤，说：“大作家呀，您是个大好人，说实在的我挺愿意留在您家做保姆。不过呢，这事我得回家和儿子们商量商量，怕他们不愿意，嫌我当保姆丢人。老伴儿前年去世之后，俩儿子就是我的天，什么事都得他们点头同意才成。就算儿子这关过了，也得容我工夫把家里的事料理料理，给那些猪呀鸡呀狗的找个好主儿。这回我出来临时把它们交给我三姐夫了，回去问问他，他要是愿意我就都贱卖他，没钱就白送他。”

“您三姐夫是谁？”我问。其实这句话问得很多余，还能是谁呢，左不过是满福林呗！只是在敬老院没见着满福林，萝卜地里的老人中也没见满福林身影，和我聊天的三姐刘桂香也没提他。

“我三大姑子的丈夫，就是我们北屋当村的，叫满福林。”张淑英喝下一大口面汤，“其实按理说人家早就不是我三姐夫了，因为我三大姑子早和人家离婚了。”

我正夹着的一箸黄瓜丝掉在桌上，她的话不啻在我心中刮起一阵十二级的飓风。真搞不明白，三姐当年和满福林那么轰轰烈烈的恋爱，一个非他不嫁，一个非她不娶，怎么就没过到头呢？张淑英没有立刻往下讲，“我知道你们作家的小说里写的人和事，在生活中都是有的，只不过你们给加加工换个名儿。作家呀，您要是知道我三姐和三姐夫恋爱的事呀，都不用加工，写出来管保人人爱看。”

“那您就讲给我听呗！”我说，心里急切想知道这两个已经成了眷属的有情人为了什么分道扬镳？

“明儿个吧！”沉了沉，张淑英答。“我这会儿心里也不大好受，又想起我爹了，甭管他做出什么畜生的事，可也是我爹。那么多年无冬论夏都睡露天地，他是怎么挨的光阴呀！”张淑英的声音有点儿颤，喝完最后一口汤，起身进了厨房，我知道她哭了不愿意让我看见。

张淑英整整在我家住了三天，给我讲了三天北屋村的故事，包括三姐和满福林的事。走的时候，我送了她几本新近出版的书，还给她买了一大包吃的喝的用的，打车把她送到车站，临别时我说期待着张大婶快点儿回来。她点头说那是那是，没见过您这么好的人，这回我儿子不点头我也来，最迟不过三天。

我从车站回来，一进家门就不顾一切扑进书房，打算趁张淑英还没来的三天里，用最快的速度闭门造出几辆“大车”，在文坛掀起地震。

世间的事常常人算不如天算，我打开电脑正把键盘敲得劈啪作响欢着呢，放在桌上的手机就响起来了，我不想接听，按了一下挂断键放回原处，铃声还是不屈不挠地响，搞得那手机就跟被施了魔法似的，在桌上尥起了蹶子，没法子，只得接。“喂，谁呀？这么没礼貌，大半夜的想把谁吵死是不是？”

“淑荣，是我，张淑芝。现在不是半夜，是上午十点。你怎么还没起呢？不是病了吧？要不我就别打扰你了？”电话里张淑芝的声音怯怯的，犹豫着是继续跟我说话呢，还是为了不打扰我睡觉撂下电话呢？虽然没视频通话，但是电话那头张淑芝的表情我能想象出来，准得跟小时候在课堂上，被老师叫起来回答问题答不上那局促的表情一样。现实社会就这么势利，谁和地位高、名气大的人讲话都是战战兢兢的，因为人家是大人物，能在百忙之中抽出时间和你说句话，已经是给你天大的面子了。我是享誉全球的大作家李淑荣（没准儿我对自己估计有点儿高），虽然因为在中国文坛上突然销声匿迹，早已不被人记得了，但是对于电话那头的张淑芝来说，我仍然还是那个大作家李淑荣。

“啊，淑芝呀，我在加拿大哪！加拿大现在正是半夜，所以我还没有起床。”想起头些天她在电话里曾急切地要我抽时间去她家一趟的话，怕她又邀我去，便撒了这么一个弥天大谎。我不怕，反正她又不知道我家在哪儿，无法到家揭穿我的谎言。即便她来了也认不出来我呀！

“那我就不让你到家里来了，电话里和你说行吗?”声音比蚊子还小。

我猜张淑芝一定有非常重要的事和我讲，或者说有非常离奇曲折的故事要告诉我。虽然从老流浪汉张玉刚留下的那张小字条上，知道当年十三岁的她为什么突然辍学去东北，虽然从余伟那里对她在东北那段的生活已经大致了解，但那不是张淑芝的全部，而且是听别人转述的，不是她本人和我讲的，这中间肯定少了很多细节。于小说来说，细节是一切。怎么办？是听张淑芝讲话，还是关掉电话，赶紧造车？鱼我所欲也，熊掌亦我所欲也，但是鱼和熊掌不可兼得。我心里平衡了半天，最后还是决定先和张淑芝讲话。为什么呢？因为张淑英讲的故事已经在我的肚子里，变成小说只是时间问题。但是张淑芝要讲什么我还不知道，当务之急必须先把张淑芝的故事赶快据为己有。“淑芝你说吧，我乐意听呢！”我故意打了一个很响的哈欠，喝一口刚沏的浓茶，“说吧，我精神着哪！越洋电话费我支付，你讲几天几夜都没关系！”

“唉，”张淑芝长长叹口气，忽然就哽哽咽咽哭起来。这倒是我没料到的，管她呢，就让她哭够再讲吧！又不真的是越洋电话，仨瓜俩枣的话费。大概哭了十多分钟吧，张淑芝才开始讲。“我女儿小兰的丈夫是让我老伴儿毒死的。”只这开头一句话，就骇得我魂魄迅速从体内跑出。

十七　除夕夜种下的矛盾

随着中央电视台新年钟声的敲响，王家的团圆饺子宴也开始了。十年没见的哥哥终于解除劳教回到家，还是去年过年时一块儿吃饺子的父亲也来了，而且不久之后就永远退休在家。年轻的少妇小兰高兴得就像个孩子，给哥哥的盘子夹一个西红柿汁和面的红饺子和菠菜汁和面的绿饺子，说：“哥你把这两个饺子吃下去，保管你今后的事业红火翠绿生机勃勃。”又给爸爸的盘子里夹一只红红的大虾，说：“爸，您就跟这只大虾一样香甜可口，女儿可喜欢了。”当然也不能忽视了母亲，小兰觉得在枝形吊灯照耀下的母亲今晚格外美丽，配上她才给买的红色中式软缎棉袄，就像新娘子一样。“妈，我敬您一杯啤酒吧，祝您永远像今晚这么美丽。”张淑芝把酒喝下去，粉红的脸蛋艳若桃花。

王成功似乎头一回发现妻子原来这么美丽，很为自己一个侏儒小男人能娶到如此美丽的女人感到自豪。自豪之外，也为妻子的命运感到不平，都说红颜薄命，妻子这辈子的经历真真正正应验了这句古话。虽说现在儿孙满堂，生活幸福安逸，可是旁边有他这么一个侏儒丈夫，她开心吗？王成功有点儿后悔在单位的两夜对妻子的举动，她愿意吗？“淑芝，你辛苦了，我对不起你。”他也敬了妻子一杯。在儿女们看来，王成功的这句“对不起”所指应该是自己平时住站上很少照顾家的意思，但是王成功的心里“对不起”的根本意思是：你本应该有一个更好的男人，但不幸却被我占下了。

老两口看看儿子，看看姑爷和女儿，心里无限满足，一家人能有现在多不容易呀！

王成功虽然身高不足一米三，虽然自己连一个亲生子女都没有，但无论从家庭还是从事业来说，他都是一个成功人士。工成功在那个小火车站只是一名普通的维修工，由于他几十年以站为家，不光修理工的活干得没挑，其他工种的活同样干得没挑。就拿火车站的清洁卫生来说，因为有了他，候车室擦得一尘不染，客车停靠的站台上连一口痰迹都找不到，货站上没有一颗粮食粒和一块煤渣。不是他在上班时间串岗干活，这是不允许的，到处扫到处擦全用的是下班的时间。反正他也不回家，有的是时间。哪个工友家中有事不能来，都在第一时间找他替班，除去火车司机的工作他替不了，不大的小站七八个工种的活他都干过。几十年来，王成功是小火车站的全天候的工人，是永远的劳模。现在兴称学习好、考试好、唱戏好的人为学霸、考霸、戏霸，那么王成功就是当年小火车站的工作霸、劳模霸。别以为王成功常年在站上不回家，在家中就没地位，一切都是妻子说了算，否，王成功在家中的权威是绝对的。张淑芝是典型的贤妻良母，家里的大事小情都要在电话里不厌其烦地向丈夫报告，请丈夫定夺。好在自家里有电话（上级给公公的待遇），张淑芝请示起来很方便顺手。

只有一件事，张淑芝还没来得及请示已经发生了，那就是女儿小兰结婚的事。再加上正在发生的那套房子的事，张淑芝感觉愧对丈夫。

小兰上大学时和一个叫李靖国的上海男同学恋爱了。从外貌上看，两人非常般配。李靖国身高一米七六，高挑挺拔。英俊白皙的长圆形脸上架着一副白色水晶框眼镜，典型的江南才子模样。小兰身高一米六五，苗条细瘦，鹅蛋形的脸蛋儿白里透红。虽是道地北方工人阶级的后代，但那清秀淡雅的模样儿，很有几分江南大户人家淑女的气质。说不上谁先追求的谁，总之吧，大学还没毕业两个年轻人就偷尝禁果了。李靖国的爸妈都是大学教授，工资高，每月都给李靖国寄好几百块钱，所以他在花钱上不犯思量。除去给小兰买时髦的衣裳，还不时地带小兰出去吃顿饭。有一回周末的晚上，李靖国带小兰到一家大饭店里用餐，喝了两罐啤酒的李靖国竟醉醺醺地走不动了。天晚离学校又远，小兰没辙只好迁就李靖国在饭店开了一间房，两个年轻人整整缠绵一夜。结婚以后李靖国才告诉小兰，他那天根本没醉，只是想尽早尽快地占有她，因为小兰太美了，班里惦记小兰的男同学太多了，他怕她被别人抢走，所以来个先下手为强。什么事只要开了头，以后再想收手就难了。那以后，两人开房成了常态。如此频繁开房的后果就是李靖国感到手中的银子不够花，不停地向父母要钱再要钱。父母感到奇怪，便向李靖国下了最后通牒，必须告知反复要钱的真相，否则便切断给养线。如此李靖国只好把实情告诉父母，并且还寄去了与小兰的合影，把小兰的家世也捎带着详详细细向父母作了汇报。他本以为自己给父母找来这么一个如花似玉的工人阶级儿媳，父母对他这个独子一定大加奖赏。想不到愿望成空，父母勒令他立刻与小兰断绝关系。理由就一个：门不当户不对——小兰父亲是工人而且还是侏儒，母亲是家庭妇女，和他的高级知识分子家庭太不相匹配。如果李靖国听话立即和小兰断绝关系，他们马上就能给李靖国找个家庭及本人比小兰好一千倍的上海女大学生，这样他毕业以后还可以分回上海。李靖国为了要给养就向父母撒谎说和小兰吹了，但是带小兰开房的次数却有增无减，最后终于被来北京出差的父亲查出来，彻底断绝给养。好在这时候寒假都过了，两个人眼看就要毕业了，开房的费用由小兰承担也没问题。于是乎小兰就找各种借口向把持家中财政大权的母亲要钱，今儿个参加某个职业培训班要交两千元学费，明儿个要报名去某个招聘会交两千……张淑芝虽然独揽财政大权，但不会偏向自己亲生女儿一分一毫。每次女儿要钱，她总是打电话先请示丈夫王成功。倒是王成功对养女小兰疼爱有加，每次都这样告诉张淑芝，小兰是个懂事的孩子，跟你张口要钱肯定是必须的，别为难闺女，要多少你就给多少。到最后张淑芝再给王成功打电话请示小兰的事，王成功索性说以后孩子要钱的事你不用再给我打电话，只要咱家存折上有，闺女要多少你就给多少。钱不够再给我打电话，我想法给闺女筹措。

小兰突然发现自己的肚子比以前大了，以为得了什么病，赶紧到医院检查，医生告诉她不是病，是怀孕，而且是双胞胎，都快四个月了。吓坏了的小兰从医院一回来就把这事告诉了李靖国，问他怎么办？李靖国倒是很镇静，说小兰你莫惊慌别害怕，我有办法把孽种弄掉。他之所以这么轻松，是毕业的临近和父母的断绝给养，这个上海滩英俊男子的内心起了变化。他觉得父母的主张是正确的，还是找个上海女朋友毕业后回上海是正理。再加上对小兰早已没有当初的新鲜感了，就算没有父母的压力，他也打算换个女朋友了。小兰当然不知道李靖国的心思，无限信赖地对李靖国说我和肚子里的孩子都是你的，你有绝对的处置权。李靖国说以后你每天在我的指导下到操场上锻炼身体就是。之后，在学校的操场上就天天都能看见两个人的身影：李靖国打伞在一旁支招，小兰在跑道上沙坑里或跑或跳或摸爬或滚打。有时还学鲤鱼跃出水面，平躺在跳远的沙坑里让身体使劲儿往高颠哒再重重摔下来。已经是仲春了，高挂在天上的太阳像大火炉子在烤着，被汗湿的衣裳紧紧包住的小兰又被裹上一层沙子，简直就像泥水坑里打腻的泥母猪。李靖国注视面前的“泥母猪”，心中也就越发坚定了换女朋友回大上海的信念。遗憾的是，虽然小兰豁出去把自己变成“泥母猪”，但是她肚里的孩子却坚如磐石我自岿然不动，而且在一天天长大。万般无奈的小兰只好编瞎话向母亲要钱到医院去做人工流产，钱要到手了，两人跑了很多家医院的妇产科，人家都不给做。理由都一样：月份太大又是双胞胎，做流产有生命危险。如果非做不可，建议他们去北大妇产儿童医院，只有那里能做。两人满怀希望来到北大妇产儿童医院，得到的答复是可以做，但是必须直系亲属签字。李靖国说我是她男朋友签字行不行？人家只说五个字：先领结婚证。依着小兰就别做算了，反正马上毕业就可以结婚了，计划生育只准生一个孩子，生个双胞胎是很多家庭求之不得的。李靖国却不干，说咱们中国都讲先立业后成家，我们刚刚大学毕业，事业还八字没一撇呢，先拖着俩孩子，那我们以后就永无出头之日了。当今的社会是商品社会，混不出一点儿本事，我们将在社会上没有立锥之地，又拿什么抚养我们的孩子？

小兰虽然觉得李靖国说得对，可是要到北大妇产儿童医院做流产的难度太大了，就算她能编谎话从妈妈那里要到钱，可是让直系亲属签字这道关这么过？“干脆你就直说好了。她如果拒绝签字，你就以死相威胁。你是她唯一的孩子，她怎么能眼睁睁看着自己的女儿去死呢？别说要她签字了，要她为你牺牲性命，她肯定都脸不变色心不跳，这就是母亲的伟大。勇敢一些，我相信你能马到成功。”

在男朋友兼“军师”李靖国的一番游说和鼓励之下，一个漆黑的夜晚，母女躺下之后，小兰便鼓足勇气向母亲把自己和李靖国的事都讲了出来，并且说以前跟母亲要钱编的都是瞎话，要的钱其实差不多都花在两人到宾馆开房上了。小兰讲完了，一双美丽的眼睛在黑暗中静静地期待地望着母亲：“妈，我怀了双胞胎，医院说做流产要一万块钱，还得直系亲属签字。妈，您答应我吧！”

“说完了？”母亲问，一个重重的大嘴巴突然落到小兰的脸上，紧接着的是母亲撕心裂肺的哭叫声：“我打死你这个不要脸的小养汉老婆也不会给你签字，我丢不起人，现不起眼……”

小兰不哭也不还嘴，仍然睁大双眼静静地等待。她相信，母亲的怒火发泄完，再开口就是孩子你别急，明儿个妈就上银行给你取钱去，就带你上妇产医院做流产。

“唉，”许久，小兰等来的是母亲一声长长的叹息，然后就跟电视剧里的忆苦思甜似的，小兰的母亲张淑芝把自己这一生所遭的罪，甚至包括十三岁被亲叔叔强奸怀孕——她隐瞒了几十年的秘密都告诉了女儿。母亲说我的第一个女儿，也就是你的姐姐，受尽了我嫁的第一个男人，也就是你亲生爸爸的虐待折磨，十多岁就死了。女儿死了，你那畜生爸爸就只能折磨我一个人了，每天喝完酒对我拳打脚踢是家常便饭，好几次我都被他打得连炕都下不来，在地上爬着给他做饭。不赶在他下班之前把饭做好，我害怕他会活活把我打死。老天爷有眼，在一次伐木时因为突然一阵狂风，改变了树倒地的方向，那个人躲闪不及被砸死了。他死了，我心里的高兴劲儿没法说了，以为从此彻底摆脱了他。林业局为了照顾我，在局所在地三公里处给我盖了一间木刻楞房，我和其他家属工一样天天扛着大锯片子拿着斧头，锯木头劈劈柴，每个月能挣二十多块钱，一个人的日子富富有余。

“谁知八个月以后有了你。”小兰的母亲张淑芝停顿一会儿，说，“我刚刚见到你的一刹那，真想伸手掐死你——那个禽兽不如的男人留下的血脉。可是当我的双手放在你的细小的脖子上时，心软了，这毕竟是我的亲生女儿呀！想想第一个女儿遭的罪，我决定不再嫁人，靠自己的双手独立把女儿养大。兰儿呀，你不知道一个寡妇带个孩子的难处呀！”张淑芝说到这里，突然呜呜放声痛哭。“生活上虽困难一点儿，可是有你现在爸爸一家的照顾，还过得去。就是那些无德男人的骚扰，让我度日如年。白天我可以带着你到你爸爸家和你哥哥一起还好过一些，就是夜里太难熬了，常常有下流的男人在我住的小木刻楞房前说些流氓话。有好几回，我住的小木刻楞房门被他们踢掉了，我一手抱着你一手拿刀，告诉他们谁敢动我一指头，我立刻砍死我们娘儿俩。要不是你现在的爸爸帮助，没准儿咱们娘儿俩早死了。后来你爷爷退休了，要你爸爸来北京接班。我知道你爸爸若走了，咱们娘儿俩的日子就更难熬了，虽然你爸爸和你爷爷都说要我放心，他们会每月给我们母女寄钱。可是一个寡妇带个女孩儿缺的只是钱吗？不，更需要一个能撑起家的男人啊！我一咬牙，就和你爸爸结了婚。从此咱全家就离开了东北。”张淑芝说，“你爸爸身量虽矮，可是世上难找的好人啊！他怎么疼你就不用说了，你自己有体会。可是你知道他是怎么对我的吗？我和你爸爸结婚至今十九年了，他从来没动过我一指头哇！你爸跟我结婚时才还不到四十岁，现在也还不到六十岁。他虽然个子矮，可也是正常男人，也有男人那方面的需求呀！有时我哀求他，说我既是你媳妇，你就应该像别人家男人对妻子那样对待我。他说什么？他说你这么漂亮的女人嫁给一个侏儒，我知道对于你来说也是无奈之举。咱俩能做个名义夫妻我就很满足了，如果我对你那样，不成落井下石趁火打劫吗？我绝不干那样的事。你爸爸还让我不必顾及他的脸面，只要他不在家，让我可以与别的男人来往，甚至可以带到家里。”

“可是打我记事起，也没见过您把任何男人往家里带过，甚至都很少见您和男人说话。”小兰搭茬。她已经完全被母亲的故事吸引了，虽然母亲的大嘴巴打得她右半边脸到现在还火烧火燎地疼，虽然母亲还没提一个“钱”字。

“做人得有良心。”母亲说，“你爸爸对咱们母女这么好，我那样做还是人吗？听我讲了这些你该知道了吧，为什么妈从来都舍不得捅你一指头，刚才却狠狠地抽了你一个大嘴巴。你没良心呀！你爸爸挣的钱自己都舍不得吃舍不得花，每个月的工资差不离原封不动都交给我，说站上每月的几块钱奖金就够他吃饭了，让咱们娘儿仨别太苦了。特别你哥哥劳教以后家里就你一个孩子了，你爸总怕你受委屈，哪回电话都叮嘱我，别老惦着攒钱留给你哥，得多照顾你，女孩子家多给买几件漂亮衣裳。你每次向我要钱，我都打电话告诉你爸爸，你爸爸哪回都没有驳回。最后这次你说招聘会要交两千块钱，我又给你爸爸打电话了，你爸爸急了，说以后只要小兰要钱，要多少就给多少，不够再打电话告诉他，他给筹措。你现在开口要一万块钱，不错，妈手里有，能拿得出来。可是你说说，我能就这么轻易拿出来吗？那里没有我挣的一分一厘，全都是你爸爸挣的，全都是你爸爸从牙缝里省下的啊！你哥哥很快就要回来了，你爸爸和我见你们兄妹这么好，曾经商量过将来等你们长大以后让你们成婚，咱们一家人永不分离。”张淑芝停了停，叹一口气：“谁知你这么不争气，大学还没毕业就自个儿倒贴钱让人家睡了，还怀上人家的孩子，还都四个多月了，这才叫由人算没穷汉呢！现在该怎么办呢？孩子呀，你给妈出了一道难题呀！”

小兰哭了，不是为肚子里那难处理的孩子，是为了母亲艰难的一生，为了父亲对她的疼爱，更为侏儒父亲那高尚的情操。作为他们的女儿，自己所作所为太对不起他们了。大错已经铸成，自己要怎么做才能对得起可怜的父母呢？二十三岁的女孩儿急得揪自己的头发，恨自己没良心，恨自己太傻。

“小兰，你把那个李靖国带回家让我先看看吧！”好半天，张淑芝才说话。此刻，这个才五十四岁历经磨难的女人，其实心中已经做出决定：绝不能冒险做流产，让两个孩子马上结婚，让女儿把双胞胎的外孙和外孙女生下来（她认定女儿生龙凤胎）。

过几天，小兰把李靖国带到家里了。

那时候贫民窟般的西宿舍已拆除，上海男人李靖国看见的是一栋栋漂亮的高楼和一排排绿树，小区中心还有花园和人工湖。小兰家分了两套一百多平方米的楼房，住一套闲一套。老两口说了，这套是老五的，谁也别想动。

有一回俩人在宾馆开房时，小兰不知怎么就说出了家里的那套房。李靖国就调侃小兰，敢情你在家没地位，是个舅舅不疼姥姥不爱的赔钱货呀！小兰反驳说不是，我虽不是爸爸的亲生，和哥哥也不是亲兄妹，可是父母都拿我当宝贝，连我哥哥都惯着我。

“那为什么不把这套房留给你却留给你哥哥？你是大学生他还是劳教分子呢！”李靖国说这话的时候，嘴撇成一条斜线，只是黑暗中小兰看不见。小兰解释说你不知道，我父母原打算让我和哥哥成婚的，那套房子其实是留给我们的婚房。李靖国听了当时脸蛋子就耷拉下来，看来是我横插一杠子破坏了你们的美满姻缘和你父母的如意算盘啦！干脆我现在退出还不晚。

“好啊，欢迎你现在退出，带着我退就行。”小兰就使劲往李靖国怀里扎。

“带着你退行，得先占领那套房子。否则我就单枪匹马退出！”李靖国说这话的时候，脸上的表情冷酷又坚决。

小兰当时并没太理会李靖国的话，只是过后回想起来有种隐隐的担忧，真害怕结婚后李靖国和哥哥争房。哥哥就够可怜的了，她不能让哥哥再受任何的伤害。

李靖国到小兰家没空手，给小兰妈买一盒稻香村的点心，说是他爸妈特意从上海托人带过来的。当然全是谎言，是小兰的钱，抑或说是小兰妈的钱。甭管谁出的钱，李靖国的一番话说得很得体，很让小兰妈舒服。再细细打量一下李靖国，小伙儿长得那个俊啊，张淑芝觉得比小时候妈从合作社买的年画上的梁山伯、祝英台还好看。细高挑的大个儿，白净脸上还架个黑框眼镜（用小兰钱新换的），鼻子是鼻子眼睛是眼睛的，端庄得没法说，文静得没法说。活这么大，张淑芝觉着头一回瞧见过长得这么十全十美的男人，有哪一个年轻的女孩儿能抵挡住如此英俊的男人的诱惑呢？我要是和女儿一样年轻怕是也……她从心眼里原谅了女儿，甚至对女儿还有几分赞赏，要不是女儿先下手为强，没准儿这么英俊的男孩儿早就被别家姑娘抢走了，还轮得着给我做女婿？因为对李靖国的无比好感，张淑芝心里的那个让他们立刻结婚的信念更加坚定。

还是小兰领李靖国到家的前一天，张淑芝特意把火车站上的计划生育办公室主任郭凤英请进家里，向她和盘托出小兰和李靖国的事。问她俩孩子现在都在念书，户口都在学校，能不能立刻领结婚证书？郭凤英是孤儿，从小被张淑芝公爹养大，又把她安排在站上工作，和她家比一家人还亲。听张淑芝说完以后，郭凤英说这事搁别人家肯定不行，搁咱们家不成问题。我跟区民政局熟得很，我开张证明过去，电话里提前和他们打声招呼，您带俩孩子领就是了。临走，这位计划生育办公室主任还千叮咛万嘱咐张淑芝，说嫂子别犹豫，立刻让兰儿和她的男朋友结婚。现在的年轻人都花心得很，他让兰儿做流产没准儿就想把兰儿甩掉。再说，大月份流产太危险，何况兰儿怀的又是双胞胎，弄不好真的有可能丧命。就算兰儿能保住性命，也得落下很多妇科疾病，没准儿这一辈子就不能生育了。郭凤英还说结婚的事先别告诉我哥，他这人太古板，你们两口子都商量好了要让老五和小兰结婚，我哥乍一听小兰和别人结婚肯定接受不了，万一他死活不同意反倒不好办了。张淑芝说也只能这么办了，只是觉得有点儿对不住丈夫和老五，都商量好的事，自己女儿这边发生了变故。郭凤英说没关系，日子长着哪，老五明年劳教出来，我给他找个比兰儿还好的。有那一百多平方米的大三居做坚强后盾，不怕找不着好媳妇。我再给我哥写封信你收着，什么时候我哥回来，你就给他看信。我哥跟我好着哪，有这封信他不会跟你过不去。

郭凤英的这番话和信让张淑芝吃了定心丸，下定决心无论如何得让两个孩子立即结婚。小兰哪天把她男朋友带回来，哪天就让他们领结婚证。那个男的要是敢不去领，她豁出去跟他拼命。及至看到李靖国一表人才，张淑芝更爱得不行了，恨不得立刻就带他们去领证，领完证再吃饭。当然她没那么做，而是先做了一桌好饭菜款待未来的女婿。

吃罢饭，张淑芝刷完碗筷，又沏上一壶茉莉花茶放在长条木茶几上，为自己和俩孩子一人倒上一杯，然后宣布自己的决定：你们马上结婚。

“这……”小兰母亲的决定让李靖国有点儿猝不及防，一向伶牙俐齿的他竟一下子卡了壳，一时想不起该说什么好。

“怎么，你不愿意？”小兰母亲两道犀利的目光像两把锋利的锥子刺向李靖国。

“伯母，我哪能不愿意和小兰结婚呢！我恨不得立刻就踏入您家，做小兰的好丈夫，做您的好女婿呢！只是我觉得我们刚刚毕业，还没来得及挣钱孝敬您和爸爸，事业上也是一片空白，就结婚生孩子，不光给您增加负担，还会让人家笑话看不起我们俩。再说，咱们中国人口这么多，晚婚晚育和计划生育是我们国家的一项基本国策，不光提倡有志青年要晚结婚晚生育，还规定一对夫妻只能生一个孩子。我们俩早结婚又一下子生俩孩子，这不是违法吗？我们都是大学生，有知识有学问，是当今社会精英，怎么能做违法乱纪之人呢？伯母，您觉得我说的对吗？这次呢，您让小兰先把孩子打掉，等过几年我们结婚，铆足劲儿再给您生个更好的。据科学研究，一般情况下第一胎的孩子质量都不好，尤其第一胎是双胞胎的，先天痴呆率几乎百分之九十以上。”李靖国终于缓过来劲儿来以后，使尽浑身解数，云山雾罩地给家庭妇女张淑芝讲了一通，以为这个没文化又没见过多大世面的北方老太太听完了，肯定得乖乖地拿出钱来给小兰打胎。小兰的孩子打掉了，套在他头上的紧箍咒就解除了。头些日子父母曾给他寄过来一张上海女孩儿的照片，说是他们的学生。父母说也把他的照片给女孩儿家看了，女孩儿和家长都十分满意。分配在即，父母要他赶快跟小兰断了，赶快回上海一趟把和女孩儿的关系确定下来，为能分到上海创造条件。他之所以迟迟不敢去上海，就怕小兰这边生变，万一她又不想打胎坚持把孩子生下来呢，那可就坐实了这桩婚姻。两个孩子是他的，这是铁证。医学界现在能做 DNA 亲子鉴定，是不是你的孩子，一根头发丝就能鉴定出来，想抵赖不认账一点门儿都没有。头几天他听说系里的分配方案已经下来了，有三个上海名额。全年级两个班有上海同学一共五个。他暗里对比一下，只要他在上海有女朋友，三个名额肯定板上钉钉有他一个。那五个人里头，四个在上海有女朋友，但是他们其中的两个不是独生子女。“伯母，啊，不，妈妈呀，您就答应我们吧，再晚去做流产，小兰可就有生命危险了。您和我都是小兰的亲人，果真失去小兰，我们都受不了。”为了让张淑芝能够拿出钱来，李靖国不惜放下身段，管一个他看不起的家庭妇女老太太叫妈，还不时摘下眼镜做擦泪状。大丈夫能伸能屈，只要她能拿出钱并且带小兰去妇产医院把肚子里的孩子打掉，让他管她叫祖宗，跪地给她磕头都行。可怜天下父母心，他相信，自己的表演肯定能打动小兰母亲的心。

“孩子你说得太对了！”小兰妈开口第一句话就让李靖国兴奋不已。没准儿这个老太太听了他的一番大道理和有生命危险的话以后，改变了让俩人结婚的主意，且耐下心听老太太继续往下讲吧！小兰妈说：“既然打胎对小兰有生命危险，既然咱娘儿俩都是小兰的亲人，都不愿意失去小兰，我觉着最好的办法还是结婚把孩子生下来。”没想到，老太太的话和他大相径庭；没想到，这个老太太如此冥顽不化。李靖国大失所望，但是也没完全失去战胜小兰妈的信心。他总结一下，大概刚才说的做流产晚了小兰有生命危险的话把小兰儿妈吓住了，所以老太太宁可让女儿结婚把孩子生下来现眼，也不同意做流产。

“妈妈呀，刚才我说的可能有点儿夸大，把您吓住了是不是？其实现在科学发达得很，只要去医院打一针催产素，怀孕几个月都没事，不消两分钟就能把胎儿打下来，就跟放个屁一样，没一丁点儿的痛苦。”李靖国尽量把语调放得很轻松。

“没危险干吗别的医院不敢给做，还非得去北大妇产儿童医院做呢？依我看，还是结婚把孩子生下来保险。”

“那怎么行呀，我的亲娘呀，您这不是教唆我们违法犯罪嘛！”李靖国见小兰母亲软硬不吃，急得就差给小兰妈张淑芝跪下了。他有点儿后悔自己轻敌，来之前要是能向小兰详细了解她妈，然后再制定战略战术就不至于这么被动了。《孙子兵法》里说得好：“知己知彼，百战不殆。”早知有今日，当初应该好好研读一下《孙子兵法》。唉，书总是到用时方恨少呀！

“怎么叫违法？婚姻法规定男二十二岁女二十岁就可以结婚，你和小兰都超过了。”

“可是计划生育只准生一胎呀！违反计划生育也是犯法呀！”

“小兰也是一胎呀！计划生育又没规定不许怀双胞胎。我们这院儿里还有生三胞胎、四胞胎的呢，人家政府还派人慰问又送钱又送奶粉呢！”

“反正这是丢人现眼又违法的事，我和小兰不能做。”李靖国被老太太说得理屈词穷，没法回答了，竟耍起了赖。

“既然结婚生孩子丢人现眼又违法，那我问你，你一个大老爷们儿和我闺女还没领结婚证，就唆使我闺女跟家里要钱开房，让我家小兰没结婚就怀上你的孩子，这违不违法呀？这现不现眼呀？”这时的张淑芝心里已经认定眼前这个上海小白脸儿是安着想甩掉小兰的心了，所以话语中已经有浓浓的火药味。

“这……”

“这什么呀，依我看你就是存心不良，想把我闺女甩了。”张淑芝手指着李靖国的鼻子，说别以为我老王家的闺女是那么好欺负的。告诉你小白脸儿李靖国，我给你画出两条道，你选一条：第一条道马上和我闺女结婚，今后咱们是好好的一家人。刚才你不是还叫我妈嘛，那我就像妈疼儿子一样疼你，宁可委屈我闺女也不能让你委屈半分。第二条道是——”张淑芝故意停住没往下说，她想观察一下这个上海小白脸儿的表情。昨天听了郭凤英的一番话以后，张淑芝让俩人立刻结婚的心更加坚如磐石，山可动地可摇，俩孩子结婚不可变。

“妈您快说第二条道是什么?”李靖国急赤白脸地催问。他估摸这老太太所谓的第二条道，不过是狮子大开口，讹他几万块钱。没关系，父母有钱，只要不超过十万，父母拿得出来。“您快说吧，要几万?”他几乎认定老太太就是要钱。

“我一分钱不要。”张淑芝一字一顿地说完这几个字，拉起小兰的手，“走，跟娘到公安局报案去，告这个流氓强奸你，让他蹲大狱。”

“千万别……千万别……”李靖国吓得说话声都变了。好家伙，真的蹲几年大狱，这一辈子不都毁了。从进屋到现在，头一次，他不得不对这个他瞧不起的家庭妇女老太太另眼相看。真够狠的呀，不跟你闺女结婚就让我蹲大狱。看来老太太是吃秤砣铁心了，非让我和小兰结婚不可了。罢了，为救眼前急，我就先答应她结婚，回去以后赶紧给父母打个长途电话，先表示自己同意和上海那位女孩儿交朋友，再把这边的麻烦事告诉他们，请求他们速速寄钱给小兰打胎。“妈妈，我同意和小兰结婚。”李靖国把所有的恭谦献媚和笑容一下子全部调动到脸上，说，“其实我早就想和小兰结婚，只是觉着不好意思，再说也怕您知道了不愿意让小兰嫁给我，说我癞蛤蟆想吃天鹅肉，小兰那么优秀漂亮，百里挑一的好女孩儿，比我好到天上……”

“得得，咱们闲话少说书归正传，现在我就带着你们俩到站上的计划生育办公室开证明，拿着证明咱们马上就去区民政局领结婚证。”

“我们是学校的集体户口，怕是人家不给开证明吧?”李靖国尽量拖延。

“没关系，站上的计划生育办公室头头是兰儿他爷爷干闺女，是兰儿的干姑姑，我都问好她了，她说只要我们去立刻就开证明，民政局见证明立刻发结婚证。刚才你们一进家我就给兰儿干姑姑打电话了，她在办公室等着咱们呢!”

李靖国没想到这个不起眼的北方老太太铁笊篱不漏汤，做事严丝合缝滴水不漏。唉，他长叹一声，只得就范了。便乖乖地跟在张淑芝和小兰后面去领结婚证，那垂头丧气的样子就好像奔赴刑场挨枪子儿。

虽然和小兰结婚李靖国不太情愿，或者说因为老丈母娘张淑芝的兵临城下不得已之举，但毕竟两人相爱多年，小兰对他体贴，老丈母娘也实践了当初的诺言，对他像亲儿一样疼爱，家里大事小事几乎都是李靖国说了算。再加上他又成功留校在中文系做古汉语老师，几个月以后小兰又生下一对可爱的小宝宝，李靖国不再有非分之想，认头了。

腊月二十八，是王余伟劳教期满释放的日子。火车站领导考虑大老远的王成功两口子没法去南口农场接儿子，就瞒着王成功，腊月二十七这天一大早派司机小王去接张淑芝，第二天再拉着老两口去南口农场接儿子。领导还嘱咐司机，如果张淑芝问起，不要据实相告，只说有事就行了。之所以要这样，是领导想给老两口一个惊喜。王成功在火车站兢兢业业工作二十年，要退休了，领导为这个老劳模做点事也是应该的。当然，也不能完全瞒着王成功，因为还得容他工夫为妻子的到来做些准备，屋子收拾收拾，衣服换换，再给妻子准备顿好饭。因此，小王的车一开走，领导就把接他妻子的事对他讲了，说现在站上维修活不算忙，放他一天假回去准备一下，精精神神迎接妻子。王成功不干，非要干到下班，被几个年轻的徒弟生生给抬回宿舍。

冬天天短，小王拉着张淑芝回来的时候，天已经大黑，王成功早就包好饺子，只等妻子一到就下锅。因为他成年在站上不回家，而车站食堂礼拜天是不开伙的，因此王成功的宿舍里锅碗瓢盆一应俱全。二十年来的单身生活，也练就了他做饭的好手艺。就说今天为妻子包的小饺子吧，也就有尜尜枣那么大，两头尖尖中间凹，白白的跟小银元宝似的。

见丈夫好好的在宿舍等着自己，张淑芝忽然扑过去抱着丈夫大哭不已。把个王成功哭得五迷三道的，还以为家里发生什么不测的事了。“别哭淑芝，有什么事慢慢说，有我哪！”被张淑芝箍在怀里的侏儒丈夫此刻一副大丈夫气概。

张淑芝哭够了，才告诉丈夫她以为他生重病的事。“这一路上我的眼泪就没断，老催司机快点儿，生怕晚了就见不着你。”张淑芝说完松开丈夫，长叹一声，平时你不在家也没觉得怎么样，这回我可知道了，离开你我活不了。你们领导也是，眼看到年你马上就退休了，还瞎派车接什么呀？害得我都没和兰儿说一声，急着忙慌就来了，你们那个司机小王也是闷葫芦一个，一问三不知，也不跟我说清楚，这一路上差点儿把我急死。

王成功说："你不能怪小王，领导说要给咱们一个惊喜，吩咐他不要说的。我也是在车子走以后才知道的。领导还特意放我假，让我给你准备好吃的。"接着，王成功就把领导这几天对他们的安排详详细细讲给了妻子听，"我们明天就能见到余伟了，十年没见孩子了，我真想他呀！"

"我也想啊！唉，小兰要是能嫁给她哥哥，咱们一家人永不分离多好呀。"张淑芝故意往这个话题上引，反正保不住了，倒不如早点儿说出来，心里也踏实。

"回去咱和俩孩子讲讲，只要兰儿愿意，老五肯定没问题。瞧兄妹俩多好呀！这些年咱老两口都没去劳改农场看老五，就咱兰儿，甭管冬天夏天，一放假就去看他哥哥。"

"不行了，兰儿已经嫁人，连孩子都生俩了。"

"啊？兰儿嫁人生孩子了？这么大事你怎么都不跟我说一声？你还当我是孩子的爹吗？"王成功急了，声音都有点儿变了。

张淑芝不想再继续瞒下去，再说也瞒不住。她叹口气，从头到尾把小兰和李靖国结婚前前后后的事都详详细细地告诉了丈夫，当然也没忘记从包里拿出郭凤英写的那封信和夹在里边的兰儿一家四口的照片。只是在拿信的时候，好像碰到一串钥匙，是留给老五那套楼房的钥匙。她心里咯噔一下子，怎么忘了把钥匙给闺女留下呢？要是等父子俩回家李靖国和兰儿再想搬新房，怕是没一点儿成了。可怎么办呀？这时候的张淑芝心里像着了一把火，烧得她坐卧不安。

王成功迅速看完信，就心急火燎地拿出照片端详，那贪婪的样子恨不把照片吞进肚子里。照片上两个小宝宝白白胖胖的样子非常可爱，黑黑的头发上都留一个小小拢梳背儿。王成功心情大悦，自然就想起儿子小时候可爱的样子，说可惜呀，余伟到我手里都一岁了，没见过他几个月时的模样，估摸他也和照片上的俩孩子一样胖乎乎的惹人爱。看了一会儿，王成功指着照片上的李靖国问："这是咱的女婿？人虽长得不错，可看他那样子挺滑稽的，又是上海人，精明。我真担心咱全家被他算计了。"

"咱家有啥好算计的？不就你挣的那工资吗？人家是大学教师，工资比你挣得多呢!”张淑芝说这话时心里七上八下像揣着十五只吊桶，生怕丈夫说李靖国万一要算计老五那套房子呢?

“钱他没啥好算计的，我担心他算计老五的那套房子。万一他趁着咱都不在家这几天，偷出钥匙搬进去了。都是自家女儿女婿，咱也不好扯破脸让他再搬出来吧?”王成功说这话的时候，一脸的忧心忡忡。

真是怕什么来什么，得，到了还是扯到这套房子上了。丈夫哪里知道，这套房子已经被她今天许给了李靖国，要不是走得匆忙忘记把钥匙交给小兰，明天两口子就搬进了新房。唉，她也是被逼无奈……

中午，娘儿仨坐在桌前吃饭的时候，张淑芝忽觉得腰疼得受不了，就放下筷子右手揉腰，说这俩孩子被我惯坏了，老惦着让抱着，撂下就哭，把我这腰累得要断了。

“妈,”听了这话，李靖国竟破天荒叫了张淑芝一声妈（太阳从西边出来），感动得张淑芝热泪盈眶。李靖国说：“你这是累的，我和小兰商量好了，雇个保姆看孩子减轻你负担（他和她说话从来都用你）。可是雇保姆得有人家住的地方，咱家不是有一套闲置的大三居吗?我们四口搬到那套房子里住，你们三口人和保姆住这套房子。听小兰说你丈夫和王余伟快回来了，我可不愿意和他们住一起。”对于李靖国这番牲口话，刚刚还被一声“妈”感动得热泪盈眶的张淑芝，此刻忽然想一巴掌照李靖国的小白脸扇过去，你们上海人不是常说要“拎得清”吗?我就在这件事上劝你“拎得清”一些，这两套房子可都是我王家的，和你李靖国没一毛关系，犯不上你来指手画脚。你不愿意和我们住在一起滚呀，没人拦着。但是一生坎坷的经历，练就了她的隐忍性格，不想和姑爷撕破脸皮，张淑芝把这番话硬强咽回去，只说那房子是留给你们哥哥结婚用的，以为就能把这事岔过去了。李靖国却不肯轻易罢休，像惯常那样薄薄嘴唇撇成一斜线，白眼珠从眼镜后面翻了张淑芝一眼：“如果十年劳改犯还能娶上媳妇，那我这个堂堂大学教师找你家小兰太亏了，天仙才配我。”

李靖国生硬不近人情的态度和对哥哥对自己的轻蔑，惹怒了旁边的妻子。小兰叭的一声撂下筷子：“李靖国你别不知天高地厚不识好歹，你以为你是谁呀，不就是一个上无片瓦下无插针之地的外地穷光蛋吗?

不是娶了我你也配住在这么好的楼房里？本来我就应该和哥哥结婚，姑奶奶瞎了眼才嫁给你这上海小瘪三。惹急了姑奶奶和你离婚，让你滚出王家，我和哥哥结婚。”关于和哥哥结婚的事，小兰念大学时张淑芝曾和她讲过，说你爸你哥对咱们娘儿俩多好呀，特别是你哥哥，有口好吃的都惦记着你，你也疼你哥。我和你爸早就商量好了，只等你哥哥一出来，就把婚事给你们办了，咱一家四口永不分开。听说大学里的男男女女尽是一对对的，你可是有主的人，不作兴跟男的瞎搞。张淑芝说这话的时候，小兰已经跟李靖国恋爱了，她本想反驳母亲几句说都什么年代了，您和我爸还想包办儿女婚姻呀？我早就有男朋友啦！可又一想，自己这么一说没准儿又招致妈妈一顿哭闹，就当耳旁风算了，反正我真想嫁给李靖国任谁也阻挡不了。后来与李靖国开房时，她还把这件事当笑话告诉了李靖国，说我爹妈连婚房都给我和哥哥准备好了，结果被你横刀夺爱，破坏了我和哥哥的美满婚姻。李靖国听了，一把将她紧紧搂入怀，我不光横刀夺爱，还要横刀夺房呢！只要我成了王家的女婿，一定把你哥哥那套房夺过来，他一个劳改犯不配。小兰沉浸在男人的爱抚中，只当李靖国说的是玩笑话，并没放在心上。现在听李靖国这么一说，小兰明白当年李靖国说的不是玩笑话，这个精明的上海男人老早就觊觎上哥哥的那套房了。结婚快十个月了，为了让妈妈高兴，她对丈夫一直在隐忍着，包括他对妈妈的傲慢和不屑一顾。可是今天，小兰爆发了，因为李靖国不仅侮辱她亲爱的哥哥，还侮辱了她。“滚呀，你倒滚呀！”盛怒之下的小兰手指大门。

“好，我滚，我立刻滚！”李靖国边说就走进卧室，再出来时怀里抱着一副铺盖：“小兰你既然这样绝情，咱们趁民政局没下班赶快办理离婚手续。从现在起我要再踏进你王家一步，我就不是男人！”李靖国伸手去抓门把手。

“哎呀靖国，使不得呀！兰儿就一句气话，你别跟她一般见识！”张淑芝撂下筷子以百米冲刺的速度挡在门前，一面吆喝闺女，“还不快过来向靖国认个错？你说的那是人话吗？”

“妈，我没错，是他侮辱我哥我才那么说的。放开他，要走就让他走，别以为我离开他就活不了啦！”小兰故意装出若无其事的样子，夹了一箸母亲特为李靖国做的松鼠鳜鱼，冲李靖国说：“走哇，你倒快走哇，一会儿火车站候车室里没空椅子了！”

李靖国本意没想走，只是做出走的姿态想吓唬吓唬这对母女，以达到夺取房子的目的。他在北京除去小兰家根本没有落脚之地，虽然有学校可投奔，可因为他在本市有家，学校里并没有他的宿舍。果真搬出去的话，他今儿晚上真得睡火车站了。妻子小兰明知道他没住的地方，还说这么绝情的话，这不是往死里逼他吗？事到如今，他已经没退路了，不想走也得走，哪怕晚上睡大马路呢！人活一张脸，树活一张皮。罢了，我这就走！他伸手扒拉挡住门的张淑芝：“躲开！别挡道！”

被扒拉一边的张淑芝忽然扑通跪倒在李靖国面前，两只手紧紧抱住李靖国双腿，只这一瞬间，老太太心里就翻江倒海想了许多。万一女婿真把小兰蹬了，人家李靖国照样能再找个漂亮姑娘，可小兰带俩孩子再想找个合适的主儿就难上加难了。即便找着了，俩孩子也得受死了罪。有几个后爹待见媳妇带来的孩子？我大闺女不就活活被自己“牲口”丈夫折磨死了？孩子死时都十多岁了，连五十斤都不足，小胳膊小腿儿还没麻秸秆粗。孩子活着的时候，肚子饿得咕咕叫也不敢伸手拿眼前的食物，怕自己丈夫打。他打孩子从来不用手，擀面杖和劈柴拌子，手边有啥就用啥打，嘴里还“野种野种”地骂不绝口。她可不愿意闺女再走自己这条路，无论如何也要保住闺女的婚姻。“靖国呀，我求求你了，看在俩孩子的份上，你可不能走哇！”又骂小兰：“还愣着干什么，快过来拦住你爷们儿呀！靖国真走了，有你苦头吃！没心少肺的惹事包！”

“靖国呀，我错了。”见老母亲跪在李靖国面前苦苦哀求挽留自己的丈夫，小兰心里有天大的气儿也不敢继续赌了，跑过来和母亲一道跪在李靖国面前，一把鼻涕一把眼泪地哀求丈夫：“靖国呀，看在我妈给你跪着的份儿上，看在咱夫妻一场和俩孩子的份上，我求你了，别走行吗？都是我的错，你打我骂我都行。”

“好吧，我不走了。”李靖国也不敢再继续，怕用力太过把弹簧抻断，要房子的事就没法进行了。把铺盖放回卧室，李靖国对重新坐到桌边的母女宣布：“我不走是不走，但是并不等于不要房子。因为学校领导已经找我谈了，不久将让我牵头搞一个科研项目（子虚乌有），特别需要一个宽松安静的环境，像现在的又乱又拥挤的居住条件肯定会影响科研进度，挨领导几句批评事小，关键我可能会损失几十万的收入。果真有了这笔收入，我们可以买一套新楼房，把这套房再还给小兰哥哥。”李靖国一番云山雾罩的侃侃而谈，不光把张淑芝给说蒙了，连小兰也被说蒙了，母女都以为是真的。

“妈，要不就让我们先搬进哥哥的那套房子？”平静下来的小兰权衡利弊，赶紧转舵。刚才丈夫的举动真让她怕了，万一要不到新房他真的跟我离了，我带着俩孩子可咋办？“妈妈，最好今儿下午我们就把家搬了。头年把这事办了，爸爸和哥哥一回来这事就不好办了。”小兰说，她知道母亲在家里的地位，父亲虽常年不在家，但是这家里说了算的还是父亲，特别占用哥哥结婚用房的大事，父亲在家门儿也没有。

事情到这份儿上，张淑芝除去点头答应还能做什么呢？她害怕耽误姑爷的科研大事，更害怕姑爷和闺女离婚。“行，我给你们拿新房钥匙去。”

“你先不用拿，明天再搬吧！我下午还有一节大课，现在就得走。”李靖国说完进书房拿起公文包走了。然后就是司机敲门，张淑芝拎着那个装新房钥匙的小包便匆匆离开，甚至忘记和正在卧室里给孩子喂奶的小兰打招呼。

装饺子的两只大白盘子已经端上桌，望着热腾腾的饺子，张淑芝却一点儿食欲都没有。她心里懊恼自己临走前怎么就忘了给闺女把钥匙留下呢？这样李靖国一下班两口子就可以动手搬了，等丈夫和儿子到家，生米早已煮成熟饭，自家的女儿女婿，王成功再不情愿也没有让他们再搬出的道理。

王成功从盘子里夹起一只饺子用嘴吹了吹递到妻子嘴边，情意绵绵地望着妻子：“走一路了，你一准儿饿了，吃吧，尝尝我的手艺，张嘴呀！”张淑芝吞下饺子，却流出了眼泪。把个王成功吓得还以为是饺子太热烫着了妻子，赶紧从兜里掏出手绢为妻子擦眼泪：“要不我把饺子过一遍凉水？”

“不用了。”张淑芝拦住王成功，丈夫对自己这么好，她实在不忍心把房子的事再瞒着他了，再说也瞒不过去。“成功呀，我要和你商量件事。”张淑芝柔声说，心里却在琢磨怎么向丈夫说好。当然不能把李靖国以离婚相要挟要房子的事告诉丈夫，他太了解王成功了，人虽侏儒，可意志却坚硬如铁。如果他知道李靖国为了要房以离婚威胁母女，一把火烧了新房也不会给李靖国的。可我该怎么说才能既不惹怒丈夫又要他痛快答应把房子给李靖国呢？忽然想起李靖国说的那个科研项目，对了，就从这上面说。“成功呀，大学的校长交给咱姑爷一个科研项目，重要着呢，限期咱姑爷仨月完成，要完成不了就开除咱姑爷。”

“要完成了呢？”

“给咱姑爷升官，还奖励一套房子。”难为张淑芝一家庭妇女竟能在瞬间编出这么一大套谎言。

“那好哇，连咱两个外孙子长大了娶媳妇的房都有了。”王成功高兴地在妻子脸上亲一口，说我春节以后不就退休了吗，和你一块儿给他们看孩子，让李靖国踏踏实实完成领导交给的科研项目。咱这个姑爷呀，看着就透出那么一股机灵劲儿，要是咱老五能赶上他一半我就知足了。

“可靖国说大家住一块儿太吵了，影响他搞科研，他想暂时搬进那套新房子里住。等以后奖励他的房子下来，他就搬走住自己的房子去。”

“你答应了？”

张淑芝说这是好事呀，科研时间又那么紧，我就点头答应了，也没和你商量。“成功，你不怪我吧？钥匙我都交给他们了，让两口子最好在我们回来之前把家弄利落，别影响靖国的科研。”连张淑芝自己都纳闷儿，瞎话怎么来得这么快，明明新房的钥匙就在她带来的那只人造革小包里，她偏说交给他们了，其目的无外乎就是告诉丈夫，生米已经煮成熟饭，你不愿意也没辙。“成功呀，”张淑芝叫了一声丈夫的名字，眼泪就下来了，“我寻思这两套楼房都是咱爹盖的房子换的，都是你们老王家的，现在没经过你同意我却给自个儿闺女和姑爷了，太对不起你们父子了。”说到最后，竟呜呜哭出了声，没当过演员的张淑芝把戏演得跟真的一样。

“别哭别哭，给就给了吧。”王成功为妻子擦泪。

张淑芝顺势倒在丈夫王怀里，王成功伸出两条短小的胳膊勉强搂住媳妇的身子，两人就滚在了一起……

回忆让张淑芝心里对丈夫的愧疚感越发深重，不，简直是罪恶感。因为丈夫不仅是丈夫，更是她能活命的恩人，在东北的那几年，如果没有王家父子的帮助和照顾，她和女儿也许早冻饿而死，哪会有现在的好生活？结婚二十年，丈夫挣的钱一分不少全都交给她，而为了照顾她的感受和她的面子，丈夫家都很少回，甚至告诉她可以把她喜欢的男人带回家。直到和丈夫住在他宿舍的这两天夜里，他第一次沾自己的身子，和她成了名副其实的夫妻……

“淑芝，发什么愣啊，怎么不吃呀？”王成功给妻子剥了一只大虾放在碗里，“这些年我不在家多亏了你，以后我退休在家你可以歇歇了。”

张淑芝低头吃碗里的大虾，一滴大大的泪珠悄悄落在碗里。

饭桌上还有一个发愣的是王余伟。

妹妹给自己夹的五颜六色饺子，就着父母夹在碗里香喷喷的菜，王余伟完全沉浸在浓浓的亲情中。他的心潮就像大海的水，汹涌澎拜难以平静。扪心自问，二十六年的人生，自己给这个家庭增添的除去麻烦还是麻烦。直到进了劳教所，他才开始对自己混混沌沌的人生进行反思。一个懵懵懂懂的少年也终于醒了，他也是人生父母养的，为什么别人能风风光光为国家为社会做事，自己却进劳教所沦为被管制的囚犯？小时候像跟屁虫一样的妹妹都读大学了，自己要不迎头赶上，以后还有什么资格当哥哥？自己如果不学出人样，怎么面对疼他爱他已经年迈的父母？想明白的王余伟，开始拼了，从进劳教所的第三年一直到出来，他年年是改造和学习标兵，初中和高中的课程他只用了三年就全部自学完成。去年还考上了北京机械学院函授本科，再有三年就毕业了，就像妹妹一样是个大学毕业生了。

一提起妹妹，那天他被带走时的情形又历历眼前。

记得那是一个响晴的天，王余伟带领他的二十多个人的团伙拿着棍棒，在进西宿舍的路上与另一个团伙打得正欢，突然而至的大批警察把他们团团包围，并且每人赏了一副手铐，然后就把他们一个个扔进汽车里。就在两个警察一个抬着他的上半身一个抬着他的双腿正准备往车里扔时，妹妹出现了。“不许把我哥哥扔进车里！”原来念初中的妹妹下学刚好走在这里。妹妹的一双小手拼命地拽住他的带手铐子的双手，声嘶力竭地叫喊着哥哥……那一幕，永远刻在了他的心上……

“哥哥，你怎么不吃光发愣呀！”妹妹给他的碗里夹了一片青岛火腿肠，“听爹妈说你正在念机械学院函授呢，再有三年就毕业了，那时咱家就有三个大学毕业生了！我真高兴啊！”妹妹拿过啤酒瓶为每个人的酒杯都满上，端起杯子，“让我们为王家即将出现三个大学毕业生干杯！”

“余伟，我们全家为你骄傲！”老两口也把手中的杯子和儿子碰了一下。

李靖国举起满杯的维C饮料（他头发脱得厉害，喝维C饮料是为了治疗脱发）一股脑灌进肚里，冲王余伟亮亮杯底。“我的大舅哥，别不自量力。你的所谓函授大学毕业跟我们正规大学毕业，就跟这个空杯子底似的，什么也没有，什么也不是。”说完这些，李靖国脸上又是那个一贯的招牌表情：嘴角撇成一斜线，白眼珠从镜框后面斜翻着余伟。

“你……”王成功被李靖国这句话气得直哆嗦，手指着女婿，干张嘴讲不出话。他身体虽侏儒，可人格不侏儒，在火车站二十年工作，德高望重，上上下下跟他说话都很客气、很尊重。娶了他闺女的上海小瘪三，居然这么轻蔑他儿子，那不就是轻蔑他、轻蔑他的全家吗？是可忍孰不可忍？“你滚蛋！”石破天惊的三个字蹦出。

张淑芝瞪丈夫一眼，心里埋怨丈夫的脾气太大。现在的家跟过去的家一样吗？过去你是一家之主，现在可不行了，人家李靖国是大学教师，在家里文化最高、地位最高，家里应该处处听他的才是。你知道吗，刚才你这句话可闯下了大祸，李靖国能咽得下这口气？还不撂下筷子转身就走？腊月二十七那天要不是她跪地苦苦哀求，又答应了李靖国搬新房的条件，人家大学教师李靖国早走了，你现在根本都看不见人家。“靖国呀，别跟他一般见识，我看他是‘马尿’喝多了，撒酒疯呢！”为了留住李靖国，张淑芝骂丈夫，又讨好地给姑爷的碗里夹一只大虾和一只饺子，“快吃吧！明儿个趁全家人都在，就一齐动手帮靖国和兰儿搬新家。”说完这话，她瞧瞧李靖国，又瞧瞧身边的丈夫。老天爷呀，求求您老人家可千万别让他们翁婿在饭桌上翻脸呀！

然而王成功和妻子想的不一样，妻子直想捂住盖住矛盾，一家人和和气气过日子。王成功想的是要教训教训这个目空一切的姑爷，让他知道感恩，这样一家人才能好好过日子。虽然前两天自己在妻子面前已经点头同意李靖国搬新房了，但是也不能这么轻易地就让他搬进去。他必须知道他要搬进去的这套房子是他大舅哥的，他必须为刚才的话向他的大舅哥道歉服软。如果在这件事上过分迁就他，以后这个家就更盛不下他了。当然，要让李靖国服软道歉，自己也得注意方法，自己毕竟不是人家老子，像刚才骂人家“你滚蛋”的话不合适。幸亏人家是大学教师，有知识、有修养，没跟我一般见识。否则也还我两句不好听的话，今儿这大年三十的团圆饭还怎么吃呀？想到此，王成功收起刚才的愤怒，脸上堆起笑容，和颜悦色地说：“靖国呀，刚才确实像你妈说的，我酒喝多了出言不逊，向你认个错，你就别跟我这个大老粗一般见识啦！”见王成功肯向姑爷道歉，张淑芝悬着的一颗心总算放下了。“不过呢，我也想向你介绍一下这两套楼房的来历，让你知道盐打哪儿咸、醋打哪儿酸，应该知恩图报是不是？”

“哎呀，有什么好讲的？不就是拆迁政府给的吗？陈谷子烂芝麻的事了，少说两句不行吗？”张淑芝赶紧阻拦丈夫说话，她实在被那天的战火烧怕了，生怕丈夫酒后言多语失又生出新的幺蛾子惹恼李靖国。人家孩子已经忍了，骂人家滚蛋人家都没还嘴。就别得寸进尺了，还要人家知恩图报，谁报谁呀，要我说咱们应该报李靖国，人家大学教师又是大上海人，肯屈就做咱们家的女婿，咱们王家的祖坟都得冒青烟了。“快吃吧，吃完睡觉，我都困得睁不开眼了。”

“淑芝你别拦我，咱家好多年都没在一起吃过团圆饺子了，今儿个好不容易聚一起了，我又是头一回见着姑爷，你就让我唠叨两句吧！”王成功喝了一口啤酒夹一块猪头肉，“靖国你怕是不知道吧，我爸爸活着的时候偏疼余伟，临死前特意留下遗嘱，把火车站为他盖的五间房留一半给孙子。”王成功慢条斯理地说，眼睛瞄着李靖国，一字一顿说：“所以嘛，你们要搬进去的那套楼房应该是你大舅哥王余伟的。你要想住，必须得王余伟点头同意。用法律上的话说，必须得到王余伟的授权许可你才能住进去。否则的话，墙头上挂门帘，一点门儿都没有。”王成功又喝一口啤酒，“可是瞧你刚才对你大舅哥的态度，人家能点这个头吗？为了你能如愿搬进新房，也为了咱家今后的和睦，我的意思呢，你应该向你大舅哥说句软话，道个歉，就像我刚才向你道歉说软话一样。”王成功又用胳膊肘子捅捅身边的儿子：“余伟呀，你可不兴犯拧啊，你妹夫要是向你赔不是了，你要点头啊！”那架势好像演木偶戏，儿子就是他手中的提线木偶，一切得听他摆弄。

“嗯。”大概被嘴里的饺子烫着了，王余伟只是含混地应了一声。

“他爹呀，你现在咋又说这话呀？咱俩那天不都商量好了，趁过节大伙儿都在，让兰儿和靖国搬进新楼房吗，你忘了？”张淑芝质问丈夫，她做梦都没想到丈夫生出这么一个幺蛾子。当然，王成功也不是胡编乱造的，确实有这么回事。当时她还对老爷子留的这个遗嘱很不满意，跟丈夫抱怨说同样管叫爷爷，你爹咋就这么偏心眼儿，不给兰儿留一点儿呢？王成功说咱不都和老人商量好了，俩孩子长大让他们结婚吗？给儿子的还不就是给兰儿的？如果按着大人的规划进行，老爷子的这份遗嘱的确影响不大。可是现在没按规划进行，小兰嫁给了李靖国，李靖国又非要单独住新楼房，问题就大了。房子是王余伟的呀，他不同意让李靖国搬进去住，纵使李靖国学问再大也没用。常言道，人争一口气，佛受一炉香。瞧李靖国刚刚对大舅哥的轻蔑态度，儿子能点头同意把房子让给他？放我身上我也不可能点头。可是不让姑爷搬新房，小兰的婚姻就保不住。李靖国又是那么生性不通情达理，凭他的大学教师身份，肯向刚刚从劳教所出来的儿子赔不是说软话？该怎么办呀？我的老伴儿呀，你知道不知道哇，你生出这个幺蛾子会毁掉兰儿的婚姻呀！“靖国呀，你刚才说的话是不对，就向你哥赔个不是吧！你哥是个通情达理的人，疼兰儿呢！只要你赔不是说软话了，我保证他会点头同意让你们搬进去住的。”张淑芝可怜巴巴的样子，就差跪地乞求李靖国了。怕儿子不高兴，又给余伟碗里夹一只虾，“儿子啊，妈说的对吧？妈知道你疼兰儿，靖国赔了不是你就点头，千万别犯拧啊！”嘿，老两口就跟商量好了似的，对王余伟说的话一模一样。不过这回王余伟没被饺子烫着，总算弄清楚两位木偶戏导演的意图了。“都是一家人，赔什么不是认什么错呀，他们愿意搬就让他们搬好了。我和爹妈住一起不是挺好嘛!”

“你……”儿子不配合，教育姑爷的目的没达到，把王成功气得鼻子都歪了。

“我儿子就是宽宏大量。”小兰的婚姻危机解除，张淑芝高兴疯了。

“哥呀，妹妹谢谢你了。”懂事的小兰起身走到哥哥跟前，像小时候一样在王余伟的脸上亲一口。她虽然对搬新房没多大兴趣，可是和母亲的心思一样，怕因这事不如李靖国愿被他抛弃。“靖国呀，还不快谢谢哥哥。”小兰没敢说让李靖国向哥哥赔不是的话，她知道李靖国做不到。“快呀!”小兰催促丈夫。

全家人期望的目光都集中在李靖国身上。

“我不搬。”李靖国说你们别吃惊、别诧异，我不搬有我不搬的道理。我给你们讲个故事，听完这个故事你们就知道我为什么不搬了。“齐大饥，黔敖为食于路，以待饿者而食之。有饿者蒙袂辑屦，贸贸然来。黔敖左奉食，右执饮，曰：‘嗟，来食。’扬目而视之，曰：‘予不食嗟来之食，以至于斯也。’从而谢焉，终不食而死。”大学古汉语教师李靖国摇头晃脑地背完这段古文，瞧瞧饭桌上除自己的妻子之外，大眼瞪小眼的王家三口，很得意地说：“想必你们都听不懂吧？包括这位函授大学生？好，让我屈尊为你们翻译一下。这篇文章说的是春秋战国时期，齐国闹大饥荒，有一个叫黔敖的富人在路边摆上食物，施舍给饥民吃。有一天，晃晃悠悠走过来一个趿拉着破鞋的饥饿的人，黔敖左手举着食物，右手举着汤，说你过来吃吧！那个饥饿的人说，我从来不吃别人施舍的食物，以至于饿成现在的样子，从而拒绝，最后饿死。所以，对于大舅哥的施舍我拒绝接受。不过，小兰的母亲请你放心，我不会再离家出走。因为，我们现在住的这套房子，小兰也是继承人之一，我居住在这里是合情合理合法的。所以，甭管过多少年我都不会搬出去，永远留在这里孝敬亲爱的岳父大人。”

“一场除夕夜家庭饺子宴就这样不愉快结束。”电话那头，张淑芝说，大概算是对她这段话的总结吧！可是小兰的丈夫李靖国是怎么被她老伴儿毒死的？她的大段冗长的叙述里却没提一点儿。这个老太太，卖关子吗？

“讲完了？我先睡觉去了，改天电话里再和你聊吧！”我说，故意打个长长的大哈欠，装作困得不行不想再继续聊下去的样子——三十六计里这叫欲擒故纵。我相信张淑芝肯定得上钩，赶紧争分夺秒继续讲下去。她不上钩也不怕，我可以打电话问我闺女，既然当初小兰把自己怀疑父亲和哥哥害死李靖国的想法告诉过我闺女，现在谁是凶手有了定论，她肯定还得和我闺女讲。

“别，我还没跟你说我老伴儿王成功是怎么害死李靖国的呢！”张淑芝果然上钩，迫不及待地说。

“好吧，我洗耳恭听。”我又打了一个哈欠。

十八　他害死了李靖国

李靖国还真是说到做到，此后张淑芝虽然多次让李靖国四口子搬进新房，甚至还开出了若搬走把家里拆迁时补偿的十万块钱都给他的优厚条件（王成功的授权），李靖国就是不搬。用他的话说在跟前孝敬岳父更方便。可他的孝敬就是时不时地为鸡毛蒜皮的小事和王成功吵上两句，或者阴阳怪气地讽刺两句，搞得退休在家的王成功很憋屈、很不舒服。还向他退休前的单位领导提出，不要一点儿工资，能不能再让他回站上工作？

两个外孙一岁生日的那天饭桌上，王成功特别兴奋。一边一个把俩孩子搂在怀里，还不时地用筷子头蘸酒给两个孩了舔，乐得俩孩子小手指着饭桌上的酒杯，嘴里不停地喊“要”，王成功就不停地用筷子头蘸酒放在孩子嘴里，嘴里还说这俩小东西这么小就知道馋酒，长大以后的酒量非得超过姥爷。这情形引起李靖国的不满，一把从王成功怀里夺过孩子，啪啪啪照屁股上就是三大巴掌，把俩孩子打得哇哇大哭，两对小眼睛求救地看着王成功。

王成功哪儿受得了？离开座位就去和李靖国抢孩子，却被女婿推倒在地。一面数落王成功：“你也无知得过分了，这么点儿的孩子就让他学喝酒，不怕他酒精中毒不再成长？难道要我的儿子也和你一样成侏儒？”

"侏儒也比秃子强!"被母女俩扶起来的王成功也不甘示弱，爬起来指着李靖国骂："你那维C好，一天喝八瓶也挡不住你变秃驴!"两翁婿吵得天翻地覆，不是母女拦着，俩人早厮打在一起了。

晚上睡觉，王成功揉着被摔得酸痛的腰，埋怨老天爷为啥不开眼，不让李靖国嘎嘣得暴病死了。张淑芝对老伴儿的话很不以为然，说："成功你糊涂，李靖国虽不好，可他活着小兰就不是寡妇，俩孩子就不是孤儿。他死了，小兰娘儿仨咋办？谁养活俩没爹的孩子？莫非让她带孩子嫁人重走我过去的路？"

"你才糊涂呢！看不见咱儿子谁给介绍姑娘都不见？他心里有兰儿呀！瞧余伟多疼俩孩子，俩孩子见着舅舅比见着李靖国还亲呢！再瞧咱兰儿，在李靖国面前总是小心翼翼跟受气的小媳妇儿似的，我看着都难受。李靖国这个祸事权要是死了，兰儿娘仨跟了余伟，咱全家的日子都好过。"

"是，你说得对，俩孩子对舅舅是比对他爸爸亲，兰儿娘仨跟了余伟肯定比现在好过。可是李靖国活得好好的，你总不能把人家掐死吧?"

"惹急了我就掐死他。"

其实，自打除夕夜的饺子宴，王成功就把李靖国看成眼中钉肉中刺，恨不得一时把这个上海小瘪三从王家清除出去，只是苦于没有办法清除李靖国。打吧，自己打不过他；下毒毒死他吧，又怕被公安局发现把他抓起来枪毙。他倒是不怕死，问题是这么死对家庭、对孩子都不好，对自己的名声也不好。最好、最稳妥的是找个谁也发现不了的法子，慢慢把李靖国害死。法子终于让他找到了，喜欢看破案小说的王成功在一本破案的书里看到这样一个案子：当医生的继子为杀死继父，亲自掌厨，天天给继父炒芹菜烹大虾吃，还经常给继父买含高维生素C的营养液喝，美其名曰为继父增加营养，让继父的身体更棒。谁知原本体壮如牛的继父，被增加营养半年就死了。继父家的那边人怀疑有人投毒，就报了案。警察对尸体解剖，是砒霜慢性中毒死的。当医生的继子后来坦白了，说他知道大虾和维生素C一块儿吃在身体里能产生砒霜，吃时间长了就会慢性砒霜中毒死亡。为了让继父赶快死，他就天天抢着做饭，天天给继父烹大虾炒芹菜，因为芹菜含维生素C很高。还时不时给继父买些维生素 C 营养液喝，继父还以为是他孝顺呢！就这么着把继父毒死了。要不是开膛破肚检查，这位继父就白死了。

于是，王成功后来就把家里买菜做饭的事承包下来，让老伴儿张淑芝全身心地投入到与街坊们玩麻将中。对老伴儿说这么多年家务都是你一人操劳，我退休了，你也该休息休息了。张淑芝对丈夫的体贴自是感激涕零，麻将桌上不时向老姐妹们炫耀，说我家老伴儿个子矮，可是疼老婆上面比你们正常身高的老伴儿都好，我嫁他这么多年了，没吃过一点儿苦，没受过一点儿罪，平时他把我当眼珠子一样爱惜。老姐妹们也懂张淑芝，知道她一个劲儿地夸丈夫，无非就是想告诉大家，我丈夫除去身体矮点儿，处处都比你们的丈夫强。因此老姐妹们也都拣张淑芝爱听的说，有的控诉自己老伴儿不知心疼人，油瓶子倒了都不扶；有的控诉老伴儿脾气跟倔驴似的，点火就着；有的甚至说下辈子也找王成功那样的男人做老伴儿……张淑芝的虚荣心得到满足，干脆就当起饭来张口衣来张手的甩手掌柜，吃什么喝什么一点儿都不管。从来没想过也没问过丈夫，大虾好几十块钱一斤，你顿顿都给李靖国做一大盘子，你那一千块钱退休金够吗？

最让张淑芝满足的是，自俩孩子一岁生日那天冲突以后，翁婿之间一直和和气气，再没有发生任何冲突。每天的饭桌上，王成功都把红红的油炸大虾和翠绿的炒芹菜放在李靖国跟前，让女婿多吃大虾、多吃芹菜，说这两样菜最有营养、最补脑子，你天天搞科研最需要补脑。还经常给李靖国买橘汁和苹果汁，每回吃饭，王成功都亲自给李靖国面前的杯子倒上橘汁或苹果汁，说这两种果汁含维生素 C 最多，喝了能补脑生发，我特意为你买的。

常常晚上睡觉时，妻子张淑芝把丈夫搂进怀里，情意绵绵地对丈夫说："成功，难为你了。我知道你这么做都是为了咱闺女兰儿。"

"兰儿是咱闺女，我不为她为谁？"

"咱好歹帮兰儿把俩孩子拉扯大，李靖国再不改那牲口脾气，咱老两口和儿子就搬进那套楼房里，不和他们一起过了。"

可能繁重的科研任务和教学任务压的吧，李靖国的身体越来越瘦，吃得越来越少。讲课时根本站不住得坐椅子上，家和学校虽然没几站的路，往返也都要打车，因为他单薄瘦弱的身体实在挤不上公共汽车。

这天是两个孩子的两岁生日，王成功做了一桌子李靖国爱吃的菜，还给他倒了满满一杯苹果汁，支使闺女小兰："到书房把靖国叫出来吃饭，今儿个我要跟他干几杯。"

片刻，书房里忽然传来小兰的哭声。老两口赶紧进去看——李靖国躺在地上，小兰趴在他身上哭。

老两口摸摸李靖国的手，僵硬冰凉，早已死去多时了……

"我早就听我闺女说李靖国死了，你家小兰当初跟依萍说这事时还怀疑是她爸爸和哥哥合谋害死李靖国的。你现在说是王成功害死的，有证据吗?"我打破沉默。

"是今年他临死以前亲口和我讲的。"

"你告诉小兰了吗?"

"我现在犹豫该不该把真相告诉她。告诉吧，她爸那么疼她，她知道了肯定会恨他，成功在地下该埋怨我了。不告诉吧，她心中老疑惑李靖国的死跟余伟有关。"张淑芝停了一下，"我憋了这么长时间，就是想问问你，我该怎么办？这事要不要跟小兰说？淑荣你是大作家，我信服你。"

"立刻告诉小兰，马上告诉小兰。"我说，"死人在地下的感受我们顾不了，先要顾活人的感受。你儿子余伟是那么好的一个孩子，必须赶快还他一个清白。"

十九　小香头和老崔家二叔

张淑英来我家当保姆以后，除去洗衣、做饭、打扫卫生这些体力活，还做了不少脑力活和嘴力活——搜肠刮肚地给我讲她知道的北屋村陈谷子烂芝麻的故事。

"我先给你讲冠军小香头的故事吧。"这天中午吃完张淑英做的韭菜馅烙合子，我俩靠在沙发上，张淑英在我和她面前的茶几上各摆上一杯茉莉花茶，对我说。因为熟了，张淑英不再称呼我"您"。

"为什么管小香头叫冠军呀？她参加过运动会，得过冠军?"我故意问，真没想到我无意间的一句玩笑成了小香头的外号，一叫就是几十年。

“我们后街念书特棒的李淑荣给起的，因为小香头生了六个残疾孩子，外号的意思她是生残疾孩子的冠军。”张淑英说人家李淑荣后来成了全世界有名的大作家，写了很多书，我们村里的图书室有她全部的书。连同她给小香头起的冠军外号，在我们北屋村家喻户晓。

张淑英的话让我良心备感自责——什么全世界知名作家，我连一点起码的人性都没有，给一个生了六个残疾孩子本来就不幸的母亲起了这么个带侮辱和讽刺性的外号，而且她还是我的同学。如果有可能的话，我真想跪在小香头面前向她磕头道歉，求她原谅我当年的无知和没人性。都是因为我这张嘴太损，老花子才那么早自残，小香头才没能再生一个健康的孩子……我忽然想起那天在牌桌上管小香头叫“妈”的那个酷似年轻时老崔家二叔的小伙子。“可是那天我明明看见一个长得挺俊的没有残疾的小伙子管她叫妈呀?”我迫不及待地问。

“自打老花子成老公以后，刚刚三十岁不到的小香头哪儿受得了?就常常趁老花子不在家时偷腥，村里有不少老爷们都和她有一腿。”张淑英的开场白。

一九八三年包产到户以后，有一年春天给麦地浇返青水，轮到小香头家浇麦子正赶在上半夜。

小香头扛着铁锹走出屋子，虽说自个的儿子都正是干活的年龄，但是因为身残脑子傻，啥也干不了。自残以后的老花子也干不了重活，半夜浇水的活只有她干了。也四十多岁的人了，村里和她差不多大的妇女不少都在家哄孙子了。而她，寒冷的早春半夜，一个人孤零零扛着铁锹，还要干本来应该男人干的活。

墨蓝色夜空上的一弯冷月，把小香头家破败的院落照得清清楚楚，好几处的围墙都倒塌了，有的用树杈挡着，有的干脆就没一点儿遮拦，被傻儿子拆掉窗户的厢房像张着黑洞洞大嘴的怪兽瞪着她。小香头轻轻叹口气，紧走两步出了家门，眼不见心不烦啊！正是阳春三月，白天有老爷儿（太阳）还算暖和，可是夜里却寒气逼人。人家夜里浇水的都披件军大衣，脚上是高筒雨靴。小香头家这两样都没有，她身上穿的是老花子一件四处开花的破棉袄，脚下穿一双开绽的解放鞋。

和她家相邻的麦地是老崔家二叔的。小香头到的时候，二叔早到了，正在为流经两块麦地中间的小水渠上冲小香头家的一面开个口子，像撒满碎银子闪亮的淙淙渠水，欢快地流进小香头家的麦田里。“二叔，您咋先给我家浇上了？您岁数大，还是先浇您的麦子吧，浇完了您能回家睡个觉。”小香头很感动，立刻就堵自家的口子，却被二叔拦住了。

“香头，你一个妇女养活一大家子人不容易，先把你的麦子浇完了，你早点儿回家歇歇，家里还有好几张嘴等着你伺候呢！”二叔说，把刚刚被小香头堵上的口子又打开。

小香头家的麦子很快就浇完了，她堵上自家的口子，又帮二叔开口子。低头看看静静流淌的渠水，抬头看看披着军大衣威武矗立在月光下的二叔，小香头不禁一阵伤感。觉得老天爷太不公平了，让美得如天仙的她嫁给老花子，还生了一堆残疾孩子。高大英俊的二叔娶的媳妇却不会生孩子，离婚后又找的老婆是个“母夜叉”，孩子倒是有了，可是二叔却被“母夜叉”管死了，崔老爷和崔老奶奶活着的时候，连看看爹妈都不敢。我要是和二叔是两口子一定孝顺老爷和老奶奶……一阵哗哗很大声音的流水响蓦地惊扰了小香头的胡思乱想，发现自个儿刚堵上的口子被冲开了，渠水打着旋儿冲进自家的麦地。“不好！我家麦子被淹了！”小香头大叫一声，跳进冰冷刺骨的水里挥锹铲泥堵口子。二叔也发现了，赶紧跳进水里和她一块儿堵口子。很快，口子就被堵上，水又重新静静地流进二叔家的麦地里，一切又恢复平静。

“香头，你怎么没穿高筒雨靴呀？瞧，裤腿儿都湿了，多冷呀！”二叔见小香头的裤子湿漉漉往下滴水，赶紧脱下身上的军大衣披在小香头身上，又蹲下身为她拧着破棉裤腿上的水。

“二叔！”小香头叫了一声，一下子就抱住老崔家二叔。

“第二年，小香头就生下了这个儿子。”张淑英说得口渴了，端起面前的杯子咕咚咕咚喝了好几口，说，“孩子刚生下来时，老花子还不依不饶，非要掐死这个小杂种。小香头指指满屋的残疾儿子，说你掐死他，谁给你养老？后来老花子也就想通了，管他是谁的种，管我叫爹就行了，竟比疼自己的几个残疾孩子还疼这孩子。倒是老崔家二叔的日子越来越难过，母夜叉的媳妇老秀芳为这事又上吊又喝农药，天天和二叔打架，恨不得把二叔和小香头生私孩子的事到村委会大喇叭里广播去。二叔是个要脸面的男人，自己和小香头的事被老婆弄得全村尽人皆知，实在无法出门见人，就一根绳子吊死了。”

张淑英说：“老花子两口子把二叔留下的这根苗看成命根子，为了供孩子念书，两口子轮流卖血。这孩子也争气，从小学到大学成绩一直是最好的。大学毕业以后在北京当警察，虽说挣钱不多，可是对小香头两口子的孝顺，那是村里任谁也比不了的。头两年老花子和那几个残疾儿子相继死了，这个儿子就想把他妈接到自己北京的家养老，小香头死活不愿意去，儿子怕她一人太孤单，就把她送进了敬老院。这孩子只要一休假，准到敬老院看他妈。”

“唉，”张淑英叹一口气，说，“人呀，真不知道天上哪疙瘩云彩有雨，大概小香头都想不到，自个晚年能享儿子的福。就说我吧，儿子有两个，从小就让他奶奶惯坏了，念书没一个求上进的，连中学都没念完，就到城里打工。虽说俩孩子都成家了，还断不了啃我们。今儿个要钱明儿个要钱，我们老两口几十年的积蓄都搭进去了。我老伴儿为了挣钱给他们，六十多岁还在工地上给人家当小工搬砖，去年生生累死了。我也奔七十的人了，孤单一个人，俩儿子也没断打电话要钱，跟催债似的。一听说我给你当保姆了，哥俩马上就给我立下规矩，每月工资一人一半。”张淑英抹了一下眼睛，“作家啊，你说这不是多儿多女多冤家吗？”说着竟抽噎起来，一双肥胖多皱的老手不停地擦眼泪。

“家家都有一本难念的经。”我从纸巾盒里抻出两张纸递过去，“别伤心了，苦尽甘来，早晚您会享大福的。”我不痛不痒劝慰她几句，心里却有几分幸灾乐祸，这不就叫一报还一报吗？当初你不是也一样啃你的公婆——我老姑和老姑父吗？没有你死乞白赖地啃老，我三姐刘桂香怎么会受那么多的苦？

电话忽然响了，肯定不是我的，因为我和朋友之间通话都用手机，朋友们都不知道我家里还有座机。为了方便张淑英和家人联系，她一来我家，我就把座机电话号码告诉她了，所以我断定这个电话肯定是找张淑英的。我示意张淑英接电话，她磨磨蹭蹭朝电话桌走去，嘴里嘟囔着："说曹操曹操就到，准是那两个货打来的催钱电话。我真后悔不该把电话告诉他们。"说罢拿起电话，只说了几声"是"，便放下电话站到我面前，"作家呀，我家里有点儿急事。我这就得回去一趟。"至于什么事，她没说，我也懒得问。

回到家的张淑英第二天就来一个电话，说她姐夫满福林刚检查出得癌症了，特别想在临死前和她的大姑子刘桂香复婚，省得俩人在阴曹地府里当孤男寡女。他怕一般人劝不转刘桂香，让我央求大作家您亲自到敬老院劝一下我大姑子。他说全村人都喜欢看我的小说，都认定我是死去的老作家李淑荣的替身。如果我去劝刘桂香与他复婚，刘桂香肯定答应。

我答应明天就去，并请张淑英转告她姐夫满福林，我不但要劝转刘桂香，还要亲自把她送到满福林身边，亲自陪着他们去民政局领结婚证，我要亲眼看到这一对有情人再成眷属。

我有这个把握，我就不信一对曾经这么相爱的人，一对冲破重重阻力终于结合在一起的人，因为一点儿鸡毛蒜皮的小事就永远分开？就永远死后不能合葬？我三姐刘桂香一定听我的，我笃定。

二十　人生若只如初见

重任在身，第二天匆匆吃了几口面包，我就出了家门。把专职司机小张辞退了，我的奥迪 A6 只得在自家车库里休息，我得打车去北屋村南沙敬老院。出租车特别难打，尤其是早高峰上班的时候，有钱的白领们嫌地铁和公交车太挤，大多打车上班，有了滴滴打车软件，普通人在这个时段想在外边打个车，就跟"蜀道难难于上青天"一样。

上天佑我，刚一出小区门口，正好一辆出租开过来，车门打开，没等乘客下利索我就上车了。"北屋村南沙敬老院。"我把要去的地方告诉司机，看都没看他一眼，就低头玩手机。都说年轻人对手机有依赖性，我这个七十一岁的老妇人也玩手机上瘾。为了不让手机影响写作，我把自己关书房的时候，就把手机扔进厨房。因为厨房是我进去最少的地方，忙的时候，小张就去餐厅把饭菜打回来。不忙的时候，我就和小张一起到餐厅吃。现在张淑英来了，我就更不用进厨房了。

也不知过了多久，司机说了一声“到了”，我才停止玩手机，问：“这么快就到了，你是不是来过，轻车熟路呢？”

“你说呢？”

忽觉声音很熟，抬眼一看，敢情是小张。“冤家路窄，怎么又遇上你了？”

“这叫缘分，作家卫平同志。”

小张下车给我拉开车门，我还没下去，一个老妇人已经站在车门旁，是刘桂香。“我兄弟媳妇昨儿个打来电话说你今儿个要来找我，我这一大早晨就在外边候着你们，咋这么晚才到呀，都十点多了。”刘桂香说。大概觉得张淑英给我家当保姆，她跟我的关系更近一层的缘故吧，老熟人般挽着我的胳膊，一面招呼要重新回车里的小张，说和你媳妇一块儿进去吧！这几天我正头疼哪，敬老院安排一个新来的老太太住进我的屋，想着自打同屋的那老太太死了我一直一个人住，孤单得很，连个说话的人都没有，这回总算来一个伴儿，多好的事呀！谁知这老太太来好几天了，一句话也没跟我讲过。不光不说话，连饭都不吃。天天往床上一躺，开饭了也不去餐厅。院长亲自把饭菜给她端到床前，她还不吃，翻来覆去就一句话，我是北屋的人，死了就把我埋在北屋。你们小两口儿来正好，帮我劝劝那老太太吧！

“她是不是北屋人呢？”我插话问。

“谁知道呢，以前我又没见过她。院长说那天他去村委会拿政府给敬老院的补助款，回来快到敬老院门口时碰见的这位老太太。院长瞧她步履蹒跚的样子，以为她饿了累了，就把她带进敬老院，寻思让她吃顿饭歇会儿，问清家在哪儿再把她送回去。”刘桂香停下来喘口气儿，这人呀老了就是不中用，走几步路说几句话就觉着喘不过气来。我刚才不是说院长打算问清老太太家在哪儿把她送回去吗？可这老太太一口咬定她家就在北屋。问她本人姓甚名谁，家里人叫啥名字，她一概不知。还从兜里掏出一张卡，说这里有一百万，都给敬老院，只要让她在这里住下，死了把她埋在北屋就行。院长起初以为老太太有精神病，这么一个脏了吧唧的老太太怎么会有一百万呢？但老太太死乞白赖不走，也不能把她强行拖走是吧？就把她安排在我的屋里，院长还特别交待给我，让我好好与她相处，尽快问出老太太的住址，好快些把她送回家。老太太走丢了，她家里人不知道怎么着急呢！可是说完这话的第二天，院长就告诉我甭问了，通过那张卡把老太太的姓名、住址、电话都查得一清二楚，是上海的，只是给她家里打过多次电话都没人接。院长估计老太太可能就孤身一人，没准儿这回是来北京旅游的。见到过报纸、电视台上对咱北屋南沙敬老院的介绍了，就想住进来。

“那张银行卡里真有一百万吗?”我开始对这位上海老太太好奇起来。

“一百多万呢!”刘桂香四下瞧瞧，趴在我耳边小声告诉我。我们院长怕有人谋财害命，叮嘱我千万别跟外人说。你反正也不是外人，我就告诉你了，你可千万别和人家说啊!

“我不跟外人说，只跟自己人说。”我调侃刘桂香。连我住在另一个区只来过三回南沙敬老院的美女作家都不算外人，我相信老太太银行卡的秘密早就传遍五大洲四大洋了。一百多万呀，不是我低估我们北屋村人的财力，肯定没人有过这么多的钱。

我们很快就进了二楼刘桂香的屋子。好清洁好漂亮的屋子啊！上午的阳光从朝南的大玻璃窗射进来，靠窗放着的那张金黄色长条桌被照得锃光瓦亮，桌上的电视、水瓶、茶杯都一尘不染，规规矩矩排队一样沐浴在阳光里。桌子两旁各摆着一张床，浅蓝色枕巾、被罩、床单，干净舒服又养眼。靠东边那张床上仰面躺着个老妇人，肯定就是刘桂香说的那位了。我向老妇人礼貌问声好，老妇人好像没听见，一点儿反应都没有。但是我却捕捉到了，在她的眼神扫向我身旁小张脸上的刹那，倏地亮了一下，好像有一道电光火石划过，但很快就侧身朝墙躺着了。刘桂香拉过椅子让我和小张坐下，又猫腰从床底下的一个纸箱里拿出两罐雪碧饮料：“闺女来时带来的，我不爱喝甜的，就爱喝白开水，你们替我喝了吧!”就要打开，被我拦住了。我指指书包说：“都带着哪，还是您喝吧，别辜负了孩子。咱们还是书归正传吧！您的弟媳妇可能已经告诉您了，我今天来的目的。”

“说了说了。”坐床沿上的刘桂香长叹一声，“昨儿个在电话里听我兄弟媳妇说他得了癌症，我一宿都没睡着觉，恨不得立马就跑去看他，哪儿还顾得等你们来呀！”

“那您为什么没去？”

“唉，都是脸面害的，总得找个台阶下呀。当初嫁给人家时轰轰烈烈十头牛都拽不回来，后来跟人家离婚也是我，这又没羞没臊去找人家，也忒不要脸了是不是？”

对于三姐和满福林恋爱的故事，我这个好朋友兼半个当事人，那是再清楚不过了，甚至每一个细节，三姐都和我讲过，但是他们结婚我却一点儿也不知道，因为那几年我先是去山西搞了将近一年的“社教”，回来后除去上学还兼任学校里家属们的夜校老师，放假都没工夫回家。毕业去东北报到之前回家住了几天，临走的前一天晚上想去对面老姑家与三姐道个别却被母亲拦住了，母亲说你三姐已经搬到满福林家住了。我当时对母亲的话也没细想，以为既然住到满家了，就是结婚了呗！我很高兴，为这对有情人终成眷属。满福林家离我家很远，又是寒冬腊月黑咕隆咚的晚上，我也就打消了与三姐告别的念头。再后来我背负起家庭的重担，无暇顾及他人的事。要不是在南沙敬老院见着三姐，都差点儿把她从我的记忆里清除了。虽然这几天张淑英专门给我讲了三姐和满福林恋爱的事，也都是我过去知道的，没什么新意。我倒是对两个人离婚的事很感诧异，当初爱得死去活来的一对玉人，为什么婚姻就没能到头呢？至于两个人的婚礼，张淑英只说轰轰烈烈，详情没讲，我也懒得刨根儿问底。农村的婚礼，无怪乎多少嫁妆多少桌酒席多少人随份子这些俗套子呗！

现在想想，如果三姐和满福林的恋爱是一部曲折动人的小说，那么这部小说就有点儿虎头蛇尾，因为没有两个人结婚的盛大场面。当然，于我这个三姐的好朋友而言更是一种缺憾。所以，我今天要趁这个机会让三姐讲讲她的婚礼，以及老姑从坚决不同意她嫁给富农出身的满福林，到给三姐举办轰轰烈烈婚礼的转变过程，补上我的缺憾。

“刘阿姨，”我很费劲儿地叫声阿姨，“既然今儿个我是奉您兄弟媳妇之命来劝您和您的爱人复婚的，当然最好对于您和他的婚姻始末有个全盘了解。所以，希望您知无不言，言无不尽，详详细细和我说说。”

“可以呀！反正老棺材瓤子也不嫌寒碜了。”三姐答应得非常干脆，性格仍然像年轻时一样爽快，说，“卫平就冲你今儿个为我而来，又是大名鼎鼎的女作家，我一点儿都不带隐瞒把我和我爱人的事告诉你，只要你不嫌啰唆。”说完这些，三姐端起自己的杯子喝了口水，便开始讲起她和前夫满福林年轻时恋爱的故事，讲得很详细，连老花子妈登门给她介绍老王八儿子小臭以及我和她定计吓退小臭的事都讲了。我看看身旁的小张，竟听得津津有味一副很入神的样子。我甚至还发现刚才翻身脸朝墙躺着的那位老太太，现在也把身子翻过来，肥白大脸上的那双眼睛一会儿看看三姐，一会儿看看小张，好像也在听。没好好听的只有我，因为我对三姐和满福林恋爱的经历熟得就跟自己的经历一样，我只想听最后的情节——她和满福林的轰轰烈烈的婚礼和到最后的劳燕分飞。

“完了。”三姐冲我双手一摊。

“没完，还没讲结婚那段呢！”我像小时候一样冲刘桂香撒娇，差点儿就喊出三姐。

“有什么好讲的？反正都成事实了呗！”

“不，您刚才讲嫁给满福林时轰轰烈烈，可是您又说您的母亲不同意您嫁给满福林，嫌他家成分不好。可是她老人家后来怎么又同意了，而且给您轰轰烈烈办婚礼了？”我穷追不舍，这是千载难逢的好机会，我无论如何不能放过，无论如何要补上我的缺憾，我真想搂住三姐的脖子使劲儿摇晃她。小时候就这样，只要她不答应我的要求，我就使劲搂住她脖子摇晃，最终我的愿望都能得到满足。

三姐狡黠的目光看了看我说：“要听这段也可以，卫平你得如实地告诉我，你到底是谁？是作家卫平呢，还是和卫平同名的普通人？还有，”三姐用手指指小张，“他和你是不是两口子？”

“为什么突然想起问这个？”

“是这么回事，”三姐说，“上回你们走了以后，我把你给我的名片让院长看了，跟他说这小两口儿不错，下回来你就答应收下他们的老人吧！大老远的就别让人家一趟一趟来回跑了。院长说刘桂香你傻呀，卫平是全国著名美女作家，她单身没丈夫，家里也没老人。院长说有一回在电视上的一个访谈节目里见过你，人家主持人问你家庭情况，你回答说无父无母无爱人，典型‘三无产品’，主持人和电视观众都笑喷了。院长还吓唬我说乱给人家名人安排丈夫是侵权，人家作家卫平知道要到法院告你。我说人家亲口说的是两口子，兴许你说的作家卫平和我说的卫平是两个同名的人呢！院长说下回卫平再来告诉我，我一看就知道是不是美女作家卫平。昨儿个接到兄弟媳妇电话以后，我就把你们明天要来的事和院长讲了，可惜他去区里开会了，要不然早就过来了。”三姐又喝了一口水，“卫平，现在我就问你一句话，你到底是不是美女作家卫平？你们俩到底是不是两口子？”

“是。”我老老实实回答，又指指小张，“我雇的司机。”

“噢，还是人家院长说的对，你是单身。都怪我老糊涂了，乱点鸳鸯谱。别生气啊！”刘桂香说，又问我兄弟媳妇张淑英没和你讲我结婚那天的事吗？见我摇头，她长出了一口气，说我兄弟媳妇对我还真够意思，没到处给我宣扬呀！

刘桂香的这句话让我很纳闷，难道她的婚礼有什么不可告人的地方？看我疑惑的眼神，刘桂香说：“你不知道，我刚才说的‘轰轰烈烈’不是正经轰轰烈烈，是轰轰烈烈丢人现眼。虽说都过去四十多年了，至今我都不敢想那天的事，更不敢提那天的事，自个儿都纳闷当时哪儿来的那么大的胆子、那么厚的脸皮。罢了！谁让我今天遇上你这个大作家了？谁让你为我和满福林的事大老远来一趟呢？我豁出去丢人现眼给你讲，咱可说好就这一次啊，以后不许再问我。再问我就跟你急，管你是不是大作家呢！来，拉钩。”刘桂香伸出右手小拇指和我拉钩，认真顽皮的样子活脱脱个老小孩儿。我以为拉完钩就该讲了，她又指指小张，你现在既然变成出租车司机和大作家没关系了，最好就别在这儿听我们女人聊天了。

“我走。”小张说，又问我，“你回去要不要用我的车？不用我就回市里了，在这里瞎耽误工夫又没人给钱。”从美女作家的丈夫降到出租车司机，小张万分尴尬，说话特别生硬，起码的交情都没有了。

“小张你坐下别走，待会儿我用车。”一个人突然说话了，竟是那个躺在床上的老妇人。

“哎呀，你可开口了。”坐床沿上的刘桂香惊喜得站起来拽住要走的小张，既然我这位千年不开口的老姐妹让你留下，你就留下吧！瞧你的年岁比我外孙子也大不了啥，听就听吧！反正我这老脸四十多年前就丢尽了，现在再丢一回怕啥?

“别走了，看你多有女人缘呀！我喜欢你，两位阿姨也喜欢你。”我特意把“我喜欢你”加重语气，因为我知道三个女人中他只在乎我。之所以这么说，完全为那个躺床上的老妇人。我知道，我要不挽留，小张才不在乎那位老妇人用不用车呢！

刘桂香开始给我讲她和满福林结婚时的事。

那天是腊八，头天夜里刚刚下过一场大雪，第二天就刮风，大风卷着还没冻瓷实的雪，刮起满天的白毛旋风。

像往常一样，窗户纸刚发白，一个人住西屋的刘桂香就起来了。今儿个她要和满福林登记结婚。比他大两岁的她虽然都二十七岁早该是孩子妈妈了，但她仍然为他守身如玉。想着今儿晚上就不再独自一人睡觉，而是和亲爱的人睡在一个被窝里，刘桂香感觉身上好像有股热流在奔涌，身体不由得动起来。

东屋里传来母亲一声咳嗽，刘桂香倏地停下蠕动的身子，体内的热流瞬间消失。她和满福林恋爱已经八九年了，母亲一直坚决反对，并且放出了狠话，她非要嫁给富农满福林，她就死给她看。一年一年的过去了，二十七岁的她看见女伴们一个个做了妈妈，心急如焚。几次见着满福林都想说咱们悄悄把结婚证领了吧，可是几次都欲言又止，她害怕母亲闹呀！要不是为前两天母亲饭桌上的那番话，她还下不了决心和满福林领证呢！

前天，母亲发现大孙子的毛窝（棉鞋）露脚趾头了，现做肯定来不及了，母亲就打算到商店给孙子买一双五眼高帮灯芯绒棉鞋，好看又暖和。老太太领着大的抱着小的挎着家里刚攒的一篮儿鸡蛋就去了商店，一路上许愿二孙子给哥哥买完鞋，剩下钱给他买糖。结果卖鸡蛋的钱买鞋还差七毛，更甭提给二孙子买糖了。偏偏一岁多的老二是个死爹哭妈拧丧种，一听说不给买糖了，躺地上打滚就哭，商店地上正好有一口不知谁吐的黄烂烂浓痰，粘了老二一脑袋。售货员看不下去了，从兜里掏出一块钱救了母亲的急。晚饭桌上说起这件事，刘桂香就挺生气，说小闹子跟他媳妇这不是故意占便宜算计爹妈吗？张淑英的爹妈和他们一起过，又不去生产队干活，就不能看孩子？非得把孩子轰前院来，这不就等于叫咱们给他养活俩孩子吗？您要不好意思和他们说，吃完饭我和他们说去，让他们明儿个别把孩子送过来了。母亲把筷子叭地往桌上一摔，反了你了，你是脸朝外的人（闺女），这个家轮不到你当。占便宜怎么了？他是我儿子我乐意让他占。我仨闺女就这么一个儿子，将来我还指望儿孙养老呢！指望你们姐仨行吗？你大姐和二姐都嫁到郭家府了，一年到头就过年时来娘家一趟，还带好几个孩子来，应名是瞧妈，还不够给妈添乱呢！你虽说眼下还给家里挣着工分，可我敢留你一辈子不嫁人为我养老，满福林早拿刀把我宰了！告诉你小三，一想起你和富农儿子满福林搞对象的事我的心就堵疼，没有我俩孙子在跟前解闷，我早被你气死了。我知道，你心里恨不得我快死了，省得挡着你嫁给满福林啊！

得，拐来拐去，账又算到她头上，看来她在母亲眼里是没好了。母亲的话，让她第一次知道自己不算这个家里的正式成员，是一个脸朝外的人，一个只准干活挣工分没有发言权的人。意识到这点，刘桂香决定不管母亲态度如何，她必须赶快把自己嫁出去。她决定，晚上就和满福林商量明天领结婚证的事。

晚上，生产队开斗私批修大会，趁一个小学生（家长懒得来就派孩子）发言正说到“是可忍孰不可忍”时，她悄悄向坐在炕脚头男社员堆里的满福林使个眼色，两人前后走出屋子。

大风卷起的雪粒子抽在脸上生疼，棉衣裳也立刻被风吹透。清冷的月光照在白厚的雪地上让人越发感觉冷，冷得打哆嗦。刘桂香一下子扑进满福林的怀里，满福林立刻将她紧紧搂住。“明儿个公社门口聚齐，我们领结婚证。”

“我担心你妈，万一她真要寻死呢？”满福林的脸紧紧贴住刘桂香冰凉的脸蛋儿。

“从目前形势上看，我认为我妈不会死。”刘桂香很享受爱人温暖的怀抱，身子紧紧地偎着满福林，像只依人小鸟儿。“一是人家小臭头早就结婚，孩子都两个了，这个根本因素不存在了。”刘桂香说，“第二个呢，老王八家已臭不可闻，连三岁孩子见着他都骂一声臭贪污犯，他连嘴都不敢还。老王八的家人也个个低眉鼠眼，见人大气儿都不敢出。我妈就不想想，当初我要听她的话嫁给老王八儿子小臭头，现在别说我抬不起头，她就抬得起头吗？所以，我分析她不会寻死。当然，为防止我妈胡搅蛮缠阻拦，我们还是偷偷领，不让她知道。傻存头大哥是大队的头儿，他挺同情咱俩的事，还多次劝过我妈。大队的结婚证明他早就给我开好就在我手里攥着，傻存头哥催我好几回了赶快去公社登记。”

虽说已经决定领结婚证了，但是母亲的咳嗽还是提醒刘桂香，在这件事上要三思。女儿出嫁连母亲都不告诉，有点儿违背人伦。这事要是被街坊邻居们知道了，人家还不得笑掉大牙？家里家外都强势一向只说人不许人说己的母亲，又怎能受得了这种嘲笑？万一母亲想不开……她不敢再往下想，最后决定还是在临走以前，很郑重地和父母道别一声。

穿好棉衣裳，对着墙柜上的镜子胡乱梳几下头发，打开门，从脸盆架上拿起那只母亲前不久给她买的新搪瓷脸盆，看着盆底鲜红的大牡丹花，刘桂香眼眶一热，泪水差点儿就流出来。母亲还是疼她的，只是在她的亲事上娘儿俩闹得有些生分，要是没有老花子妈给她介绍小臭头也不至于。她心里挺恨老花子妈多管闲事，当个破生产队的小队长，芝麻粒儿大点的官儿，还老把自个儿当块肉似的，东家事西家事都好管，自个儿家事都没管好。儿子老花子和小香头生了一窝残疾孩子，气得老花子自个把自个剐成老公了，要不是抢救及时就死了。

掀帘去堂屋的水缸里舀上两瓢凉水倒进脸盆，端进屋重新放在盆架上，从竹竿上拿下搭着的毛巾扔进脸盆，把冰凉的湿毛巾在脸上反复地擦。冷水的刺激又让她犹豫起来，告诉了母亲，万一她老人家当场寻死觅活可怎么收拾？要不然还是不告诉？可是……犹豫来犹豫去，最后决定为避免麻烦，还是不直接告诉母亲好。当然也不能一声不吭就嫁人，走前悄悄地告诉父亲，叮嘱父亲晚上再和母亲说，那时生米已经煮成熟饭，母亲也许就不闹了。决定了，刘桂香果断地把毛巾晾回竹竿上，掀帘走了出去。先去柴棚子抱进堂屋一抱棒子秸，掀开东锅上她新串的秫秸秆锅盖，添上几瓢水，盖好锅，再去东屋把父母的尿盆端到茅厕倒掉，将盆靠茅厕墙放好。

这当儿，天完全亮了。刘家的院子里好像奏起了交响乐：猪圈里的两只克朗猪把猪圈门拱得山响，鸡窝里的大红公鸡“喔喔”地独唱，配合独唱的是二十多只母鸡们“咯咯”的背景音乐。喂猪喂鸡都是母亲的活，因为卖鸡蛋钱和卖猪钱是家里主要收入，母亲把这群财神爷和财神奶奶看作比天大，即便自己再忙也不容许别人插手，必须亲自伺候。

刘桂香回西屋里重新洗一遍手，擦干把手揣在袖筒里捂了捂，走进堂屋。蹲下先往灶膛里填把柴火，又从洋灰锅台的小窑窑里拿出取灯儿点火。待火烧得旺了，便张开两只手在灶火前烤烤，不时地往灶坑里添把柴。锅里的水开了发出哗哗的响声，她赶紧去东屋拿出父母用的铜洗脸盆和竹套暖水壶，揭开锅先舀进洗脸盆里两瓢水，端进东屋放在靠墙柜的长条凳上，招呼父母洗脸，再回到堂屋把暖壶灌满。然后端起锅台上昨晚泡在瓦盆里的小豆、芸豆、爬豆、大枣、花生仁一股脑儿倒进锅里，又去西屋炕上盛粥渣的瓮里舀上小半瓢粥渣放水瓢里淘了淘倒进锅里，用长把铁勺搅搅，盖上锅盖，蹲下往灶膛里再添一把柴火。今儿个熬的是腊八粥，不好烂的各种豆子都泡了一宿，现在得小火慢熬，才能把豆熬出豆沙，腊八粥才香。火要是太大太急把水都熬干了，豆沙也出不来。看看熬得差不多了，刘桂香又从碱面罐儿里舀上半勺碱面放进锅里，就赶紧用铁勺搅动。一放上碱面粥就变得黏稠了，搅动慢了粥就瓦锅糊了。搅动粥锅的时候，还得不时蹲下往灶坑里添柴火，火不能熄也不能大，要一小把一小把往里添棒子秸。刘桂香就这么一会儿蹲下填柴火，一会儿站起搅粥锅，就像一个只有两个动作的舞者。

粥熬好了，刘桂香拿起立在碗柜旁的案板平放水缸上，用筷子从咸菜坛里夹出个咸菜疙瘩，切成跟头发一样的细丝放进一只蓝花粗瓷盘里，淋上些醋和香油。一只手拎起靠墙立着的饭桌，一只手端咸菜盘子走进东屋，父母早已洗完脸盘腿卧脚等在炕上吃早饭。桌子放好，咸菜盘碗筷都摆好，刘桂香掀开锅盖，开始往盛粥的大瓦盆里淘粥。热气腾腾的粥盆端进屋里，放在饭桌下方的炕沿处，照例先从盆边挖出一碗最糊的给父亲，然后母亲，最后自己。

母亲吃完粥放下碗筷就去院子里伺候财神爷和财神奶奶。趁父亲还没撂下饭碗的当儿，刘桂香把自个儿今天要和满福林领结婚证的事告诉了父亲，说爸爸我今儿晚上就不回家住了，不能再伺候您和我妈了。我妈脾气不好，您就多让着她一些，别硬碰硬和我妈赌气。反正满福林家离咱家也不远，我会常回来看您和我妈的。刘桂香觉得鼻子酸酸的，眼眶子一热，眼泪竟流下来。叫她咋不流泪呢，姐弟四个像长大的小鸟儿一样都出飞了，这个家就剩下年迈的父母。都六十好几的人了，身边没人照顾，万一有个山高水低的咋办？

“就今儿个，不能晚几天？我和你妈说说，让她给你置备些嫁妆，红红火火把你聘出去。这些年你为这家可没少吃苦受罪，爹怎么忍心让你就这么光光溜溜悄没声息地走呢！”刘桂香发现父亲说这话的时候不停地吸溜鼻子。

“别价了，爸爸。咱家也没啥钱呀！再说，让我妈知道了不定又闹出啥事呢！您就让不孝女悄悄走得了。”她只想扑进父亲怀里痛哭一场。

“谁说咱家没钱？每年卖两头猪的钱全让你妈存信用社了，你不花早晚都得让小闹子两口子算计到手。你甭管了，我这就去跟你妈说。这回就算白脑子打出红脑子来，也得把钱从你妈手里抠出来为你买嫁妆！”父亲说着撂下饭碗就往炕沿出溜。

“不用你找，我来了！”门帘一挑，母亲进来了，手里还攥着一把菜刀。原来母亲正在堂屋里熬猪食，父女俩的话她都听见了。“好呀，你长能耐了，竟敢跟闺女合着要把我白脑子打成红脑子！”母亲把脑袋伸到父亲跟前，“砍呀砍呀，照这儿砍呀！”

刘桂香赶紧去拉母亲，却被母亲一巴掌打开：“你就是这家里的祸事杈。没有你，你爸爸这么多年敢跟我犯刺儿吗？你要走趁早走，我不留你这个白眼狼祸事杈！”

刘桂香知道自己再也没有留下来的理由了。回到西屋，把自己的衣物从柜子里拿出来草草包上就走，却被母亲拦住了。“你不是不听话硬要嫁给富农狗崽子吗？你不是有骨气不要家里的嫁妆吗？就别拿我刘家一针一线，给我脱光溜溜滚蛋！永远别回来！”

“我的亲妈，这可是您说的？”刘桂香扔下手里的包袱，三下两下把自己扒得精光冲进冰天雪地……

三姐声音哽咽，泪水糊满老脸，许久才恢复平静。

“我和满福林相好那么多年，最后光屁股嫁到满家，按说应该相亲相爱白头到老吧？可我们最后离婚了，我算算，到现在都离婚二十多年了。这是为什么？”三姐的一双被褶子重重包围的老眼目光炯炯，似在思考什么。“到现在我总算明白了，婚姻不是只有爱就行，还得好好经营婚姻。”

三姐说：“我是一个特别要强的女人，为了和头等男劳力挣一样的工分，我在生产队里干活，要比女社员付出更多的辛苦。就说耪棒子吧，女社员前晌耪三垄后晌耪三垄就可以挣六分了，男社员却要比他们多耪两垄才能挣八分。我为了挣和男社员一样的分，也耪八垄棒子。回到家里打狗骂鸡都是我的活，还得奶孩子、做饭、熬猪食，伺候完人伺候鸡、猪。满福林上面都是姐姐，家中就他一个男孩儿，再加上家境富裕，从小娇生惯养，眼里根本没有活，进家就知道四脚八叉往炕上一躺，不喊他吃饭不起来，连油瓶子倒了都不知道扶。他妈也是当阔太太惯了，啥活都不干，吃饭得把饭碗递到她手里，还横挑鼻子竖挑眼，不是饭硬了就是菜咸了。脾气火暴的我哪受得了这个，就唠叨满福林，让他长点儿眼里见干点儿家务活，哪怕弯腰扫扫地洗洗碗呢，别尽赌等现成的。满福林脾气倒是挺不错，随我怎么唠叨不急也不恼，只是仍然老样子，啥家务活也不干。我看唠叨不行就骂他，什么阔少爷养尊处优惯了，什么富农剥削惯了……什么解恨骂什么。满福林虽然不还嘴。旁边的婆婆受不了啦，说我老满家是富农又没瞒着掖着，谁让你不要脸光着屁股哭着喊着非要嫁我儿子的？就这样我和婆婆三天一小吵五天一大吵的，完全没顾及满福林的感受。过了几年公公婆婆都死了，家里就我和福林还有俩孩子，小四口的家庭应该不吵架了吧？不，反而吵得更勤更厉害了。福林一改老实巴交的脾气，跟我针尖对麦芒地吵，他说以前我怕爹妈生气让着你不和你吵，现在我爹妈都被你气死了，我还顾虑什么？大不了就离婚呗！就这么一直吵了十多年，我们到底还是离婚了。

“离婚以后这许多年，我一直在想我和福林这么相爱的两个人，为什么会离婚了呢?”沉默了一会儿，刘桂香提出这个问题，“关键还是没好好经营婚姻。”她再一次提到“经营婚姻”这四个字。

好个三姐，好个刘桂香，就是聪明悟性高，对自己婚姻竟有如此精辟的总结。要知道，这个可是那些以调查研究婚姻家庭为己任的专家们常挂在嘴边的专用词，居然被七十多岁的农村老妇活学活用了，这让我不由得高看三姐一眼。我忽然觉得，不要以三姐为原型写什么长篇小说了，干脆来真的，就写一篇纪实文学，名字就叫《农妇刘桂香婚姻实录》，把三姐和满福林的婚姻始末全部真实记录下来，特别她刚才总结自己失败婚姻的话，要一字不差。然后再配上几幅三姐年轻时容颜美丽的照片和现在的照片，向作协交差肯定没问题。说不定还会在全国引起轰动，我想入非非……

“人生若只如初见，何事秋风悲画扇。”突然，一个细细的声音惊扰了我的美丽憧憬。是谁把纳兰性德的《木兰花令·拟古决绝词》里的这两句用得如此恰当?总该不是三姐吧?我瞧瞧坐床沿上低头抹泪的三姐，难道这许多年不见，她的文学修养竟有如此突飞猛进?

“是我，作家卫平。”又是那个声音，是床上的老妇人说话。

“您……”我身子扭过来，冲着床上的老妇人，“您到底是干什么的?”

“我的婚姻比这位大姐的还不如。婚前爱得死去活来，但是只结婚不到两年就东飞伯劳西飞燕了。”老妇人没用通常我们说的“劳燕分飞”的词，直接引用古乐府《东飞伯劳歌》中的原句，可见她学问不浅，我不能不对老妇人刮目相看。“您是——”我对这位老妇人立刻产生了强烈的好奇心，恨不得立刻就听她开口讲自己的故事。

门被推开，一个六十多岁的男人搀着一个年岁更大的瘦高老头儿走进来，还没容我明白过来，刘桂香呼地从床沿站起，一下子扑在老头儿身上，双手紧紧搂住老头儿脖子，嘴里发出石破天惊的哭声喊声：“福林我的亲亲呀……”

“桂香我的爱妻!”老头儿叫一声，搂住三姐，两人号啕大哭。

毫无疑问，这个老男人就是满福林。

“作家卫平啊，见到您真高兴。”六十多岁的男人伸手握住我的手，

"我叫田宝基，南沙敬老院的院长。"

"您啊……"我一下子就认出他是我小时候的冤家对头"小羊子"。

小羊子是田宝基的小名儿，他比我小五岁，住在后街东头。因为是家中独子，父母非常娇惯。小时候我们常常打架，盖是因为他欺负我大侄子。我虽然是丫头，但是长得比小子还壮，再加上我打架勇敢不怕死，又比小羊子大几岁，每次都把小羊子打得哭爹喊娘屁滚尿流逃回家。最严重的那回，我用砖头给小羊子的额头开了瓢，鲜红的血顺着小羊子惨白俊俏的小脸儿往下淌。我吓傻了，知道躲不过去母亲的一顿掸子把和小尖脚踢，就逃到东邻张大妈家没敢回家。第二天大妈把我送回家才知道，那天傍晚小羊子爸妈带着小羊子大闹我家，把那只新买的大猪食槽子都给砸了。我呢，也没躲过母亲的掸子把。要不是大妈拉着，估计我的屁股得被打成好几瓣。从那以后我和小羊子和他护犊子的父母就结下了仇，发誓一定要报此深仇大恨，哪怕天涯海角，哪怕海枯石烂。如今我的"仇人"就在面前，也没天涯海角，也没海枯石烂，故人相见，我心中对这位"宿敌"竟感到无比亲切，握着他那只大手，我脸上笑靥如花，他那张老脸也满是笑容。"田院长，不是说您去县里开会了，怎么把福林……大爷带来了?"我抽出手，指指和福林紧紧抱着的刘桂香，"我和阿……姨正打算这就去，这下子您把我的功劳给抢了。"

"我们都是为了一个共同目标，革命不分前后，功劳不分大小嘛!"田宝基说话幽默风趣又亲切，完全抓翻了我小时候印象中娇生惯养的模样。他说："昨晚张淑英也给我打了电话，把委托你今儿到敬老院劝她大姑子老两口复婚的事和我讲了。她说心里不踏实，怕中间出什么岔子，让我先找福林聊聊，最好能直接把福林带到敬老院，这样更把牢一些。"田宝基停了一下，一双虽被褶子紧紧包围但仍不失精神的大眼静静地望着我，"美女作家同志，你说这种成人之美的事我能不答应吗?所以一大早撂下筷子就去了，骗大伙说到县里开会。我是怕万一劝不成，影响这位老美人情绪是不是?其实我们都多余了，瞧人家老两口子多黏糊呀!"田宝基指指那一对仍抱头痛哭的老两口。"就别抱在一起啦，该吃饭了，以后抱一起的光阴多着哪!"

“行。但是吃饭前请院长必须答应我一件事，否则我就绝食。”我使出小女人撒娇的本领，我相信田宝基不会拒绝。

“答应答应！既是美女作家提出来，别说一件，就是一百件一千件一万件我也答应。我是您的老粉丝，哪敢让美女作家绝食？”

我指指床上的老妇人：“听说这位老太太在你们敬老院不吃不喝不说话，可是今天我来了，老太太她就开尊口讲话了，可见老人家也喜欢我这个美女作家呀！所以，如果您放心，我想请老人到我家住几天，我好好和老人沟通沟通，肯定对老人的身心健康有好处。”

“这有什么不放心的。只是您得问问老太太愿意不愿意，人家自个儿的事得让人家自个儿做主是吧？”田宝基走到老妇人床前俯身问：“老太太，您愿意到美女作家卫平家里住几天吗？”见老太太点头，田宝基说好，咱们现在去餐厅吃饭。“老太太，我扶您起来。”伸手要去扶，却被老妇人拒绝了。

“我要他。”老妇人指指坐椅子上低头玩手机的小张。

二十一　老妇人原来是……

为了尽快地听老妇人讲出自己的故事，我亲自服侍老妇人洗澡，让张淑英到楼下的老年人用品商店给她买衣服，老妇人身上的衣服发酸了。

“您为什么对出租车司机小张那么感兴趣？”这是我进浴室问老妇人的第一句话。

“因为他长得像我的丈夫。”她回答得很简洁。

“您的丈夫是谁？”

“余贝木。”我赶紧扶住浴室的墙才没跌倒，难道她是蓝映虹？

稍顷，待心绪略微平静，我便打量起面前这位老妇人，判断她是不是蓝映虹。虽然，那张肥胖滚圆如篮球般的大脸上，再也难以找出当年美丽俊俏的蓝映虹哪怕一点点儿痕迹，但是她说话的声音却和蓝映虹一样好听，普通话加一点软软的江南口音，像潺潺小河流水——江南女子的口音都这样，要不怎么会有“吴侬软语”这个词呢？我实在无法认定她是不是蓝映虹。小张不是说他妈妈是余贝木的第三任妻子吗？没准儿这位老妇人是余贝木的第二任妻子哩！

“你特像我曾经非常好的一个同学和朋友。”

“谁？”

“李淑荣。”

我还有理由怀疑她不是蓝映虹吗？虽然容颜青春不再。“我恨你！”我差点儿就说出这句话。

“你想听我的故事吗？我知道作家都喜欢听故事。为了报答你，我今天就把我的故事详详细细地讲给你听。”蓝映虹说，“其实我很早就惦着把自己的故事讲给别人听，只是一直找不着合适的人。我家上海有个男邻居，做梦都想当作家都想出名。他大概从街坊嘴里听说过我的一些经历，断定我是个很有故事的人，就天天到我家缠着我要我给他讲。为达目的，他还用小恩小惠拉拢我，今儿个送一盘瓜子儿，明儿个送一碗醪糟，后天送一把香菜，还说只要他写我的文章发表了，稿费分给我五分之一。”大概说得太多了，蓝映虹有点儿喘不过气来。停了一会儿才继续说：“大作家我跟你实说吧，从见到你的第一眼起，你就让我想起我的好同学好朋友李淑荣。除去年轻，你的目光、你的声音都是李淑荣的，我就特别想给你讲我自己。在我看来，给你讲就是给李淑荣讲，向你认错就是向李淑荣认错，你听完愿意替李淑荣原谅我吗？”没等我说话，蓝映虹突然大放悲声，说：“李淑荣和我一样大，我们俩是同年同月同日生的好姐妹，她是今生今世对我最好的人，也是我最对不起的人。”哭了一会儿，她说：“我曾经很多次拿着她的书，对着勒口上的她的照片认错，请求她的原谅。我甚至向出版社打听到了她家的地址，几次都想到北京她的家里当面向她道歉。但最终也没成行，我缺乏面见她的勇气。当年一样的人，她是闻名于世的大作家，我却落魄成这个样子，这不是往她嘴里送笑柄吗？想不到，她悄悄地消失了，抑或死了。我这个有罪之人，今生今世永远无法求得她的原谅了。”蓝映虹停下来，两只老眼希冀地盯着我：“卫平，你愿意我把你当成李淑荣吗？你愿意听我讲自己的故事吗？”

“随你便。”我冷冷地回答。心里说早知道你是蓝映虹，我才不把你领回家哩！你是个龌龊的小人，你夺走了我青梅竹马的爱人，你把我都伤到骨子里了。你落魄到如此地步，活该！这才叫善有善报，恶有恶报，不是不报，时候未到呢！原谅你，除非太阳打西边出来。

“好吧，我就给你讲我的故事。虽然我看出来了，把你当成已经逝去的李淑荣你似乎不太高兴，但我还要把你当成她，还要死皮赖脸地讲，为了救赎我罪恶的灵魂。”

在哗哗的流水声中，蓝映虹就讲起了我已经刻在骨子里的她和我和余贝木的故事……

走出浴室，换上张淑英刚刚给她买的一身柔软宽松的蓝底小碎白花的绸衣服，把新买的袜子递给她的时候，忽然发现蓝映虹两只肥胖的大脚指甲盖老长。我扔过一把指甲刀：“剪剪吧，会把袜子扎破的。”

蓝映虹望望我，摇头：“没戴花镜，看不清。”

“我来。”我蹲在沙发前，很厌恶地捧起蓝映虹的一只肥脚。虽然我是和蓝映虹一样的七十多岁老人，我不但身材苗条挺拔像年轻女子一样，连视力也比年轻人不差啥，才一百五十度的花镜，看书看报在键盘上敲字裸视也行，这当然得益于我多少年如一日的长跑。中午，在几乎无人的宽阔体育场塑胶跑道上跑步时，我总是把两眼瞪得目眦尽裂，使劲儿地向远方看。据专家讲，眼球的营养是空气，瞪圆眼睛看远方，一方面可以使眼球得到充分的营养，一方面也提高了视力……忽然，我的双手抖了一下——蓝映虹肥白的右脚心正中，有一颗如镶嵌在上面的红宝石般的痦子。我扔下指甲刀，冲动地抓起蓝映虹的两只手，发现那双肥胖如发面馒头般的手上十指尖尖，手背上除了有五个小坑，光溜溜的，连哪怕头发丝细小的疤痕都没有。

“卫平，你在我手上找什么呢？找疤痕吗？没了，早没了。”蓝映虹说，“我小时候右手曾经做过手术，留下一个小疤痕。妈妈嫌那道疤痕影响美观，上小学时带我去香港，花巨资做掉了疤痕。你看，一点儿痕迹也没有吧？当初就在右手大拇指根旁边呢！”蓝映虹把手伸到我眼前。

“你当初做的什么手术？快说！”我呼吸急促。

“你怎么了？”蓝映虹发现了我情绪上的失控，声音蔫蔫地说，“其实也没啥，就是右手大拇指旁边多了一个小指头。”

“你明明是上海人，为什么口口声声说自己是北屋人？”想起在敬老院里刘桂香介绍新来的老妇人时，说老妇人口口声声称自己是北屋人的话，再加上我和蓝映虹同年同月同日生的事，再加上这颗我才发现的脚心上的红痦子，和她讲的右手被做掉的六指，我心中有一种希冀，她没准儿就是妈妈临死前让我寻找的那个孪生姐姐吧？“你倒是快说呀，蓝……”我差点儿就喊出她的名字，无论如何我必须当即弄清这个问题。

“我就是北屋村人。”蓝映虹回答，然后就讲了去年她母亲死前告诉的有关她身世的秘密，“我出狱以后因为找不到儿子，就回到上海的家，那时我的父亲已经去世，就我和母亲相依为命。想到半生对母亲的歉疚，我心无旁骛，一心一意伺候母亲。去年，我的母亲刚刚过完一百零六岁的生日就住进了医院，母亲在弥留之际，揭开了我生命的秘密，我不是她的亲生女儿，是抱养的，她姓蓝，我随的是她的姓。然后她就断断续续讲了我来到她身边之前的事，说我是奶奶从老家北屋村抱来的，还说我有个孪生妹妹……母亲说到这儿就断气了。安葬了母亲，我就动身来到北屋村，然后就赖在了敬老院。事情过去七十多年了，母亲又没说出我亲生父母的姓名（我相信她也不知道），我找谁认祖归宗？天可怜见能让我找到我的亲人更好，即便找不到，我能死在北屋，安葬在我亲生父母和兄弟姐妹身边也安心了。人生一世草木一秋，我却连那草都不如，小草都知道自己是枯干的老草落下的草籽儿长出来的，都会在枯干时同样留下籽粒待到来年长出新的小草儿，我却什么也没留下，我的可怜的失去父母的儿子也许早已离开这个世界……”蓝映虹失声痛哭。

“姐姐！”我叫了一声，紧紧抱住蓝映虹——我的孪生姐妹，我最亲近的人……

二十二　我和田院长的约定

再过几天就是中秋节了，我突发奇想：中秋节的晚上，如果在南沙敬老院搞个中秋故事会，让敬老院的每位老人都上台讲讲自己的故事，一定是件很有意思的事。我立刻去敬老院把自己的想法和田宝基院长谈了，想不到我们这两个童年时代的老冤家对头竟不谋而合。田宝基说他早就想让老人们过一个不平常的中秋节，只是怕自己一个人势单力薄搞不好，现在有我这个大美女作家支持，肯定能办好。他说只是光南沙敬老院老人的故事有点儿太单薄，最好请外边的人也来讲他们知道的或者就是他们自己的故事，要是那样的话还得做广告发邀请函，又怕时间来不及。我说："院长你不用管了，这事交给我这个美女作家好了。凭我的名气，还有办不成的事吗？"说完这话，我还调皮地向田宝基攥攥拳头，故作轻松地快捷转身准备离去。不知因为昨儿夜里想晚会想得没睡好，还是刷的绿漆太少遮掩不住我这根老黄瓜的老态龙钟，我趔趄了一下，竟栽倒在地。田宝基赶紧过来扶起我，说："美女作家你说怪不怪，就你刚才攥小拳头的动作，竟让我想起童年时代的一个冤家对头。我比她小几岁，小时候经常被她打。"他那双被褶子大军严密包围的老眼愣愣地盯着我："你和她真像啊！"忽然，那双老眼在我的眼前幻化成了一双亮晶晶漂亮的小圆眼。小羊子啊，难道你不知道站在你面前的美女作家，就是你的冤家对头李淑荣吗？

"假如现在你的冤家对头就站在你面前，你会给她一拳吗？"

"怎么会呢？那都是小时候的事啊！现在回想起来，其实也不能怪她，每次她打我都是因为我欺负她侄子。我是独子，小时候特别娇，一挨了打就回家告状。我爹脾气特别暴又护犊子，只要我回家一说被哪个小伙伴欺负了，我爹就立马上人家大闹。那回大闹她家，把人家新买的猪食槽子都给砸了，她吓得一宿都没敢回家。人老了，经常好反省过去的事，我觉得挺对不起她的，真想当面向她道个歉。"

"为什么没道歉呢？"我这样问的时候，心里一阵冲动，真想拉住田宝基的手，别了，该道歉的是我。你比我小五六岁呢，可是我打你从来不留情，有一回我用树枝子打你脸，把你右眼皮都划流血了。你爸那次出河工没在家，你妈领着你哭哭啼啼到我家，说瞎子给你算过命，你的长相是当官的命。可要是五官破了相，就变成了叫花子命。你妈说这孩子眼皮上若留下疤痕，她就用根绳子吊死在我家。我妈骂我小臭丫头子到处惹事，用小尖脚狠狠在我屁股蛋子踢了好几下。虽然很疼，我也没敢哭。我心中害怕极了，怕万一你的上眼皮要是留下小疤痕，你妈吊死在我家，我家夜里还不闹鬼呀？我妈大概比我更怕，当即就开柜拿钱带你到田先生家药铺上药。过了好些天，我发现你上眼皮没留下疤痕，心里才算踏实。

“我真愿意此刻站在我面前的是她不是你，我要跪着给她道歉。”我发现田宝基的眼睛里有亮晶晶的泪花，“可惜她已经死了。”

“她是谁，值得你这么留恋?”我心中说不出的感动，为我童年的冤家对头对我的这番感情。

“说出来你肯定知道，她是著名大作家李淑荣。”

“啊，认识认识。”我说，略一思考，忽然又有一个大胆的想法冒了出来：那天晚会干脆我就亮出我的真实身份好了。我说：“田院长，既然您觉得我很像您小时候的那位冤家对头，您又这么怀念她，那天咱俩主持故事会，我就以大作家李淑荣的身份亮相好了。当然，我会请高明的化妆师化妆的，保证不和李淑荣差分毫。”

“太好了！到时候我就在大家面前向你这个假李淑荣真道歉，也算了却我一生的夙愿。”

“一言为定!”

“一言为定!”

中秋故事会的事情定下来以后，我就开始寻找化妆师。我都想好了，甭管花多少钱，我都要以七十一岁最真实的李淑荣出现在我的父老乡亲们面前，我的童年和少年的伙伴们和“冤家对头”面前，我亲亲的三姐刘桂香面前。

二十三　我见证姐姐一家的团圆

我和蓝映虹相认以后，我就把余伟以及余贝木的情况都告诉了她，问她愿不愿意与余贝木复婚，一家三口从此团圆？我姐姐蓝映虹丝毫没犹豫，头立刻点得鸡啄米般连说同意。我说：“你想好了，余贝木现在可是个一无所有的老穷光蛋，生活都靠社会救济。”姐姐说：“没关系，越是这样我越要和他复婚。我要用实际行动弥补我几十年前犯下的错误，我要给他一个幸福的晚年。如果他是富翁，我反而需要考虑考虑了，别让人家怀疑我是老年穷困潦倒无依无靠才跟人家复婚的。”紧接着我又跟余伟联系，这家伙现在已经重新回归家庭。

王成功死了以后，张淑芝挺听我的劝，把李靖国死的真相告诉了小兰，怕女儿不相信，还拿出王成功的日记给她看，小兰终于解除了多年来对余伟的怀疑。想起两人快二十年的夫妻，余伟从来没碰过自己的身体，从来都像小时候一样疼她照顾她，对她和李靖国生的俩孩子也视如己出。那是怎样的大爱啊！那需要怎样的克制啊……小兰哭晕在妈妈的怀里，说今生今世她最对不起的人就是余伟了。好在她和余伟还年轻，才四十多岁，一切都还来得及，她要用下半辈子报答他，诚心诚意地爱他。

余伟接到小兰的电话就回来了。

那次我去宝塔寺街十号见完余贝木没几天就和余伟联系，告诉他你的生身父亲找到了，就住在城里。问他愿不愿意来见？余伟说我怎么不愿意见呢，父亲把我轰出家门不就是为了让我找到生身父母吗？虽然只找到一个，也总算对得起我养父的在天之灵了。我说你生身父亲可是个连退休金都没有靠国家救济的老人，如果你与他相认了，可能还要赡养他，这可是不小的负担，你一定想好再决定见与不见。余伟说为人子者岂能因为父母没钱就不认呢？正因为父亲穷困潦倒，我非认不可。我要通过自己的努力，让父亲晚年生活得更好一些。卫老师您快告诉我父亲的具体住址吧，我一刻都等不了啦，我要立刻见到父亲。

过了几天，余伟带了不少水果特意向我登门致谢，说要不是我的帮助，说不定他今生今世也找不到父亲。还说他已经尽力改变了父亲的生活条件，把那三间又破又黑的倒座房装修得窗明几净很舒适，里边的家具和电视也都换成了新的。余伟说他和小兰想把父亲接到家里那套空着的大三居楼房里居住，离得近方便照顾。但是父亲不同意，说一个人住惯了，不想麻烦他们。

我在电话里告诉余伟，说他的亲生母亲蓝映虹也找到了，就在我家。余伟没吭声，完全不像上回想见父亲余贝木那么急切、那么渴望。

我心悬起来，是不是他不肯原谅几十年前母亲蓝映虹的罪过呢？果真如此，我该怎么说服他认下我的姐姐蓝映虹呢？

“哇”的一声，电话里忽然传来一声石破天惊的号哭。“卫……卫老师，您等着我，我这就打车去接我妈回……回家。”许久，余伟才止住哭。我问他把母亲接到谁的家，他说当然是我的家了，不可能把母亲接到父亲的家。我说错，你母亲最想回的是宝塔寺街十号你父亲的家。余伟说那怎么行，他们都离婚那么多年了，而且是由于我母亲的过错离的，我担心父亲肯定不愿意让母亲回到身边。我问余伟你愿意父母永远是陌生的路人，还是愿意他们破镜重圆呢？他说当然愿意父母破镜重圆喽！我说那就好，我交给你一个任务，一定要说服你父亲，让他重新接纳你母亲。否则，我不让你见母亲。不是因为别的，是因你母亲太爱你父亲了，如果知道你父亲不肯接纳她，我估计她肯定会死。你们一家三口今生今世就再也无法团圆了，这样的相见反而不如不见。

“罢了！”电话那头的余伟犹豫了一下，像下了很大决心，“我现在就打车去市里找我爸，让他同意接我妈回家。他要是不同意我就不认他这个父亲。卫老师您告诉我妈，让她静候儿子的好消息。我撂电话了！”

“别别别！”我恨不得从电话里伸出一只手抓住余伟，告诉他别这么跟他爸爸说。万一余贝木就是不同意接蓝映虹回家，难道你真的就不认父亲了？果真这样，不就成了狗熊掰棒子嘛，掰一个丢一个，认了妈妈丢了爸爸。还好，余伟到了还是被我拽住了，他说卫老师您还有事吗？眼看天就要黑了，我得赶快去呀！我恨不得一时三刻能见到妈妈。我说天黑了没关系，你就住在你爸爸那儿嘛！你还记得小时候你是怎么缠磨你的养父，怎么向他撒娇的吗？余伟说当然记得，搂着他脖子亲他的脸，嘴里爸爸叫得山响。我只要一缠磨撒娇，我爸什么要求都答应我，哪怕让他把星星给我摘下来呢！我说对呀，你就不能照方抓药，也缠磨你现在的父亲，也撒娇吗？

“可是我现在都是四十几岁的大老爷们儿了，咋还能耍小孩子那套呢？”他的口气有点儿忸怩不好意思。

“即使你八十岁了，在父母眼里你永远是孩子。老莱子八十岁还承欢父母膝前摇拨浪鼓呢！你有他大吗？”

“我懂了您的意思了。您放心吧，我也能做承欢于父母膝前的老莱子。”

当天晚上，余伟的电话就来了，说：“大功告成，我父亲同意了，约定明天上午在早春二月酒家与我母亲见面，您也去啊！”

在“早春二月”那个先前我和余伟吃饭的单间里，我亲眼见证了姐姐一家三口的团圆。餐厅的高老板也去了，他和余贝木是同学又是无话不说的好朋友，对姐姐当然也不陌生啊！饭桌上，高老板首先举杯祝贺离散四十多年的老同学一家团圆。一杯喝下，他又倒上第二杯，举到我面前说：“这杯酒是献给善良的美女作家卫平的。做了这等大善事的美女，上天肯定会赐给她一个如意郎君的。”

高老板说这话的时候，我瞥见姐姐的眼泪唰地就流下来，嘴唇哆嗦了好半天，一副欲说还休的样子。我猜要不是事先我千叮咛万嘱咐姐姐别暴露我的秘密，她肯定要说我们是嫡亲的孪生姐妹，肯定要说被她夺走的余贝木就是妹妹青梅竹马的爱人。高老板哪知道个中的秘密和姐姐的复杂心态呢？他说：“蓝映虹你今天最不应该流眼泪，应该高兴，无比高兴才对。假如我是你，假如我最爱的莲莲能突然出现在面前，就算我明知道她是鬼，也要紧紧把她拥吻在怀啊！所以我提议，余贝木和蓝映虹应该来一个拥抱和热吻，当着余伟的面也不要紧，哪个孩子不希望父母永远相亲相爱呢？”说完这话，高老板就把余贝木从座位上拉起推到我姐姐跟前，原本夹在父母中间的余伟也站起来，搀扶着母亲把她送进余贝木的怀抱，分隔四十多年的夫妻终于紧紧相拥在一起。看着这一对抱在一起的老年伉俪，我心情格外复杂——一边是我曾经的亲密爱人余贝木，一边是我嫡亲的孪生姐姐蓝映虹，高兴、嫉妒和吃醋，我无法分清它们之中孰多孰少。我不经意地瞥了一眼高老板，发现他也正看着我，眼神里好像有忧郁和期待……

二十四　我化妆成自己

八月十五一早，我整理好行囊拉开门正准备出发去市里美容院，小张风风火火闯进来，右手还拿着一支紫红色的康乃馨，进门什么也不说，手捧康乃馨扑通就单腿跪在我面前。我说："有什么事起来说，我马上要去市里呢，一会儿晚了。"

"既如此，你就先把这朵我向你求婚的康乃馨收下，我开车送你去。"小张说，右手的康乃馨举到我胸前。我不肯接，他就堵在门口跪着不肯起来。我弯下腰使劲拽他起来，可是他却我自岿然不动，比泰山还稳。让我一个柔弱美女，不，七十一岁老太太，真拿这个无赖没办法。我损他说："人应该有自知之明，我一个美女作家，凭什么接受一个出租车司机的求婚呢？"

"卫平你听着，我现在已经不是出租车司机了，是身价半个亿的'早春二月'老板了。要不然怎敢向你求婚？我太爱你了，为了你我宁愿抛弃一切。"

"什么？你说什么？'早春二月'的老板明明是高成名啊！头几天他还请我和你爸前妻，不，现任妻子一家三口吃饭来着，怎么现在就变成你的了？痴人说梦吧？"我瞧瞧墙上的电子表，假装很着急的样子，"小张对不起，我今天真的没时间，去市里有重要事办，都跟人家约好时间了。求求你，快起来，求婚仪式改天再举行好吗？"

他叹口气，站起来："走吧，我开车送你去市里办重要的事，路上再向你解释。"说罢，不等我表示，就半拥半抱把我弄上他的车，和绑架人质不差啥。

一路上，小张把车开得飞快，还不忘向我解释他为什么成了早春二月餐厅的老板。

原来，这个餐厅的法人是余贝木，只是委托好友高老板经营，并让高老板对外谎称餐厅就是他的。余贝木为什么要这么做呢？主要还就是为了防儿子小张。和小张的母亲离婚以后，小张母亲拒绝了他的抚养费，也不许她和儿子见面，把父子关系生生切断。但是余贝木并不死心，暗中一直在关注着儿子的成长，并且打算在有生之年为儿子留下一笔财产。和小张的妈妈离婚后，他就把自己所有的积蓄十万元——其中有当年旗人姑侄给他的画卖的三万块钱，全部投入股市。打算积攒一些财富，等第二任妻子生的儿子和小张长大了，把哥俩叫到一起，平分这些财富。但是第二任妻子母子俩出了车祸，小张成了他唯一的继承人。

这时候，他已经有亿元财富，但是人已老迈不愿意待在股市上了，就投资开了早春二月餐厅，并且委托老同学高成名代为经营，还特意嘱咐老高，万不可暴露他是餐厅的幕后老板。他自己呢，装成个老穷光蛋依然住在宝塔寺街十号院。因为，他暗中一直在观察着唯一的儿子小张——如果小张认他这个穷光蛋的父亲，他就立刻毫不犹豫地把自己的全部财产给儿子。否则，临死之前就全部捐献国家。但是期盼了很多年，余贝木也没盼来儿子小张的登门相认。这期间他曾经乔装拾荒的流浪老人在小张家门前乞讨，每次一身名牌的儿子小张路过他面前都目不斜视，余贝木失望了。出乎他意料的是小张今年终于登门了，而且还给他买了很多好吃的，亲亲热热叫他爸爸，甚至还在他的宝塔寺街十号院住了一宿。余贝木大为感动，就和好友高成名商量，打算立刻把早春二月餐厅和银行里几百万存款全部给小张，却被高成名拦住了。高成名说你不是还有一个大儿子吗，你把财产都给了这个儿子，万一大儿子也找着了，你拿什么给大儿子呢？再说，你对儿子小张也应该观察观察再说呀，你宝塔寺街的房子不是要拆迁了吗，他早不来晚不来偏偏这时候来，说不定为可观的拆迁费而来呢！你先跟他说宝塔寺街十号院不拆迁，属于保护性修缮，再看看他的态度？结果不幸被好友言中，他向儿子撒了这个谎以后，小张对他的态度果然一百八十度大转弯，再也没看过他。余贝木很伤心，决定他的财产就是全部捐出也绝不给小张留一分钱。改变他这个决定是找到大儿子余伟又和蓝映虹破镜重圆以后，他和蓝映虹、余伟商量，打算把他所有的财产都留给余伟，不给小张留一点儿，但是被母子俩劝住了。蓝映虹说要公平对待两个儿子，不许厚此薄彼。余伟说我是哥哥，他是弟弟，我本就应该让着弟弟。我对现在的生活很满意，特别最近又找到了您和妈妈，已经幸福得没边了。怎么还能奢望您给我这么多财产呢？如果您非要坚持给，就应该多给弟弟少给我，毕竟我是大哥啊！余贝木接受了母子俩的建议，除去给好友高成明留下百分之二十的股份，其余两个儿子各分得百分之四十股份，市值半个亿吧！余伟说他要照顾好父母的晚年生活，无暇参与经营“早春二月”，高老板岁数大了也不想再管理酒店，重任就落在小张身上，只等中秋节一过就走马上任。

车子停在王府井大街那家最大的整容门店跟前，小张的故事也告一段落。他说因为要回去和父亲、哥哥办理财产继承手续，得立即走，就不能再把我带回去了。说完这话，他偶然一抬头发现整容化妆店的大牌子，说："卫平你都这么年轻漂亮了，干吗还光顾整容店呀？难道是为了躲避我，要把自己整成古稀老太太吗？你放心，即便你变成七十岁老媪，我也要追求你，哪怕追你到天涯海角。我说话是算数的。"末了，他给我一个飞吻，车子一溜烟消失了。

这家店刚刚开门，我进去的时候，店员还在擦地板收拾桌子。接待我的是一个举止文雅面容端庄清秀的中年妇女，大概是这家门店的店长吧？听说年轻美丽的我要化妆成七十多岁的老太太，她一点儿也没吃惊，也没问我为什么，就问我带没带效果照片？我便拿出了十一年前韩国那家整容店整容之前给我拍的照片，她接过看了看，美丽的丹凤眼亮了一下，说这张照片上的老妇人才六十岁，小姐是想化妆成和这张照片一样的六十岁的人呢，还是比这张照片上的妇人老十一年，也就是七十一岁呢？她的眼可真毒，一下子就看出照片上的我六十岁。"化妆成七十一岁三个半月的。"既然她这么较真，我也不敢含糊，我一九四四年阴历四月三十生日，到今天的中秋节正好七十一岁零三个半月。"

"稍等一下。"她说，打开桌上的电脑，细长的手指在键盘上跳动几下，回过头对我说，"小姐太巧了，十一年前您赴韩国整容就是我给您做的。记得当时我对您说过，如果临时想恢复原状的话请您还找我，果然十一年后您来了，我们又重逢了，看来缘分这个东西不相信还是不行的。"

"您讲的不对，十一年前给我整容的是位三十多岁的男整容师，我看他胸牌上的名字是金哲顺，长眼睛，皮肤挺白的，应该是位韩国人。而您是女的，看模样也不像韩国人。"我纠正她。

"您的记忆力可真好呀！"她说完这话就进了里间。一会儿，从里间走出个人，我发现正是十一年前为我整容的那位叫金哲顺的斯斯文文的男整容师。虽然过去了那么多年，他的外貌一点儿都没改变，和十一年前一模一样，连那双好看的长眼睛中的眼神都没变，和气，睿智。"难道老天也对你网开一面吗？十一年了，为什么你年轻依旧？"我有点儿愤愤不平。

“您完全不必这样。”他说，干我们这行的，不用做广告吹嘘，自己的形象就是最好的广告。如果你吹嘘通过你的整容，能把老的变成年轻的，把丑的变成美的，而你本人的形象却又老又丑，让人家怎么信服呢？人家会说还是先把你自己整好再整我吧！我问他那你是韩国人还是中国人呢？“当然是中国人喽！只不过我的名字很像韩国人的名字。”金哲顺说他特别喜欢整容医学，从国内医学院整形外科毕业以后，又去韩国的整容医院实习了两年，回国后就开了自己的整容店。“尽管我的整容技术在当时国内的同行中算不错的，但是竞争不过周围大大小小的韩国整容店。这些整容店的整容师我大部分都认识，其实他们都是沿海一带的，跟韩国一丝儿瓜葛都没有。可他们却个个号称韩国人，起个韩国人的名字，还给自己冠上一顶韩国著名整容师的帽子。因为这些，他们的生意就特别好，门槛儿都快被来整容的人踏破。与他们相反，我这边却门可罗雀。”金哲顺一气儿说完这些，喘了口气说，“我不服气，发誓一定要做个堂堂正正的中国整容医师，开个地地道道的中国整容店，绝不靠冒充韩国人拉客。但我是个理智爱思考的人，相信是因为人家韩国的整容术好，所以很多人才打韩国的旗号。世界上那么多国家，美国还是世界老大呢，怎么没人打他们的旗号呢？于是就再度赴韩拜名师学习。那回给您整容，是我头一次去韩国。如果凭我现在的技术，能把您整得更美丽年轻。”金哲顺不无遗憾地说，“第二次从韩国回来后我卖了自家的住房，开了现在这家美容店。”

“不过，您大概也没能脱俗吧？”我指指墙上挂着众多的影星照片，“李初熙、李钟硕、李准基、李敏镐……嗬，清一色的韩国影星。再加上您本人金哲顺——标准的韩国人的名字，谁都以为您的店也是一家韩国整容店。”我毫不留情地说，“您的做堂堂正正中国整容医师，开堂堂正正中国整容店的理想呢，没了吗？”

他叹口气，说：“您批评得对，我确实没能脱俗。起初我并不想这么做，为了摆脱打韩国旗号的嫌疑，我甚至连印在胸牌上的名字都不再是自己真实名字金哲顺，叫王唯一。我相信我的整容术是同行中最棒的，唯一的。但这又有什么用？顾客仍然只认那些假冒的韩国整容店，我的店仍然门可罗雀。我卖了住房倾其所有开的这家整容店，父母和孩子老婆至今还租房住，我赔不起呀！没办法，才在店里挂了这些韩国影星的照片，我本人也恢复了原来的名字金哲顺，让顾客误以为这是一家韩国人开的整容店。当然，我不得不男扮女装。否则我就是王唯一改成金哲顺的，假冒的韩国人。”

“那现在的生意好吗？”

“一会儿您就知道了。”他笑笑没回答我的话，说：“开始吧，咱们去里屋。让顾客认出我曾经是王唯一，麻烦就大了。”

“我猜您大概为了会见老朋友吧？”进了里间，他指导我在整容床上躺下，“我看您的眼圈发青，大概昨晚没睡好觉，正好可以趁机睡个觉。”

“什么，您说化妆时让我睡觉？不，我要对着镜子看着您化妆，我要慢慢看着自己变老。人家演员化妆不都照着镜子吗？不满意的地方还可以让化妆师修改。可是您让我躺在床上，连镜子都没法照。”我大声申诉自己的意见。

“非常抱歉，我不是演员的化妆师，您也不是演员，在这里我有我的规则。”他的声音比冰还冷，一点儿商量余地也没有。

“好吧。”看来，这是个固执的美容师，我只有服从了。都说顾客是上帝，这里的上帝是他，不是我这个付钱的顾客。“我想知道您给我化的妆能保持多久？”这个问题必须问清楚，他要说天太热只能保持几个小时，对不起，那我就另请高明。因为几个小时故事会还没开始呢，我化的妆没用。

“三天，如果您不刻意毁掉。”他的回答出乎我的意料，我的期望值是只要能圆满度过中秋故事会就行。但是人心永远没有满足的时候，我又提出能不能保留更长时间，一礼拜甚至十天？因为我还想以我七十一岁真实面貌，和我的三姐刘桂香一块儿多待几天，和我的孪生姐姐蓝映虹多相处些日子。昨儿个姐姐打电话告诉我，她在北方生活实在不太习惯，打算和余贝木近期移居上海，上海有她父母留下的一百多平方米的大房子。余贝木也非常愿意离开，而且越快越好。他说宝塔寺街十号院给他留下的记忆太多了，这些记忆让他伤感痛苦。我又何尝不是？那天我一踏进宝塔寺街十号院，记忆立刻就像潮水一样涌进我的心田。虽然当年余贝木那个老姨对我的态度不很友好，但一想到毕业以后就和心爱的人结婚，就成了这个院子的少主妇，心里还是说不出的甜蜜和向往。良辰美景奈何天，赏心乐事谁家院？已经笃定会成为余贝木妻子的我，谁想到被蓝映虹代替了？再加上那天看到的十号院的破败样子，再加上我曾经心仪的男主人的衰老和落魄，我的心酸楚凄凉，像刀绞般地痛。但不知余贝木的伤感痛苦也似我？唉，我们这一对痴男怨女啊！

“行，二次整容即可。”真够冷酷的。我再也不敢多嘴了，静静地躺在床上，任凭他把我的上下眼皮粘在一起。正如他所说，我昨天晚上因为想着今天要把自己重新变回七十一岁的老太太，失眠了，一宿都没睡着。现在舒舒服服躺在柔软的床上昏昏欲睡……

“荣，你去的是长白山脚下，那里现在得零下三十多度。小时候咱们打雪仗，你两只手都冻裂口子了。听说冻过的皮肤特容易再冻，你可得把手保护好。”余贝木说，从棉袄兜里掏出两个五块钱塞进我背的军挎里，“到东北买一双厚手套，她的钱。她让我到北京百货大楼买几斤糖带回来。说卖糖的售货员张秉贵特别神，甭管顾客买多少，他一把抓准上下不差分毫。我也想见识见识呢！”我知道，余贝木嘴里的她，就是他的养母。自那回我去过宝塔寺街十号院以后，他对养母特有意见，嫌她对我太冷淡，他说我走后他和养母大吵了一架。

“我不要。你把钱给我，回去没法向她交代。”我要把钱从挎包里拿出给他，却被他紧紧摁住了手，并且趁机把我的双手都拽进他怀里。“我就说被小偷儿偷了。”

“她能信？用脚也能想出你把钱给我了。”余贝木的怀里很暖和，他的手又大又硬，把我的手攥得很疼，可是我却不想把手抽出来，恨不得整个身子都扎进他怀里。北京站的人太多了，又不敢和他贴得太紧。

“管她信不信呢！反正我过几天也走了。以后咱们结婚了，就在东北安家，我永远都不想再见到她。”余贝木对那个家和养母那么憎恶，这几年他在宝塔寺街十号院过的是怎样的生活可想而知。

长长的一声火车鸣笛声，我要乘坐的列车进站了。我狠心地把手从余贝木怀里抽出，他忽然疯了似的将我搂入怀中，脸紧贴我的脸，冰凉冰凉的泪水糊满两张脸，不知哪滴泪水是他的，哪滴泪水是我的……

“哎，您醒醒呀！”有人轻轻触我的肩，睁开眼睛，哪里有北京站？哪里有他？我坐在斗室里的一头摇起来的洁白的床上，床的另一头坐着一个白发如雪满脸褶子的老太太，正睁大惊奇的老眼看着我。

“您是谁？干吗和我坐得这么近？还像看大熊猫似的看着我？这很不礼貌！”我大声抗议。那老太太也不示弱，也大声向我提出同样的抗议。这……我迷惑了，扭头看去，金哲顺正站在我身后，笑眯眯看着我。我霎时明白了，我是在整容店，对面的老太太就是我自己，一个刚刚被金哲顺恢复的原来的我。刚才的北京站，只不过是我睡着了，南柯一梦而已。

金哲顺见我还满意，说：“您一个人在里间歇会儿，把您带来的老妇装换上，适应会儿。我得赶快出去，外边好多人等着我呢！其实店里十名整容医师各个都技艺高超，没办法，她们指名道姓要我这个韩国著名女整容师金哲顺给她们整容，一次花几十万上百万也心甘情愿。唉，我们中国人呀！”又恢复女装的金哲顺轻轻带上门出去了。

屋里剩下我一个人，赶紧脱下身上时髦的裙装，换上带来的老年装：一身水墨蓝休闲牛仔裤褂。头发不用动了，金哲顺已经给我把原来的披肩发在脑后挽个髻。不知道他用的什么办法，把我头几天才染的乌黑头发变成了雪白。我又照了照镜子，确信自己是七十一岁老太太无疑，才像小偷儿一样走出里间。

外间跟我来的时候人不一样，每张整容床前都有整容师在忙碌。刚离开里间的金哲顺也已经投入“战斗”。他的床上躺着一个风韵犹存的半老徐娘，胸前两只大波像两座耸立的小山，一道山涧般贼白的乳沟赤裸裸晾在金哲顺的眼皮底下。“金阿姨，只要您能给我整成范冰冰的模样，花多少钱都没关系。还有，我的两只乳房最近有缩小的趋势，您再给我垫高垫大一些。上次是一个国内整容师给整的乳房，太保守，整得太小了。今儿个是经朋友介绍到您这来的，说您是韩国著名整容师，能把七八十岁老太太整成小姑娘，回到家连孙子都喊她小妹妹。”

“您是个方脸，范冰冰是瓜子脸，整成那摸样，还得给您修理下巴，这可是很痛苦的，而且，整容费非常高，怕是没一百万拿不下来。根据您的脸型，整成李宇春的形象最好，这样差不离能省下一半整容费。至于乳房吗，就现在的样子也很震撼。”坐在旁边椅子上等候的几个女人就说要不你先回家跟先生商量商量再来，整容费相差一半呢，万一你老公不同意一下子拿出一百万呢？金阿姨先给我们整吧，我们都是整整鼻子和眼睛的小手术。半老徐娘腾地跳下整容床，去角落的存包柜里拿出手包，从中掏出一个长方形黑色支票夹，撕下一张支票递给金哲顺，“金阿姨，要多少您自己填写。我丈夫是房地产大亨，这点钱九牛一毛。”半老徐娘很豪迈，又要躺回整容床上的时候，被金哲顺制止。“您的整容项目太复杂，我今天先做好预案，请您明天来吧！”

“那我要多长时间才能正常活动呢？再有十天我们大学同学聚会，我要给他们震撼呢！”

“保证误不了您的震撼。”

半老徐娘走了，我向金哲顺道声再见，也离开了整容店打车回家。

到家后背包还没放下，手机就响了，小羊子院长打来的，张嘴就说：“卫平你也太大胆了，青天白日的怎么敢撒弥天大谎，是不是编瞎话蒙人是你们作家的本能呀？你跟我说的话里有没有实话呀？”一串儿连珠大炮把我轰得天旋地转，我使劲儿抿住嘴，才没让“我打死你小羊子”这句小时候我在他面前说惯的话冒出来。见电话这端的我没动静，小羊子大概意识到自己的话对于一个还不十分熟悉的美女作家来说，有点儿过火了，叹口气，说：“美女作家请原谅，我刚才是急火攻心，说话冲了些。是这么回事，前两天印刷厂把您印的中秋节故事晚会的广告送到敬老院，我因为忙着搭晚会主席棚，没看就让人张贴出去了。直到刚才不少人拿着广告找我，问广告上说的大作家李淑荣亲自主持晚会是真的吗？听说她已经死了呀？大家这么一问，我才知道你的广告里撒了这么一个弥天大谎。在众人面前我又不能说是美女作家卫平在撒谎，怕我这句话传出去没人来了，只好含含糊糊应付说我现在不能告诉你们，到时候就知道了。这不，刚把他们打发走我就给你打电话发了这通火。当然我发火不对，你一心想把晚会弄出轰动效应我也理解，可是你这个谎也撒得太大了，那天咱俩商量好的是你假扮李淑荣主持，如今你广告上却说请大作家李淑荣本人亲自主持，这差天上地下了。我问你，假扮的和真人一样吗？李淑荣都死好几年了，你又如何能请来？现在离晚会还有不到半天，你撒的这谎怎么圆？”

原来如此呀！这个小羊子，真是狗肚子盛不了二两酥油。

“谁跟你说的大作家李淑荣死了，小……官僚同志？”我差点儿叫出他的小名儿。“我的恩师李淑荣这几年没在国内露面，是因为她这几年一直在加拿大的儿子家呀！为了咱南沙敬老院的这台晚会，我亲自去加拿大把她老人家请回来的。李老师不但来，而且还准备给大家讲自己的故事哩！”

“啊……”我虽然看不到电话那头小羊子脸上的表情，但我敢断定，那双被褶子层层包围的老眼，肯定瞪得比小时候跟我打架拼命的时候还圆。我说：“田院长你放心，我过一会儿就派司机把李老师送过去。我因为文联开会就不过去了，我把一切都跟李老师交代清楚了。李老师说她认得你，你小时候跟她是冤家对头净挨她打，她还想向你当面道个歉哩！”

“太好了！我也想向她道歉呢！小时候打架，我爸爸把人家新的猪食槽子都给砸了，害得她一宿都没敢回家！哎呀，这世间的事真是无奇不有，真想不到小时候的冤家对头几十年以后能一块儿主持节目，想不到……”

“好了好了，我马上就去宾馆请李老师去，您等见着李老师再叙旧吧！”我挂断电话，否则他会无限地“想不到”下去，我肚子饿得前后墙贴在一起了。要是张淑英在多好呀，早就把热乎乎的饭菜端到跟前了。

我胡乱填饱肚子，立刻出门打车。小张的车和往常一样停在小区门口，我要坐上去，他却不让，说他今天一大早送美女作家去市里时就约好了，回来坐他的车去北屋村南沙敬老院。这小子，真让我佩服，说瞎话面不改色心不跳，他要好好努力，说不定也能成为和我一样以编瞎话为己任的美男作家呢！我说小伙子，我也去南沙敬老院，让我们两人一起坐你的车好了，你还能多赚俩钱呢！他说他刚刚和父亲签完财产继承协议，现在是千万富翁，才不在乎那俩钱呢！

“那你为什么还要当出租汽车司机呢？”

“为了美女作家卫平出入方便啊！什么时候她和我结婚了，我就不开出租了，和她一起享受富翁富婆的生活！”我说尊老爱幼是咱们中华民族传统美德，看在我是七十多岁老人的面上，就让我和美女作家都坐你的车吧！他没点头也没摇头，只是自言自语卫平怎么还不下来呢？

“要不你给她打个电话？”

他拿出手机反复拨了半天，得到的回答永远是“对方已关机”——因为我的手机号码已经换了，就是避免他的骚扰。

“我上她家看看。”小张说，以百米冲刺的速度跑进小区又跑出来，低头耷脑的就跟霜打的茄子秧似的。“要不我就拉您去吧，南沙敬老院今晚有晚会，美女作家没准儿早去了。”的确，早晨坐他车时我无意中说过今晚南沙敬老院有晚会的话。

“您是住在那里的老人呢，还是去参加晚会的？”坐上车，他问我。

“够吧？”我没回答，只是递过两张百元大钞。我懒得搭理他。我真不明白余贝木，既然知道小张上门认他是为即将拆迁的宝塔寺街十号院，为啥还把巨额财产让他和余伟平分？干脆一分钱也不给他都留给余伟。余伟可真是个好孩子，孝敬王成功，孝敬张淑芝，孝敬余贝木和我姐姐蓝映虹，疼爱小兰和她的两个孩子，就连对那个素不相识的流浪汉张玉刚都照顾有加。今天的故事晚会，姐姐答应三口子都来，而且还要在会上讲他们一家人悲欢离合的故事。

院长办公室里，小羊子坐在办公桌前正很认真读报，听我一声“田院长”的喊叫，倏地抬起头，两眼直直地盯了我好半天，问：“你就是卫平请来的大作家李淑荣？”见我点头，他又说：“是真的吗？我咋看咋不像呢？”一会儿又说：“不不，是真的，肯定是真的，瞧，右眼皮上靠近鼻梁处那颗小痦子还在呢！”停了一下，他又重新仔细地打量我，说：“美女作家的右眼皮上好像也有这么一颗小痦子。你该不是她化妆的吧？好像又不像化妆的，像是真的……”他一会儿是真的一会儿是化妆的，恨不得就把我在村里的二哥叫来，给我们做个DNA鉴定。

“小羊子，你还有完没完？别找我又打你啊！”我急了，脱口叫出他的小名，并且举巴掌做出要扇他的动作。

“呀，你真是丫头，你真是大作家李淑荣！没错！”想不到一声小羊子和一个举巴掌的动作让他认了我这个“冤家对头”。然后，两只大手就紧紧地把我的手抓住。

“松开，你都把我的手攥疼了。”我使劲儿挣脱开他的大手。十多年前我整容的时候，金哲顺对我手背上松弛的皮肤进行了手术紧缩。今天早晨给我化妆的时候，把我的手背上的皮肤又恢复了原来松弛的状态。我问他怎么变成现在这样的？该不是把我的皮肤重新手术变松了吧？他说你自己摸摸，松吗？我摸摸，果然还和从前一样紧绷绷的。金哲顺说手背上和脸上的皱纹，都是他用细细的画笔蘸上同皮肤一样的特殊染料给我一点点儿画的，表面上看似苍老松弛，其实跟原来一样。如果不沾水不用力擦，保持三天没问题。除去脸和手背这些裸露部分的皮肤给我化了妆，胳膊大腿露不出的部分金哲顺就没给我化妆。他说现在已是秋季，天气不那么热了，叫我别穿短袖上衣和短裤就行了。我怕手背上画的皱纹被小羊子汗渍渍的大手破坏，当然得奋力抽出喽！我一面假装被攥疼揉着手，一面抱怨你是不是报仇呀？别忘了我现在是七十一岁的老太太，你是比我小好几岁的老爷们儿，这么使劲攥手，我受得了吗？

“冤家对头，我到底把你打败了。”小羊子冲我得意一笑，说：“你累不累呀？要不累我这就带你看看咱们的会场去，看我布置得合适不合适，不合适改改还来得及。”小羊子拿出手机看一下时间，“五点多了，离晚会就俩钟头了，咱们赶紧走。”

我和小羊子相跟着走出院长办公室，出南沙敬老院的大门，西边不远处有个宽阔平坦的门球场，这就是今天故事会的会场。

我和小张第一次来时见过这门球场，当时艳阳高照，平坦广阔的门球场上除去一层熠熠闪光的沙子，连只蚂蚁都没有。小张说这院长尽是馊点子，弄个破门球场，除去坐轮椅的瘫子玩儿，会跑会跳的人谁玩儿呀！要是篮球场呀，肯定来玩的人多，我也可以顺便表演几下三步上篮呀！我反驳他说你没去过体育场，那里的老年门球场天天都有老人打门球，他们又喊又叫地来回跑动，跟年轻人没啥两样。今儿个没人打门球，肯定敬老院有其他活动。事实证明我说对了，那天敬老院的老人们都到地里起萝卜去了。

不过今天的门球场和我们那天见到的可大不一样。门球场全部被铺上了一层白亮亮的芦苇席，上面被画成一排排的小方格子，小方格子的大小能坐下一个人的样子。每个格里还放着一只精致的带盖儿的小篮儿，赤橙黄绿青蓝紫各种色的都有。我说："羊子院长，你这小格子我看明白了，是参加中秋故事会的人们的'座椅'。可为什么还放只小篮子呢？是不是怕老人被故事感动哭了，里边给老人预备的手纸呀？这不是吃豆喝凉水奏屁吗？跟大伙说说每个人口袋里装块手纸不得了？这么精致的小篮子每只没个十块二十块的能拿的下来？我看得有二百多只小三百只，五六千块钱就这么打水漂了。"

"没有调查就没有发言权。伟大的作家李淑荣女士，您先看看小篮儿里是什么东西再发表议论好不好？"小羊子眯缝着眼睛看我，里边全是狡猾。

"看看就看看。"我弯腰打开最边上格子里的一只小篮儿，里边装的是月饼和鸭梨，一共六个，四块象棋子儿大的普通自来红月饼，两只不大的鸭梨。"嗬，羊子院长真大方，用价值二十块人民币的篮子装价值不足十块钱的食品。这倒使我想起那个买椟还珠的古代寓言，我要是参加会的人呀，只要这只精致的小篮子就行了，回家还能当艺术品摆着。那六只寒酸的小月饼和鸭梨就留给你羊子大院长享用吧！"像小时候和小羊子动手之前先打嘴仗一样，我用犀利的语言嘲讽这位院长。

"讽刺完了？该我发言了吧？"小羊子得意地笑笑，"首先我告诉大作家的是，这些彩色小篮子是我们南沙敬老院的老人们用棒子皮儿编的，每只的价钱不是二十元人民币，是二十美元。"看我张嘴瞪眼吃惊的样子，小羊子说大作家要注意呀，别把眼睛瞪裂了，也别让嘴张得过大，要预防下巴脱臼啊！然后他就洋洋洒洒地说起了北屋村用棒子皮儿做各种玩意儿的历史。淑荣你是咱北屋人，想必也享受过棒子皮儿编的各种小玩意儿吧？从小狗儿、小猫儿、小盆儿、小碗儿到我们村里家家有的棒子皮儿蒲墩、棒子皮儿蒲扇……那时候我们小，从来就没有想过棒子皮儿编的玩意儿能卖钱。即便我们能吃苦的父辈，也没想过用这些随手就丢的棒子皮儿玩意儿卖钱。很多年以后，我大学毕业在外贸口工作，又见到了这些我们小时候随手就丢的棒子皮玩意儿，不同的是这些小玩意儿是卖给外国的，每个小玩意儿的价格当时顶我一个月的工资，才知道这些小玩意儿还能出口赚外汇。后来我就辞职回村竞选当了村委会主任，利用村委会主任的权力动员全村男女老少一齐上阵做棒子皮儿玩意儿。当然不会一帆风顺，纵然我动用了外贸口关系，产品被退回也是常事。我就派人专门去搞棒子皮儿编织的外贸企业学习，咱们北屋村的棒子皮儿工艺品终于也换来了外汇。

“羊子院长，冤家对头李丫头彻底服输。”我很感动，主动伸过自己的双手伸进他的大手里希望他再一次紧紧握住。他却没握，低头盯着我的手看，说：“淑荣你的手怎么啦，褶子都乱了，是不刚才被我攥的呀？”我赶紧看自己的手，原来金哲顺给我细细描的皱纹刚才被小羊子汗湿的大手使劲儿一攥，乱了。“是是，你刚才用劲儿太大了，我疼得差点儿哭了。”我像往常一样嘟起嘴儿，做出一副娇滴滴小女人状，忘记自己现在是七十一岁的老太太了。

小羊子立刻嘎嘎大笑，说：“丫头喂，你刚才的样子真好笑，都白发老太太了，还卖萌装小女儿样。好了好了，我为攥疼你的一双老小手向你道歉。走，到主席台上看看。”他指指门球场西边的席棚子。

“你应该说进席棚里看看。”我纠正他，“因为你这个所谓的主席台，不过平地用炕席搭个棚子而已。我说院长大人呀，你可真够节约，真够因陋就简的。用老人自编的粗糙的棒子皮儿小篮子装六个袖珍水果和点心，所谓的主席台子就有几块席子一蒙而就。我猜这席子也是老人自己编的吧？”人嘴两扇皮，咋说咋有理。我这会儿贬低棒子皮儿小篮儿时，完全忘记了自己刚刚还用“买椟还珠”的寓言赞美小篮儿的精致呢！反正吧，我刚才虽然口头上服输了，心里还没完全服。小时候他被我欺负这么多年，我得为自己找回点面子，鸡蛋里挑骨头，怎么也得挑出点儿毛病。

既是冤家对头，小羊子也不客气地回击了我。他说你智商太低，瞧见席棚上挂的红布横幅了吧？南沙敬老院中秋故事会。既然是敬老院办的，首先就得考虑怎么样更方便老人。老人腿脚都不灵便，爬得上高高的主席台吗？爬不好再摔伤几个。至于席子嘛，你说的很对，确实是老人自己编的。你是北屋人，应该记得沙窝南边的那片苇子坑吧？小杨子用手往南一指。虽已深秋，我看到那苇子坑仍然一片翠绿，生机勃勃。

“怎么不记得？死也忘不了呀！咱们每年夏天都到苇子坑里掰粽子叶，在密密麻麻遮天蔽日的苇子里，唱歌打仗捡水鸟蛋。那段时光可真让人留恋呀！”我接着他的话茬，说，“有一回我发现一个特大的水鸟窝，三棵苇子连在一起搭的，窝里有六颗鸟蛋，花花绿绿的跟宝石似的，我刚要伸手去拿，被你这个冤家对头把手拽住了。你说不许拿，那双亮晶晶的小眼儿就使劲儿地瞪着我，我本想给你个响亮的嘴巴，可是那回没有。我说小羊子只要你说出让我信服的不许拿的理由，这窝鸟蛋就让给你了。那样子就像一只强大凶狠的猫咪在戏弄被摁在爪子底下可怜的小耗子。你说你也不要，鸟妈妈回来看不见自个儿孩子该哭了。我说嘿，没想到你这小屁孩儿心眼儿还挺好的，我听你的不拿鸟蛋了，以后永远不拿了。我的田院长啊，我的冤家对头啊，你还记得不记得，从那以后咱俩就化干戈为玉帛再也没动过武？是鸟儿帮我们和解的，它们是友好使者啊！但愿这片苇子坑永存，它是水鸟们的家，也是北屋孩子们的乐园。”

“还说什么永存呀，去年春天苇子坑就差一点儿被填平。”小羊子摇头。

“啊？难道苇子坑影响谁发财了？”

“正是。一个开发商看中了这片苇子坑，打算给村里两个亿在这儿建别墅，另外再给二十套别墅。”

“村里同意了？”

“那还不同意。两个亿呀，光每年的利息就够全村人吃喝的。也就是说，咱北屋人啥都不干，永远躺炕上吃喝就行了。”

“那不成猪了？养得肥肥的等被病魔虐杀？”

“谁说不是呢！可有的人愿意这样。特别是村里的领导班子，都是年轻人，成天价做梦都想开宝马住别墅。这回可算要实现了，觉都睡不着，恨不得天一亮就和开发商签合同，就能拿到两亿地款。”

“是谁阻挠了他们的美梦不能实现？”

“这些可敬的老人啊！”小羊子说，“老人听到这个信儿就炸窝了，没用任何人组织，拿着铺盖卷，不吃不喝就睡在在苇子坑周围。老人说苇子坑是祖宗留下的，毁掉苇子坑建别墅就跟丑女整容变范冰冰一样，非得把爹妈给的脸整成别人的模样，是忤逆不孝，早晚遭天报。苇子坑是北屋村孩子们的乐园，也是那些水鸟们的乐园，谁要毁掉乐园先从我们身上踏过去。这阵势还真把那几个年轻的村干部吓住了，万一因为这事有老人死了，那可吃不了兜着走哇！再加后来上级的阻止，苇子坑总算保住了。亏得这帮老人，否则你今天来就看不见苇子坑了。”他指指遍地被划成格子的苇席，又指指秋阳下熠熠闪光的席棚，说：“其实祖宗对我们的恩惠不浅，给我们留下的这片苇子坑，光编苇席这一项收入，就够敬老院和村里一年的开销，更甭说这一大片天然芦苇荡，给水鸟和孩子们带来的无穷无尽快乐了。”小羊子突然把脸转向我：“咦，淑荣你怎么不言语了？走思了吧？”

“没，没。”我赶紧摇头，就好像做贼被人当场抓住——他说对了，我真走思了。自打他说了老人们那番整容是忤逆早晚遭天报的话以后，我就再无心听他以后的话，心里一直在自责，我是一个多么忤逆不孝的女儿啊，把父母给我的脸整成现在的模样。如果父母天上有知，他们得多么伤心，自己的女儿竟嫌弃父母给的脸难看，改成了别人的模样。他们会原谅我吗？还会认我这个不孝之女吗？忽然有一个想法，今天晚会之后，我立刻找金哲顺，让他恢复我原来的真面貌，我要以真实的我生活。

“淑荣你是不饿了？”小羊子见我一副蔫塌塌的样子，还以为我饿了，瞧瞧手机，说现在老人们正在食堂里用饭，咱走后门进去，就在我办公室里吃，别让大家看见你，我要把秘密保留到最后，晚会开始才让你亮相。

二十五　月有阴晴圆缺

月亮升起了，白亮白亮的，又大又圆，隐隐约约还看得见里边的桂花树和树底下卧着的大兔子，就好像一只雕刻精美的玉盘，被一只看不见的巨手擎在东边天上。

我亲自发请柬的人都来了：张淑芝、张淑英姐妹俩——两人三天前在美女作家本人的斡旋下见了面，抱头痛哭得死去活来，前嫌尽释。余伟和小兰两口子搀扶着我姐蓝映虹和姐夫（虽然我很不情愿这么称呼）余贝木也来了，身后还跟着两个山大树长的双胞胎儿子。盘点了一下，还就差“早春二月”的高老板没来，他是我和小羊子共同请的客人。小羊子说虽然早春二月餐厅不在咱们区，可人家没少赞助咱北屋的南沙敬老院。这还不算，每年除夕，“早春二月”都停止营业一天，专门租两辆大轿子车把南沙敬老院的老人们接过去宴请招待。为了这个，我还问过高老板，为什么对我们南沙敬老院这么好？高老板只是笑笑没有回答。我现在真想告诉小羊子答案，因为“早春二月”的幕后老板是余贝木，崔老爷和崔老奶奶的儿子小十崔雨林，他这是在回报生他养他的家乡啊！

我请高老板的理由呢，一是我喜欢高老板帅气的外形和优雅的绅士风度。二呢，冲他对莲莲的那份痴情——可能我和他同是单身且年龄相仿，再加上他是莲莲的爱人，再加上我现在的模样又和莲莲一样，我似乎觉得我和高老板就是当年的大学生高成名和莲莲，我们是一对生死恋人，只是不知道高老板的心似我吗？当然，这也许只是我一厢情愿的事，我一个外表比他年轻好几十岁的美女作家，哪个正常的老男人敢娶呀！如果我是真实的我，我肯定敢大胆主动地向高老板求婚。我是个女汉子，主动追求男人的事百分之百做得出来。唉，早知今日，何必当初？当初我就不该瞎整什么容！那天我把请柬放到高老板修长的手上时，曾经万般深情地注视他许久：“这是我主持的晚会，高老板你一定去啊！”他还开了句玩笑，说：“美女作家亲自给我送请柬，我今生今世死亦足矣！”我差点儿就说出“高老板你若嫁我为夫，我也今生今世死亦足矣”！

可是，中秋故事会马上要开始了，他为什么还不到呢？

小羊子没和我商量就突然宣布晚会推迟半小时，八点开始。理由呢，有些准备工作还没做好。司马昭之心路人皆知，我心里明镜似的，就是因为高老板还没到。

就在小羊子准备第二次宣布往后推迟的时候，高老板终于姗姗而来。他今天显得格外精神帅气，一身笔挺闪光发亮的深灰色西装，锃亮的黑皮鞋，黑黑的头发（大概是新染的）梳得一丝不苟。最难得的是高老板西装上衣左胸的衣兜上还露出一角洁白的手绢——完全参加重要宴会的高规格打扮。我相信，现场的女人甭管年轻年长的，肯定全部被优雅帅气的高老板迷倒，尤其是我。

晚会终于开始了，第一个上台讲自己故事的当然是刘桂香和满福林。两口子半拥半抱走进主席棚里（我觉得叫“主席棚”更切合实际），我三姐突然撒开满福林，一下子将我紧紧抱住号啕大哭。“丫头啊，三姐真的以为你死了，真的以为这辈子再也见不到你了，想不到你还活着……”

“三姐……三……”为了金哲顺给我画在脸上的那些皱纹，我使劲克制自己别哭，声音早已哽咽得说不出话。幸亏小羊子跑过来救驾，使劲把我从三姐怀里拽出，说刘桂香你快讲和满福林结婚的故事吧，大伙都等着听你如何裸奔满家呢！

三姐突然松开我面对大家：“小羊子刚才说你们都等着听我裸奔那段呢，是吗？”听见大伙齐刷刷喊“是”，我三姐立马就甩掉腰带，吓得我赶紧死死摁住她的手：“三姐不能脱裤子，使不得！使不得！”一面骂小羊子：“都是你挑逗的，还不赶快过来拦住她？难道你还真想让我七十多岁的三姐重演一次雪夜裸奔吗？”

“别拦她，大伙正想看呢！”小羊子不但不帮忙，反而过来把我拽开，一双眼里满是坏笑。

少了我的阻拦，三姐很快就脱掉崭新的大红绣花的休闲裤和前后各有一朵大红牡丹花的时髦外套，又甩掉脚上同样崭新的半高跟皮鞋，站在大家面前的三姐立刻回到了几十年前：上身是一件肩膀胳膊肘子袖口都补着补丁看不清本色的破绒衣，下面是一条破绒裤，从补丁及上下灰不拉几的颜色看，很像是一套那个年代叫卫生衣的绒衣。

“那个大雪飘天的晚上，我光着身子跑到满家，我的爱人满福林立即把这套绒衣给我穿上。”三姐说，指指身上的衣服，“别看现在这么破旧，当初可是崭新崭新的，是福林妈给他从供销社买的卫生衣，十二块钱，是他爸爸半个多月的退休工资，自买来福林连一次都没舍得穿。这身衣裳是我活二十多年穿的最高级的衣裳，大家都是和我一样过来的人，想想当年干一天挣八分都合不上一毛钱，谁能拿得出十二块钱买这么一身卫生衣呢？所以，几十年过去了，这身衣服尽管破成这样子，我也没舍得丢掉，一直珍藏在自家的箱子底儿，因为一见衣服，我就想起我和满福林甜蜜的爱情。可是，衣裳没丢掉，满福林却被我丢掉了，才结婚十几年我和他就离了。有根本矛盾吗？没有，其实就是鸡毛蒜皮的小事。我强悍惯了的性格，根本不容满福林稍有一点儿不顺从。有压迫就有反抗，那时候我们两个经常吵架。导致我们离婚的那次吵架是因为一只下蛋母鸡。”

刘桂香说：“我记得清清楚楚，那天是个下雨天，因为不用下地干活，晌午吃完鸡蛋炸酱红高粱面压饸饹，我把饭碗一推就躺炕上了。俩孩子都上学了，家里就我和福林俩人，心想好不容易捞着一回睡晌午觉，不睡到天黑不罢休。谁知我刚睡着就被一阵母鸡下蛋的咯嗒声吵醒了，我气得拿起菜刀就去鸡窝砍鸡，被福林把刀夺下了。福林说你也太霸道了，谁家母鸡下蛋不咯嗒呀？我说你家母鸡就应该随你大姐下蛋别咯嗒，和老爷们儿浪出崽子悄悄生下。俗话讲打人不打脸，骂人不揭短，我这话等于打了满福林的脸。他骂我你不浪，干吗光着屁股跑我家来呀？我没想到他这么骂我，当即就号啕起来，骂满福林得便宜卖乖忘恩负义，我没要你一分彩礼和父母断绝关系，大雪天光屁股跑到你家，不全是因为爱你吗？为了你，我父母到死都没原谅我。现在反倒被你说成浪，你还有一点儿良心吗？我就跟疯了似的，对满福林又踢又咬又打又骂，而且当场拽着他就去乡里办了离婚。这么多年，我们……”刘桂香的身子慢慢向后倒去……

“桂香！”满福林忽然一个箭步过去，把刘桂香紧紧抱住，那敏捷劲儿跟小伙子似的，哪儿像一个身患绝症的老头儿呀！“桂香，一切都过去了，我们又在一起了……”他的眼泪一滴滴落在我三姐苍白的老脸上，一只手还轻轻地按摩着刘桂香的胸脯，回头冲着我，“淑荣，帮我把你三姐的衣裳穿上吧！这身行头是为晚会新买的呢！明儿个我们还要穿这身照结婚照呢！”

好在有惊无险，我三姐一会儿就恢复过来，被满福林半搂半抱着走出主席棚。瞧她依偎在满福林怀里的小女人样儿，好让我羡慕！

接下来是我姐姐一家三口：高大英俊的余伟走在中间，两只胳膊一左一右搀扶着爹娘。我姐姐主讲，她大胆地讲述了几十年前由于自己的错误造成夫离子散，天各一方。几十年后在美女作家卫平的帮助下又终于团圆的故事。事先我们姐俩商量好了，她的故事里要避开我和她的真实身份，避开余贝木是崔老爷和崔老奶奶的儿子，这样可以省却很多麻烦。我知道这对于姐姐蓝映虹来说很困难，因为我发现她讲自己的故事时，一双泪汪汪的眼睛几乎从来没离开过我，恨不得一下子扑过来抱住我，当着众人的面自我谴责她这个做姐姐的无情无义，抢了自己孪生妹妹的夫婿。

姐姐讲完了，余伟接着讲。他讲了这么多年她的养父王成功，一个身高不足一米三只到他腰部的侏儒如何把他艰难地养大，老人家患癌症后又如何把他赶出家门让他去寻找亲生父母。说到最后，余伟竟泣不成声，他说我的亲生父母找到了，但是我的亲亲的养父王成功却走了，甚至临走之前我都没能见上他一面……

再进主席棚的人出乎我的意料，竟是张淑芝。莫非她要当着全村人的面，讲六十年前自己被亲叔叔欺负后，不得不背井离乡到东北的故事？不，她不敢，肯定不敢。虽然那天在电话里她一点儿没保留地和我讲了她的全部故事，包括她被叔叔强奸怀孕的事。那毕竟是私下，只有我一个人。

被妹妹张淑英搀扶着来到主席棚正中的张淑芝，说："父老乡亲们，我离家六十年了，我要不说我是谁，你们大家大概谁也不知道我是谁吧？我就是张淑芝啊，六十年前那个被亲叔叔糟蹋怀孕后不得不远走他乡的可怜的没爹的孩子。我今儿个站到这里，不是为诉苦，也不是为控诉我那已经死去的禽兽不如的叔叔，我是为我死去的干爹正名啊！想当初干爹受爸爸的嘱托来我家照顾妈妈和我时，受过多大的委屈，被泼了多少脏水，我虽小心里也明白。有人故意把两只破鞋挂在我家门框上，那意思是说我干爹霸占了娘儿俩；有的大人不怀好意问我，晚上睡觉你们三口人在一个屋里还是你妈跟你干爹睡呀……为了这些闲言碎语，我妈几次都让我干爹走，虽然我妈知道干爹一走，我们娘儿俩都逃不出叔叔的手心。可我妈说这是我们娘儿俩的命，认头了，不能再让一个好人跟我们受累。干爹不肯走，说我既然答应干兄弟照顾你们，我就得说话算数。不就那些闲言碎语嘛，还能把人吃了？可是我要真走了，那只色狼就真的来吃你们娘儿俩了。有些人不是关心我干爹睡哪儿吗？我告诉大家，我干爹一个人睡在东屋。本来我和妈睡东屋的，干爹来了以后特意把我们娘儿俩挪到西屋，因为我叔叔家在东院儿和我家一墙之隔，干爹怕他万一黑夜爬墙过来不知道。干爹怕我们娘儿俩冻着，做饭烧猪食都让我妈用西边的灶火，不许往东边的灶坑里填一把柴。大冬天的，干爹睡的东屋冷得跟冰窖似的，要是晚上盆里的洗脸水没倒，第二天准冻成冰。抽不冷子我妈趁着干爹没在家，就偷偷地在东灶火上熬顿猪食，被我干爹知道了还跟我妈急赤白脸，说孩子小不禁冻，把淑芝冻坏了我对不住地下的干兄弟。俗话说老虎也有打盹儿的时候。有一回，干爹的侄子娶媳妇派人来请干爹，干爹在酒席上喝高了，再加上外头正下大雨，侄子一家人说什么也不让干爹回去。就是在那一夜，我那牲口叔叔翻墙到我家把我糟蹋了。干爹回来听说以后，硬是把脑袋往墙上撞出了血，说对不起干兄弟的嘱托。为这个，我干爹第二天就把那畜生的腿打瘸了。后来我身体起了变化，干爹才不得已把我送到东北另一个干爹家里。我这个干爹在咱北京东郊的小火车站当站长，家在东北没迁过来。”张淑芝说到这里忽然捂脸失声痛哭，“干爹呀，你要是地下有灵，今儿夜里就给闺女托个梦吧，闺女给你洗冤屈了……”

全场鸦雀无声，很多老人都在悄悄用袖子抹着脸上的泪水。

“淑芝别哭了。”我走过去，轻轻地拍着少年伙伴的肩膀，“今儿个是中秋节，你爹妈和你干爹都在天上看着你呢，他们可不愿意你伤心啊！”

“妈！”余伟突然走进主席棚抱住张淑芝，“您别再伤心了，老天爷已经替您惩罚了恶人，他死前在体育场过的生活连狗都不如。”余伟亲了一下张淑芝的脸深情地说：“妈妈，我爱您。”

最让我想不到的是小香头那个警察儿子也走进主席棚。他今天没穿警服，左臂上还戴着黑纱，听说小香头几天前在睡梦里死了。可怜的小香头，终于走完她悲剧的一生。警察一进主席棚先向大家敬了一个礼：“我叫张刚，是冠军张广香和崔瑞林的儿子。”他的开场白把大家震了，这不是张箩不张箩卸底来了吗？虽然他那酷似崔瑞林年轻时的长相在全村人心中早有定论，可这跟在大会上自己“坦白”（这个词不恰当，但我实在找不出更恰当的）不一样啊！就算他不顾及死去的妈妈的形象，难道也不顾及自己的形象吗？一个堂堂警察竟是私生子！就算他不顾及自己的形象，也不顾及自己的安全吗？要知道崔瑞林的遗孀，母夜叉老秀芳和他的两个如狼似虎的儿子，可还快乐地生活在崔瑞林和老秀芳共同建造的三层小白楼里，享用着因老房拆迁得到的几百万补偿款呢！母子仨一听到这“晴天霹雳”，肯定得找上门来兴师问罪，问他在众人面前爆这个料，是不是想分崔家财产？弄不好就可能大打出手。你警察手里有枪又能怎样，难道敢对无辜百姓开枪？姥姥！借你点儿胆子也不敢！“首先我声明：我这么做一不是为了分崔家财产，二不是为了证明自己的真实身份。我只想为我那才死去的外号冠军的可怜母亲正名，生那么多残疾孩子不是她的错，是万恶的旧社会的错，是我们国家落后，科学不发达的错。”

警察张刚说：“我姥姥临死之前跟我说过一件事，说解放前她曾被村里一个流氓恶霸糟蹋过，后来流浪到三河县，在一间破庙里生下一男孩儿。姥姥怕在破庙里待时间长了被人发现，生下儿子只三天就扔下孩子走了。不是她狠心，一个靠乞讨度日的流浪姑娘，她连自己都养不活，又怎么养活儿子呢？走之前，他给孩子喂了最后一遍奶，抚摸着儿子瘦瘦的小屁股，说儿啊，你右半边屁股蛋上有颗大黑痦子，是你的记号。天可怜见，咱们母子命大要是活下来能相见，凭这颗痦子妈就能认你。我姥姥说后来流浪到咱北屋村，被我的奶奶留住，把我姥姥嫁给了她的叔公张玉富，也就是说我姥姥成了我奶奶的小婶子。姥姥说丈夫虽然年纪大脑子又不十分灵光，但毕竟她有了家，不必过四处乞讨的流浪生活了，不必担心受怕被坏人欺负了，所以很知足。姥姥结婚的第二年生下大女儿，第三年生下小女儿，也就是我妈妈。再后来，我妈妈就跟我奶奶的儿子张瑞连结婚。按辈分，张瑞连应该管我妈叫姑，属三代内血亲。无论当时和现在，我国婚姻法都规定三代内血亲不许可结婚。当时我奶奶说我爸爸是他娘家嫂子生的被她抱养过来的，和张家没一点儿血缘关系，这也是大家都知道的。现在看起来当时我奶奶说的是瞎话，我爸爸根本不是她娘家嫂子生的，是她在三河县娘家一座破庙里捡的，实际上就是我姥姥生的那个男孩儿。姥姥说我爸爸自残以后，他曾经在医院里伺候过他几天，就在医生给我爸爸换药的时候，他发现爸爸右边臀部的那颗大黑痣子，再想到我爸爸的长相很像那个糟蹋过她的流氓恶霸，姥姥怀疑我爸爸就是她在破庙里生的那个儿子，也就是说我的爸爸妈妈可能是亲兄妹。为这个，姥姥说她曾问过我奶奶，我爸爸到底是哪儿来的？我奶奶一口咬定是她娘家嫂子生的送给她的。姥姥临死前之所以把这事告诉我，她说看我学习挺好的，长大是做学问的料。姥姥说等我长大当大学问家以后，一定要研究亲兄妹结婚是不是就生残疾孩子。姥姥说爸爸真实身份弄不清楚，她死都不瞑目啊！”

说到这里，警察张刚长出一口气。“我姥姥跟我说这事的时候是一九九六年，我十三岁，念初中一年级。在科技发达的美国，八十年代就能做亲子鉴定，要想证明是不是亲生母子，只需两个人的一根头发做DNA 鉴定就能知道。这项技术我国是在九十年代中后期才开始用的，姥姥跟我说这事的时候，我们国家还不会做亲子鉴定。”

张刚说：“好在我留着姥姥的一绺头发，倒不是我有先见之明，是因为我是被姥姥看大的，我爱姥姥，所以留下姥姥一绺头发做纪念。想不到这绺头发无意中帮助姥姥实现了夙愿，就在我父亲没死前，我偷偷拿着父亲的一根头发和姥姥的头发做了亲子鉴定，鉴定结果证明父亲就是姥姥的亲生儿子。也就是说，我的父亲母亲都是姥姥生的，他们是一奶同胞的亲兄妹。现实太残酷了，我没敢告诉父亲和母亲。直到头几天母亲去世，我今天才敢站在大家面前讲出真相。这个悲剧是谁造成的？毫无疑问是万恶的旧社会。在弱肉强食的旧社会，生活在底层的普通老百姓没有任何权益可言，他们任人欺凌。试想，如果这种事情发生在当今时代，我可怜的姥姥能被逼得到处流浪？人民政府早惩治欺负她的流氓恶霸了！当然，如果我们国家的科技比美国还发达，也许在我的母亲还没生下第一个残疾孩子之前，就做了孕期干预，再做染色体检查、DNA 鉴定等等，也就不会有后来的一大串的残疾孩子出生了。”

“亲爱的妈妈，请原谅儿子，当着全村人的面我爆出您和爸爸是亲兄妹的秘密。您不是生残疾孩子的冠军，您是我心里最伟大的母亲。”

警察张刚说完突然跪下，仰望着墨蓝色的夜空和皓皓明月，大滴大滴的泪珠落在地上。

张刚讲的故事让我唏嘘不已，心中也自责不已。我无意中给小香头起的这个外号，让小香头一辈子抬不起头来，一直到死。我走到张刚身边扑通一声和他并排跪下：“香头呀，是我给你起的这个侮辱性的外号，我对不起你。你有个好儿子，他给你正名了，生下那么多残疾孩子不是你的错，是旧社会的错。张刚不也是你的儿子吗？他是一个健康聪明又孝顺的好孩子啊！”

故事会接近尾声的时候，小羊子将了我一军，说：“大作家呀，今儿个听了这么多的故事，得够你写很多部书的吧？可是你的故事我们还没听呢！如果我没记错的话，自打你们全家从咱北屋搬走以后几乎就没回来过。到现在都快过去四十年了，难道一点故事都没有？村里好多人都知道你在龙山中学教书时，收养过一个叫小黑枣的烈士儿子。我们都见过这孩子，黑瘦黑瘦的，挺乖的。后来听说你们全家搬走之前，这个孩子偷偷跑掉了。有人就说可能你对孩子不好，所以人家偷跑了。可是凭我这个冤家对头对你和你一家的了解，你们家不是那样的人，心眼都很善良，对这个孩子肯定错不了。那么这个小黑枣当初为什么要偷跑呢？最后你找到他了吗？丫头哇，别瞧我不是作家，可好奇心不比你差。这个问题一直困扰我好多年，早就想问了。只是你脚太野了，几十年都没见你的踪影。”

你瞧，这不是哪壶不开提哪壶嘛！虽然现在是二〇一五年，离小黑枣失踪已经快四十年了，但这件事却是我心中永远的痛，是我心中永远无法愈合的伤口。夜晚失眠的时候，小黑枣那黑瘦可爱的样子常在我眼前游荡。我一百次一千次问自己，假如我当初把他完全当成自己亲儿子一样对待，他会不辞而别吗？假如我的亲儿子失踪了，我还能像现在一样没心没肺地活下去吗？回答显然是否定的。这就让我越发自责，越发在良心上无法饶恕自己，那个伤口越发地鲜血淋淋。几十年来，我就在这样的煎熬中度过。现在，小羊子却让我把自己的伤口在大家面前展示，我“哇”的一下子就哭出声……

“妈妈！”一声撕心裂肺地喊叫，我突然被人紧紧地抱住。几秒钟短暂的眩晕，我发现抱紧我的不是别人，这是龙山饭店那个姓冯的老板。

“你是谁?”我被泪水糊住的双眼迷惘地望着抱住我的男人。

“妈妈，我就是您的小黑枣呀!”

又是一阵眩晕。

原来，三十九年前的那个深夜，我和丈夫关于带不带小黑枣的争吵，被上茅厕的小黑枣全听见了。他知道假如自己不离开这个家，我肯定不会去北京，我和丈夫肯定会离婚。可怜的孩子就在深夜离开我家找到公社孟书记，把情况跟孟书记讲了，请求孟书记把他藏起来别让我找到。孟书记起先不答应，说这样不好，会把李老师急死的。倒不如由他代表组织出面，支持李老师的调动，由他来抚养。小黑枣不干，说这两年的相处，李老师跟亲妈一样疼我，她宁可离婚也不会对我放手的。为了保住李老师的家庭，您必须把我藏起来。假如您不同意，我现在就走，让您也找不到我。没办法，孟书记只得按小黑枣说的办。他连夜找来龙山大队的马书记，也就是小黑枣同班女同学马文秀的爸爸，让小黑枣在马文秀家先躲些日子，孟书记说他找县委联系县一中，把小黑枣转到那里念书，这样李老师就永远找不到了。

小黑枣高中毕业那年正好恢复高考，他考上了南方一所大学，毕业以后就一直在南方工作。小黑枣有个心愿，自己事业有成时一定要找到李老师。但是天不遂人愿，一场车祸剥夺了他的健康，在医院里一躺就是好些年。要不是妻子马文秀无微不至的照顾，要不是一定要找到李老师的坚强愿望，小黑枣说自己早就死了。康复以后的小黑枣和妻子马文秀在南方打拼数年，终于发达了，于是就来到家乡办了龙山饭店。他们早就知道李老师已经成了全国知名的大作家了，以为找到李老师应该是件很容易的事。但是没想到打听到了所有出版过李老师书的出版社，得到的回答都是摇头，有的出版社甚至跟他说李淑荣可能已经死了。小黑枣死心了，为了心中对李老师的那份感情，他把名字改成了冯孝李。“老天有眼呀，妈妈呀，我终于找到了您！妈妈，以后再也不许您离开我了。”小黑枣的眼泪滔滔不绝，简直像汹涌澎湃的河水冲刷着我的脸。我忽然觉得不妙，我的画在脸上的皱纹……赶紧挣扎离开小黑枣的怀抱时，一切已经太晚了，从台下老人们愤怒的叫喊中，我知道自己已经露出美女作家的真面貌。

“滚下去！美女作家不许你愚弄我们!”

“不许你冒充我们北屋的李淑荣!”

“滚滚滚!”

“美女作家呀，你怎么可以这样游戏人生呢？你可知道，在座的可都是耄耋之年的老人，作家李淑荣都是大家一块儿玩大的朋友哇！你怎么可以这样欺骗大家呢!”昨天还说因为那窝鸟蛋化干戈为玉帛的小羊子，又对我举起拳头。

“田院长，我认识她，她就是美女作家卫平。”小黑枣松开我，说，“美女作家呀，我是你的粉丝，非常喜欢看你的书，非常敬重你，可你不该冒充我妈妈李淑荣愚弄大家呀！难道名人就可以任性不尊重普通人的感情吗?”

小羊子鄙夷地看我一眼，走出席棚。

瞬间，刚刚还人头攒动的芦席上空空如也，明亮月光照耀下，那些排列整齐的小红格子似乎像一队队淘气的孩子，咧着红红的小嘴儿在嘲笑着我。终于我看到不远处还有三位老人站着没走——我的三姐刘桂香两口子和我曾经的保姆张淑英。我走过去想和他们说声对不起，我三姐却先开口了，她说孩子，甭管怎么说你是个好人，是在你的劝说下我和满福林才破镜重圆，更是你让我又见到了我最好的姐妹李淑荣。说完，三姐突然在我的脸蛋上狠狠亲了一下，挽着满福林的臂膀慢慢离开。

张淑英过来拍拍我的后背，说：“卫平，我知道你一个人很寂寞，才想出了这么一出娱乐老人的戏。可我知道你是个好人，如果你不嫌弃的话，我仍然做你的保姆，仍然每天给你讲故事，永远陪伴你。”

我说声“对不起”，便转身离开他们。以后该何去何从？是继续装扮美女作家卫平呢，还是让金哲顺恢复李淑荣的真实面貌？我不知该怎么办好。但是有一点我相信：假作真来真亦假。即便我恢复真实的我，即便公安局都出面证明我就是李淑荣，也没一个人相信我是李淑荣，都以为美女作家欺世盗名冒充比自己更著名的老作家李淑荣。

“淑荣。”一个声音打断了我的思绪，原来是西装笔挺的高老板。

“上车吧，我送你回家。”高老板打开宝马车门，做出很优雅请的手势。

“是你的姐姐蓝映虹和你曾经的恋人余贝木让我留下等你的。”车子开动了，高老板的一句话让我吃惊不已。

“是我姐姐告诉你的吧？他们呢？在我最无助的时候离开了？”

“我刚刚把他们送到机场，也许此刻他们已经坐上了去上海的飞机。”

“啊？”我的眼泪哗地流下来，“也就是说我今生今世再也见不到他们了？他们为什么这么狠心？”

“不是他们狠心，是他们受不了良心的折磨。”高老板说，“我和余贝木是那么好的朋友，你们俩的恋爱故事是我亲眼见证的，他也给我讲过。当我知道他最终抛弃你而选择你的好朋友蓝映虹后，曾写信对他发出强烈的谴责，甚至和他断交。后来他和蓝映虹离婚调回北京，又不顾我的阻拦去了你工作单位找你，希望与你复合，结果遭到你的迎头痛击。说真的，我当时知道了很解气，我骂他，说李淑荣做得对，哪个有自尊心的女子也不会吃这种回头草。后来他又结过两次婚，都不如意，都没到头，我想这也是上天对余贝木的报复。至于你姐姐蓝映虹所遭遇的，不用我说了，你应该知道得比我清楚。这不也是上天对她的惩罚吗？他们当年那么残酷地对待你，而你不计前嫌，很多年以后帮助他们找到儿子，帮助他们破镜重圆。余贝木说其实你那次打着婚介所旗号去宝塔寺街十号院的时候，他几乎一下子就认出了你。因为再神奇的整容术也无法改变眼神，而眼睛是心灵的窗户，窗户对熟悉的人，特别对从小青梅竹马的恋人，永远是敞开的。当你把余伟和蓝映虹相继送到余贝木跟前时，我这个负心郎同学良心上更是不堪。他说那天‘早春二月’的团圆宴会上，他恨不得就给自己一刀向你谢罪。”高老板说完这句话，忽然把车停在了路边。打开车门，他自己率先下车，又扶着我下车。“今晚夜色这么美，淑荣呀，咱们尽情欣赏一下天上的明月吧！”

“我真羡慕你，外貌年轻，身体也轻盈，哪儿像七十多岁的老人呀！”我们俩并肩走进田野间小路，月亮把我们的影子一会儿拉得很长，一会儿又缩得很短。收割完的庄稼地里一片荒凉，野草失去了大庄稼的庇护，在秋夜的寒风中瑟瑟发抖，秋虫们也被冻得长吁短叹。我感觉有点儿冷，本能地将身子往高老板身上靠靠，他却一把将我揽入怀。“淑荣，嫁给我吧，我会一生一世爱你、呵护你。”

我哭了，头贴在他宽阔温暖的胸膛上。丈夫去世近二十年，我孤独至今。虽然在外人看来，无论作家李淑荣还是作家卫平，我都风光无限。可是谁能知道我内心的孤独和无助？我渴望依偎在男人的怀抱里，被爱抚被呵护。包里的手机突然不合时宜地响起来。“快看看谁给你发的短信。”紧紧抱着我的高老板松开胳膊。“我不要看不要看！我要你抱我抱我！”我像个任性的小女孩儿，在她的怀里扭动着身体。

“乖，看看吧。没准儿是余贝木发来的。他说过，登机前要给你发短信的。”

“亲爱的荣，请允许我再这样称呼你一次。”果然是余贝木这个负心郎。“这么多年来我的视线从来没离开过你，尽管你这几年在大众面前变身美女作家卫平，但在我眼里你永远没变，你还是你。你知道吗？那天你到宝塔寺街十号院里来，我真想跪在你面前求得你的原谅。可是我没有，我更愿意自己在你面前永远是个穷困潦倒的老光棍，我相信这样你会更开心，以为这是上天对于一个负心郎的惩处。我和你姐姐没有别的心愿，只希望你和我的同学高成名生活幸福。”我突然离开高成名的怀抱，“高老板，请你看着我的眼睛说，这个结果是不是余贝木安排的？”

“不，”高成名重新将我揽入怀中，把我搂得更紧了，“你或许不信，余贝木和你恋爱时我就非常嫉妒，要不因为他是我的好朋友，我早就横刀夺爱了。得知你们分开时，那时我正和莲莲热恋。后来你又有了家室，再后来你的名气让我望而却步。直到今天，我知道我再不表白，怕是今生今世都没机会了。余贝木既然和我是好朋友，他当然早就知道我的心思。送他们去机场的路上，我又很郑重地谈起了和你的事，余贝木和你姐姐都支持我，希望我趁花好月圆之夜向你表白。”高成名狠狠地亲着我，说：“美女作家啊，我不想让你的粉丝们失望，更不想让别人嘲笑你，以为你嫁不出去了，就嫁个白发老翁。我已经和给你做整容的金哲顺医师联系过了，让他把我变成翩翩美少年再和你结婚，让全世界的人都羡慕我们。”

“美女作家和翩翩美少年我所欲也，老友故人我所欲也，可是二者不可兼得。”我说，“成名你今天都看到了吧，因为我是美女作家不是李淑荣，我的三姐、我的冤家对头、我的小黑枣都不要我了。我该怎么办呢？是恢复还是继续？”

高成名没回答我的话，指着天上的月亮让我看。我看到刚才玉盘一样的明月被一大块云彩遮住了，稍顷，云彩飘走了，圆圆的月亮又重新露出来。忽然想起苏轼《水调歌头》里的名句：人有旦夕祸福，月有阴晴圆缺，此事古难全。

我心忽有所悟——随缘……